Danielle Steel

MAGÁNYOS SAS

D1664268

Danielle Steel

MAGÁNYOS SAS

Imádott gyermekeimnek,
Beatrixnak, Trevornak, Toddnak, Nicknek,
Samanthának, Victoriának, Vanessának,
Maxxnek és Zarának,
akiknél csodálatosabb nincs a föld kerekén,
akiknél különbet nem ismerek,
és akiket teljes szívemből szeretek.

Anyu

ezer évet,
ezer félszet,
ezer könnyet
pergettünk el,
egymásért,
pille
a lánghoz,
halálos játék,
elveszett gyermekek
anyjukért
sírnak,
daloló szívek
semmi máshoz
nem fogható
varázsmuzsikája,
tél fagya,
magány,
rövid
és napos
nyár,
reggelente
melletted
ébredek,
drága, gyöngéd, szerető,
vidám
percek,
táncoltunk,
nevettünk,
repültünk,
felnőttünk,
mertünk
és nyertünk,

többet, mint
bármely
józan lélek,
sugárözön,
mesés összhang
száz
becses
tavaszon át,
a pille,
a láng,
a tánc
ugyanaz,
aztán zuhanás,
köröttünk
a kincsek
szertehullott
tükörcserepei,
az álom,
az egyetlen, amelyért
sóvárgok,
innen és túl
pőrén didereg
lelkünk,
de a szívem
évezredek
múltán is
örökké
a tiéd.

PROLÓGUS

1974 decembere

A TELEFONHÍVÁS akkor érkezett, amikor a legkevésbé
várta, egy havas decemberi délutánon, megismerke-
désük után csaknem harmincnégy évvel. Harminc-
négy rendkívüli esztendőt töltött el a férfival, addigi
életének pontosan a kétharmadát. Ő maga ötvenegy
éves volt, Joe pedig hatvanhárom, és bármennyit ért
is el közben, Kate még mindig fiatalnak látta. Erőt
sugárzott, mint egy emberi testbe zárt üstökös,
amely folyton előre, újabb célok felé tör. Kate már
megismerkedésük pillanatában látta, hogy jövőké-
pe, szellemi izzása senkiéhez sem hasonlítható. Ha
nem is mindig értette, azt kezdettől fogva tudta
– még amikor fogalma sem volt, ki ez a férfi –, hogy
Joe páratlan, különleges egyéniség, akiből évszáza-
donként egy, ha a világra jön.

A csontjaiban érezte őt, az évek során a lelkéhez
nőtt. Egymás mellett élésük nem mindig volt zavar-
talan, adódtak összezördülések és békekötések, hul-
lámhegyek és hullámvölgyek, borús és derűs pilla-
natok. A szemében Joe testesítette meg a Mount Eve-
restet, a non plus ultrát, a végpontot, amelyhez
mindig is el akart jutni. Amióta az eszét tudta, róla
álmodott, erről a szélsőségekben lobogó zseniről.

Értelmet, színt, mélységet adtak egymás életének,
olykor megrettentették egymást, menny és pokol
váltakozása idővel békévé, elfogadássá, kölcsönös
szeretetté oldódott. Sokat tanultak, és nem keveset
fizettek érte.

A legnagyobb erőpróbát jelentették egymásnak,
ám végül minden sebet begyógyítottak, úgy illesz-
kedtek össze, mint egy kirakós játék szomszédos da-
rabjai, a legcsekélyebb hézag nélkül.

Harmincnégy közös esztendejük alatt olyasvalamire leltek, amivel nem sokan dicsekedhetnek. Viharos, eseménydús, olykor fülsiketítően zajos évek követték egymást, de mindketten tudták, hogy rendkívül ritka értéket hoztak létre. Harmincnégy évig tartott a varázskeringő, amelynek lépéseit nem egykönnyen sajátították el.

Joe mindenkitől különbözött, meglátta azt, amit mások nem, és nemigen igényelte a társaságot. Az az igazság, hogy boldogabb volt a külvilág nélkül, látnoki képességeivel saját kis világot, egy egész vállalatbirodalmat teremtett magának, s ezzel minden képzeletet felülmúlóan kitágította annak a másiknak a távlatait is. Belső késztetésből épített, rombolt le gátakat, tört egyre messzebbre.

Amikor megszólalt a telefon, Joe már hetek óta Kaliforniában dolgozott, két nap múlva kellett volna visszatérnie. Kate nem aggódott miatta, már rég nem féltette. Tudta, hogy elmegy és visszatér, miként az évszakok. Bárhol járt is, soha nem érezte távol magától. Joe-nak – Kate-en kívül – csak a repülői számítottak, bizonyos értelemben még inkább, mint az asszony. Kate tudta ezt, és belenyugodott. Megszerette a gépeket, mint a férfi személyiségének szerves részét, hozzátartoztak ahhoz a varázslatos mozaikhoz, amelyet Joe alkotott.

Kate aznap délután naplót írt, élvezte a ház csöndjét. Már besötétedett, amikor hat tájban csengett a telefon, az asszony meg is hökkent, hogy ilyen későn. Az órájára pillantott, elmosolyodott, tudta, hogy ez Joe. Megigazította egy rakoncátlan bronzvörös tincsét, és a kagylóért nyúlt. Várta az ismerős hang mély bársonyát, amely beszámol az elmúlt napról.

– Halló? – szólt bele, és közben kinézett az ablakon. Odakint mindent friss hólepel borított, még mindig erősen havazott, a tökéletes téli táj gyönyörű karácsonyt ígért. A gyerekek már mindketten kirepültek, maguk is fészket raktak, csak az ünnepekre szoktak hazatérni. Kate élete immár szinte teljesen Joe körül forgott.

– Mrs. Allbright? – lepte meg egy alig ismert hang, Joe új asszisztenséé. Egy pillanatra csalódást okozott neki, de csak mert arra számított, hogy a férjét fogja hallani. Különös, hosszú csönd következett, mintha a vonal végén az a másik arra várt volna, hogy magától találja ki, miért hívja. – Mr. Allbright irodájából beszélek – közölte, majd ismét elhallgatott, és Katenek furcsa érzése támadt. Mintha Joe ott állt volna mellette a szobában. Nem fért a fejébe, miért nem ő telefonált. – Sajnos baleset történt.

Ezekre a szavakra jéggé dermedt a teste, mintha meztelenül a hóba lökték volna. Már tudta a folytatást. Baleset történt... baleset... baleset... Éveken át rettegett ettől a mondattól, aztán elfelejtette, hiszen Joe mindent átvészelt. Az elpusztíthatatlan, legyőzhetetlen, halhatatlan Joe. Amikor megismerkedtek, azzal szédítette, hogy száz élete van, és csak kilencvenkilencet használt föl. Valahogy mindig maradt még egy.

– Ma délután Albuquerque-be repült – folytatta a hang, s Kate fülét egyszerre megütötte az óra ketyegése. Lélegzet-visszafojtva eszmélt rá, hogy ugyanezt a hangot hallotta több mint negyven éve, amikor az édesanyja az apjáról beszélt neki. A múló idő hangjától mintha feneketlen mélységbe zuhant volna, de tudta, Joe nem hagyja, hogy újra ugyanez történjék vele. – Új gépet repült be – magyarázta az asszisztens. De miért nem jön már a telefonhoz Joe? – A hajtómű felrobbant.

– Nem, az nem lehet... az... lehetetlen – dadogta. Meghitt világa megingathatatlannak vélt falai hirtelen romokban hevertek.

– A sivatagban zuhantak le – közölte a fiatalember. Kate lehunyta a szemét, nem akarta hallani, nem akarta elhinni. Nem, Joe soha nem tenne ilyet vele.

11

Mindig tudta, hogy bekövetkezhet, de egyikük sem gondolt rá komolyan. Pedig hány pilótafeleség özvegyült már meg ilyen fiatalon. Joe mindegyiket meglátogatta. Most pedig ez a siheder, ez az ifjonc telefonál, honnét tudhatná ez a tejfelesszájú, mit jelent neki Joe, mit jelent ő Joe-nak? Honnét tudhatná, kicsodamicsoda Joe? Csupán annyit tud, hogy Joe, a legendás Joe alapította a céget. Nem is sejtheti azokat a titkokat, amelyeket ő évtizedek alatt fejtett meg.

– Átvizsgálták a roncsokat? – kérdezte remegő hangon. Na persze, ha majd átvizsgálják, megtalálják Joe-t, aki a szemükbe nevet, leporolja magát, és végre telefonál. Joe-n nem fog a halál.

A fiatalembernek nem akaródzott elárulnia, hogy a gép a levegőben robbant fel, és lángra gyújtotta az eget. Egy jóval magasabban haladó másik pilóta azt mesélte, úgy festett, mint a hirosimai atomvillanás. Joe-ból csak a neve maradt.

– Sajnálom, asszonyom, de biztos, hogy nincs remény. Tehetek önért valamit? Van most valaki önnel?

Kate némán tátogott, azt akarta mondani, hogy Joe van vele, mert senki és semmi nem veheti el tőle.

– Később majd értesítjük az... intézkedésekkel kapcsolatban – fejezte be félszegen a hang, mire Kate szó nélkül letette. Nem volt mit mondania. Kibámult a hóba, ott is Joe-t látta. Ugyanúgy, ahogy azon a sok-sok évvel azelőtti estén, amikor megismerkedtek.

Páni félelem kerítette hatalmába, tudta, most erősnek kell lennie, Joe is ezt várná tőle. Nem süllyedhet vissza a sötétségbe, nem engedhet a rettegésnek, amelytől a férfi szerelme megszabadította.

– Ne menj el, Joe, szükségem van rád – rebegte könnyek között.

„Itt vagyok, Kate, hiszen tudod, hogy nem hagylak el" – felelte tisztán, nyugodtan és meggyőzően a hang. Nem, Joe nem hagyhatja el. Végzi a dolgát, ott jár valahol a magasban, ahol lenni akar, ahová termett. Mint szerelmük évtizedein át mindvégig. Erősen, legyőzhetetlenül és szabadon.

Ezen semmi sem változtathat, nincs az a robbanás, amely elszakíthatná tőle. Joe erősebb annál, erősebb a halálnál. Most újra szabadon kell engednie őt, hogy azt tehesse, amit a sorsa rendelt. Ez a bátorság végső próbája.

El sem tudta képzelni az életet Joe nélkül. A férfi alakja mintha lassan távolodott volna az éjszakában, aztán visszafordult, hogy rámosolyogjon. Nem változott semmi. Ilyennek szerette mindig, amilyen volt.

Mérhetetlen csend töltötte be a házat, Kate mozdulatlanul gubbasztott, agyában kavarogtak a gondolatok, mint odakint a hópelyhek. Fölrémlett az este, amelyen először találkoztak. Ő tizenhét éves volt akkor, a férfi fiatal, életerős, káprázatos egyéniség. Kate élete visszavonhatatlanul megváltozott abban a felejthetetlen pillanatban, amikor a férfira nézett, és a zenekar játszani kezdett.

1

KATE JAMISON 1940 decemberében, három nappal karácsony előtt ismerkedett meg Joe-val. Egy hétre utazott Bostonból New Yorkba a szüleivel némi bevásárlás, baráti látogatás, no meg a bál végett, amelyet voltaképpen azért rendeztek, hogy Kate egyik barátnője nővérét bevezessék a társaságba. Tizenhét éves hajadonok nem szoktak efféle alkalmakon részt venni, de Kate mindenkit annyira elbűvölt koraérettségével, hogy a házigazdák örömest meghívták őt is.

Különleges emberek nyüzsögtek a teremben, ahová apja karján belépett: államfők, neves politikusok, főrendek, nagyasszonyok és egy regimentre való jóképű fiatalember. Megjelent egész New York, továbbá számos philadelphiai és bostoni kiválóság. Nem kevesebb, mint hétszázan csevegtek az előkelő szalonokban, a tükörfalú, csillogó-villogó bálteremben és a kertben. Libériás pincérek százai szolgálták ki a vendégsereget, a bálteremben és a kinti sátorban külön-külön zenekar szolgáltatta a talpalávalót. Gyönyörű nők, délceg férfiak, a hölgyek vagyont érő ékszerekben és ruhakölteményekben, az urak frakkban. A teltkarcsú, igen csinos, szőke díszvendég egy számára tervezett Schiaparelli nagyestélyiben tündökölt. Egész addigi életében szívrepesve várta ezt az alkalmat, hogy hivatalosan debütálhasson a társaság előtt. Úgy festett, mint egy porcelánbaba, ahogy szüleitől közrefogva egyenként fogadta a gálába öltözött érkezőket, akiknek nevét kikiáltó adta a jelenlévők tudtára.

Amikor Jamisonék a fogadóvonalhoz értek, Kate köszönetet mondott a meghívásért. Először invitálták efféle eseményre, és egy pillanatig úgy hatott ba-

15

rátnőjével, mint két balerina egy Degas-képen. Az alacsony, bájosan dundi, lenhajú ünnepelt finom kontrasztot képezett a sudár, karcsú Kate-tel, akinek bronzvörös fürtjei lágy hullámokban omlottak a vállára. Hamvas bőréhez, éjkék szeméhez tökéletes alak társult. Miközben az ünnepelt visszafogottan, nyugodtan üdvözölte a vendégeket, Kate-ből szinte villamosság áradt. Amint a szülei bemutatták valakinek, egyenesen az illető szemébe nézett, és megigézte a mosolyával. Még ajkának íve is azt sugallta, hogy valami mókásat, valami fontosat, elmulaszthatatlant, megjegyzésre érdemeset készül mondani. Egész lénye izgalmat ígért, mintha túláradó ifjonti energiáját minden beszélgetőtársával megosztotta volna.

Mindig is valami delejes vonzerő, a nagyra hivatottak kisugárzása jellemezte. Nem volt benne semmi szokványos, nem csak külsejével, de szellemességével és kedvességével is kitűnt a sokaságból. Otthoni mindennapjai kicsi korától bővelkedtek huncutságban és szertelen ötletekben, egyke lévén folyamatosan mulattatta szüleit, akiket kései gyermekként, húszévi házasság után örvendeztetett meg, de az apja már a csecsemőről gyakran állította, hogy érdemes volt ennyit várni rá, és az anyja ilyenkor buzgón helyeselt. Imádták.

Kate kisgyermekévei felhőtlenül teltek. Gazdagságba született, nem ismert mást, csak gondtalan jómódot. Az apja, John Barrett rangos bostoni família sarjaként vette feleségül a még nála is tehetősebb Elizabeth Palmert. A frigyet mindkét család áldása kísérte. Kate apját jól ismerték banki berkekben ítélőképességéről és bölcs befektetéseiről. Aztán jött a huszonkilences tőzsdekrach, és az anyagi romlás szökőárja ezreket temetett maga alá, köztük Kate apját. Szerencsére Elizabeth családja helyesebbnek látta, ha a házasfelek nem egyesítik vagyonukat, az aszszony pénzét jó ideig legnagyobbrészt a saját rokonai kezelték, így szinte érintetlenül hagyta a válság. John Barrett viszont egész vagyonát elveszítette. Elizabeth minden tőle telhetőt elkövetett, hogy megvigasztalja, és segítsen ismét talpra állnia, de a dicstelen kudarc kikezdte a férfi önbecsülését. Néhány hónap leforgása alatt három legfontosabb üzletfele – mind személyes jó barátja – lőtte főbe magát a csőd miatt, és a következő két évben Baretten is mindinkább erőt vett a kétségbeesés. Kate alig látta ebben a két esztendőben. A férfi a szobájába zárkózott, jóformán ki sem mozdult onnét. A családja által alapított bank, amelyet két évtizeden át vezetett, a krach után két hónappal bezárt. Barrettnek nem maradt más öröme, csak az akkor hatesztendős Kate, aki egy-egy darabka nyalánksággal vagy maga készítette rajzzal kopogtatott be hozzá. A kislány mintha érezte volna, hogy lelki útvesztőben bolyong, megpróbálta kicsalogatni a barlangjából, de hasztalan. Végül már előtte sem nyílt meg az ajtó, sőt az édesanyja idővel azt is megtiltotta, hogy fölmenjen oda. Elizabeth nem akarta, hogy a gyerek részegen, ziláltan, borostásan lássa az apját, aki nemegyszer az egész napot átaludta.

Majdnem két évvel a válság kirobbanása után, 1931 szeptemberében John Barrett véget vetett az életének. Addigra egész rokonsága kihalt, csak a feleségét és egyetlen gyermekét hagyta hátra. Elizabeth vagyona megmaradt, az asszony a szerencsés kevesek közé tartozott, mindaddig megkímélte a válság, amíg meg nem özvegyült.

Kate évtizedek múltán is emlékezett a pillanatra, amikor az anyja közölte vele a hírt. A kislány forró kakaót kortyolt a gyerekszobában, kedvenc babáját szorongatta, és amint meglátta az édesanyját, tüstént tudta, hogy valami szörnyűség történt. Nem látott mást, csak a mamája tekintetét, és nem hallott mást, csak az óra hirtelen fülsértővé erősödött tiktakolását. Az anyja nem sírt, halkan és egyszerűen bejelentette, hogy Kate papája fölszállt a mennyországba, Istenhez. Azt mondta, a papa az utóbbi két évben sokat szomorkodott, de most boldog odafönt. Kate úgy érezte, rászakad a világ. Elszorult a torka, a kakaó kilöttyent a csészéből, leejtette a babáját. Tudta, hogy az élete többé nem lesz olyan, mint volt.

A temetést némán állta végig, csak annyit fogott föl az egészből, hogy az apja azért hagyta el őket, mert sokat bánkódott. A felnőttek szavai a feje fölött örvénylettek: „a szíve vitte el... nem tudta kiheverni... agyonlőtte magát... odalett az egész vagyona... még jó, hogy nem ő kezelte Elizabeth vagyonát..." Látszatra semmi sem változott, ugyanabban a házban laktak, ahol addig, ugyanazokkal a személyekkel érintkeztek. Kate ugyanabba az iskolába járt, néhány nappal apja halála után lépett a harmadik osztályba.

Hónapokig mintha köd gomolygott volna körülötte. A szeretett férfi, akiben annyira bízott, akire fölnézett, aki szemlátomást imádta őt, minden figyelmeztetés, magyarázat, Kate számára érthető ok nélkül elhagyta őket. A kislány világából egy fontos darab végérvényesen elveszett. Ráadásul az anyját hónapokig annyira leverte a gyász, hogy ő is eltűnt a gyerek szeme elől. Kate úgy érezte, nem is egy szülőjét veszítette el, hanem mind a kettőt.

Elizabeth jó barátjukra, Clarke Jamison bankárra bízta John vagyonának maradékát. Jamison éppolyan szerencsésen vészelte át a válságot, ahogy Elizabeth. A halk szavú, jólelkű férfi feleségét évekkel azelőtt tuberkulózis ragadta el, gyermeke nem volt, nem nősült újra. Kilenc hónappal John halála után azonban megkérte Elizabeth kezét. Újabb öt hónap elteltével csöndben összeházasodtak, a szertartáson kettejükön és a lelkészen kívül csak a kilencéves Kate volt jelen, aki tágra nyílt szemmel bámulta a ceremóniát.

Egybekelésük az évek múltán bölcs elhatározásnak bizonyult. Bár az asszony első férje iránti tiszteletből a világért sem vallotta volna be, Clarke-kal még boldogabban élt, mint Johnnal. Illettek egymáshoz, érdeklődési körük egybeesett, Clarke nemcsak férjként, hanem apaként is jelesre vizsgázott. Kölcsönösen imádták egymást Kate-tel. A férfi istenítette a gyereket, és bár sohasem beszéltek Johnról, mindent megtett, hogy pótolja a kislánynak a veszteséget. Örömét lelte a szertelen kópéságban, amely végül újraéledt Kateben. Miután alaposan meghányta-vetette a dolgot anyával és leányával, a saját nevére vette a tízévessé cseperedett árvát. Kate eleinte húzódozott, úgy érezte, megsérti édesapja emlékét, de az örökbefogadás napján bevallotta Clarke-nak, valójában ő is arra vágyott, hogy adoptálja. John Barrett attól kezdve, hogy anyagi gondjai elkezdődtek, lassacskán kiszorult az akkor még csak hatéves kislány életéből. Clarke azt az érzelmi biztonságot nyújtotta Kate-nek, amelyet apja halála óta igényelt. Nem tagadott meg tőle semmit, minden elképzelhető módon támogatta őt.

Végül az ismerőseik mintha mind elfelejtették volna, hogy Clarke nem a vér szerinti apja, ahogy idővel Kate is. Nagy ritkán eszébe jutott a papa, de már alig emlékezett rá, akkor is csak a rémületre, az elhagyatottságra, amelyet a halála okozott. Egészen elvétve hagyta, hogy a fájdalmas múlt a gondolataiba férkőzzön.

Ellenkezett a természetével, hogy ilyesmin rágódjon. A búslakodás helyett az örömöt kereste, és arra törekedett, hogy a környezetének is juttasson belőle. Ahol csak megfordult, kacagása, csillogó szeme vidám légkört teremtett. Clarke elégedetten szemlélte ezt. Az örökbefogadásról soha nem esett szó, az a fejezet lezárult. Kate-et felzaklatta volna, ha valaki említi előtte. Egészen természetessé vált a számára, hogy Clarke az apja, mindketten szívvel-lélekkel így érezték.

Clarke Jamisont nagy tisztelet övezte bostoni bankárkörökben. Prominens családból származott, a Harvardon végzett, boldog házasságban élt Elizabeth-szel. Önmaga, családja és a külvilág egyaránt minden tekintetben sikeresnek látta. Elizabeth boldog asszonynak tartotta magát, hiszen mindent megkapott az élettől: szerető férjet, tündérszép kislányt. Kate-re éppen negyvenesztendős koráig kellett várnia, nem csoda, hogy beléje vetette minden reményét. Gondosan ügyelt rá, hogy lánya heves vérmérsékletét kifogástalan modorral és lefegyverző elmééllel ellensúlyozza. Miután másodszor is férjhez ment, Clarke meg ő úgy bántak Kate-tel, mint egy kis felnőttel. Bevonták eszmecseréikbe, magukkal vitték gyakori külföldi útjaikra.

Kate tizenhét éves koráig minden esztendőben Európában nyaralt velük, tavaly együtt jártak Szingapúrban és Hongkongban. Sokkal több élményben részesült, mint a vele egykorú lányok, házuk vendégei is felnőttszámba vették, mindenkinek azonnal feltűnt, mennyire összeszedett, magabiztos. Azonnal látszott rajta, hogy nem csak boldog, de tökéletesen kiegyensúlyozott is. Bárkivel megtalálta a megfelelő hangot, bárhol megállta a helyét, szinte mindenhez értett. Semmitől sem riadt vissza. Élvezte az életet.

A ruhát, amelyet a New York-i bálon viselt, tavaszszal rendelték Párizsból. Egészen elütött attól, amit a többi lány viselt. A legtöbben pasztell- vagy élénk színű báli ruhát vettek föl, fehér természetesen egyedül az ünnepeltnek dukált. Mindannyian elragadóan festettek, de Kate egészen más, lenyűgözően elegáns benyomást keltett. Már tizenhét évesen inkább nőnek, mint lánynak hatott. Minden zavaró mellékzönge nélkül valamiféle csöndes kifinomultságot sugárzott. Semmi fodros-bodros cicoma, uszály, bő szoknya – a keresztben szabott, halványkék szaténanyagot hajszálvékony vállpánt tartotta, és tökéletesen kiemelte hibátlan alakját. Az akvamarinnal és gyémánttal kirakott fülbevalót korábban az anyja, őelőtte a nagyanyja hordta. Az ékkövek szikrát szórtak, ahogy a fülönfüggő a hosszú, sötétvörös hajtincsek között himbálózott. Egyáltalán nem festette magát, csak leheletnyi púdert tett az arcára. Ruhája a fagyos téli égbolt színét idézte, bőre a leghaloványabb feslő rózsa árnyalatát. Piros ajka magára vonzotta a tekintetet, ahogy örökösen mosolygott vagy nevetett.

Az apja évődött vele, miután elhagyták a fogadóvonalat, ő pedig kacagva öltötte fehér kesztyűs kacsóját a férfi karjába. Az anyja a hátuk mögött haladt, és lépten-nyomon megállt, hogy néhány szót váltson ismerőseivel. Kate egy-két perc múlva fiatalok csoportjában észrevette az ünnepelt húgát, aki meghívta őt. Mielőtt Kate otthagyta az apját, hogy csatlakozzék hozzájuk, megbeszélték, hogy majd a bálteremben találkoznak. Clarke Jamison büszkén figyelte, hogy minden fej Kate felé fordult, ahogy a meghökkentő szépség a sok ismeretlen, jóvágású fiatalemberhez közeledett. Pár pillanat múlva már együtt nevetgéltek, a fiúkat szemlátomást mind elkápráztatta Kate. Soha nem kellett féltenie őt, hiszen mindenki szerette és azonnal vonzódott hozzá.

Elizabeth csaknem tíz esztendeje élt boldog házasságban Clarke-kal, és hasonló sorsot szánt a lányának: egy megfelelő fiatalembert, akihez néhány éven belül férjhez mehet. Clarke azonban ragaszkodott hozzá, hogy Kate előbb jó oktatást kapjon, és nem esett nehezére meggyőznie a lányt, akinek megvolt a magához való esze, hogy kihasználjon minden kínálkozó lehetőséget, amely jó szolgálatot tehet neki. A következő tanévben, amikor betöltötte a tizennyolcat, főiskolára akart menni. Már jelentkezett is a Wellesleyre, a Radcliffe-re, a Vassarra, a Barnardra és néhány kevésbé izgalmas helyre.

Kate a többiekkel együtt keveredett át a fogadóhelyiségből a bálterembe. Csevegett az ismerős lányokkal, bemutatták vagy húsz-harminc fiatalembernek. Nőkkel és férfiakkal egyaránt fesztelenül társalgott, az utóbbiak közül jó néhányan mintha feszült figyelemmel csüggtek volna minden szaván. Anekdotáit szellemesnek, stílusát izgatónak találták, és miután megkezdődött a tánc, folyton lekérték egymástól. Egy számot sem tudott azzal a partnerrel befejezni, akivel a parkettre lépett. Pompás este volt, nagyszerűen mulatott, de az iránta tanúsított érdeklődés éppúgy nem szállt a fejébe, ahogy máskor sem. A szórakozásban is tudott mértéket tartani.

A büfénél állva épp egy fiatal nővel beszélgetett, aki abban az esztendőben kezdett járni a Wellesleyre. Kate figyelmesen hallgatta a minden részletre kiterjedő élménybeszámolót, azután felnézett, és azon kapta magát, hogy egy ismeretlen férfit bámul. Mintha megbabonázta volna a szálas termet, széles váll, barnásszőke haj, markáns vonású arc. Jóval idősebbnek látta az idegent azoknál a fiúknál, akik az imént megtáncoltatták. Huszonöt-harminc évesnek becsülte. Már rá sem hederített a wellesleysre, megigézve követte Joe Allbright mozdulatait, amint a férfi két szelet báránybordát helyezett egy tányérra. Elképesztően elegánsan festett a frakkban, mégis feszengeni látszott, mint aki szívesebben lenne valahol másutt. Szinte esetlenül mozgott a finomságokkal megrakott asztal mentén, akár egy óriási madár, amelynek váratlanul megnyírbálták a szárnyait, pedig minden vágya, hogy elrepüljön.

Már csak néhány ujjnyira járt tőle a félig üres tányérral, amikor észrevette, hogy Kate lesi. Komoly arccal lenézett rá a magasból, tekintetük találkozott. Megtorpant, aztán amikor a lány rámosolygott, kis híján elejtette a tányért. Soha életében nem látott ilyen vibráló, szemet gyönyörködtető jelenséget.

Szinte elvakította a lány szépsége. Lesütötte a szemét, de mintha földbe gyökerezett volna a lába, és egy pillanat múlva újra rá kellett néznie.

– Ez meg sem kottyan egy ekkora embernek – vélte mosolyogva Kate. Nem játszotta meg a szende leányzót, és ez tetszett a szűkszavú férfinak.

– Már vacsoráztam – magyarázta Joe. A kaviár éppúgy hidegen hagyta, mint az ünnepi alkalomra hozatott rengeteg osztriga. Beérte a két bárányszelettel, egy péksüteménnyel, kevés vajjal és némi garnélával. A frakk kissé bőnek látszott rajta, Kate rögtön megállapította, hogy nem a sajátja. Efféle ruhadarabra soha nem volt szüksége, és nem számított rá, hogy valaha is hordani fogja. Egy barátjától kapta kölcsön, miután azzal igyekezett kibújni a meghívás alól, hogy nincs mit felvennie, de így sem sok élvezetet talált a részvételben, amíg meg nem látta Kate-et.

– Nem valami jól érzi magát – jegyezte meg félhangosan a lány.

– Hogy jött rá?

– Olyan képet vág, mint aki legszívesebben kereket oldana. Ennyire utálja a bálokat?

A wellesleys lány közben elvonult valakivel. Mintha magukban ácsorogtak volna a nyüzsgő forgatagban, ügyet sem vetve a többiekre.

– Ennyire. Bár nekem ez az első.

– Nekem is – vallotta be Kate, és Joe nem sejthette, hogy ezt az ő esetében nem az alkalom hiánya, hanem zsenge kora magyarázza, hiszen annyira fesztelenül, éretten viselkedett, hogy ha valaki megkérdezi a férfit, csaknem önmagával egyidősnek mondta volna. – Ugye, pazar? – kérdezte Kate, mire a férfi mosolyogva bólintott, jóllehet egyáltalán nem úgy gondolta. Amióta megérkezett, az járt a fejében, hogy elviselhetetlen ez a fülledt meleg, a tömeg, és mennyi értelmesebb dolgot csinálhatna e percben. Most azon-

23

ban egyszerre úgy érezte, talán mégsem időfecsérlés ez az összejövetel.

– Tényleg pazar – helyeselt, miközben a lány a szeme színét fürkészte. Ugyanaz a sötét-, csaknem zafírkék volt, mint az övé. – Akárcsak maga – tette hozzá váratlanul, és az őszinte arckifejezéssel párosuló, mesterkéletlen bók többet mondott, mint a több tucatnyi fiatalember egész esti udvarlása. – Gyönyörű a szeme – jelentette ki elragadtatottan. A nyitott, eleven, bátor tekintet azt sugallta, hogy ez a lány semmitől sem fél. Ebben hasonlított rá.

Joe kelletlenül jött erre a társasági rendezvényre, inkább tette volna kockára az életét, mint már annyiszor. Alig egy órát töltött a bálon, amikor találkozott a lánnyal, és épp szólni akart a barátjának, hogy mehetnének már.

– Köszönöm! Kate Jamison vagyok – mutatkozott be Kate, és kezet fogtak.

– Joe Allbright. Kér valamit enni? – hangzott az egyszerű kérdés. Joe csak annyit beszélt, amennyit okvetlenül szükségesnek tartott. Irtózott a szóvirágoktól. Kate bólintott, a férfi a kezébe nyomott egy tányért. Nem sokat vett, csak egy darabka csirkét egy kis zöldséggel. Nem volt éhes, izgalmában egész este el is felejtkezett az evésről. A férfi szótlanul átvette a tányérját, amíg helyet kerestek maguknak az egyik asztalnál. Csöndben leültek, és mialatt Joe szórakozottan forgatta a villáját, azon tanakodott, vajon miért állt szóba vele ez a lány. Mindenesetre sokkal jobb kedvre derült tőle.

– Sok ismerőse van itt? – érdeklődött.

– Néhány. Közel sem annyi, mint a szüleimnek – felelte Kate, és nem értette, mitől olyan elfogódott. A férfi jelenlétében elillant addigi könnyedsége, úgy érezte, minden szavának súlya van.

– A szülei is eljöttek?

– Igen, itt vannak valahol. Órák óta nem láttam

őket – árulta el, és tudta, hogy újabb órákig nem fognak előkerülni. Az anyja bizonyára bevette magát egy sarokba néhány barátnőjével, és egész este velük tereferél. Az apja pedig nem tágít a felesége közeléből. – Bostonból ruccantunk le a bálra.

– Ott laknak?

Joe a lányon felejtette a tekintetét, magával ragadta a nézése, a hangja. Mindkettő higgadt és értelmes benyomást keltett. Nem szokott hozzá, hogy ilyen érdeklődve hallgassák a szavait. Ez a nyilvánvalóan okos lány ráadásul páratlanul csinos is volt. Joe örömmel legeltette rajta a szemét.

– Igen. Maga New York-i? – kérdezte Kate, és félretolta az eddig is csak piszkálgatott csirkét. Ezen az izgalmas estén nem volt kedve evéssel bajlódni. Inkább beszélgetett.

– Eredetileg nem. Minnesotában születtem, tavaly költöztem ide. Mindenfelé megfordultam már. New Jerseyben, Chicagóban. Két évet töltöttem Németországban. A jövő év elején Kaliforniába megyek. Mindenhová eljutok, ahol van leszállópálya.

– Maga szokott repülni?

– Mondhatni. Ült már repülőgépen, Kate?

Joe először szólította így, és Kate-nek tetszett, hogy rászánta magát. Örült, hogy a férfi megjegyezte a nevét. Olyannak tűnt, aki könnyedén elfelejti a neveket és mindazt, ami nem nagyon érdekli.

– Tavaly Kaliforniába repültünk, hogy onnan hajózzunk Hongkongba. Rendszerint vonattal vagy hajóval utazunk.

– Ez úgy hangzik, mintha sokat járná a világot. Mit keresett Hongkongban?

– A szüleimet kísértem el. Hongkongba és Szingapúrba mentünk, előtte pedig minden évben Európába. – Kate anyja súlyt helyezett rá, hogy a lány beszéljen olaszul, franciául, valamicskét még németül is. A szülei úgy gondolták, hasznát veheti, ha például diplomatához megy férjhez. Tökéletes nagykövetné vált volna belőle, az apja önkéntelenül is ilyen irányba terelgette. – Maga pilóta?

– Igen, az vagyok.

– Légitársaságnál? – kíváncsiskodott Kate. Titokzatosnak találta a férfit, aki épp kinyújtóztatta hosszú tagjait és egy pillanatra hátradőlt a széken. Soha nem találkozott még hasonló egyéniséggel, akiből hiányzott a zsúrfiúk udvariaskodása, mégis egészen nagyvilági benyomást keltett. Minden szögletessége ellenére magabiztosságot sugárzott, mint aki bárhol, bármilyen körülmények között megáll a lábán.

– Nem, berepülő pilóta vagyok, gyors és ellenálló modelleket tervezek, azután magam próbálom ki őket.

– Ismeri Charles Lindberghet?

Joe nem dicsekedett el, hogy épp az ő frakkját viseli, és vele együtt érkezett, bár Lindbergh is vonakodott eljönni. A két férfi már a rendezvény elején elveszítette egymást a tolongásban, Joe úgy sejtette, Charles elbújt valahol, hiszen utálja a bálokat és a tömeget, de megígérte Anne-nek, hogy eljön. Az asszony végül otthon maradt, beteg csecsemőjüket ápolta, Charles pedig Joe-t hívta el, hogy ne érezze annyira egyedül magát.

– Ismerem. Időnként együtt dolgozunk. Németországban is repültem vele.

Miatta került New Yorkba, a kaliforniai munkát is ő intézte Joe-nak. Charles Lindbergh atyai jó barátja és tanítómestere volt. Évekkel azelőtt, egy illinois-i reptéren ismerkedtek meg. Lindbergh hírnevének tetőpontjára ért, Joe még kölyöknek számított, de repülős körökben éppoly jól ismerték, mint Charlest, csak a nyilvánosság nem szerzett még tudomást róla. Az utóbbi években azonban sora döntögette a rekordokat, egyes hozzáértők Lindberghnél is többre tartották. Egy emlékezetes pillanatban maga Lind-

26

bergh is így nyilatkozott. A két férfi kölcsönösen bámulta egymást, összebarátkoztak.

– Bizonyára nagyon érdekes ember. Úgy hallottam, a felesége is kedves asszony. Szörnyű, ami a kisbabájukkal történt.

– Több gyerekük is született azóta – próbálta elterelni a szót a gyászos témáról Joe, de ezzel csak meghökkentette Kate-et, aki úgy gondolta, ez mit sem csökkent a család fájdalmán. Kilencéves fejjel élte át a tragédiát, emlékezett, ahogy az édesanyja sírva hallgatta a híreket, azután elmagyarázta neki, hogy elrabolták és megölték az óceánrepülő kisfiát. Kate azóta is elborzadt, ha eszébe jutott a nagy port felvert ügy, és rettentően sajnálta a házaspárt.

– Biztosan csodálatos ember – mondta egyszerűen Kate, és Joe bólintott. Nem tudott mit hozzátenni a világ áradozásához, amelyet véleménye szerint Charles meg is érdemelt. – Mi a véleménye az európai hadi helyzetről? – kérdezte a lány, és Joe elkomorodott. Mindketten tudták, hogy a törvényhozás csaknem két hónapja megszavazta a sorkötelezettség bevezetését.

– Veszélyessé válhat, ha nem ér véget elég hamar. Egykettőre mi is belekeveredhetünk.

A Luftwaffe augusztus óta éjszakai légitámadásokat intézett Anglia ellen, amely polgári áldozatok ezreit követelte, a királyi légierő már júliustól bombázta a német városokat. Joe tanácsadóként járt a szigetországban, hogy gyorsabbá és hatékonyabbá tegye az angol gépeket, tisztában volt a légierő fontosságával.

– Roosevelt elnök szerint nem fogunk háborúzni – vetette ellen Kate, akinek mindenről megvolt a maga elképzelése, és azt nem rejtette véka alá.

– Gondolja, hogy ezért léptették életbe a sorkötelezettséget? Ne higgyen el mindent, amit az újságok irkálnak! Előbb-utóbb nem marad más választásunk, mint a hadüzenet.

Már megfordult a fejében, hogy felcsap önkéntesnek a brit légierőhöz, de a munka, amelyen Charlesszal dolgoztak, fontosabb volt az amerikai repülés jövője szempontjából, kivált akkor, ha az USA hadba lép. Úgy gondolta, feltétlenül haza kell térnie, és ezzel barátja is egyetértett, amikor megvitatták a kérdést. Emiatt készült most Joe Kaliforniába. Lindbergh attól tartott, Anglia nem képes megállítani a németeket, ezért fel kell készülni arra az esetre, ha az Egyesült Államok is belép a háborúba, bár Lindbergh hevesen ellenezte ezt a megoldást.

– Remélem, téved – mondta szelíden Kate. Ha mégsem, az azt jelenthette, hogy ez a sok daliás fiatalember súlyos veszélyben forog. Az egész világ élethalálharcra kényszerül, és visszavonhatatlanul megváltozik. – Komolyan azt hiszi, hadba lépünk?

– Komolyan, Kate.

Tetszett neki, ahogy a férfi ránézett, amikor a nevén szólította. Sok egyéb is tetszett neki ebben az emberben.

– Remélem, téved – ismételte.

– Magam is azt remélem.

Most olyasmire ragadtatta magát, amire még soha, de újdonsült ismerősével természetesnek érezte.

– Nincs kedve táncolni?

Joe zavartan fogadta a javaslatot, a tányérjára meredt, majd ismét fölemelte a tekintetét. Szemlátomást nem volt elemében.

– Nem tudok – vallotta be restelkedve, és megkönnyebbült, hogy a lány nem nevette ki.

– Nem tud? Majd én megtanítom. Nem ördöngősség, csak ide-oda sasszézik az ember, és úgy tesz, mint aki jól érzi magát.

A dolognak ez az utóbbi része ezzel a lánnyal könnyűnek tűnt Joe számára, a többi korántsem.

– Inkább kihagyom. Alighanem a lábára lépnék. – Lepillantott, és látta, hogy Kate halványkék selyem tánccipőt visel. – Talán jobb, ha visszaengedem a barátaihoz. – Évek óta nem társalgott ilyen hosszan senkivel, főleg nem ilyen fiatal lánnyal, bár e percben még fogalma sem volt, hogy csak tizenhét éves.

– Untatom? – kérdezte Kate aggódva, hogy megbántotta a férfit az unszolással.

– A fenét untat! – nevette el magát Joe, majd még zavartabbnak látszott amiatt, ami kiszaladt a száján. Inkább szokott hangárokhoz, mint báltermekhez, de mindent egybevéve, most egészen kellemesen érezte magát. Amin ő maga lepődött meg a legjobban. – Maga minden, csak nem unalmas. Táncolni viszont olyannal táncoljon, aki tud.

Ebben is hasonlított Charlesra. Lindbergh sem tudott táncolni.

– Ma már rengeteget táncoltam – közölte az igazságnak megfelelően Kate. Majdnem éjfélre járt, és most először jutott el a büfébe. – Mivel foglalkozik a szabad idejében?

– Repülök – hangzott a válasz szégyenlős mosoly kíséretében. – Hát maga?

– Olvasok, utazom, teniszezem. Télen síelek. Apámmal golfozgatok is, de nem nagyon megy. Kiskoromban szerettem korcsolyázni. Jégkorongozni is akartam, de anyám rögtön rosszul lett, és nem engedte.

– Nagyon helyes, még kiverték volna a fogait. – Mint a sugárzó mosoly mutatta, a hokizás valóban csak terv maradt. – Autót tud vezetni? – tudakolta Joe, és egy szédült pillanatra eltűnődött, vajon a lánynak nincs-e kedve repülni tanulni.

– Tavaly kaptam jogosítványt, miután betöltöttem a tizenhatot, de apám nem szereti, ha használom a kocsit. Ő tanított a nyáron Cape Codon. Ott könynyebb, mert nincs forgalom.

– Hány éves?

Joe eddig biztosra vette, hogy huszonnégy-huszonöt. Annyira felnőttnek tűnt, és a viselkedése is arra utalt.

– Tizenhét, néhány hónap híján tizennyolc. Miért, mennyinek gondolt?

Kate-nek hízelgett, hogy a férfi ennyire meglepődött.

– Nem is tudom, talán huszonötnek. Nem kéne ilyen kislányokat efféle ruhákban járatni. Csak öszszezavarják a magamfajta vénembereket.

Egyáltalán nem látszott vénnek, főleg amikor eluralkodott rajta ez a kisfiús félszegség, amely oly érdekesen ellenpontozta repülős szakértelmét, és esendőséget sugallt.

– Maga mennyi idős, Joe?

– Huszonkilenc, majdnem harminc. Tizenhat éves korom óta repülök. Nem tudom, nincs-e kedve egyszer fölszállni velem, bár a szülei talán nem örülnének.

– Anyám nem, de apámnak tetszene. Ő folyton Lindberghet emlegeti.

– Egyszer megtaníthatnám magát repülni – mondta hirtelen ábrándosra vált tekintettel Joe. Még sohasem tanított lányokat, bár nem egy női pilótát ismert, régi barátja volt Amelia Earhart, akinek három éve nyoma veszett a Csendes-óceánon, néhányszor repült Charles hölgyismerősével, Edna Gardner Whyte-tal, akit majdnem olyan lenyűgözőnek talált, mint Charlest. Hét esztendeje Edna nyerte az első sebességi szólóversenyt, és harci repülőket képzett ki. Nagyon kedvelte Joe-t.

– Szokott Bostonban járni? – kérdezte reménykedve Kate. Egyszerre izgatóan nőiesnek, hamvasan fiatalnak és feltűnően értelmesnek látszott.

– Hébe-hóba. Vannak barátaim Cape Codon. Tavaly náluk vendégeskedtem. De most néhány hónapra Kaliforniába megyek. Szívesen felhívom, mihelyt visszajövök. Talán az édesapja is velünk tart.

30

– Az biztos – örvendezett Kate. Fellelkesítette az ötlet. Már azon törte a fejét, miként fogja beadni a dolgot az anyjának. Ámbár ki tudja, tényleg fölhívja-e ez a fiatalember. Talán csak úgy mondta.

– Maga még iskolás? – érdeklődött Joe. Ő húszévesen abbahagyta a tanulást, további ismereteit repülőgépeken szerezte, miután Lindbergh a szárnyai alá vette.

A lány bólintott:

– Ősszel főiskolára megyek.

– Már tudja, hová?

– Még nem dőlt el. A Radcliffe-re szeretnék. Apám a szomszédvárban, a Harvardon tanult, én is odajárnék, ha tehetném, de a Radcliffe sem rossz. Anyám a Vassarra küldene, ő ott tanult, ezért oda is jelentkeztem, bár az közel sem tetszik annyira. Inkább Bostonban maradnék. Esetleg szóba jöhetne a Barnard New Yorkban. New Yorkot is kedvelem. Hát maga?

– Nem is tudom. Vidéki srác vagyok.

Kate magában nem egészen értett egyet a kijelentéssel. Lehet, hogy Joe vidékről származik, de talán maga sem vette észre, mennyire kinőtte a vidéki életformát. Ízig-vérig nagyvilági ember lett, ő még nem fogta fel, de Kate megérezte, hogy ez a helyzet.

Boston és New York előnyeit taglalták, amikor odalépett Kate apja, és a lány bemutatta őt Joe-nak.

– Elnézést, hogy kisajátítottam a lányát! – mentegetőzött Joe. Attól félt, Clarke Jamison rossznéven veszi, hogy rátelepedett a fiatal teremtésre, de olyan jólesett beszélgetni vele. Már csaknem két órája csevegtek, amikor az apa felbukkant.

– Nem hibáztathatom – felelte Jamison nyájasan. – Kate remek társalgó. Nem tudtam, hol van, de látom, hogy jó kezekben.

Ránézésre intelligens, tisztelettudó fiatalembernek találta Joe-t, és tagadhatatlanul meglepődött a neve hallatán. Mivel az újságokból tudta, nem akármilyen pilóta, érdekelni kezdte, hogy akadt össze Kate-tel, és vajon a lány tudja-e, kicsoda. Úgy hírlett, Lindbergh után ő a legjobb, és majdnem annyira ismert is. Dutch Kindelberger vadonatúj P–51-es Mustangjával távolsági versenyeket nyert.

– Joe felajánlotta, hogy egyszer elvisz bennünket repülni. Mit gondolsz, anyu el fog ájulni?

– Minden bizonnyal – nevetett Clarke –, de talán meg tudom nyugtatni. Nagyon kedves öntől, hogy felajánlotta, Mr. Allbright – fordult Joe-hoz. – Őszinte csodálója vagyok, a legutóbbi rekordja egészen fantasztikus.

Joe zavartan hallgatta Jamison dicsérő szavait, bár örült, hogy tudnak az eredményeiről. Charlesszal ellentétben lehetőleg kerülte a reflektorfényt, de mostani bravúrjai után ez minden addiginál nehezebbé vált.

– Remek repülés volt. Megpróbáltam rávenni Charlest, hogy tartson velem, de Washingtonban, a Repülésügyi Tanácsadó Testületben akadt dolga.

Clarke elismerően bólintott, és élénk eszmecsere bontakozott ki az európai hadi fejleményekről, amíg Kate anyja nem csatlakozott hozzájuk. Az asszony úgy vélte, későre jár, ideje hazamenni. Clarke bemutatta Joe-t a feleségének. A fiatalember félszegen, de kifogástalanul udvariasan viselkedett. Szemlátomást egyiküknek sem akaródzott már maradnia. Clarke kifelé menet átnyújtotta a névjegyét Joe-nak:

– Ha Bostonban jár, nézzen be hozzánk! – invitálta barátságosan, és Joe megköszönte a kedvességét. – Majd meglátjuk, szaván fogjuk-e, ha más nem, én biztosan.

Ezzel Joe-ra kacsintott, a fiatalember nevetett, Kate mosolyogva figyelte őket. Az apja most nagyon hasonlított Joe-ra. A két férfi kezet fogott, Joe azt mondta, megkeresi a barátját. Tudta, hogy Charles semmivel sem rajong jobban az effajta mulatságokért, mint ő, valószínűleg begubózott valahová, és ekkora tömegben nem egykönnyen találhatta meg. Még mindig vagy ötszázan jöttek-mentek a ház és a fűtött sátor között. A fiatalember jó éjt kívánt Kate anyjának, majd a lányhoz fordult:

– Élveztem a vacsorát magával. – A tekintete a szempárba mélyedt, amely két kék lánggal égő széndarabra emlékeztette. – Remélem, még viszontlátjuk egymást.

Ez szívből jövően hangzott, Kate mosolyogva fogadta. Ma este sokakkal kötött ismeretséget, de mind közül ez az egy tett rá mély benyomást. Volt valami ritka és figyelemre méltó ebben a férfiban, és mire az est véget ért, már tudta, hogy rendkívüli emberrel találkozott.

– Sok szerencsét Kaliforniában! – búcsúzott tőle, nem tudván, hogy útjaik keresztezik-e még egymást valaha. Egyáltalán fölhívja-e majd Joe? Nem olyan fajtának látszott. Ez a férfi a maga világában, a saját szenvedélyének élt, nem akármilyen sikereket mondhatott a magáénak, és valószínűtlennek tűnt, hogy egy tizenhét éves lány után futkosson. A beszélgetésük alapján teljesen valószínűtlennek.

– Köszönöm, Kate! Remélem, fölveszik a Radcliffe-re. Ha van eszük, akkor igen, mert jól járnak magával.

Kezet szorítottak, ezúttal Kate sütötte le a szemét a fiatalember tekintetének tüzében, amely mintha lényének minden részletét meg akarta volna örökíteni, emlékezetébe akarta volna vésni. Fura érzés fogta el, de közben ellenállhatatlan erő vonzotta a férfihoz.

– Köszönöm!

Joe félszegen meghajolt, sarkon fordult, és Charlest keresve eltűnt a tömegben.

– Nem mindennapi ember – jegyezte meg csodálattal Clarke, mialatt kifelé indultak, és a kijáratnál elkérték a kabátjukat. – Tudjátok egyáltalán, ki ez? – kérdezte, és elárasztotta a két nőt Joe Allbright különleges teljesítményeinek felsorolásával, a legutóbbi néhány évben felállított csúcsaival. Szemlátomást mindegyiket ismerte.

Ahogy a kocsiba szálltak, Kate kinézett az ablakon, és kettejük társalgására gondolt. A rekorddöntögetés nem sokat mondott neki, bár csodálta érte Allbright-ot, és megértette, hogy a fiatalember fontos, tekinté-lyes személyiség abban a ritka atmoszférában, amely a lételeme. Őt azonban maga az egyéniség vonzotta. Az ereje, a gyöngédsége, még a félszegsége is úgy megindította, mint még senki más. Ebben a pillanat-ban teljes bizonyossággal tudta, hogy ez a férfi magá-val vitt egy darabot a szívéből, és egész úton hazafelé azon tépelődött, vajon találkoznak-e még valaha.

2

A KARÁCSONYI fényes bál után Kate gyanúja beigazo-lódott, többé nem hallott Joe Allbright felől. A fiatal-ember hiába kapott az apjától névjegyet, nem telefo-nált. Kate olvasott róla, tudatosan kereste a vele kap-csolatos híreket, látta a képét az újságokban, még a filmhíradóban is, amikor időről időre versenyeket nyert. Kaliforniában több rekordot is megdöntött, nagy tetszéssel fogadták legújabb gépét, amelyet Dutch Kindelbergerrel és John Leland Atwooddal közösen tervezett. A lány tudta, hogy Joe immár le-gendás pilóta, de a maga világában él, fényévekre tő-le, és kétségkívül rég elfelejtette őt. Nyilván soha nem fogja viszontlátni, legfeljebb a hírlapok hasábja-in találkozik vele, és őrzi majd a fiatal lány korában egyszer együtt töltött este emlékét.

Áprilisban fölvették a Radcliffe-re, a szülei ujjong-tak, akárcsak ő. A háború egyre aggasztóbban ala-kult Európában, állandóan erről folyt a szó. Az apja még mindig azt hajtogatta, hogy Roosevelt nem engedi belerántani az Egyesült Államokat, de két ismerős fiatalember már Angliába utazott, és jelentkezett a brit légierőhöz. A tengelyhatalmak ellentámadásba mentek át Észak-Afrikában, Rommel tábornok sorra nyerte a csatákat az Afrikakorpsszal. Az európai hadszíntéren a németek megszállták Jugoszláviát és Görögországot, Olaszország is hadat üzent Jugoszláviának. Londonban naponta kétezer ember életét oltották ki a német bombák.

A háború miatt többé nem nyaralhattak Európában, így már második éve az egész vakációt Cape Codon töltötték. Kate mindig jól érezte magát az ottani házukban. Ezt a nyarat különösen izgatottan várta, hiszen ősszel főiskolára mehetett. Az anyja örült, hogy nem szakad el tőlük messzire, csak a folyó túloldalára, Cambridge-be költözik. A két nő mindent előkészített, mielőtt a félszigetre indultak, ahol egészen a szeptemberi munka ünnepéig szándékoztak maradni, Clarke pedig terv szerint a hétvégeken csatlakozott hozzájuk, ahogy máskor is.

Ez a nyár teniszmeccsek, baráti összejövetelek meg hosszú tengerparti séták jegyében telt. Kate naponta megmártózott az óceánban, megismerkedett egy nagyon kedves fiúval, aki ősztől a Dartmouth Főiskolára járt, meg egy másikkal, aki a harmadévet kezdte a Yale-en. Csupa értelmes, jól nevelt, egészséges fiatal vette körül, a népes társaság a golftól a kroketten át a tollaslabdáig mindent kipróbált a parti fövenyen, sokszor csak a fiúk fociztak, a lányok meg szurkoltak nekik. A hosszú, gondtalan nyarat csak az Európából érkező, mind nyugtalanítóbb tudósítások árnyékolták be.

A németek elfoglalták Krétát, heves harcok dúltak Észak-Afrikában és a Közel-Keleten. Az angolok és az olaszok légi csatákat vívtak Málta fölött. Június végén a Wehrmacht lerohanta a Szovjetuniót, egy hónappal később a japánok bevonultak Indokínába.

Kate gondolatai a háborún kívül gyakorta időztek a Radcliffe-nél. Már csak napok választották el az egyre izgatottabban várt tanévkezdéstől. Sok középiskolás diáktársa úgy döntött, nem tanul tovább, így ő szinte kivételnek számított. Két barátnője érettségi után férjhez ment, három másik azon a nyáron jelentette be az eljegyzését. Tizennyolc éves fejjel mármár aggszűznek érezte magát. Tudta, hogy egy év leforgása alatt néhányan gyereket szülnek, a többiek is sorra kitűzik az esküvőjüket. Az apjával egyetértésben ő mégis tanulni akart, csak még azt nem határozta el, milyen szakon.

Ha egy kicsit más a világ, szívesen tanult volna jogot, de ez túl nagy áldozatot követelt volna. Ha a jogi pályát választja, nemigen gondolhat házasságra, egyébként is úgy vélte, ez a hivatás nem nőknek való. Akkor már inkább az irodalom, esetleg a történelem, második tárgyként pedig az olasz vagy a francia. Így később jobb híján taníthatott is. Csakhogy a jogon kívül egyetlen szakma sem érdekelte igazán. A szülei persze diploma után férjhez akarták adni, a főiskolát csupán érdekes elfoglaltságnak tekintették, amíg megfelelő vőlegény nem akad.

Joe neve a megismerkedésük utáni hónapokban egyszer-kétszer került elő, nem mint szóba jöhető parti, hanem valamely új vagy figyelemre méltó teljesítménye okán. Clarke most még inkább érdeklődött iránta, többször is Kate emlékezetébe idézte. A lány nem felejtette ugyan el, de mivel nem érintkezett a fiatalemberrel, lelkesedése lassanként alábbhagyott, egyéb, kézzelfoghatóbb dolgok kötötték le.

Eljött a nyár vége, a munka ünnepét, szeptember első hétfőjét megelőző hétvége, amikor a szüleivel minden évben, rendszerint külföldi útjukról hazatérve az egyik Cape Cod-i szomszédjuk kerti sütésén szoktak részt venni. Ott volt a környék apraja-nagyja, a házigazdák óriási máglyát raktak a víz mellett.

Kate sortban álldogált a kortársai között, mályvacukrot pirítottak, kolbászt sütöttek, és ahogy a lány egy lépést hátrált a felcsapó lángoktól, nekiütközött valakinek. Megfordult, hogy elnézést kérjen, amiért a lábára tiport, és amint felnézett rá, meghökkenve látta, hogy Joe Allbright az. Zavarában meg sem tudott mukkanni, görcsösen markolászta a nyársat, amelynek végén sercegve égett a mályvacukorgömböc. A férfi elvigyorodott:

– Vigyázzon, még felgyújt valakit!

– Maga mit keres itt?

– Mályvacukorra várok. A magáé kissé megpörkölődött.

Az édesség lassan szénné égett, Kate meg csak nézte-nézte a férfit, nem akart hinni a szemének.

– Mikor jött vissza? – kérdezte a lány, és érezte, hogy azonnal újrateremtődött közöttük a meghitt kapcsolat, amelyben a bálon beszélgettek.

– Nem jöttem vissza, várhatóan az év végéig Kaliforniában tartózkodom, csak egy pár napra rándultunk át ide, a keleti partra egy barátommal. Kedden akartam fölhívni az édesapját, hogy beváltsam az ígéretemet. Mi a helyzet az iskolával?

– A jövő héten kezdődik – felelte Kate, de alig tudott a saját szavaira összpontosítani. Joe khakinadrágban, pulóverben és szintén mezítláb úgy festett, mint egy kölyök. Lebarnult, a haját kiszívta a nap, izmos válla a pulóverben még jobban érvényesült, mint a kölcsönfrakkban. Általában véve még jóképűbbnek látta, mint amilyenre emlékezett, nem csoda, hogy Kate tőle szokatlan módon megkukult. Hosszú karjával, kissé ideges toporgásával még mindig földre kényszerített óriásmadárra emlékeztette a férfi, aki azonban most jóval kevésbé elfogódottan viselkedett vele. Joe az eltelt időben sokat gondolt rá, és ebben a környezetben természetesebben érezte magát. Beszélgetés közben Kate tovább szorongatta a nyársat, a mályvacukor nem csak elégett, de ki is hűlt. A férfi egy szelíd mozdulattal kivette a kezéből, és a tűzbe dobta.

– Evett már? – kérdezte.

– Csak mályvacukrot – válaszolta félénk mosollyal a lány, ahogy Joe keze önkéntelenül a kezéhez ért.

– Vacsora előtt? Öreg hiba. Mit szólna egy hot doghoz?

Kate bólintott, a férfi két kolbászt vett el egy tálcáról, és nyársra tűzve a tűz fölé tartotta.

– Halljuk, mivel foglalkozott karácsony óta? – érdeklődött.

– Leérettségiztem, fölvettek a Radcliffe-re, ez minden.

– Helyes. Tudtam, hogy föl fogják venni, büszke vagyok magára.

A lány elpirult, de szerencsére már besötétedett, a finom fehér homok hűvösnek érzett a talpuk alatt.

Joe mintha magabiztosabban társalgott volna vele, mint nyolc hónapja, de talán csak azért, mert már nem először találkoztak. Kate mindent tudott róla, az újságokból meg az apjától ismerte az eredményeit, csak azt nem tudta, hogy a férfi gondolatban már a barátjának tekinti.

– Vezetett mostanában?

– Apám csapnivaló sofőrnek tart, de szerintem egész jól boldogulok a volán mögött. Jobban, mint anyám, aki folyton összetöri a kocsit.

– Akkor talán ideje megpróbálkoznia a repüléssel. Majd szerét ejtjük, ha legközelebb keletre jövök. Az év végén visszaköltözöm New Jerseybe, egy új vállalkozáson konzultálok Charles Lindberghgel, de előbb végeznem kell Kaliforniában.

Kate örömmel hallotta, hogy visszatér, bár tudta, nemigen várhat semmit egy harmincéves, a maga területén befutott embertől ő, aki csak főiskolás, illetve még az sem. Most, hogy tudta, kivel áll szemben, még inkább fölnézett rá, mint az első alkalommal, és ezúttal ő viselkedett félszegen. Joe viszont magabiztosan bánt vele, szinte úgy, mint a húgával, pedig hozzá hasonlóan egyedüli gyerek volt. Kicsi korában elveszítette a szüleit, az anyja rokonainál nevelkedett, akikkel kölcsönösen nem nagyon rajongtak egymásért.

– Szóval a jövő héttől iskolába jár? – kérdezte a férfi, és mosolyogva átnyújtott egy hot dogot.

– Kedden költözöm be a kollégiumba.

– Izgalmas lesz.

– Nem annyira, mint amiket maga művel. Nyomon követtem a hírlapokban. A papám a legnagyobb rajongója.

Clarke – a lányával ellentétben – csakugyan tisztában volt Allbright teljesítményének jelentőségével.

Elfogyasztották a hot dogjukat, és egy farönkre telepedtek kávézni. Tölcséres fagylaltot kínáltak körbe, Kate mindenét összecsöpögtette vele, Joe a kávét kortyolgatva figyelte. Szerette nézni, élvezte, hogy olyan szép, fiatal, csupa élet és tenniakarás. Mint egy prüszkölő, ágaskodó, gyönyörű telivér kanca, amely ficánkolva hátraveti bronzvörös sörényét. Joe soha nem találkozott még hasonló jelenséggel. A nők, akiket az évek során megismert, sokkal köznapibbak, visszafogottabbak voltak. Kate úgy tündökölt, akár egy fényes csillag az égen, le sem tudta venni róla a szemét, mintha attól félt volna, hogy rögtön eltűnik.

– Sétálunk egyet? – kérdezte végül, miután a lány letisztogatta magáról a jégkrémnyomokat. Kate bólintott.

Jó darabig csöndben lépkedtek egymás mellett a hullámszegély mentén, a kerek képű hold az egész partot beragyogta.

Egy idő múltán Joe fölnézett az égre, aztán a lányra, és elmosolyodott.

– Imádok ilyen éjjeleken repülni. Azt hiszem, magának is tetszene. Megnyugtató érzés, mintha az ember közel kerülne Istenhez.

Éjszakai légi útjain egyszer-kétszer eszébe jutott Kate, óhatatlanul eljátszott a gondolattal, milyen kellemes lenne, ha őt is magával vinné a magasba. Aztán nem győzte korholni magát, hogy ez még gyerek, valószínűleg rég elfelejtette őt. De Kate emlékezett rá, és most mintha a sors kegyéből találkoztak volna ismét. Bár az imént azt állította, valójában eddig nem tudta, lesz-e bátorsága fölhívni a lány apját, húzta-halasztotta a dolgot. Ez a véletlen találkozás megoldotta a gondját.

– Miért szeretett bele a repülésbe? – rezzentette föl merengéséből Kate.

– Nem tudom. A repülőgépeket már tacskókoromban is imádtam. Talán menekülni akartam, vagy olyan magasra kerülni, ahol senki sem férhet hozzám.

– Mitől menekült?

– Az emberektől, a kellemetlenségektől, az azokkal kapcsolatos rossz érzéseimtől.

A szüleit nem is ismerte, a rokonai mostohán bántak vele, szikrányi szeretetet sem kapott tőlük, állandóan éreztették vele, hogy betolakodó. Tizenhat évesen önállósította magát, legszívesebben előbb is faképnél hagyta volna őket.

– Mindig szerettem a magányt, és kedvelem a masinákat, a sok apró alkatrészt, amellyel működnek, a műszaki részleteket. A repülés igazi bűvészmutatvány, az ember összerakja a darabokat, és hipphopp! – az égben találja magát.

– Csodálatosan hangzik.

Megálltak, letelepedtek a simogatóan finom homokra. Jókora távolságot tettek meg, elfáradtak.

– Mert az is, Kate. Amióta az eszemet tudom, repülni vágytam. Szinte hihetetlen, hogy most még fizetnek is érte.

– Persze, hogy fizetnek, ha olyan jól csinálja.

– Egyszer szeretném, ha velem repülne. Nem kell félnie.

– Eszemben sincs. Miért félnék?

Szorosan egymás mellett ültek, és ez kettejük közül a férfit ijesztette meg jobban. Voltaképpen a saját érzéseitől ijedt meg. Felajzotta, mágnesként vonzotta ez a tizenkét évvel fiatalabb, jó családból való lány, aki a Radcliffe-re nyert felvételt.

Tudta, hogy ez nem az ő világa, nem is a lány körülményei vonzották, hanem a lénye és az a fesztelenség, amely a társaságában elfogta. Eddig nem találkozott hasonlóval, pedig sok nővel járt már, főleg a kifutópályák körül őgyelgő fajtával vagy más pilóták húgaival, de azok nem is hasonlítottak Kate-re. Csak egy iránt érdeklődött igazán, az is máshoz ment férjhez, azt mondta, unatkozott, mert a repülés miatt folyton egyedül hagyta. Joe el sem tudta képzelni Kate-et, amint unatkozik. Ez az életvidám, önálló lány már tizennyolc évesen kiforrott egyéniségnek tetszett, éppen ez vonzotta benne. Hibátlan, teljes, kész egyéniség, aki a maga útját járja, mint egy üstökös.

Kate elmesélte neki, hogy jogi tanulmányokról ábrándozott, de föl kellett adnia az álmát, mert ez nem nőknek való pálya.

– Szamárság! Ha erről álmodik, miért nem valósítja meg?

– A szüleim nem jó szemmel nézik. Azt akarják, hogy tanuljak, de azután menjek férjhez.

Csalódottnak tűnt a hangja.

– Nem lehet összeegyeztetni a házasságot a jogi pályával?

A lány a fejét rázta, a haja úgy hullámzott a feje körül, mint egy mélyvörös függöny. Ez még inkább fokozta az érzéki összhatást, amelynek Joe mindeddig derekasan ellenállt. Olyan sikerrel, hogy Kate eddig észre sem vette, mennyire vonzódik hozzá. Egyszerűen csak barátságosnak látta.

– El tud képzelni olyan férfit, aki hagyná, hogy a felesége jogászkodjon? Mindegyik elvárná tőlem, hogy otthon maradjak, és gyerekeket neveljek.

Mindketten tudták, hogy ilyen a közfelfogás.

– Van már férjjelöltje? – érdeklődött Joe. Nem sokat tudott a lányról. Talán karácsony óta összemelegedett valakivel, vagy már régebben ismeri.

– Nincs.

– Akkor minek emészti magát ezen? Ráér akkor, ha majd rátalál a megfelelő fiatalemberre. Olyan ez, mintha egy állás miatt aggódna, amelyet még meg sem kapott. Talán a jogi egyetemen rálel a jövendőbelijére. Vajon... annyira fontos a házasság?

Ő harmincévesen még csak közel sem került hozzá. Tudta, hogy ez a lány meg csak tizennyolc, előtte az egész élet, és úgy beszél a házasságról meg a gyermeknevelésről, mint egy választott hivatásról, nem pedig egy érzelmi kapcsolat elkerülhetetlen velejárójáról. Vajon a szülei is így gondolják? Tény, hogy sokan vélekednek hasonlóan.

– Szerintem fontos – válaszolt elgondolkodva a lány –, mindenki azt mondja. Bizonyára számomra is azzá válik majd, de most még nehezen tudom elképzelni. Nem kapkodom el, egyelőre örülök, hogy főiskolára megyek. Négy évig nem is kell törnöm rajta a fejemet, addig pedig ki tudja, mi történik?

– Elszökhet, és beállhat a vándorcirkuszba – jegyezte meg komolykodva a férfi, Kate nevetve hanyatt feküdt, behajlított karjára támasztotta a fejét. Elbűvölően festett a holdfényben. Joe-nak emlékeztetnie kellett magát a korkülönbségre. Pedig ahogy a lány ott feküdt, egyáltalán nem gyereknek, hanem nagyon is felnőtt nőnek tűnt. Joe elfordult, hogy rendezze az arcvonásait. A lány nem sejthette, mi zajlik az elméjében.

– Azt hiszem, jól érezném magam a cirkuszban – hallotta a háta mögül, míg az éjszakai égboltot für-

42

készte. – Kislánykoromban lenyűgöztek a flitteres jelmezek. Meg a lovak. Imádtam a lovakat. Az oroszlánoktól és a tigrisektől féltem.

– Azoktól én is. Csak egyszer voltam cirkuszban, Minneapolisban. Túl lármásnak találtam. A bohócokat kifejezetten utáltam, egyáltalán nem mulattattak.

Ez a megjegyzés annyira illett hozzá, hogy mosolyra fakasztotta Kate-et, aki elképzelte a látványosságtól lenyűgözött, komoly kisfiúnak. A bohócokat ő is mindig közönségesnek érezte. Mindketten a kifinomultabb dolgokat kedvelték. Sok közös tulajdonságot hordoztak magukban, ami a látszólag olyanynyira különböző felszín alatt ellenállhatatlan vonzást gyakorolt rájuk.

– Sohasem szenvedhettem a cirkuszi szagokat – folytatta a lány –, de az artisták élete érdekes lehet. Mindig van kihez szólniuk.

Joe elnevette magát, és feléje fordult. Annyit máris tudott a lányról, hogy szereti az embereket, könynyen szót ért velük. Ő sohasem dicsekedhetett ezzel az adottsággal, a lány pedig ösztönösen ilyen volt, s ez még inkább fokozta a férfi rokonszenvét.

– Elképzelni sem tudnék rosszabbat. Ezért szeretek annyira repülni. Odafönt nincs kivel beszélgetni. A földön állandóan mondani akarnak nekem valamit, vagy pedig engem nyaggatnak, hogy beszéljek. Kimerítő.

Szenvedő arca elárulta, hogy tényleg zavarja, ha társalgásra kényszerítik. Sokszor valóban nehezére esett a locsogás. Nem tudta, nem pilótavonás-e ez. Több hosszú utat tett meg Charlesszal úgy, hogy közben egy árva szót sem szóltak egymáshoz, és ez cseppet sem zavarta őket. Egészen addig hallgattak, amíg a földet érés után ki nem nyitották a pilótafülke ajtaját. Ez mindkettőjüknek tökéletesen megfelelt, de Kate-ről el sem tudta képzelni, hogy nyolc órán át némán üljön.

– Fárasztóak az emberek, nem hagynak nyugton, félreértelmezik, kifacsarják a szavaimat. Mindent agyonkomplikálnak.

– Maga inkább a csöndes, egyszerű dolgokat szereti, igaz?

Válaszul bólintott. Gyűlölte a bonyodalmakat. Tudta, hogy vele ellentétben sokan élvezettel kuszálnak össze mindent.

– Én is azt szeretem, ami egyszerű – vallotta be Kate –, a csöndet már kevésbé. Inkább a beszélgetést, az embereket, a zenét, olykor a zsivajt is. Kislánykoromban nem éreztem jól magam otthon a síri csönd miatt. A szüleim azt igényelték tőlem, hogy úgy viselkedjek, mint egy miniatűr felnőtt, én pedig gyerek módra zajongani, maszatolni, rongálni akartam. Nálunk hírből sem ismerték a rendetlenséget, még a hajamat sem kócolhattam össze. Rengeteg követelménynek kellett eleget tennem.

Joe ezzel szemben a legteljesebb káoszban nőtt fel, a rokonainál örökös felfordulás uralkodott, minden ragadt a piszoktól, az unokatestvérei ápolatlanok voltak, kisebb korukban reggeltől estig bőgtek, azután meg civakodtak, így továbbra sem csökkent a hangzavar. Nem volt egy nyugodt perce, amíg el nem költözött. Unos-untalan szemrehányást tettek neki, hogy mennyi gondot okoz, nyűg a nyakukon, azzal riogatták, hogy más rokonokhoz küldik. Meghúzta magát, de nem tudhatta, nem teszik-e ki mégis a szűrét, így aztán nemigen kötődött senkihez, és ez később sem változott. Akkor érezte jól magát, ha egyedül maradhatott.

– Mindenki olyan életet szeretne, mint a magáé, Kate, bár voltaképpen nem tudják, milyen is az. Én megértem, hogy bizonyos szempontból terhes lehet.

A lány merev, kínosan pedáns képet festett környezetéről, holott az egyúttal biztos hátteret is jelentett, amelyet a szerettei teremtettek neki, és ő jól tudta ezt. Mindazonáltal örömmel várta, hogy kiszabaduljon otthonról, és kollégiumba költözhessen.

– Mit tenne másként a saját gyerekeivel?

– Nyilván imádnám őket, hagynám, hogy kibontakozzanak, nem erőltetném rájuk az elképzeléseimet. Nem próbálnám a saját képemre formálni őket. Engedném, hogy azt csinálják, amihez kedvük van. Ahogy maga. Azt sem bánnám, ha repülni akarnának. Nem tördelném a kezemet, hogy jaj, de veszélyes, micsoda hóbortos ötlet, nem ildomos dolog, inkább hallgassanak rám. Szerintem a szülőknek nincs joguk ahhoz, hogy előírásos formák közé kényszerítsék a gyerekeiket, csak mert annak idején ők is így jártak.

Láthatólag szabadságra vágyott, ahogy egész életében Joe is, aki tudta magáról, hogy elszakítana minden láncot, béklyót, ami visszatartaná. Ő nem egyszerűen akarta, létszükségletként igényelte a szabadságot, soha semmiért és senki kedvéért nem adta volna fel.

– Talán könnyebb nekem, mert nincsenek szüleim – sóhajtotta, és elmondta, hogy hat hónapos korában autóbalesetben hunytak el.

– A rokonai szeretettel bántak magával?

– Nem igazán. Panaszkodtak, hogy eggyel több éhes szájat kell etetni, mindenféle házimunkát végeztettek velem, meg a gyerekeiket pesztráltatták. Amikor beütött a gazdasági válság, megkönnyebbültek, hogy túladhattak rajtam, mert nélkülem is szűkölködniük kellett.

Kate viszont fényűzésben, biztonságban, kényelemben nevelkedett. A gazdasági válság anyagilag csak az apját érintette, őt magát az anyja jóvoltából nem. Szinte védőburok vette körül, ezért nem áhította azt a fajta szabadságot, amit a repülés adhatott. Beérte egy kicsivel nagyobb mozgástérrel, mint amilyet a szülei engedtek.

– Nem szeretne gyerekeket? – kérdezte, mert kíváncsi volt, hogy illik ez a téma a férfi elképzeléseihez, hiszen az életkora révén már legalább gondolkoznia kellett rajta.

– Nem tudom. Talán nem. Nem hiszem, hogy jó apa válnék belőlem. Elfoglal a repülés, a gyerekeknek pedig olyan apa kell, aki szükség esetén a rendelkezésükre áll. Alighanem jobban járnék, ha nem vállalnék gyerekeket, különben folyton azon vívódnék, amit elmulasztottam, és furdalna miatta a lelkiismeret.

A lányt felvillanyozta ez az őszinteség. Ez is közös sajátságuk volt, mindketten kimondták, ami a szívüket nyomta, nem tartottak attól, mit szólnak hozzá mások. Joe ritkán nyílt meg úgy, mint most előtte, de nem volt semmi takargatnivalója, nem hagyott maga után semmi fájdalmat, nem bántott meg akarattal senkit. Még attól az egyetlen lánytól sem haraggal búcsúzott el, aki iránt érdeklődött. A lány egyszerűen rájött, hogy nem számíthat rá, hát elhagyta. Joe egy pillanatig sem titkolta, hogy más dolgok fontosabbak neki.

– Egyáltalán szándékozik megnősülni?

– Még nem ismertem olyan nőt, aki jó szívvel elviselte volna az életformámat. Azt hiszem, a repülés magányos lelkeknek való. Nem tudom, Charles hogy tudja összeegyeztetni a házassággal, de nem sokat van otthon. Azt hiszem, Anne elfoglalja magát a gyerekekkel. Nagyszerű asszony. – Mégis mennyit kellett szenvednie! Kate szíve majd megszakadt érte. – Talán ha hozzá hasonlóra akadnék, de hát az nem valószínű. Millióból egy, ha olyan. Nem hiszem, hogy házasságra születtem. Az embernek vállalnia kell önmagát, nem erőltethet magára olyan szerepet, amely nem neki való. Azzal csak bajt okoz. Magának és másoknak.

Szavai azt juttatták Kate eszébe, hogy jogi egyetemre kéne mennie, de tudta, mennyire felzaklatná a szüleit. Joe független, nem tartozik senkihez, nem felelős senkiért, de az ő élete egészen más. Ő cipeli a szülei álmainak és reményeinek összes terhét, nem hagyhatja cserben őket. Főleg azután nem, amit az apja, Clarke tett érte és az anyjáért.

Egy ideig szótlanul ültek, élvezték a nyugalmat, egymás társaságát, az elhangzottakon gondolkodtak. Őszinte szavaikban nyoma sem volt mesterkéltségnek, tettetésnek, és bármennyire különbözött is a személyiségük, az életük, erősen vonzódtak egymáshoz. Úgy összeillettek, mint egy érem két oldala.

Joe törte meg a csöndet, ahogy ismét a lány felé fordult, aki a homokon fekve békésen nézte a holdat. Nem mert melléfeküdni, félt a saját különös, merőben szokatlan érzéseitől. Inkább egy kis távolságot tartott.

– Azt hiszem, vissza kéne mennünk. Nem szeretném, ha a szülei aggódnának. Még azt hiszik, elraboltam magát, és rám szabadítják a rendőrséget.

Kate bólintott, felült. Amikor félrevonultak, senkinek sem szólt, de tudta, hogy többen is látták. Nem biztos, hogy a kísérőjét is felismerték, ő pedig nem magyarázkodott, és nem veződött azzal, hogy megkeresse a szüleit. Félt, hogy esetleg az apja is velük tartana, nem Joe iránti bizalmatlanságból, épp ellenkezőleg, mert annyira kedvelte a fiatalembert.

Joe a kezét nyújtotta, fölsegítette, csöndben visszasétáltak a rőzsetűzhöz, amely messziről világított a parton. Kate-nek csak most tűnt fel, milyen messziről, Joe mellett nem is érzékelte a távolságot. Félúton belékapaszkodott, a férfi magához szorította a kezét, és rámosolygott. Jó barátok lehettek volna, de Joe kínlódva ismerte fel, hogy ennél sokkal többet akar a lánytól. Nem engedhetett az érzelmeinek, már csak a helyzeténél fogva sem. Úgy gondolta, ez a lány jobbat érdemel, ezért számára elérhetetlen.

Fél órába tellett, amíg visszajutottak a társasághoz, és mindketten meglepetve tapasztalták, hogy senki nem hiányolta őket, sőt, észre sem vették a távozásukat.

– Úgy látom, tovább is maradhattunk volna – jegyezte meg Kate, miközben a férfi egy csésze kávéval kínálta, magát pedig egy pohár borral szolgálta ki. Ritkán ivott, mivel mindig repült, de tudta, hogy ma éjjel nem fog fölszállni.

Tisztában volt azzal, hogy nem időzhetnek tovább kettesben. Zavarba ejtő érzések kavarogtak benne, nem bízott saját magában, így szinte megkönnyebbült, amikor Jamisonék a lányért jöttek, mert indulni készültek. Clarke örömmel fedezte föl Joe-t.

– Milyen kellemes meglepetés, Mr. Allbright! Mikor jött vissza Kaliforniából?

– Tegnap, de csak néhány napra. Fel akartam hívni önöket.

– Nagyon helyes. Továbbra is remélem, hogy valamikor elvisz bennünket egy sétarepülésre. Talán majd legközelebb.

– Ezt megígérhetem – biztosította Joe. Arra gondolt, milyen kedves emberek. Néhány percre magára hagyták Kate-tel, hogy a fiatalok elbúcsúzkodjanak, amíg ők elköszönnek vendéglátóiktól, régi barátaiktól. A fiatalember különös arckifejezéssel fordult a lányhoz. Kérdezni akart tőle valamit, amin egész este gondolkodott. Nem tudta, helyénvaló-e, Kate tud-e időt szakítani, ha megkezdődik a tanév. Mégis meg akarta kérdezni, önmagát már sikerült is meggyőznie, hogy egyiküknek sem okozna gondot, ami nem egészen felelt meg a valóságnak, de a lényeg az, hogy nem akarta félrevezetni a lányt, és magát sem akarta olyan kísértésbe hozni, amelynek nem képes ellenállni. – Mondja, Kate, volna kedve időnként írni nekem? Szívesen hallanék magáról.

– Igazán? – lepődött meg a lány. Mindazok után, amit a férfi a nősüléssel és a gyermekvállalással szemben kifejtett, tudta, hogy nem fog udvarolni neki. Szinte mérget mert volna venni arra, hogy csak a barátságára pályázik. Ez egyrészt biztonságérzetet adott, másrészt csalódást okozott neki. Rettentően vonzódott ehhez a férfihoz, aki azonban egy szóval sem jelezte, hogy viszonozná ezt. A beszélgetésükből arra a következtetésre jutott, hogy Joe mesterien leplezi az érzéseit.

– Érdekelne, hogy megy sora – magyarázta a fiatalember, és mélyen hallgatott a nyugtalanságról, amelyet Kate idézett elő a lelkében. – Én pedig beszámolnék a kaliforniai próbarepüléseimről, ha ez nem untatja.

– Dehogy, épp ellenkezőleg! – felelte a lány. A hangsúlyokból úgy ítélte, nyugodtan megmutathatja azokat a leveleket az apjának is, aki ugyancsak élvezi majd őket.

Joe lefirkantotta a címét, és odaadta a papírt.

– Nem vagyok valami híres levélíró, de igyekezni fogok. Szeretnék érintkezésben maradni magával, figyelemmel kísérni a tanulmányait.

Joe megpróbált régi baráthoz vagy nagybácsihoz illően beszélni, még véletlenül sem úgy, mint egy kérő vagy lehetséges férj. Talpig becsületesnek mutatkozott, de mindeddig elmulasztotta megemlíteni, mennyire vonzódik a lányhoz, és mennyire megrettent ettől. Ha nem fegyelmezi magát, könnyen elveszthette volna a fejét, és ezt semmi esetre sem akarta. Úgy vélte, ha a barátság csatornájába tereli rokonszenvét, azzal semlegesíti a veszélyt, és egyikük sem kockáztat semmit, de bármi történik is, nem akarta elveszíteni a lányt. Ezért úgy határozott, tartani fogja vele a kapcsolatot.

– Az apám névjegyén megtalálja az otthoni címünket, és mihelyt megtudom a kollégiumit, azt is elküldöm.

– Írjon, amint meglesz!

Ez azt jelentette, hogy mire visszatér Kaliforniába,

már levelet kaphat, és pontosan ezt akarta. Még el sem búcsúztak, máris a lány társaságára vágyott. Gyötrelmes helyzet, de kikerülhetetlennek tűnt. Úgy vonzódott a lányhoz, mint a sötét éjben egy menedékhelyet ígérő fényponthoz.

– Jó utat Kaliforniába! – bökte ki Kate tizedmásodpercnyi habozás után, amikor pillantásuk találkozott, és szavak nélkül köteteknél többet mondott, ami éppen megfelelt Joe-nak, hiszen amúgy sem találta soha az odaillő szavakat.

Néhány perc múlva Kate átvágott a dűnéken a szüleihez, a férfi a tekintetével kísérte. Odafönt megállt, integetett neki, Joe pedig visszaintett. A lány utoljára azt látta, hogy kihúzza magát, és komoly arckifejezéssel figyeli őt. Miután Kate eltűnt a szeme elől, visszaballagott a partra.

3

AZ ELSŐ HETEK szédítő iramban teltek a főiskolán. Kate beszerezte a tankönyveket, eljárt az előadásokra, megismerkedett a tanárokkal, összeállította az órarendjét, beilleszkedett a leánykollégium életébe. Ez nem kevés alkalmazkodást követelt tőle, de napok alatt rájött, hogy életében nem volt még ilyen boldog. A Radcliffe-en kóstolt bele először a szabadságba, és ízlett neki. Még a hétvégekre sem ment haza – amit az édesanyja nehezményezett is –, de igyekezett legalább időről időre telefonálni az otthoniaknak.

Az első hónap végén szánta rá magát, hogy írjon Joe-nak. Nem mintha előbb nem ért volna rá, de kivárta, amíg elegendő mesélnivaló összegyűlik. Így amikor egy vasárnap délután nekifogott a levélnek, bőven volt miről beszámolnia.

Csak a harvardi fiúkról nem tett említést, akikkel

az előző héten ismerkedett meg. Az egyikük, Andy Scott nagyon tetszett neki, bár korántsem annyira, mint Joe, aki a tökéletesség mércéjévé vált a számára. Sehol sem akadhatott olyan magas, jóképű, erős, izgalmas, érdekes és érdemes férfiú, mint Joe Allbright. Mellette még Andy, a többi elsőéves lányt elkápráztató harvardi úszócsapat kapitánya is elhalványult.

Mihelyt Joe kézhez vette a lelkes hangú levelet, azonnal válaszolt, tájékoztatta a lányt legújabb műszaki terveiről, egy korábban leküzdhetetlennek tűnt probléma sikeres megoldásáról, legutóbbi próbaútjairól. Arról hallgatott, hogy egy fiú előző nap életét vesztette egy nevadai próbarepülésen. Azt az utat eredetileg maga akarta megtenni, egy értekezlet miatt engedte át másnak. A levélben azonban igyekezett minél derűsebb hangot megütni, mégis elégedetlenül tette le a tollat, mert mondatai unalmasnak tűntek a lányéhoz képest, kétségkívül nehézkesebben bánt a szavakkal. Mégis elküldte a levelet, és izgatottan várta a választ.

Kate pontosan tíz nappal azután kapta meg az írást, hogy postára adta a sajátját. Haladéktalanul megfogalmazta a következőt, még az Andy Scott-tal megbeszélt találkát is lemondta, hogy a szobájában maradhasson, és hosszú hírekkel teli levelet írhasson Joe-nak. A szobatársai ki is jelentették, hogy bedilizett, ám ő úgy érezte, a szíve a pilótáé. Nem kötötte a lányok orrára, kicsoda Joe Allbright, nem is igen mesélt róla, Andynél fejfájásra hivatkozott, és a levélben sem árult el mást, csak baráti érzéseket. Nem fedte föl magát, viszont találó jelzőkkel, nem mindennapi megjelenítő erővel ábrázolta a főiskola életét. Joe hangosan nevetve olvasta a személyek és események szórakoztató leírását.

Az ősz folyamán komolyabbra vált a levelezés, ahogy Európában súlyosbodott a hadi helyzet. Eszmét cseréltek az időszerű kérdésekről, Joe tisztelte

Kate nézeteit. Továbbra is hitt abban, hogy az Egyesült Államok bármelyik percben hadba léphet, úgy gondolta, tanácsadóként visszatér Európába, a brit légierőhöz. Az aggasztó hírek közepette azért megpróbálta jobb kedvre deríteni a lányt.

November negyedik hetében, a hálaadás napja előtti kedden, amikor Kate-et telefonon keresték a diákszállóban, azt hitte, a szülei azok. Terv szerint másnap indult haza, úgy gondolta, az anyja tudni akarja, hány órakor számíthat rá. Az ünnepre vendégeket vártak, mozgalmasnak ígérkezett a hétvége. Hétfőn Andyvel kávézott, közölte vele, hogy New Yorkba megy, de majd telefonál. Az elmúlt két hónapban egyszer-kétszer együtt vacsoráztak, de többre nem jutottak. A lányt jobban érdekelte a Joe-val folytatott levélváltás, mint egy harmadéves főiskolás.

– Halló! – szólt bele a kagylóba abban a hiszemben, hogy az anyja válaszol rá, és meghökkenve hallotta Joe hangját. A lány, aki a készülékhez hívta, elfelejtett szólni, hogy Kaliforniából keresik. Azonnal elpirult, még szerencse, hogy az ilyesmi a telefonban nem látszik. – Boldog hálaadást, Joe!

– Magának is, Kate. Hogy megy az iskola?

– Minden rendben, holnap hazautazom. Képzelje, azt hittem, anyám hív. Az egész hétvégét otthon töltöm – közölte a férfival azt, amit már amúgy is megírt neki, de nem jutott jobb az eszébe. A levelezés mindkettejüket érzékenyebbé, egymás iránt nyíltabbá tette, és most furcsán érezte magát, hogy így élő szóban társalogtak.

– Tudom, azért hívtam, hogy megkérdezzem, nincs-e kedve velem vacsorázni – felelte nemkevésbé idegesen Joe, és lélegzet-visszafojtva várta a választ.

– Magával vacsorázni? Hol? Mikor? Visszajön Kaliforniából?

– Tulajdonképpen már visszajöttem. Az utolsó pillanatban alakult így. Tanácskoznom kellett Charles-

52

szal. Ma este náluk vacsorázom, és valamikor a hét végén átugorhatnék New Yorkból.

Valójában a tanácskozás ráért volna, csak ürügyet keresett, hogy a keleti partra utazhasson, így kapóra jött ez a lehetőség. Kate-nek azért nem szólt előre, mert úgy okoskodott, hogy nehezebb visszautasítani az ajánlatot, ha ő már a helyszínen van. Ügyesen kifundálta a dolgot, bár nem is kellett volna cselhez folyamodnia, hiszen a lány annyira örült a viszontlátásnak, hogy alig tudta visszafogni magát a telefonban. Mindketten kiválóan játszották a szerepüket, amely egyaránt új volt nekik. Kate kegyeit még sohasem kereste felnőtt férfi, Joe pedig egyetlen nő iránt sem táplált még effajta érzéseket.

– Mikor ér rá?

– Amikor csak akarja – hangzott a válasz, és Kate elgondolkodott, nem tudta biztosan, helyes-e, ami az eszébe jutott, mit fog szólni hozzá az anyja, de úgy vélte, az apja örülne, ezért úgy döntött, megkockáztatja.

– Jöjjön el hozzánk hálaadáskor!

– A szülei biztos nem bánják?

– Persze, hogy nem – állította a lány, és reménykedett, hogy az anyja nem fog haragudni.

– Remek. Csütörtök délelőtt odarepülök. Hánykor vacsoráznak?

– Hétkor. A többi vendéget ötre hívtuk, de maga jöhet korábban is.

Nem akarta, hogy Joe egész délután a reptéren veszteljen.

– Ötkor tökéletesen megfelel – felelte jókedvűen a férfi. Reggel hatkor is tökéletesen megfelelt volna neki, ha a lány azt javasolja. – Nagyon ki kell öltözni? – érdeklődött. Nem óhajtott kiríni a szmokingos társaságból.

– Nem, a papa ilyen alkalmakkor sötét öltönyt szokott viselni, de ő elég régimódi, maga akármit fölvehet, amit az útra magával hozott.

– Jó, akkor pilóta kezeslábasban fogok feszíteni.

– Legalább megláthatom, hogy áll magának.

– Esetleg szervezhetünk egy kis sétarepülést a hét végére magának meg az édesapjának.

– Csak anyám meg ne tudja! A torkán akadna a töltött pulyka, és a vacsora közepén ajtót mutatna magának!

– Hallgatni fogok. Viszlát csütörtökön!

Mindketten izgatottan tették le a kagylót.

Kate kíméletesen akarta tájékoztatni az anyját az újabb vendégről. Másnap délután a konyhában találta, ahol az ünnepi terítékek előkészítésével foglalatoskodott.

– Szia, mama! Segíthetek?

Az asszony meglepetten pillantott föl, mert Kate máskor nagy ívben elkerülte a konyhát, szívből utálta a háztartási teendőket.

– Eltanácsoltak az iskolából? Valami szörnyűséget követhettél el, ha a porcelántányérok számolásában akarsz segédkezni. Ki vele, mi történt?

– El sem tudod képzelni, hogy egyszerűen benőtt a fejem lágya a főiskolán?

– El tudom éppen, de szabadjára kell engednem a fantáziámat. Nálad legkorábban harmad- vagy inkább negyedévben számítok a jeles eseményre.

– Na, jó. Abban a szellemben jártam el, amely szerintem a hálaadás ünnepének lényege – jelentette ki ártatlan képpel Kate.

– Levágtál egy pulykát?

– Nem, meghívtam vacsorára egy otthontalan barátot. Nem hajléktalan, csak éppen nincs családja.

– Ez igazán szép. Egy évfolyamtársnőd?

– Egy kaliforniai barátom.

– Akkor érthető, ha nem tud hazamenni. Jól tetted, hogy meghívtad. Tizennyolcan jönnek vacsorára, még egy lány igazán elfér az asztalnál.

– Kösz, mama! Mellesleg nem lány.

54

– Fiú? – hökkent meg Elizabeth.

– Olyasmi.

– A Harvardról? – kérdezte felcsillanó szemmel. Lelkesítette a gondolat, hogy a lány egy harvardi fiúval jár, és ő értesül róla elsőként. Pedig még csak három hónapja kezdődött a tanév.

– Nem a Harvardról – ugrott fejest a mély vízbe Kate. – Joe Allbright.

Döbbent csend támadt.

– A pilóta? Honnét hallottál róla?

– Tegnap minden előzmény nélkül felhívott. Épp Lindberghékhez látogatott, és hálaadáskor nincs semmi dolga.

– Nem furcsa egy kicsit, hogy csak úgy felhívott?

– Hát... talán az.

Kate egy szót sem szólt a levelekről, most pedig meg kellett magyaráznia, miért hívta meg Allbrightot, holott maga sem tudta igazán. Mégis valami hihető indokot kellett találnia.

– Korábban nem telefonált?

– Nem – válaszolta az igazsághoz híven. Elvégre nem azt kérdezték tőle, nem írt-e Joe. – Azt hiszem, kedveli apát, és talán egyedül érzi magát. Úgy tudom, nincs családja. Fogalmam sincs, miért telefonált, de amikor megemlítette, hogy hálaadásra nincs programja, megsajnáltam. Úgy gondoltam, ti sem fogjátok bánni, elvégre illik a hálaadás szelleméhez.

Elizabeth-t nem egészen nyugtatta meg a magyarázat, annál jobban ismerte a saját lányát, és bár még sohasem látta ilyennek, ötvennyolc éves fejjel sem feledte el, milyen az, ha az ember fülig szerelmes egy idősebb férfiba. Valami aggasztotta ebben a Joe Allbrightban. Úgy érezte, ebben a zárkózott személyiségben rengeteg energia gyülemlett föl, amely mind felszínre tör, ha valaki egyszer magára vonja a figyelmét. Ez pedig nem veszélytelen egy olyan tapasztalatlan lánynál, mint Kate.

– Szívesen látom vacsorára – felelte őszintén –, de annak nem örülök, ha körülötted legyeskedik. Jóval öregebb nálad, és szerintem egyáltalán nem hozzád való.

– Nem szerettem belé, mama, csak vacsorára jön hozzánk.

– Így szokott kezdődni.

– Kaliforniában lakik.

– Mi tagadás, ez valamelyest megnyugtat. Rendben, szólok apádnak, aki persze örülni fog. De esküszöm, ha ez a pilóta netán repülésre invitálja, én arzént keverek a töltelékébe. Ezt meg is mondhatod neki.

– Köszönöm, mama! – hálálkodott Kate, és mint aki jól végezte a dolgát, kivonult a konyhából.

– Azt hittem, segíteni akarsz – kiáltott utána az anyja, amikor a konyhaajtó már majdnem becsukódott.

– Hétfőn le kell adnom egy házidolgozatot. Ideje hozzákezdenem – ravaszkodott a lány, de Elizabeth nem hagyta becsapni magát. Megfigyelte Kate tekintetét, miután hozzájárult, hogy Joe náluk vacsorázzék. Ő maga talán csak akkor nézhetett így, amikor az apja egyik barátja titokban elcsavarta a fejét, de szerencsére a szülei észrevették, és közbeavatkoztak, mielőtt valami jóvátehetetlen történt volna. Alig néhány héttel később ismerkedett meg Kate apjával. Most azonban Kate és Joe Allbright miatt aggódott. Aznap este, lefekvés előtt szóba is hozta Clarke-nak. A férje nem osztotta az aggodalmait.

– Ugyan, Elizabeth, hiszen csak vacsorára jön. Érdekes ember, és nem bolond, hogy egy tizennyolc éves lánynak csapja a szelet. Jó kiállású férfi, bármelyik nőt megkaphatja magának.

– Ne légy naiv! Kate gyönyörű lány, alighanem megigézte. Az ország nőnemű lakosságának fele boldogan vetné magát Charles Lindbergh karjaiba, fogadni mernék, hogy jó néhányan meg is próbálták.

Joe-t is hasonló misztikus köd lengi körül. Pilóta, egy fiatal lány szemében romantikus hős.

– Attól félsz, hogy Kate belehabarodott? A lányunknak megvan a magához való esze.

– Lehet. Inkább attól félek, hogy Allbright habarodott belé. Miért őt hívta fel a kollégiumban, és nem téged az irodádban?

– Talán mert sokkal csinosabb, mint én. De nem csak csinos, okos is, Allbright pedig szemlátomást úriember.

– És ha egymásba bolondulnak?

– Történtek már nagyobb tragédiák is. Allbright nőtlen, köztiszteletben álló személy, és van állása, még ha nem is mindjárt bostoni bankár. Megeshet, hogy Kate összeakad egy férfival, aki nem orvos vagy ügyvéd vagy bankár. Megismerkedhet a Harvardon egy távol-keletivel, egy indiai maharadzsával, mi több, egy franciával, vagy ami annál is roszszabb, egy némettel, és a világ túlsó felére költözhet. Mégsem tarthatjuk örökké a szobájába zárva. Ha kiderül, hogy Joe Allbright az igazi, ha boldoggá teszi őt, és jól bánik vele, én belenyugszom. Allbright rendes ember, Elizabeth, és őszintén szólva, nem hiszem, hogy effélétől kellene tartanunk.

– És ha a végén lezuhan, Kate pedig özvegyen marad egy rakás gyerekkel?

– És ha bankárhoz megy feleségül, akit elgázol egy villamos, vagy aki gorombáskodik vele, vagy Kate csak azért fogadja el a közeledését, hogy örömet szerezzen nekünk? Jobban örülnék, ha olyat választana, aki igazán szereti őt.

– Úgy gondolod, Allbright szerelmes belé?

– Nem, úgy gondolom, Allbright magányos fickó, nincs hová mennie hálaadáskor, a lányunk pedig, ahogy ismerem, megsajnálta.

– Kate is ezt mondta.

– Na ugye? Hallgass rám, Elizabeth, nincs miért

nyugtalankodnod. Kate jólelkű teremtés, akárcsak az anyja.

Elizabeth sóhajtott, próbálta meggyőzni magát, hogy Clarke-nak van igaza, de amikor másnap Joe megjelent, Kate nem úgy festett, mint aki sajnálja. Majd kiugrott a bőréből örömében, Joe pedig megilletődve követte az ebédlőbe, ahol a lány mellett foglalt helyet. Amikor pedig Clarke vacsora közben sürgette, hogy beszéljen a gépekről, Kate borzongó tisztelettel bámulta a pilótát. Elizabeth egyáltalán nem nyugodott meg a kölcsönös bizalmat és csodálatot kifejező pillantásoktól, s az a határozott benyomása alakult ki, hogy ezek ketten jobban ismerik egymást, mint mutatják.

A levelezés olyan bensőséges légkört teremtett kettejük között, amelyet hiába palástoltak volna a lány szülei előtt, és Kate nem is próbálta. Nyilvánvalóvá vált, hogy barátok és vonzódnak egymáshoz. Elizabethnek azonban azt is el kellett ismernie – legalább önmaga előtt –, hogy Allbright intelligens, jó modorú, rokonszenves férfi, aki kedvesen és tisztelettel bánik Kate-tel. Valami mégis riasztotta az aszszonyt. Mintha Allbright régi sebet hordozott volna magában, amely visszahúzódóvá, már-már emberkerülővé tette, így minden nyájassága ellenére szinte megközelíthetetlennek tűnt.

A repülésről viszont olyan hévvel beszélt, hogy Elizabethben fölvetődött a kérdés, versenyezhet-e ezzel a szenvedéllyel egy nő szerelme. Arra a véleményre hajlott, hogy Allbright rendes ember, de nem feltétlenül Kate-hez való, nem is jó férjjelölt. Az élete merő veszély és kockázat, nem ilyet szánt a lányának. Azt akarta, hogy Kate kényelemben, boldogan éljen egy férfi oldalán, aki gondosan elkerül minden veszélyt. Születésétől fogva óvta Kate-et minden bajtól, betegségtől, fájdalomtól, de most olyasmi fenyegette, amitől nem tudta megvédeni.

Szegény kislány eleget szenvedett, amikor az édesapja meghalt. Látta, hogy Kate számára még Allbright zárkózottsága is vonzó, segíteni igyekszik a férfinak, hogy ledöntse a saját maga köré emelt falat. A lány önkéntelenül is azon fáradozott, hogy Joe otthon érezze magát náluk. Elizabeth anyai szeme már fölfedezte, hogy a legrosszabb már bekövetkezett, Kate szerelmes Allbrightba. Csak azt nem tudta, miféle érzéseket táplál iránta a vitathatatlan rokonszenven felül Joe. Biztosra vette, hogy bármit érez is, megpróbál ellenállni, de hiába.

– Látod, megmondtam, hogy csak barátok – súgta oda neki a férje, miután asztalt bontottak. Clarke semmit sem vett észre abból, amit ő.

– Miből gondolod?

– Nézz csak rájuk, úgy diskurálnak, mint a régi barátok. Allbright többnyire úgy kezeli, mint egy gyereket. Évődik vele, mint a testvérhúgával.

– Márpedig én azt hiszem, szerelmesek egymásba – erősködött az asszony.

– Javíthatatlan álmodozó vagy, édesem!

– Sajnos épp ellenkezőleg. Inkább megrögzött kétkedő vagy egyszerűen realista. Nem szeretném, hogy bárki is fájdalmat okozzon Kate-nek.

– Azt én sem szeretném, de Joe-tól nem is kell féltenünk, hiszen úriember.

– Erre nem mernék megesküdni, de mindenesetre férfi. Méghozzá a romantikus fajtából. Legalább annyira érdekli a lányunk, mint amazt ő, és mintha valami fájdalmas emlék kínozná. Nem szívesen beszél a családjáról, kicsi korában elveszítette a szüleit. Isten tudja, mi történt vele gyermekéveiben, miféle hatások érték. Egyáltalán miért nem nősült meg mostanáig?

– Nem ért rá – felelte Clarke, mialatt átmentek a nappaliba, hogy csatlakozzanak a vendégekhez. Kate és Joe beszélgetésbe merülve ültek egy sarokban, az anyának csak rájuk kellett néznie, tüstént látta, hogy megszűnt számukra a világ, az életüket is odaadnák egymásért. Tehát már késő bármit tenni, Elizabeth legfeljebb imádkozhatott.

4

A HÁLAADÁST követő pénteken Joe kocsival Kate-ért ment, és együtt töltötték a délutánt. Sétáltak egy parkban, aztán a Ritzben uzsonnáztak. Kate egész idő alatt szingapúri és hongkongi élményeivel szórakoztatta a férfit, majd európai kalandjaikról mesélt. Aki valaha is repült Joe-val, most rá sem ismert volna. Életében nem volt még ilyen beszédes, és végignevetgélte a lánnyal a délutánt.

Este vacsorázni vitte, utána moziba. Az *Aranypolgárt* nézték meg, mindkettejüknek nagyon tetszett. Éjféltájban értek Jamisonék házához, Kate ásítva kívánt jó éjszakát.

– Istenien mulattam!

– Akárcsak én, Kate.

Mintha Joe többet is akart volna mondani, de elhallgatott. A lány bement a házba, és egyenesen az anyja karjaiba futott, aki épp a konyhában nézett utána valaminek.

– Jól szórakoztál?

– Remekül, mama!

Kate nem is hitte volna, hogy ennyire jól tudta érezni magát valakivel. Pedig még csak most találkoztak negyedszer. A három hónapi levelezés azonban rendkívül közel hozta őket egymáshoz. Kate nem is érzékelte a korkülönbséget.

– Holnap is találkoztok?

Hazudhatott volna, de nem akart. Bólintott.

– Ugye nem visz repülni?

60

– Persze, hogy nem – felelte. Joe egész nap egy szóval sem említette a dolgot, és vasárnap már vissza kell mennie Kaliforniába.

Az anyja jó éjt kívánt, Kate elgondolkozva fordult be a szobájába. Leginkább saját érzésein tűnődött. Joe semmire sem bátorította a viselkedésével, csak azt érezte, hogy mágnesként vonzódnak egymáshoz, de határozottan úgy vélte, a férfi csupán baráti kapcsolatra tart igényt.

Másnap reggel épp a konyhába indult, hogy bekapjon valamit, amikor a hallban megszólalt a telefon. A szülei még nem keltek föl, alig múlt nyolc óra, el sem tudta képzelni, ki lehet az ilyen korán.

– Fölébresztettem? – kérdezte legnagyobb meglepetésére Joe. Attól tartott, hogy az anyja veszi föl a kagylót, és megkönnyebbült, amikor az asszony helyett Kate-et hallotta.

– Már fent voltam, épp reggelizni készültem.

Úgy volt, hogy együtt ebédelnek, és Joe majd telefonál, hányra jön érte, de ehhez képest kissé korán jelentkezett.

– Szép időnk van – kezdte a férfi, mint aki kerülgeti a lényeget. – Meglepetést eszeltem ki magának. Remélem, tetszeni fog.

Olyasvalamit szánt a lánynak, ami neki mindennél többet jelentett, az egyetlen ajándékot, amelyet adhatott. Kate apja talán már rájött volna, mi az, de ő nem is sejtette.

– Elhozza, amikor értem jön?

– Inkább arra gondoltam, magát viszem a meglepetéshez. Fordítva kissé bajos lenne.

– Ez izgalmasan hangzik. Alig várom, hogy láthassam a dolgot.

– Magáért mehetek egy óra múlva? El tud készülni addigra?

– Hogyne – vágta rá Kate. Fogalma sem volt, fölébrednek-e addigra a szülei, de úgy gondolta, üzenetet

61

hagy nekik, hogy a tervezettnél korábban ment el. Az anyja már tudta, hogy Joe-val fog ebédelni.

– Kilenckor ott leszek. Öltözködjék jó melegen!

Kate megígérte, hogy vastag kabátot vesz föl.

Egy óra múlva düftinkabátban, kötött sapkában, meleg sállal a nyakában várta Joe-t, aki taxival jött érte.

– Nagyon csinos – üdvözölte a férfi Kate-et, aki a kabát alatt skótkockás szövetszoknyát, egy régi pulóvert és kedvenc gyöngysorát viselte, hozzá lapos sarkú cipőt gyapjúzoknival. – Nem fog fázni?

A lány nevetve rázta a fejét. Hirtelen felötlött benne, hogy talán korcsolyázni mennek. Aztán hallotta, hogy a férfi a város egyik peremkerületébe irányítja a sofőrt.

– Mi van ott? – érdeklődött.

– Majd meglátja.

Ekkor eszmélt rá, hogy Joe megmutatja neki a repülőgépét. Eddig meg sem fordult a fejében ez a lehetőség.

Nem kérdezett többet, fesztelenül végigbeszélgették az utat. A férfi elmondta, mennyire élvezte az elmúlt két napot, és hogy szeretne kirukkolni valami különlegessel. Kate tudta, hogy Joe szemében az a legkülönlegesebb, ha eldicsekedhet neki a repülőgépével. A leveleiből tudta, hogy nagyon büszke rá, maga tervezte, Charles Lindbergh is segített az építésében. Kate csak azt sajnálta, hogy nem hozták magukkal az apját is. Azt még az anyja sem kifogásolhatta volna, hogy megnézzenek egy repülőgépet. Nem sokkal később megérkeztek Hanscomba, egy Boston melletti kis magánrepülőtérre. Néhány alacsony hangár mellett egy hosszú, keskeny kifutópálya húzódott, egy kis piros Lockheed Vega épp akkor ért földet, amikor kiszálltak a taxiból.

Joe kifizette a sofőrt, ünnepélyes arccal megfogta Kate kezét, és szapora léptekkel a legközelebbi hangárhoz vezette. Egy oldalajtón beléptek, és a lány-

62

nak a lélegzete is elállt, amikor meglátta a helyes kis gépet, amelyet a férfi szeretettel megpaskolt, majd kinyitotta a pilótafülkét, hogy azt is megmutassa.

– Jaj, Joe, ez gyönyörű! – lelkendezett Kate, aki semmit sem értett a gépekhez, eddig csak menetrend szerinti járatokon utazott a szüleivel. Ezt a csillogó csodát azonban maga Joe tervezte.

A férfi fölsegítette a pilótafülkébe, és fél órán keresztül részletekbe menően magyarázta neki a gép működését. Még sohasem tanítgatott teljesen kezdőket, és lenyűgözte a lány fogékonysága, lelkesedése. Kate tudásszomjasan csüngött minden szaván, javarészt meg is jegyezte a hallottakat. Csak két műszert kevert össze, ami sok zöldfülű pilótánál előfordul. Joe úgy érezte, új távlatokat nyit a lány előtt egy olyan világban, amelyről az eddig nem is álmodott. Még jobban élvezte az oktatást, mint maga Kate.

Egy óra is eltelt már, amikor megkérdezte a lánytól, nincs-e kedve fölszállni néhány percre, csak hogy megtapasztalja, milyen érzés elrugaszkodni a földtől. Eredetileg nem akart mindjárt az első alkalommal repülni vele, de érdeklődése láttán nem tudott ellenállni a kísértésnek, Kate pedig nem habozott.

– Máris? – kérdezte a lány hitetlenkedve. Ekkora ajándékról nem is álmodott. Már az is élményszámba ment, hogy együtt lehetett a pilótával ezen a kis gépen. Joe minden földi félszegsége nyomtalanul eltűnt, ha repülőgép közelébe került, mintha büszke sasmadárként kiterjesztette volna a szárnyait. – Ez nagyszerű, Joe, boldogan!

A férfi elment intézkedni, és egy perc múlva széles mosollyal tért vissza.

A gép a Lindberghgel közösen kivitelezett műszaki megoldásoknak köszönhetően méretéhez képest tekintélyes távolságot tudott megtenni. Allbright könnyedén begyújtotta a hajtóművet, és lassan kigurultak a hangár tátongó száján, majd végig a kifutópályán, miközben Joe ellenőrizte, amit kellett, és közben minden mozzanatot elmagyarázott a lánynak. Csupán néhány perces ízelítőt akart adni a repülésből.

– Ugye nincs tériszonya, Kate? – jutott eszébe hirtelen.

– Nincs. Miért, talán fejre fogja állítani a gépet? – nézett reménykedve a lány Joe-ra, aki nevetve fogadta az ötletet. Még soha nem érezték magukat olyan közel egymáshoz, mint most.

– Remélem, nem. Talán majd legközelebb.

Az első percekben a motorzajt túlharsogva, derűsen beszélgettek, majd Kate ámulva figyelte a férfit, aki magabiztosan, játszi könnyedséggel uralta a gépet. A lány soha nem találkozott ilyen erős, varázsos egyéniséggel. Joe mintha a repülésre született volna, és Kate határozottan érezte, hogy senki a világon nem érthet jobban ehhez, még Charles Lindbergh sem. Most végképp lenyűgözte. Megtestesítette mindazt, amiről valaha ábrándozott, amit csodált, és amitől az anyja óva intette. Amikor egy óra múltán leereszkedtek, csak az járt Kate fejében, mikor körözhet ismét Joe-val a táj fölött. Soha nem volt még ilyen boldog, nem szórakozott ilyen jól senkivel, mint Joe-val.

– Istenem, Joe, ez maga a tökély! Köszönöm! – rebegte kipirultan, amikor a férfi lefékezte a gépet, és leállította a motort. A közös repülés szinte vallásos élményként hatott mindkettőjükre. Joe nyugodtan a lányra emelte a tekintetét.

– Örülök, hogy tetszett – mondta hosszú hallgatás után. Csalódott volna, ha másként alakul, de most többé semmi sem választhatta el őket egymástól.

– Nem egyszerűen tetszett, Joe. Imádtam! – jelentette ki ünnepélyesen a lány. Fenn az égben nemcsak Joe-hoz, hanem Istenhez is közel érezte magát.

– Reméltem, hogy így lesz. Megtanítsam repülni?

– Boldoggá tenne. Köszönöm! – ujjongott Kate, aztán kijózanodott. – De édesanyámnak egy szót se!

Mindkettőnket megölne. Megígértem neki, hogy nem repülök.

Megígérte, de nem tudott, és nem is akart parancsolni magának. Mélyen megindította a repülés ténye mellett az, hogy természetes közegében láthatta Joe-t, aki már pilótatudományával is mindenki másnál különbbé vált a szemében, az elegancia pedig, amellyel hasította a levegőt, még inkább növelte vonzerejét. Kate pontosan megértette, mi ragadta meg Charles Lindberghet, amikor először találkozott a még majdnem kölyök Joe-val.

– Maga kiváló másodpilóta – dicsérte meg Allbright a lányt, aki ösztönösen tudta, mit kérdezzen, egyáltalán mikor beszéljen és mikor maradjon csöndben. – Valamelyik nap, ha találunk időpontot, el is kezdjük a tanulást.

– Szívesen itt tölteném az egész napot – sóhajtotta Kate, miközben a férfi kisegítette a gépből.

– Én is, de az édesanyja leszedné a fejemet, ha megneszelné, hogy egy órára fölvittem magát. Pedig biztonságosabb, mint az autóvezetés, de kétlem, hogy ő egyetértene velem.

Mindketten tudták, hogy nem.

Békés csöndben autóztak vissza a városba, ahol az Osztrigaházban ebédeltek. Mihelyt leültek az étteremben, Kate-ből ömlött a szó, felváltva áradozott a repülésről, a gépről és a pilótáról. Joe a földön mindig egészen másként viselkedett, félszeggé vált, a lány mégis az első pillanattól megsejtette benne a levegő urát, akihez feltartóztathatatlanul vonzódott.

Ebéd közben Kate a főiskoláról mesélt, és ettől a férfi ismét kezdett feloldódni. Ebben az is segített, hogy immár megmutatkozott a lánynak a saját világában. Érezte, hogy a lány már érti, mit jelent számára a repülés, kicsoda ő valójában.

Kate élvezte, hogy előcsalogatta a sáncok mögül, kitárulkozásra késztette, mintha igyekezete nyomán leereszkedett volna a várkastély felvonóhídja. Ebbéli fáradozása éppoly jólesett Joe-nak, mint neki.

A férfinak annyi minden tetszett Kate-ben, hogy néha szinte megriadt ettől, nem tudta, mit kezdjen a helyzettel. Tisztán látta, hogy a lány túl fiatal hozzá, a családja pedig nem éppen közeledésre bátorító. Gondos szülei a széltől is óvták, nem szándékoztak túlzott mozgásszabadságot engedni neki. Joe azonban csupán sütkérezni akart a lányból áradó fényben, melegségben, mint egy sziklán napfürdőző gyík. De időnként még ez is veszélyesnek tetszett. Hiába próbált ellenállni, az éveken át erősítgetett védőfalak vészesen meggyöngültek. Nem akart védtelenné, sebezhetővé válni. Bár nem fogalmazta meg így magában, de a lelke mélyén anélkül is érezte.

A közösen töltött órák egykettőre elröppentek. Délután visszamentek Jamisonékhoz, kártyáztak a könyvtárban, Joe megtanította a lányt egy kockajátékra, méghozzá olyan sikeresen, hogy Kate kétszer meg is verte, és tapsikolt örömében, mint egy kisgyerek.

Este Joe vacsorázni vitte, és amikor a kellemes hétvége után elköszönt tőle, fogalma sem volt, mikor látja legközelebb. Úgy tervezte, karácsonyra visszajön New Yorkba, de akkor együtt kellett dolgoznia egy hajtómű tervezésén Lindberghgel – akit igencsak lefoglaltak az ország hadba lépését, a nácikkal való szembehelyezkedést ellenző Amerika Mindenekelőtt mozgalom gyűlései, a különféle beszédek, így nehezen tudott vele időt egyeztetni –, és sok egyéb feladat is várt rá. Legalább néhány hónapig semmiképpen nem utazhatott Bostonba, Kate-et pedig nem merte arra kérni, hogy ő látogassa meg.

A búcsúzkodáskor a lány a szokottnál csöndesebben viselkedett.

– Vigyázzon magára, Kate! – küszködött a szavakkal Joe, s a bejárati lépcsőn állva a cipőjét bámulta.

A lány mosolyogva figyelte, türelmesen megvárta, amíg újra föltekintett.

– Köszönöm a repülést! – suttogta közös titkukat. – Jó utat Kaliforniába! Meddig fog tartani?

– Az időjárástól függően körülbelül tizennyolc órát. A középnyugati vidéken viharzóna halad át, ezért lehet, hogy meglehetősen délen, Texas fölött kell repülnöm. Majd felhívom, ha megérkeztem.

– Alig várom!

A lány lelkében kimondatlan szavak sokasodtak, még maga sem volt tisztában az érzéseivel, az új kapcsolattal, amely a repülőgépen szövődött kettejük között. Arról pedig végképp fogalma sem volt, mit érez iránta testvéri szereteten kívül a férfi. Szinte biztosra vette, hogy csupán a barátság hozta Bostonba, hiszen semmi másnak nem adta jelét. Néha szinte atyáskodva bánt vele. Mégis mintha valami mélyebb és rejtelmesebb alakult volna közöttük, bár nem tudta, nem csak képzeli-e.

– Majd írok! – ígérte. Joe imádta a leveleit, csiszolt, kifinomult stílusukat. Míves elbeszélésekkel vetekedtek, és hol meghatották, hol nevetésre ingerelték.

– Igyekszem karácsonyra átjönni, de rengeteg a dolgunk Charlesszal.

Kate már-már felajánlotta, hogy majd ő meglátogatja, de tudta, mit szólnának a szülei. Az anyja így is rosszallotta, hogy túl sok időt töltött vele a hálaadásnapi hosszú hétvégén.

– Vigyázzon magára, Joe, szerencsés utat!

– Minden jót, és ki ne bukjon nekem az iskolából! – tréfálkozott a férfi, mókásan vállon veregette a lányt, kinyitotta neki az ajtót, majd leszökkent a lépcsőn, és odalentről integetett. Mintha el akart volna szakadni tőle, mielőtt valami helytelenre ragadtatja magát. A lány mosolyogva ment be, és bezárta maga mögött az ajtót.

Miközben fölfelé ballagott az emeletre, a három különös, szép, szívet melengető napra gondolt, meg a közös repülés csodájára. Örült, hogy megismerkedett ezzel a férfival, akiről biztosan mesél majd a gyermekeinek. Meg volt győződve róla, hogy azok nem Joe gyerekei lesznek. A pilóta életét így is kitöltötték a repülőgépek, a légiutak, próbarepülések, hajtóművek, nem maradt benne hely egy nőnek, végképp nem feleségnek és gyermekeknek. Ezt Joe már a nyár végén Cape Codon, és a napokban ismét tudtára adta. Örömest nélkülözte az emberek társaságát a repülés kedvéért, nem szívesen áldozott rájuk az idejéből, ezt Kate világosan látta, az ösztönei mégsem akarták elfogadni. Miként mondhat le valaki a családról holmi gépmadarak miatt? De azt is tudta, hogy hiába vitatkozna vele, bele kell törődnie. Talán az is csak csalóka ábránd, tovatűnő illúzió, amit a férfi iránt érez.

Vasárnap az anyja nem hozta szóba az utóbbi napok történéseit. Úgy döntött, megbeszéli a férjével, aztán kivárja a fejleményeket. Talán Clarke látta jól, és Joe nem háborgatja tovább a lányukat. Talán nem egyéb ez szokatlan barátságnál egy meglett férfi és egy fiatal lány között. Ebben reménykedett, de bárhogy igyekezett hinni Clarke szavaiban, nemigen sikerült.

Miután Kate visszatért az iskolába, nem találta a helyét. A lányok egyenként visszaszállingóztak, ki-ki beszámolt arról, mit csinált a hálaadásnapi szünetben, amelyet némelyek a barátaikkal, mások a családjukkal töltöttek. Kate a csevegés közben még véletlenül sem ejtett szót Joe látogatásáról. Minek is magyarázkodott volna? Úgysem értették volna, hogy nem szerelmes belé. Mellesleg erről már ő maga sem volt meggyőződve. Végül Sally Tuttle érdeklődött a férfi felől, aki Kaliforniából hívta őt.

– Ott jár iskolába? Régóta jársz vele?

Kate azonban kitért a kíváncsiskodás elől.

– Nem, csak jó ismerősöm. Ott dolgozik.

– Nagyon rokonszenves a hangja...

– Bemutathatlak neki, ha Bostonba jön – ugratta az évfolyamtársnőjét, azután szétszéledt a társaság, hogy felkészüljenek a másnapi órákra. Az egyik connecticuti lány bejelentette, hogy hálaadáskor eljegyezte magát. Ez még kínosabbá tette Kate önmaga előtt is leplezett érzéseit. Beleesett egy nála tizenkét évvel idősebb férfiba, aki kategorikusan ellenezte a házasságot, és még azt sem tudta, hogy ő odáig van érte. Nevetséges! Vagy inkább siralmas. Mire aznap este ágyba került, bebeszélte magának, hogy elképesztően ostobán viselkedett, és ha nem vigyáz, megharagítja Joe-t, elveszíti a barátságát, aztán lesheti, mikor viszi újból repülni. Pedig komolyan remélte, hogy megtanítja repülőgépet vezetni.

Ezek után majdnem elájult, amikor Joe másnap fölhívta.

A férfi azt mondta, épp akkor szállt le. A kimerítő út huszonkét órásra nyúlt, háromszor kellett tankolnia, két hóviharon verekedte át magát. Egy oklahomai reptéren jégeső miatt egy ideig kényszerpihenőre is kárhoztatták.

– Kedves magától, hogy telefonált.

Kate nem számított rá, hogy hallat magáról, és kissé meg is zavarta a dolog, de csak baráti gesztusnak tekintette. A férfi már-már hűvös szavai meg is erősítették ezt:

– Nem akartam, hogy aggódjon miattam. Milyen a suli?

– Nem veszélyes.

Tulajdonképpen Joe távozása óta egyfolytában búslakodott, ami bosszantotta, hiszen indokolatlannak találta. A férfi nem biztatta és nem áltatta semmivel. Mégis hiányzott, bármennyire érezte, hogy ez nem helyénvaló. Mintha a kormányzóért, az Egyesült Államok elnökéért vagy más, teljességgel elérhetetlen személyért dobogott volna az a bolond szíve. Igaz, hogy Joe-t a barátjának tudhatta, és kimondhatatlanul élvezte a társaságát. Nem is sejtette, hogy ez kölcsönös.

– Alig várom a karácsonyt – bukott ki belőle, mintha csak a vakáció izgatná, nem pedig az a tény, hogy Joe a Charles Lindberghgel végzendő munka miatt megint a keleti partra jön. Már azt forgatta a fejében, hogy elkéredzkedik a szüleitől, akik talán elengedik New Yorkba, ha nem is egyedül, de valamelyik barátnőjével. Joe-nak nem szólt erről, nem akarta elijeszteni.

– Pár nap múlva megint jelentkezem – ígérte a férfi kimerült hangon. Majd összeesett a fáradtságtól az országot átszelő repülés után.

– Az borzasztó drága lehet. Talán maradjunk inkább a levélírásnál.

– Szívesen telefonálok időnként, ha nem zavarja.

Óvatosan fogalmazott. Félszeg egyéniségének jókora lépést jelentett, hogy felhívja a lányt.

– Dehogy zavar – vágta rá Kate –, csak nem szeretném, hogy költségekbe verje magát.

– Amiatt ne fájjon a feje!

Az interurbán beszélgetés végül is kevesebbe került Joe-nak, mint az éttermi vacsora. Már elvitte néhányszor a lányt olyan szép helyekre, ahová magától be sem tette volna a lábát. Egyébként minden fillért az új konstrukciókra költött, de emlékezetessé akarta tenni együttléteiket. Kate megérdemelt ennyit.

– Kate?

– Igen?

A lány izgatottan várta a folytatást.

– Azért továbbra is írjon! Imádom a leveleit.

Elmosolyodott, nem is tudta, csalódott vagy megkönnyebbült. Joe az imént olyan komoly hangon szólította a nevén, mint aki valami fontosat készül közölni. Fontos is volt, mégsem az, amire Kate számított.

– Hát persze, hogy írok. Bár a jövő héten vizsgázom.

– Én is – nevetett a férfi. Egész hétre próbarepüléseket ütemeztek be. Némelyik veszélyesnek ígérkezett, de mindet maga akarta végrehajtani. – Néhány hétig be vagyok táblázva, de mihelyt tudok, telefonálok.

Ezzel elköszönt, és letette a kagylót, Kate pedig visszament a szobájába tanulni, igyekezett lekötni a gondolatait.

A szülei karácsony előtt nagyszabású mulatságot terveztek a nagykorúsága elérése alkalmából a város legelegánsabb szállodájában, bár korántsem olyan pazar keretek között, mint az az első bál, ahol megismerkedett Joe-val. Arra gondolt, meghívatja velük Joe-t is, de még nem merte fölvetni a kérdést. Tudta, sokkal jobban érezné magát, ha eljönne – amennyiben egyáltalán el tud szabadulni –, viszont az anyja gyanakodva tekintgetett a férfira, ezért nem akarta erőltetni a dolgot. Úgy vélte, nem olyan sietős, még több mint három hét van a nagy eseményig, egyelőre Joe is Kaliforniában időzik, és ha majd visszatér, bizonyára nem lesz teli az előjegyzési naptára társasági kötelezettségekkel.

Egy hét múlva, vasárnap délben épp az anyjával értekezett telefonon a báli előkészületekről, amikor az egyik kollégista lány lélekszakadva rohant ki a lépcsőházba. Látszott rajta, hogy valami borzasztó történt, rossz hírt kapott otthonról, talán valamelyik szülője halt meg. Összevissza hebegett-habogott, Kate nem is értette, mit, miközben tovább figyelt az anyjára. Liz hosszú listát állított össze a megbeszélnivalókról: tortákról, előételekről, a táncparkett pontos méreteiről. Kate ruhája már októberben elkészült. A sima fehér szatén ruhaderékhoz tüllszoknya és ugyanolyan, hullámvonalú vállrész csatlakozott, amelyen átsejlett a csillogó szatén. Kate elragadóan festett benne. Bronzvörös haját kis balerinakontyba akarta fogni. „Már csak a körömcipő hiányzik" – jegyezte meg annak idején a varrónő, amikor a bájos fiatal lányt csodálta. Kate agyában csak úgy zsongtak a kérdések, amikor hangzavar támadt. Néhány lány épp akkor indult ebédelni, amikor az érthetetlen kiáltozás kezdődött.

– Mit mondtál, mama? – kérdezett vissza Kate, mert a nagy lármában a saját szavát sem hallotta.

– Azt, hogy... Mi az, Clarke? Komolyan? Úristen!

Az asszony sírva fakadt a vonal végén.

– Mi történt a papával? Mi a baj, mama?

Kate szíve vadul kalapált. Fölnézett, és döbbenten vette észre, hogy más lányok is zokognak az előtérben. Ekkor eszmélt rá, hogy valami szerencsétlenség történhetett.

– Mi az, mama? Mit tudtok?

– Apád a híreket hallgatta.

A férfi hitetlenkedve állt a konyhában, és valami felfoghatatlant mondott a feleségének. Egy egész nemzetet ért a csapás.

– A japánok fél órája bombázták a csendes-óceáni flottát Pearl Harborban. Sok hajó elsüllyedt, rengeteg a halott és a sebesült. Istenem, micsoda szörnyűség!

Ahogy Kate végigpillantott a folyosón, látta, hogy az egész diákszálló felbolydult. Az összes szobában bekapcsolták a rádiót, mindenütt jajveszékeltek a lányok, akik egyszerre rájöttek, hogy édesapjuk, fivérük, vőlegényük, udvarlójuk élete veszélyben forog. Amerika immár nem kerülhette el a háborút. Roosevelt elnöknek minden korábbi ígérete dacára erélyes lépésekre kellett szánnia magát. Kate nyomban befejezte a telefonálást, és visszarohant a szobájába, hogy megtudja, mit beszélnek a hírekről.

Valamennyien lesújtva ültek, könnyezve hallgatták a rádiót. A diákszállóban lakott egy hawaii lány, az emeleten pedig két japán. Kate el sem tudta képzelni, hogy érezhetik magukat a hazájuktól távol, egyszeriben egy ellenséges ország foglyaiként.

Egész nap el sem mozdultak a rádió mellől, Kate csak este hívta vissza az anyját. Tudták, az ifjúság színe-virága rövidesen hajóra száll, hogy távoli szigeteken harcoljon a hazájáért, de azt nem is sejtették, hányan térnek majd vissza.

Jamisonék a hírek hallatán azonnal hálát adtak az égnek, hogy nincs fiuk. Az ország kisebb-nagyobb településein élő fiatalemberek szembesültek a ténynyel, hogy hazájuk védelmében el kell hagyniuk a családjukat. Sokan biztosra vették, hogy a következő japán támadás Kalifornia ellen irányul majd, ahol máris kitört a zűrzavar.

Joseph Stilwell dandártábornok haladéktalanul cselekvésbe lendült, mindent elkövetett a nyugati parti városok megoltalmazására. Óvóhelyeket létesítettek, megszervezték a sebesültellátást. Az ország más részein is sokakon úrrá lett a pánik. Még Bostonban is rettegtek az emberek. Kate-et a szülei sürgették, hogy menjen haza, de ő várni akart másnapig, hogy megtudja a főiskola álláspontját.

Mint kiderült, a tanítást felfüggesztették, a karácsonyi szünidő utánig mindenkit hazaküldtek. Csüggedten tértek haza a családjukhoz. A támadás utáni délelőtt Kate javában csomagolt, amikor Joe telefonált. Órákig tartott, míg kapcsolták, csak úgy égtek a vonalak. A lányok mind hazatelefonáltak. Addigra az Egyesült Államok meg Nagy-Britannia hadat üzent Japánnak, és viszont.

– Nem valami jó hírek, igaz? – kezdte Joe meglepően nyugodt hangon. Nem akarta még inkább felzaklatni a lányt.

– Elég szörnyűek. Mi a helyzet a nyugati parton?

– Valaki úgy jellemezte, diszkrét pánikhangulat. Senki sem vallja be nyíltan, hogy halálra rémült, de ez az igazság, és nem is indokolatlan. Nehéz megmondani, mit lépnek ezután a japcsik. Azt beszélik, gyűjtőtáborokba zárják a nyugati országrészben élő japánokat. El sem tudom képzelni, milyen hatást vált ki ez Kaliforniában.

Az internálás sok ezer amerikai állampolgár életét, otthonát, vállalkozását dúlta föl.

– Mi van magával, Joe? – aggódott Kate. A férfi az

73

elmúlt két évben többször járt tanácsadóként a brit légierőnél, így nem volt nehéz kiokoskodni, mit történik vele. Ha az USA Európában is hadba lép, minden valószínűség szerint odaküldik. Ha pedig nem, akkor a Japán elleni háborúba. Így is, úgy is harci repülő lesz. Pontosan ilyen pilótákat kerestek, és őt könnyen megtalálhatták.

– Holnap keletre repülök. Abba kell hagynom az itteni munkámat. Mielőbb Washingtonba várnak. Ott kapom meg a további parancsot. – A hadügyminisztériumba hívatták. Bekövetkezett, amitől Kate tartott. – Nem tudom, meddig maradok ott, ha bevonulás előtt kapok időt, megpróbálok felugrani Bostonba. Ha nem…

Elcsuklott a hangja, bizonytalanná vált a jövő. Nem csak az övék, az egész országé. Férfiak millióit szólította hadba a haza.

– Elutazhatom Washingtonba, hogy elbúcsúzzunk – ajánlkozott Kate. Már nem érdekelte, mit szólnak a szülei. Rémülettel töltötte el, hogy Joe-t a frontra vezénylik, látni akarta, mielőtt elmegy.

– Ne csináljon semmit, amíg nem hívom! Lehet, hogy pár napra New Yorkba küldenek. Attól függ, hogy itt kapok kiképzést, vagy egyenesen Angliába irányítanak, hogy ott képezzenek ki. – Már gyanította, hogy a szigetországba küldik, csak azt nem tudta, mikor. – Inkább megyek Angliába, mint Japánba.

Amikor aznap reggel az illetékesekkel beszélt telefonon, azt mondta, oda megy, ahol szükség van rá.

– Bárcsak sehová sem kéne mennie! – szomorkodott Kate.

A sok ismerős fiatalemberre gondolt, gyermekkori pajtásaira, iskolatársaira, meg a nővéreikre, húgaikra, barátnőikre, feleségeikre, akik most mind kétségbeestek. Néhány barátnője már férjhez ment, akadt, aki gyermeket várt. Többé nem hallgathatták el a tényt, hogy némelyikük szerettei nem térnek majd vissza.

74

Mintha sötét árnyék borult volna mindannyiuk fölé. Az emberek mindenfélét suttogtak, még azt is rebesgették, hogy német tengeralattjárók támadják majd a keleti parti városokat. A Pearl Harbor-i bombázás pillanata óta senki sem érezte magát biztonságban.

– Maradjon veszteg, Kate! Az iskolában lesz vagy a szüleinél?

Joe tudni akarta, hol találja, hátha csak órák választják el az indulástól. Reménykedett, hogy legalább néhány percet együtt tölthet vele.

– Ma délután hazamegyek, a karácsonyi szünet utánig nincs tanítás.

Ez a karácsony komornak ígérkezett.

– Órákon belül fölszállok, holnapra Washingtonba kell érnem, és nem tudom, milyen légköri viszonyokra számíthatok. Utálom, hogy mindent félbe kell hagynom.

Mégsem volt más választása, az egész ország ugyanezt tette. A dolgozók mindenütt lerakták a szerszámot, és fegyvert fogtak.

– Ott most milyen az idő? – kérdezte Kate. Joe szerette volna biztatni, hogy nem lesz semmi baj, de hazudott volna. Igaz, már a hangja is megnyugtatta a lányt. Józanságot, összeszedettséget sugárzott, nyoma sem volt rajta a hisztériának, amely mindenki mást kiforgatott magából. Akár egy nyugodt sziget a viharos tengeren – ez illett is Joe egyéniségéhez.

– Egyelőre derült az ég, de fogalmam sincs, mi vár ránk keletebbre. – Két utast vitt magával. – Most megyek csomagolni, Kate. Két óra múlva indulunk. Amint tudok, telefonálok.

– Otthon várom.

Egyszeriben elmúlt a komédiázás ideje, Kate nem játszhatta többé, hogy nem érdekli, mi történik Joeval. Nagyon is érdekelte. Mindenképpen látni akarta, mielőtt a tengerentúlra vezénylik.

A lányok könnyes búcsút vettek egymástól, ki-ki

hazatért, némelyikük előtt hosszú út állt. A hawaii lány egy kaliforniai barátnőjével tartott, a szülei nem akarták, hogy Honoluluba menjen, hátha a japánok újra támadnak. Több ezer tengerész esett el vagy sebesült meg Pearl Harborban, számos polgári személy is életét vesztette.

A japán lányoknak a bostoni japán konzulátuson kellett jelentkezniük. Még a többieknél is jobban féltek, nem is sejtették, mi vár rájuk. Nem tudtak érintkezésbe lépni a szüleikkel, fogalmuk sem volt, mikor keveredhetnek haza.

Kate késő délután toppant be, a szülei mindketten türelmetlenül várták. Clarke sofőrt küldött érte, nem akarta egyedül hagyni az anyját. A rádió egyfolytában szólt, mindannyian tudták, hogy az amerikai csapatok órákon vagy napokon belül harcba bocsátkoznak.

– Hallottál Joe-ról? – kérdezte az apja, amikor letette a bőröndjét az előszobában. Elizabeth sápadtnak és idegesnek látszott, a férfit lenyűgözte a ránézésre meglepően nyugodt Kate önfegyelme.

– Holnap Washingtonba repül. Még nem tudja, hová vezénylik.

Az apja bólintott, az anyja nyugtalanul fürkészte a tekintetét, de nem tett megjegyzést Joe-ra. Furcsállotta, hogy Kate és Joe nyilvánvalóan gyakran érintkeznek, bár a rendkívüli körülmények között sok minden természetes. Ott motoszkált az agyában a kérdés, vajon milyen sűrűn telefonálgat a lányának ez a férfi.

Aznap este némán vacsoráztak a konyhában, a bekapcsolt rádió mellett. A tányérjukon kihűlt az étel, végül Kate segített az anyjának leszedni az asztalt. Egy falatot sem ettek. Éjszaka a lány álmatlanul forgolódott az ágyában, Joe-ra gondolt, azon tűnődött, milyen közel járhat már, és láthatja-e a távozása előtt.

Másnap déltájban csengett a telefon. Joe akkor ért földet Washingtonban, a bollingi katonai repülőtéren.

– Csak tudatni akartam, hogy épségben megérkeztem.

Kate megkönnyebbülten hallotta a hangját, de egyikük sem tudta megmagyarázni, miért is kellett a férfinak olyan sürgősen felhívnia. Nyilvánvalóan több volt ez barátságnál, de a pillanat nem volt alkalmas arra, hogy kimondják.

– Most a hadügyminisztériumba megyek. Később újra telefonálok.

– Itthon leszek.

A férfi minden lépéséről tájékoztatta. Négy óra elteltével ismét jelentkezett. Egész délután eligazításon volt, századosi rangban a királyi légierőhöz vezényelték, hogy egy vadászgép-különítmény bevetésein vegyen részt. Két nap múlva kellett New Yorkból Londonba indulnia. Angliában kellett kiképzést kapnia kötelékrepülésből, amellyel légi bemutatókon korábban is sokat foglalkozott, és meglehetősen jól értett hozzá. Roosevelt elnök aznap délután tudatta a nemzettel, hogy Amerika hivatalosan hadba lépett Európában.

– Ez a helyzet, kislány. Két nap múlva itt sem vagyok, de nagyon rendes helyre megyek.

Kelet-Angliába küldték, ahol már korábban is járt. Két hét múlva már bevetésekre kellett repülnie. Kate elborzadt a gondolatra, különösen miután eszébe jutott, hogy a németek fokozottan igyekeznek majd lelőni a híres pilótát, a levegő ördögét, tehát még nagyobb veszélyben forog, mint a többiek. El sem tudta képzelni, hogy bírja ki ő odahaza ebben a tudatban, miközben semmi hírt sem kaphat, mert Joe nyilván nem telefonálhat az óceán túloldaláról. A hátralévő két napból azonban minél többet együtt akart tölteni vele. Magukban már mindketten így határoztak. Kapcsolatuk órák leforgása alatt megváltozott. A barátság álarca lehullott, viszonyuk valami egészen mássá kezdett formálódni.

Úgy alakult, hogy Joe-nak egyenruhát és további okmányokat kellett átvennie Washingtonban, így csak a következő napon hagyhatta el a fővárost. Harmadnap reggel hatkor kellett elrepülnie, és éjfélre New Yorkba kellett érnie, nehogy lekésse a gépet. Délelőtt tízkor szállt fel Washingtonból, majdnem egy órakor ért földet Bostonban, és este tízkor indult viszsza New Yorkba. Tehát pontosan kilenc órájuk maradt egymásra. Országszerte fiatal párok sokasága küzdött hasonló helyzettel. Egyesek hamarjában összeházasodtak, mások egy hotelszobát vettek ki, hogy annyi örömöt szerezzenek egymásnak, amennyit a rendelkezésükre álló rövid idő alatt lehet. Ismét mások vasútállomásokon, kávézókban üldögéltek, közparkok padjain bújtak össze a dermesztő hidegben, hogy megosszák egymással a béke és szabadság utolsó pillanatait. Ahogy Kate rájuk gondolt, még inkább sajnálta az anyákat, akik fiaiktól búcsúznak. Elképzelni sem tudott szívszaggatóbb érzést.

A kelet-bostoni reptéren várta Joe-t. A férfi feszes, katonás benyomást keltett az uniformisban, amely úgy állt rajta, mintha ráöntötték volna. Még jóképűbb volt, mint hálaadáskor civilben. Mosolyogva vágott át a kifutópályán a lányhoz. Amikor odaért, átölelte Kate vállát. Nyomban látta, mennyire aggódik miatta.

– Semmi baj, Kate, nyugalom. Minden rendben lesz. Tudom, mi a dolgom. A repülés ott is csak repülés.

Szavai azonnal a lány emlékezetébe idézték a könnyedséget és hozzáértést, amellyel alig két hete a levegőbe emelkedett vele.

Ám mindketten tudták, hogy rendes körülmények között nem lövöldöznek légvédelmi ágyúval a gépére, most korántsem sétarepülésre készül.

– Mit csinálunk ma? – érdeklődött a férfi, mint egy szokványos napon, amikor nem kell alig kilenc óra múltán elbúcsúzniuk egymástól.

– Benéz hozzánk? – vetette föl bizonytalanul Kate.

Agyában egy óra ketyegett. Könyörtelenül peregtek a másodpercek, tudta, hogy egykettőre véget ér a nap, az utolsó közös napjuk. Nem tudatosodott benne, de az apja halála óta nem gyötörte ilyen nyomasztó érzés.

– Menjünk inkább ebédelni, azután magukhoz! Szeretnék elköszönni a szüleitől.

Ezt nagyon derék dolognak találta. Az utóbbi napokban az anyja sem aggodalmaskodott olyan feltűnően a férfi szándékai miatt. Bármit érzett is Allbright iránt, megtartotta magának, és Kate hálás volt ezért. Mindannyian sajnálták Joe-t és milliónyi sorstársát.

Az osztályon felüli étterem kristálycsillárjai alatt, az elegánsan megterített asztalnál Kate alig evett. Nem tudta értékelni az ínyencségeket, egyre csak azon bánkódott, hogy Joe órák múlva messze jár majd. Háromra értek vissza a szüleihez. Az anyja a nappaliban rádiózott, mint mostanában állandóan, az apja még nem jött meg a munkahelyéről.

Leültek egy kicsit Elizabethhez, hallgatták a híreket, négykor befutott Clarke, kezet fogott Joe-val, és atyailag megveregette a vállát. A tekintete mindent elmondott, egyikük sem tudta szavakba önteni az érzéseit. Egy kis idő múltán Clarke fölvitte a feleségét az emeletre, kettesben hagyták a fiatalokat. Jamison úgy érezte, épp elég a maguk baja, ne kelljen még a szülőket is szórakoztatniuk. Kate és Joe hálásan néztek utánuk. Az szóba sem jöhetett, hogy a szobájába invitálja Joe-t, mert bármilyen tisztességesen viselkedtek is, az anyja megbotránkozott volna. Így csak ültek a nappali pamlagán, halkan beszélgettek, és megpróbáltak elfeledkezni a múló percekről.

– Írok magának, Kate. Mindennap, ha lehet – ígérte Joe. Ezernyi gondolat rajzott az agyában, de nem adott számot róluk, Kate pedig félt kérdezősködni. Még mindig nem tudta, hogyan érez iránta a férfi, többnek tekinti-e közeli barátnál. Saját érzéseit már tisztázta. Rájött, hogy hónapok óta szerelmes belé, csak nem merte kimondani. Valamikor szeptember után, a levelezés közben kezdődött, és hálaadásnapi találkozás megerősítette, de azóta is viaskodott ellene. Fogalma sem volt, viszonozza-e Joe az érzéseit, megkérdezni pedig nem lett volna ildomos. Ehhez még ő sem bírt kellő bátorságot meríteni. Abba kapaszkodott, amit tudott, örült annak, hogy Joe valamiért vele akarja tölteni utolsó hazai napját. Az is eszébe jutott, hogy rajta kívül nincs kivel töltenie. A rokonságát évek óta nem látta, Charles Lindbergh az egyetlen személy, aki fontos neki.

Miközben a pamlagon ültek, átfutott az agyán, hogy Joe kizárólag miatta jött Bostonba, és a Pearl Harbor-i támadás híre óta folyamatosan tartja vele a kapcsolatot.

Elmondta neki, hogy a szülei levették a napirendről a számára adandó estélyt. Eddig nem említette a dolgot Joe-nak, bár tervezte, csak nem akarta eltúlozni a jelentőségét, de ez most már nem számított. Az egész család egyetértett abban, hogy szörnyen ízléstelen lenne nagy mulatságot rendezni, és egyébként is hiány mutatkozott volna fiatalemberekben. Az apja megígérte, hogy a háború után bepótolják a mulasztást.

– Olyat akartak, mint az a tavalyi bál, amelyen megismerkedtünk? – kérdezte Joe, hogy elvonja a lány figyelmét, mert Kate úgy szomorkodott, hogy az szíven ütötte. A szerencse kegyeltjének érezte magát, amiért egy éve találkozott Kate-tel. Kis híján távol maradt arról a bálról. Nyilván a sors, kettejük sorsa akarta, hogy mégis elmenjen.

Kate mosolygott az érdeklődésén.

– Nem olyan puccosat. A Copley Plazában foglaltunk helyet, kétszáz személyre. – Az előző évi bálon hétszázan vigadtak, és annyi kaviárt meg pezsgőt szolgáltak föl, amennyiből egy egész falu egy évig eléldegélt volna. – Örülök, hogy a szüleim lefújták – tette hozzá halkan. Most csak az érdekelte, hogy Joe hamarosan nap mint nap Angliában kockáztatja az életét. Kate már jelentkezett önkéntesnek a Vöröskereszthez, hogy a következő hetekben bármiféle megmozduláson részt vegyen. Elizabeth is vele tartott.

– A tanulást azért folytatja, ugye?

Bólintott.

Órákig beszélgettek, egy idő múlva az édesanyja behozott nekik két tányért. Nem hívta ki a fiatalokat az asztalhoz. Clarke úgy gondolta, hadd maradjanak magukban, és Elizabeth önmagán felülemelkedve egyetértett vele. Igyekezett minél inkább könnyíteni a helyzetükön. Épp elég gyötrelemmel kellett megküzdeniük, minek tetézte volna a bajaikat fölösleges illemszabályokkal? Joe felállt, megköszönte a vacsorát, de alig nyúltak az ételhez, végül félretolták a tányérjukat, a férfi Kate-hez fordult, és megfogta a kezét. Mielőtt megszólalhatott volna, könnyek szöktek a lány szemébe.

– Ne sírjon, Kate – vigasztalta gyöngéden. Nemigen állhatta a pityergést, de most nem hibáztatta érte a lányt. Ezekben az órákban sokfelé ontottak könnyeket. – Nem lesz semmi baj. Kilenc életem van, amíg repülőgépen ülök.

Pilótaévei során csakugyan nem egy szerencsétlenséget úszott meg csodával határos módon ép bőrrel.

– És ha tíz sem elég? – szipogta Kate, és könnyek gördültek le az arcán. Elhatározta, hogy tartani fogja magát, de nem sikerült. Elkeserítette, hogy valami baj érheti Joe-t. Igaza volt az anyjának. Beleszeretett.

– Akkor száz életem lesz, vagy amennyi kell – nyugtatgatta a férfi, de mindketten tudták, hogy ezt az ígéretét nem tarthatja be, éppen ezért óvakodott bármiféle meggondolatlanságtól a kettejük kapcsolatában most, a távozása előtt.

Nem állt szándékában egy tizennyolc esztendős

özvegyet hátrahagyni. Kate ennél sokkal többet érdemelt, és ha tőle nem kaphatta meg, valaki más kárpótolhatta. Úgy akart elbúcsúzni, hogy a lány szabadon, minden megkötöttség nélkül cselekedhessen a távollétében. Kate azonban csak rá tudott gondolni. Felnézett a férfira, és közölte vele, hogy szereti. Tekintetében végtelen fájdalom tükröződött. Joe nem is sejtette, milyen veszteséget szenvedett el kislánykorában. Kate soha senkinek nem beszélt John Barrett öngyilkosságáról, Joe azt hitte, Clarke a vér szerinti apja. A mostani elválás kínja azonban feltépte a régi sebet, így Kate sokkal nehezebben viselte, hogy Joe a háborúba ment.

– Nem kellett volna kimondania, Kate! – intette le a férfi, aki nemcsak a lány, hanem saját szerelmének is görcsösen igyekezett gátat vetni. – Én sem akartam kimondani. Nem akarom, hogy hozzám kösse magát, mikor bármi megtörténhet. Maga a megismerkedésünk percétől fogva rengeteget jelent nekem, de méltánytalanság lenne tőlem, ha valami ígéretet csikarnék ki magából, ha bármiféle igényeket támasztanék, ha arra kérném, hogy várjon rám. Fennáll az esély, hogy nem térek vissza, és nem akarom, hogy azt képzelje, tartozik nekem valamivel, holott szó sincs erről. Semmivel sem tartozik. Szabadon azt tehet, amit akar. Bármit éreztünk is eddig egymás iránt kimondva vagy kimondatlanul, az nekem rengeteget nyújtott, és a szívemben magammal viszem.

Joe közelebb vonta magához a lányt, olyan szorosan ölelte, hogy Kate érezte a szívdobbanását, de nem csókolta meg. Kate egy tizedmásodpercre csalódottan nézett rá, azt várta, hogy szerelmet vall neki, hiszen hosszú időre – ki tudja, talán örökre – ez az egyetlen alkalom.

– De én szeretlek – ismételte meg eltökélten. – Azt akarom, hogy tudd, hogy ebben a tudatban indulj útnak. Ne kelljen ezen tanakodnod, amikor a lövész-árokban gubbasztasz.

A férfi önérzetesen vonta össze a szemöldökét.

– Miféle lövészárokban? Az a bakák helye, én a magasban röpdösök, onnan lövöldözöm a némete-ket. Éjszaka pedig puha ágyban alszom. Nem is olyan vészes, mint hiszed, Kate. Egyeseknek igen, de nekem nem. A vadászpilóták kivételezett kasztot alkotnak.

Elviselhetetlenül gyorsan szaladt az idő, és mire észbe kaptak, már indulni kellett a repülőtérre. Clarke felajánlotta, hogy kocsival kiviszi őket, de inkább taxi-val mentek. Kate kettesben akart lenni Joe-val.

A hideg, csillagfényes estén egyenruhás tömeg gyűlt össze a reptéren. A tizennyolc-tizenkilenc éves fiúk még Kate szemében is kölyöknek tetszettek. Né-melyik most hagyta el először a szülői házat.

Az utolsó percek gyötrő kínban teltek. Kate hasz-talan próbálta visszatartani a könnyeit, még Joe is fe-szültnek látszott. Nem tudták, találkoznak-e még, és ha igen, mikor. A lány reménykedett, hogy a háború nem fog évekig elhúzódni. Megváltásnak tűnt, ami-kor Joe-nak végre föl kellett szállnia a gépre. Kate kétségbeesetten kapaszkodott belé, nem akarta elen-gedni, nem akarta, hogy baja essék, nem akarta elve-szíteni az egyetlen férfit, akit valaha is szeretett.

– Szeretlek! – súgta neki, és Joe fájdalmasan tekin-tett le rá. Nem így tervezte ezt a napot. Azt képzelte, hallgatólagos megállapodást kötöttek, hogy efféle dolgokról nem beszélnek, de a lány nem tartotta ma-gát ehhez. Nem bírt úgy elválni a férfitól, hogy ne öntse szavakba a szerelmét. Úgy vélte, Joe-nak joga van hozzá, hogy tudjon róla. Nem értette meg, hogy ezáltal sokkal nehezebbé vált Joe helyzete. Eddig még áltathatta magát, hogy csak barátok, de most már nem tagadhatta a tényt, hogy nem azok. Kap-csolatuk messze túlnőtt a barátságon.

Búcsúajándékként vitte magával a szót, az egyetlen igazi értéket, amelyet Kate adhatott neki. Ez mindkettejüket ráébresztette a valóságra. Joe átérezte saját védtelenségét, felrémlett előtte a lehetőség, hogy talán soha nem tér vissza. Ahogy a lányra nézett, egyszerre elöntötte a hála minden együtt töltött pillanatért. Tudta, soha nem találkozhat hasonló nővel, akiben ennyi tűz, életöröm és lelkesedés lobog, bejárhatja a kerek világot, történhet bármi, rá mindig emlékezni fog.

Amikor utoljára szólították beszállásra, lehajolt és megcsókolta a lányt. Többé nem foghatta vissza az áradatot. Balgaság volt azt hinnie, hogy parancsolhat ilyen mélyről feltörő érzelmeknek. Mindketten tudták, hogy ritka, különleges kapcsolat jött létre közöttük, amelyen egyikük sem változtathat.

– Vigyázz magadra! – suttogta rekedt hangon Joe.

– Szeretlek! – ismételte a lány. Mélyen a férfi szemébe nézett, aki némán bólintott, nem bírta kimondani a szót, mert az olyan érzéseket írt le, amelyek elől harminc esztendeje menekült.

Átkarolta és újból megcsókolta a lányt, azután mennie kellett. Minden erejét összeszedve elvált tőle, csak a kapuban fordult vissza. Kate még mindig őt figyelte, és potyogtak a könnyei. A férfi szívéből az utolsó pillanatban szakadt fel a kiáltás:

– Szeretlek, Kate!

A lány hallotta, látta, hogy integet neki, és könnyein át mosolyogva követte a tekintetével, amíg el nem tűnt a szeme elől.

5

A karácsony abban az évben mindenki számára gyászos hangulatban telt. Két és fél héttel Pearl Harbor után a világ még magához sem tért a megrázkódtatásból. Amerika fiai az európai és a csendes-óceáni hadszíntérre indultak. Egyszerre mindenki addig soha nem hallott földrajzi nevekkel ismerkedett, Kate számára némi vigaszt jelentett a tudat, hogy Joe Angliában van. Eddigi egyetlen leveléből úgy tűnt, viszonylag rendezett körülmények között.

Swinderbyben állomásozott. Csak annyit közölt a tevékenységéről, amennyit a cenzúra engedett. Írása legnagyobbrészt a lány iránti aggodalmát tükrözte, szót ejtett az emberekről, akikkel megismerkedett, leírta a környező vidéket, és méltatta a szíves fogadtatást, amelyben az angolok részesítették a pilótákat, de arra nem tért ki, hogy szereti Kate-et. Élőszóban egyszer elmondta, de arra nem tudta rávenni magát, hogy le is írja.

Ekkorra Jamisonék előtt is nyilvánvalóvá vált, mennyire szerelmes a lányuk Allbrightba, és ez az érzés alighanem kölcsönös. Elizabeth négyszemközt továbbra is hangot adott aggodalmainak, amelyek még inkább elmélyültek, hiszen attól tartott, ha valami történik Joe-val, Kate örökké siratni fogja. Ilyen férfit nem könnyű elfelejteni.

– Isten bocsássa meg nekem, Liz – sóhajtotta Clarke –, de ha valami baj éri, szerintem Kate túlteszi magát rajta. Más nőkkel is megesett már. Remélem, neki nem kell ilyesmivel szembenéznie.

Az asszonyt nem csak a háború aggasztotta. Úgy érezte, Joe képtelen bárkit is fenntartás nélkül szeretni, közel engedni magához. A repüléssel a világ elől menekül. Kérdéses tehát, hogy amennyiben túléli a háborút, boldoggá teheti-e valaha is Kate-et.

Szép csöndben elmúlt a bál kitűzött időpontja, és Kate nem is nagyon sajnálta, hogy elmaradt az ünnepi esemény. Neki amúgy sem volt szívügye, eredetileg is csak a szülei kedvéért akarta. Aznap este otthon ült egy iskolai kötelező olvasmánnyal, és meglepődött, amikor Andy Scott telefonált. Addigra a legtöbb ismerős fiú kiképzőtáborba vonult, de Andy már hetekkel azelőtt elmagyarázta neki, hogy gyermekkorában észleltek nála valami szívzörejt. Ez a hétköznapi életben nem okozott panaszt, de a katonaságnál kiszuperálták miatta. Felzaklatta a dolog, megpróbálta elérni, hogy mégis besorozzák, de a bizottság kerek perec elutasította. Cudarul érezte magát, mintha legalábbis elárulta volna a hazáját, amiért otthon maradt a nők között. Legszívesebben táblát hordott volna a nyakában, hogy miért nem visel egyenruhát. Még akkor is nagyon ideges volt, amikor felhívta Kate-et. Vacsorázni akarta vinni, de a lány Joe-ra gondolt, és úgy érezte, ez nem helyénvaló. Meg is mondta Andynek, miért nem mehet el. A fiú igyekezett rábeszélni legalább egy mozira, de Kate hajthatatlan volt. Közös barátaiktól tudta, hogy Andy bolondul érte. Csakugyan azóta próbálkozott nála, hogy ősszel a Radcliffe-re érkezett.

– Szerintem nyugodtan járhatnál szórakozni – vélte az anyja, miután megkérdezte, ki telefonált. – Nem rostokolhatsz itthon örökké. A háború még sokáig tarthat.

Joe-val pedig semmiben sem állapodtak meg. A férfi nem kérte meg a kezét, nem jegyezte el, nem tettek ígéreteket. Egyszerűen szerették egymást. Elizabeth persze sokkal szívesebben látta volna, ha a lánya Andy Scott-tal jár.

Kate azonban a fejét rázta, és visszavonult a könyvével a szobájába. Tudta, hogy nem lesz könnyű otthon ülnie a szüleivel, de nem bánta.

– Nem penészedhet vég nélkül idehaza – vetette fel a dolgot Elizabeth a férjének is. – Nem kötelezte el magát, nem jegyesek Allbrighttal.

– Én úgy látom, a szívükben eljegyezték egymást – felelte higgadtan Clarke. Ő rokonszenvezett Joe-val, nem gyanakodott rá, mint a felesége, és remek fickónak tartotta.

– Nem tudom, Joe fog-e valaha is nyilatkozni – sopánkodott Liz.

– Úgy gondolom, nagyon felelősségteljes férfi, nem akarja, hogy Kate ilyen fiatalon megözvegyüljön. Helyesen cselekszik.

– Az effélék sohasem kötelezik el magukat. A repülés a szenvedélye, minden más csak azután jöhet. Soha nem fogja megadni Kate-nek, amit igényel. Mindig is a repülés marad számára az első – jósolta borús arccal, de Clarke csak mosolygott.

– Ez nem okvetlenül igaz. Nézd csak meg Lindberghet! Nős, családos ember.

– De vajon boldog-e a felesége?

Bárhogy vélekedtek is, Kate kitartott az álláspontja mellett. Az egész szünidőben ki sem mozdult a házból, és amikor januárban visszament a főiskolára, hasonlóan boldogtalan lányokkal találkozott. Öten már férjhez mentek, mielőtt a kedvesük elhajózott, legalább háromszor annyian eljegyezték magukat, a többiek is mind olyanokkal jártak, akik rövidesen a tengerentúlra készültek. Egész életük fényképek és levelek körül forgott, amiről Kate-nek eszébe jutott, hogy egy árva fotója sincs Joe-ról. Levélből viszont egy egész kötegre való jött.

Szorgalmasan vetette bele magát a tanulásba, időnként találkozott Andyvel. Randevút továbbra sem adott neki, de barátok maradtak, és a fiú gyakran meglátogatta a Radcliffe-en. Nagyokat sétáltak a főiskola területén, utána beültek a menzára, a fiatalember ironikus megjegyzéseket tett elegáns közös vacsoráikra. De amíg a diákétkezdére szorítkoztak, Kate úgy érezte, ez nem számít találkának, tehát nem vált hűtlenné Joe-hoz. Andy úgy gondolta, ez butaság, és megpróbálta rábeszélni, hogy menjenek el valahová.

– Miért nem vihetlek valami rendes helyre? – fakadt ki egy alkalommal, amikor fűrészpor ízű fasírttal és emberi fogyasztásra csaknem alkalmatlan csirkével birkóztak a csapnivaló konyhájáról hírhedt menza egyik hátsó asztalánál.

– Mert szerintem nem lenne helyes. Különben is jó itt.

– Jó? Ezt nevezed jónak? – fintorgott, és a burgonyapüré gyanánt kimért, tapétaragasztóra emlékeztető kulimászba döfte a villáját. Tény, hogy a csirkét Kate sem tudta elrágni. – Két napig háborog a gyomrom egy-egy itteni vacsora után.

A lány fejében azonban csak a kincstári élelmezés járt, amelyet Joe Angliában kapott. Hogy is dőzsölhetett volna ő elegáns éttermekben Andyvel?

A magas, barna, jóképű, ám Kate-nél sikertelen Andy egyébiránt pezsgő társasági életet élt. Rajta kívül nem sok partiképes srác maradt a főiskolán. A lányok úgyszólván sorban álltak, hogy randizhassanak vele, minden ujjára tíz is akadt volna, de neki csak Kate kellett.

Rendületlenül látogatta őt, és a hónapok folyamán egészen összebarátkoztak. Kate nagyon megkedvelte a fiatalembert, de semmi olyasfélét nem érzett iránta, mint Joe iránt. Hetente háromszor együtt teniszeztek, és húsvét táján végül megengedte, hogy a fiú elvigye moziba, de emiatt is furdalta a lelkiismeret. A *Mrs. Miniver*-t nézték meg Greer Garsonnal a főszerepben, és Kate végigsírta a filmet.

Hetente több levelet kapott Joe-tól, és csak sejtette, hogy a férfi egy Spitfire fedélzetén teljesít bevetéseket a királyi légierőnél, a RAF-nál, de amíg a levelek jöttek, legalább tudta, hogy él. Napjai állandó rettegésben teltek, hogy az újságban a halálhírét olvassa, és reggelenként reszkető kézzel lapozott a haditudósításokhoz. Tudta, hogy mivel Joe maga is jól ismert, ráadásul Charles Lindbergh barátja, a sajtóban előbb találkozik a hírrel, mintsem valaki felkészíthetné a megrázkódtatásra. Egyelőre azonban a levelekből úgy tűnt, Joe egészséges, igaz, egész télen sokat panaszkodott a hidegre és a gyatra kosztra. Májusban dicsérte a tavaszt, áradozott, hogy minden virágba borult, még a legszegényebbek is gondosan művelik a kertjüket. Csak a szerelméről nem írt.

Május végén a RAF ezer bombázóval éjszakai légitámadást hajtott végre Köln ellen. Joe nem említette, de Kate olvasott róla, és tudta, hogy biztosan ő is részt vett az akcióban. Júniusban Andy elvégezte a hároméves gyorsított programot a Harvardon, így egy évvel korábban kapta meg a főiskolai oklevelet, és ősszel a jogi karon folytathatta tanulmányait. Kate befejezte az első évet, elment Andy diplomaosztására, nyáron pedig teljes munkaidőben dolgozott a Vöröskeresztnél. Kötszert göngyölt, a tengerentúlra küldendő meleg ruhát hajtogatott. Csomagokat postáztak, gyógyszereket juttattak el a rászorulókhoz, és sok időt töltöttek hasznos apróságok készítésével. Nem volt éppen izgalmas munka, de ezzel is hozzájárult az ország háborús erőfeszítéseihez. Még szűk baráti körében is értesült tragédiákról. A diákszállón két lány veszítette el a fivérét – németek torpedózták meg a csapatszállító hajót –, egy harmadik mindjárt kettőt is. Egyik szobatársa hazament, hogy segítsen az édesapjának a családi vállalkozásban. Több vőlegény elesett, a karácsonykor házasságot kötött öt lányból egy már meg is özvegyült, és abbahagyta a tanulást. Kate nem tudott nem a háborúra gondolni, amikor mindenfelé szomorú arcokat, szorongó tekinteteket látott. Mindenki attól rettegett, hogy részvéttáviratot kap a hadügyminisztériumból.

Andy azon a nyáron egy katonai kórházban önkénteskedett. Valamivel ellensúlyozni akarta azt, hogy nem mehetett ki a frontra a többi épkézláb fiatalemberrel. Valahányszor felhívta Kate-et, rémtörténeteket mesélt neki a sebesültekről, akiket látott, az élményeikről, amelyeket megosztottak vele. Senkinek sem vallotta volna be, talán csak Kate-nek, de amikor ezeket hallotta, egy-egy pillanatra nem is bánta, hogy szolgálatképtelennek nyilvánították. A legtöbben, akikkel találkozott, Európában sebesültek meg, a csendes-óceániak nyugati parti kórházakban lábadoztak. Sokan a fél karjukat vagy a szemük világát veszítették el, taposóakna tépte le a lábukat, felismerhetetlenné torzult az arcuk, repeszek fúródtak a testükbe. Andy elmondása szerint egy egész kórtermet töltöttek meg olyanok, akiknek az átélt sokktól elborult az elméjük. Ennek már a gondolata is elborzasztotta mindkettőjüket, pedig tudták, hogy a következő hónapokban csak súlyosbodhat a helyzet.

Miután Kate két és fél hónapot dolgozott a Vöröskeresztnél, a vakáció utolsó két hetére Cape Codra utazott a szüleivel. A félsziget azon kevés helyek közé tartozott, amelyek látszólag mit sem változtak. Állandó lakossága nagyrészt idősekből tevődött össze, így a lány most is a gyermekkora óta megszokott arcokkal találkozott. Fiúunokáik azonban idén nem látogatták őket, hiányoztak a fiúk, akikkel Kate együtt nőtt fel. Sok ismerős lány viszont eljött, és a munka ünnepén a szomszédságban ismét megrendezték az elmaradhatatlan kerti sütést. Kate a közvetlenül mellettük lakókhoz volt hivatalos a szüleivel. Már majdnem egy hete nem hallott Joe-ról. A levelei mindig több héttel korábban íródtak, és néha egész paksaméta jött egyszerre, így akkor is tovább érkezhettek, ha a férfi már hetekkel azelőtt elesett volna.

Csaknem kilenc hónapja nem látta, ami egy örökkévalóságnak tűnt. A nyaralás kezdete óta néhányszor beszélt Andyvel. A fiú Maine államban, a nagyszüleinél töltötte a szünidő utolsó hetét, miután három hónapot dolgozott a kórházban. Szavaiból kitetszett, hogy sokat érett a nyáron. Miután nem mehetett harcolni, alig várta, hogy elvégezze a jogot.

Lévén, hogy az apja az egyik legtekintélyesebb New York-i ügyvédi irodát vezette, tudta, tárt karokkal fogadják, mihelyt megszerzi a diplomát.

Ahogy Kate a tűz mellett állva mályvacukrot pirított, óhatatlanul eszébe jutott Joe, akivel az előző évben ugyanitt találkozott. Akkor szökkent szárba a románcuk. Nem sokkal később kezdtek levelezni, majd Kate meghívta a férfit a hálaadásnapi vacsorára. Szinte minden szót megjegyzett, amelyet azon az estén, a tengerparton sétálva hallott tőle. Egészen gondolataiba merült, amikor valaki a háta mögül felrezzentette álmodozásából.

– Nem értem, miért kell mindig odaégetni – bosszankodott a hang, mire hátrapördült. Joe tornyosult föléje szikáran, sápadtan, egy kicsit idősebben, mint tavaly. A férfi mosolyogva átölelte, ő meg a homokba dobta a faágat a lángoló mályvacukorral.

– Istenem, jaj, istenem!

Tudta, hogy ez lehetetlen, mégis valóság. Nem tudta mire vélni a dolgot, gyorsan hátrébb lépett, szemügyre vette Joe-t, és látta, hogy mindene ép, tehát nem sebesülés a magyarázat.

– Hát te mit keresel itt?

– Két hét szabadságot kaptam. Kedden kell jelentkeznem a hadügyminisztériumban. Alighanem teljesítettem az előírt penzumot, elég német gépet szedtem le, így aztán hazaküldtek, hogy megnézzelek. Hm, egész kielégítő a látvány. Hogy érzed magad, kicsim?

Most, hogy láthatta, összehasonlíthatatlanul jobb kedvre derült, és a férfin látszott, hogy éppolyan boldog, mint ő. Megcirógatta a haját, néhány percenként magához szorította és megcsókolta. Egyikük sem törődött vele, ki látja őket.

Kate apja néhány perc múlva észrevette a párocskát. Először el sem tudta képzelni, ki az a hórihorgas, szőke férfi Kate mellett, de amikor látta, hogy megcsókolja a lányt, már tudta, hogy Joe, és odafutott hozzájuk a fövenyen.

Jól meglapogatta Joe-t, aztán sugárzó arccal veregette a vállát.

– Jó, hogy látlak, Joe. Mindannyian aggódtunk miattad.

– Nekem kutya bajom, a németeket kell félteni. Szitává lőjük őket.

– Meg is érdemlik – vélte Kate apja. Szinte a fiának érezte Joe-t.

– Csak azért csinálom, hogy mielőbb hazajöhessek – tréfálkozott Joe. Kate is vidám arcot vágott, több hónapos gyötrő nyomás alól szabadult fel. Ez a két hét mindkettőjük számára csodának tetszett. A lány nem tudott betelni Joe közelségével, a férfi pedig nem tágított mellőle, amióta az imént meglepte. Olyan közel maradt, hogy érezhesse a leheletét.

– Mi újság odaát, fiam? – érdeklődött komoly hangon Clarke, és Kate magukra hagyta a férfiakat. Épp csak annyi időre, hogy megkereshesse az anyját, és közölhesse vele az újságot.

– Az angolokra rájár a rúd – felelte őszintén Joe. – A németek tönkrebombázzák a városaikat. Szörnyű pusztítást visznek véghez. Azt hiszem, meg fogjuk fékezni őket, de nem egykönnyen.

Az elmúlt két hónapban aggasztóan alakult a hadihelyzet. A németek elfoglalták Szevasztopolt, heves támadást indítottak Sztálingrádnál, Észak-Afrikában Rommel szorongatta az angolokat, az ausztrálok pedig Új-Guineában elkeseredett harcot vívtak a japánokkal.

– Örülök, hogy nem esett bajod – mondta Clarke Joe-nak, akit annak ellenére családtagnak tekintett, hogy egyik részről sem hangzott el semmiféle ígéret. Mintha Elizabeth is megenyhült volna, amikor odajött Kate-tel. Megölelte, megcsókolta a pilótát, és a lánya miatt őszintén örült neki.

92

– Lefogytál, Joe – jegyezte meg az asszony. Csakugyan lesoványodott, de nem is csoda, hiszen a megerőltető bevetések után alig evett, ráadásul – mint Kate a leveleiből tudta – pocsék ellátmányt kaptak. – Jól érzed magad?

– Most jól, mert kaptam két hetet. Holnap két napra Washingtonba kell mennem, de csütörtökön visszajövök, és még tíz napig maradhatok. Remélem, hogy Bostonba mehetek.

Nem volt kétséges, miért.

– Bármikor szívesen látunk – vágta rá Clarke, és egy pillantást vetett a nejére, aki szintén osztozott leányuk örömében.

– El is lakhatsz nálunk – ajánlotta fel Elizabeth, és Kate könnyekkel küszködve mondott neki köszönetet. Hiába, az anyja is tudta, hogy az ember nem evezhet örökké ár ellen, előbb-utóbb meg kell adnia magát. Ha pedig valami történik Joe-val, nem akarta, hogy Kate úgy érezze, igyekeztek erőnek erejével elválasztani őket egymástól. Helyesebbnek tűnt, ha valamennyi érintett nagylelkűen viselkedik, feltéve, hogy Kate nem követ el semmi ostobaságot. Elhatározta, hogy beszél erről a lányával, miután most együtt látta őket. Végtére is Joe harmincegy esztendős férfi, olyan igényekkel és vágyakkal, amelyek messze meghaladják azt, ami Kate szempontjából pillanatnyilag helyénvaló. De amíg türtőztetik magukat, Elizabeth hajlandó volt a házába fogadni a pilótát. A többi már Kate-től függött.

Az est hátralévő része szélsebesen repült el, Joe jóval éjfél után távozott, hogy másnap reggelre Washingtonba érjen. Bostonig kocsival kellett mennie, ott vonatra szállt, mert nem jutott géphez. Hosszú, szenvedélyes csókkal búcsúzott Kate-től, és megígérte, hogy három nap múlva Bostonban találkoznak. A lány sajnálkozott, amiért iskolába kell járnia, de a szülei ragaszkodtak hozzá, hogy időben elkezdje a tanévet. A szabad idejét kellett a lehető legjobban kihasználnia. Csupán annyi engedményt tettek, hogy otthon alhat, ha naponta bejár az előadásokra.

– Magam viszem majd a főiskolára, és gondom lesz rá, hogy be is menjen az órákra – fogadkozott Joe, és Kate hirtelen úgy érezte, egy helyett két apa vigyáz rá. Joe egy pillanatra még félrevonta őt, és elmondta, mennyire hiányzott neki, mennyire szereti. Kate megittasulva hallgatta a szavait.

– Én is szeretlek, Joe. Rettentően aggódtam miattad.

– Majd túl leszünk ezen, kicsim, és amikor vége, fantasztikusan fogjuk érezni magunkat együtt.

Az anyja nem épp erre az ígéretre várt, de Kate nem bánta. Ő beérte azzal, ha együtt lehetett Joe-val.

A pilóta a vártnál hamarabb, már szerdán visszatért Washingtonból, és beköltözött Jamisonékhoz. Udvariasan, előzékenyen, figyelmesen és végtelen tisztelettel bánt Kate-tel, ami nagyon tetszett a lány szüleinek. Kulturált viselkedése még Elizabeth-t is levette a lábáról. Csak az tehette volna még elégedettebbé az asszonyt, ha megkéri Kate kezét.

Clarke egyik délután finoman fölvetette a témát. A szokottnál korábban jött haza a munkából, és az étkezőasztalnál találta Joe-t, aki egy új repülőgép tervrajzán dolgozott. Most nem építhette meg az álomgépet, csak ha a háború véget ér, de már több füzetet telejegyzetelt az apró-cseprő részletekkel.

Rövid beszélgetés bontakozott ki Charles Lindberghről, aki épp Henry Fordnak segédkezett a bombázók sorozatgyártásának megszervezésében. Lindbergh jelentkezni akart a hadseregbe, de Roosevelt személyesen akadályozta meg, hogy bevonuljon. Ford gyárában sokkal többet tehetett a győzelemért. A közvélemény és a sajtó mindazonáltal a háború előtti politikai állásfoglalásai miatt továbbra is éles hangon nyilatkozott róla. Sok honfitársához hasonlóan Clarke is elítélte az Amerika Mindenekelőtt nevében tett, a németek iránti rokonszenvről árulkodó kijelentéseit, amelyek erősen megtépázták az óceánrepülő népszerűségét. Jamison mindig jó hazafinak tartotta Lindberghet, és a háború előtti németbarátsága nem illett ehhez a képhez. Most azonban az ő szemében visszanyerte a becsületét azzal, hogy minden tőle telhető módon kivette a részét a háborús erőfeszítésekből.

A társalgás lassan Lindberghről Kate-re terelődött, és bár Clarke nem kérdezett rá nyíltan, Joe előtt világossá vált, hogy a lányát illető szándékaira kíváncsi. Erre habozás nélkül közölte, hogy szereti Kate-et. Egyenes jellemével nem fért össze a köntörfalazás. Az apának tetszett a viselkedése. Joe még sohasem okozott neki csalódást. Kissé talán lassan állt kötélnek, de Kate szemlátomást nem bánta, és ezt Clarkenak is tiszteletben kellett tartania.

– Most nem vehetem feleségül – folytatta a pilóta a konyhaszéken fészkelődve. – Ha valami történik velem odaát, itt maradna özvegyen.

Mindketten tudták, hogy ez a csapás így is, úgy is letaglózná a lányt. Tizenkilenc évesen Joe volt az első férfi, akit megszeretett, és ha az anyja eléri, amire áhítozott, egyben az utolsó is. Elizabeth előző este meg is mondta a férjének, hogy szerinte a fiataloknak el kéne jegyezniük egymást. Ez legalább tisztázná a férfi szándékait, és jelezné a Kate iránti tiszteletét.

– Nem kell összeházasodnunk. Szeretjük egymást. Senkivel sem járok odaát, és nem is fogok – magyarázta Joe a lány apjának. Kate-nek nem beszélt erről, de a lány ösztönösen érezte. Vakon megbízott Joeban, és fenntartás nélkül kitárta előtte a szívét. Éppen ez aggasztotta az anyját, aki nem volt meggyőződve arról, hogy Joe ugyanígy jár el. Úgy vélte, elég idős és megrögzött ahhoz, hogy ne adja ki magát teljesen. Csak az a kérdés, mennyire zárkózik magába.

– Elhatároztad, hogy végleg megállapodsz? – kérdezte óvatosan Clarke. Most puhatolózott először ilyen tekintetben.

– Azt hiszem, igen, bármit jelentsen is ez. Tudom, hogy legfőbb ideje, de szeretnék továbbra is repülni és repülőgépeket tervezni, mert erre is szükségem van. Ha ez nem látja kárát, megállapodom, bár még nem sokat gondolkoztam rajta.

Ezt nemigen lehetett lánykérésnek, kötelezettségvállalásnak vagy szándéknyilatkozatnak tekinteni. Inkább csak megpendített lehetőségnek. Ahogy már Kate-nek is kifejtette, sohasem vágyott gyerekekre. Csak repülőgépekre.

– Rettentő nehéz a jövőt fontolgatni, ha az ember naponta kockára teszi az életét.

Napi három bevetést teljesített, és minden felszállásnál tisztában volt azzal, hogy esetleg nem tér viszsza. Ennél tovább nem láthatott, és nem is akart. Csak a soron következő feladatra összpontosított, arra, hogy lelője az ellenséget. A többi nem bírt jelentőséggel. Azokban a pillanatokban még Kate sem. A lány volt a fényűzés, amelyet csak a fontos dolgok elintézése után engedhetett meg magának.

– Szeretem Kate-et, Mr. Jamison – mondta Clarkenak, aki egy pohár whiskyvel kínálta. Joe elvette, és belekortyolt. – Úgy gondolja, boldoggá tehetném a lányát vagy bárki mást? Nálam a repülés az első, és ez sohasem fog megváltozni. Ezt Kate-nek is tudnia kell.

Ez a műszaki lángelme ontotta magából a briliáns ötleteket, és úgy ismerte minden hajtóművét, mint a tenyerét. Bármilyen légköri viszonyok között tudott repülni, és repült is. Mindent tudott az aerodinamikáról. A nőkhöz jóval kevesebbet konyított, és ezt már Clarke is kezdte megérteni. Kate anyja viszont kezdettől fogva sejtette.

– Azt hiszem, Kate-nek elég, ha szilárd életkereteket teremtesz neki, és gondoskodsz róla. Végeredményben minden nő ugyanezt akarja: egy férfit, akire számíthat, saját otthont, gyerekeket.

A lány luxusigényeit biztosíthatta a szülei vagyona és a majdani örökség, de az érzelmi hátteret, a lelki nyugalmat csak Joe-tól kaphatta meg.

– Ez nem olyan bonyolult – vélte Joe, és nagyot húzott a whiskyből.

– Néha bonyolultabb, mint gondolnád. A nők a legnyavalyásabb dolgokon képesek fennakadni. Nem vághatod be őket a kocsid csomagtartójába, mint egy koffert. Ha felborzolják a tollaikat, ha érzelmileg vagy más módon elhanyagolod őket, megnehezíthetik az életedet.

Ez bölcs tanács volt, de Clarke nem tudta, Joe kíváncsi-e rá.

– Bizonyára így van. Én még sohasem gondolkoztam rajta.

Joe megint mocorgott a széken, és lesütötte a szemét. Akkor is a poharát bámulta, amikor egy perc múlva folytatta:

– Most nem is nagyon tudok gondolkodni rajta. Egyrészt korai. Kate meg én alig ismerjük egymást. Másrészt most csak a németek gyilkolása tölti be az agyamat. Majd, ha a háború véget ér, tanakodhatunk azon, milyen színű linóleumot akarunk, és kell-e sötétítő a nappaliba. Egyelőre házunk sincs. Azt hiszem, egyikünk sem készült fel nagy horderejű döntésekre.

Az adott körülmények között mindez ésszerűen hangzott, Clarke mégis csalódottan fogadta. Azt remélte, Joe Kate kezét fogja kérni tőle, és bár Joe nem mondta, hogy ez nem áll szándékában, elismerte, hogy még nem készült fel rá. Clarke úgy vélte, ha Joe nekidurálná magát, Kate habozás nélkül követné. Tizenkilenc éves fejjel inkább hajlandó volt megállapodni – legalábbis Joe-val –, mint Joe harmincegy esztendősen.

Joe eddig folyton az eget fürkészte, egyik kifutópályától a másikig csapongott, egyre újabb gépeken, a repülés jövőjén törte a fejét, a hétköznapi élettel aligalig foglalkozott. Clarke úgy vélte, a háború után inkább arra kellene koncentrálnia, ami a földön zajlik. Kiderült, hogy Joe Allbright vérbeli álmodozó, csak azt kellett tisztázni, helyet kaphat-e az álmaiban Kate.

– Mit mondott? – nógatta Clarke-ot a felesége aznap este, miután jó éjszakát kívántak a fiataloknak, és visszavonultak a hálószobájukba. Elizabeth biztatta fel a férjét, hogy alkalomadtán beszéljen Joeval. Clarke az ő kedvéért jött haza korábban, így még azelőtt szót válthatott a pilótával, hogy Kate megérkezett volna az iskolából.

– Dióhéjban? Azt, hogy még nem készült fel. Pontosabban azt, hogy egyikük sem készült fel.

Clarke igyekezett semleges hangon ismertetni a történteket, nehogy felzaklassa a feleségét.

– Szerintem Kate készen állna, ha Allbright is – vélte kedvetlenül Liz.

– Szerintem is, de nem erőltethetjük a dolgot. Joe a fronton harcol, naponta farkasszemet néz a halállal. Nehéz meggyőzni, hogy most okvetlenül el kell jegyeznie magát. – A lányuk érdekében mindketten szerették volna siettetni a fejleményeket, és ehhez kapóra jött a kétheti szabadság, de Clarke már látta, hogy most mégsem fognak dűlőre jutni. Talán később.

– Egyébként nem hiszem, hogy Joe megállapodós fajta, de Kate kedvéért alighanem hajlandó gyökeret ereszteni. Semmi kétségem afelől, hogy szereti a lányunkat, meg is mondta, és hiszek neki. Nem könnyű kalandot keres nála, bolondul érte. De a gépeiért is.

Pontosan ettől félt Elizabeth kezdettől fogva.

– És mi lesz, ha Kate a háború végéig itthon malmozik, őkelme pedig azután kieszeli, hogy mégsincs kedve megállapodni? Kate éveket fecsérel el, és ez a férfi összetöri a szívét.

Ezt a legkevésbé sem akarta a lányának, és senki

sem garantálhatta, hogy ez nem következhet be. Joe házasság esetén is meghalhatott, akkor Kate özvegyen marad, talán nem egyedül, hanem egy gyerekkel, de Jamisonék nem ezt kívánták neki. Egy férjet reméltek, aki szereti őt, aki nyugodt, gondtalan életet biztosít neki. Clarke kezdte kissé különcnek látni Joe-t. Nem ítélte el ezért, a lángész elfogadhatóvá tesz némi hóbortot, de a nősülést megnehezíti. Arra a következtetésre jutott, hogy valamennyiüknek türelmesnek kell lenniük, ezt magyarázta Liznek is, amikor elismételte neki beszélgetésüket. Az asszony kétségbeesett:

– Mit gondolsz, annak alapján, amit mondott, egyáltalán nem akarja feleségül venni Kate-et?

– Nem, azt nem hiszem. Végül be fogja kötni a fejét. Láttam már hasonló fickókat. Az ilyeneket csak egy kicsit nehezebb jászolhoz terelni, nem minden ló olyan jámbor, mint a többi. Ez a mén egy kicsit vadóc is, de türelem, a lényeg az, hogy Kate nem látszik elkeseredettnek.

– Éppen emiatt aggódom. A holdra is elmenne vele, valósággal a megszállottja, bármibe beleegyezne, amit Allbright akar. Nem akarom, hogy valami kifutópálya menti sátorban lakjon.

– Nem hiszem, hogy odáig fajulna a helyzet. Mi is vehetünk nekik egy házat, ha kell.

– Engem nem a ház aggaszt, hanem az, ki lakik benne, és ki nem.

– Majd Joe is eljut odáig – bizakodott Clarke, és megcsókolta a feleségét.

– Remélem, még megérem – kesergett az asszony.

– Korai még az öregségre gondolnod, drágám.

Elizabeth ezekben a napokban fáradtnak érezte magát, nyomasztotta, hogy a hatvanhoz közeledett, és nagyon szerette volna látni, amint Kate révbe ér. De a háború nem kedvezett az elképzeléseinek.

Kate egyelőre csak azért bánkódott, hogy Joe a fronton, Angliában harcol, az édesanyja azonban semmilyen szempontból sem látta biztosnak a jövőjét. Úgy gondolta, Joe fékezhetetlen, szabad lélek, senki sem tudja megjósolni, mihez kezd majd, ha visszatér a háborúból. Clarke-kal ellentétben nem számított arra, hogy Joe feleségül veszi a lányukat. De legalább megpróbálták kieszközölni.

Amikor Joe este megemlítette a beszélgetést Katenek, a lány felháborodott. Nem akarta, hogy a szülei Joe nyakába varrják.

– Ez undorító! Hogy vetemedhetett ilyesmire az apám? Ez olyan, mintha rád akarnának sózni.

– Csak a szívükön viselik az érdekeidet – nyugtatgatta Joe. Megértette a szülőket, bár őt is zavarta a dolog. – Nincs bennük semmi rosszindulat, csak a javadat akarják, és talán az enyémet is. Ez tulajdonképpen hízelgő rám nézve. Nem utasítottak ki a házukból, nem fitymáltak le, pedig megtehették volna. Arra kíváncsiak, kikötök-e melletted, igazán szeretlek-e. Én pedig azt feleltem az apádnak, hogy igen, de a többit majd akkor kéne eldöntenünk, ha visszajövök Angliából. Isten tudja, megérem-e.

Kate ezeket a szavakat sem jó szívvel hallgatta. Tudta, hogy Joe-nak mindene a repülés, de nem akarta feszegetni ezt a dolgot, mert semmi értelmét sem látta, és épp eléggé haragudott az apjára, amiért szóba hozta. Örült, hogy Joe nem neheztelt meg.

Varázslatos napokat töltöttek együtt 1942 szeptemberében. Kate mindennap meghallgatta az előadásokat, azután Joe érte ment a főiskolára. Órákig sétáltak vagy a fák alatt üldögéltek, beszélgettek az életről és mindarról, amit fontosnak tartottak. Joe leginkább a repülőgépekről, de másról is, emberekről, érdekes helyekről, tennivalókról. Még értékesebbé tette a szemében az életet, hogy naponta szembenézett a halállal. Kéz a kézben és csókolózva enyelegték át a délutánokat, de abban előre megegyeztek, hogy nem fekszenek le egymással. Ahogy teltek-múltak a napok, ez mind nehezebbé vált, de bámulatos önfegyelmet tanúsítottak. Ahogy Joe nem akarta özvegyen hagyni Kate-et, ha elesik a háborúban, éppúgy nem akarta teherbe ejteni sem, miközben ő visszamegy a frontra. Házasságot kötni pedig csak akkor akart, ha egyszer úgy döntenek, nem pedig kényszerből. Ezzel Kate is egyetértett, bár az ösztönei azt súgták, ha történne valami Joe-val, neki legalább a gyereke megmaradna, de most hinniük kellett a jövőben. Senki nem ígért, nem szavatolt, nem biztosított semmit. Csak a reményekbe, álmokba és az együtt töltött napok emlékébe kapaszkodhattak. A többi az ismeretlenség homályába veszett.

Amikor ismét elváltak, jobban szerették egymást, mint annak előtte, és mindent tudtak egymásról. Úgy tűnt, eszményi párt alkotnak, tökéletesen kiegészítik egymást. Különbözőségeik olyannyira összeillettek, hogy Kate úgy vélte, egymásnak születtek, és ezt Joe sem vitatta. Időnként most is rájött a félszegség, de a lány megértette ezt, kifejezetten élvezte apró szeszélyeit. A búcsúzáskor Joe könnybe lábadt szemmel csókolta meg, és azt mondta, szereti. Megígérte, azonnal ír, mihelyt Angliába ér. Csak ennyit ígért, semmi többet. Kate-nek ennyi is elég volt.

6

Októberben fellángoltak a harcok, és időnként biztató hírek is érkeztek a frontokról. Az ausztrálok és szövetségeseik kiszorították a japánokat Új-Guineából, és Guadalcanalnál mintha megtörték volna az ellenállást. Végre az angolok is felőrölték az északafrikai német haderőt. Sztálingrádnál pedig megállították a német előrenyomulást, bár a város elvesztése bevallottan egy hajszálon múlott.

Joe egyik bevetést a másik után teljesítette, köztük egy történelmi jelentőségűt is Gibraltár fölött. Egy légi felderítés során, amely a szövetségesek nagyszabású észak-afrikai partraszállását, a Fáklya-hadműveletet készítette elő, három másik Spitfire-rel egyetemben tizenkét német Stuka zuhanóbombázót lőttek le.

A fergeteges siker után többszörösen kitüntették, az angoloktól megkapta a Pilóta Érdemkeresztet, és hazarepült Washingtonba, hogy magától az elnöktől vegye át az elismerés hasonnevű amerikai megfelelőjét. Ezúttal idejében értesítette Kate-et a jöveteléről. A lány Bostonból a fővárosba utazott, hogy három nappal karácsony előtt találkozzanak. Negyvennyolc órájuk maradt, mielőtt Joe-nak vissza kellett térnie Angliába, de ezt a kurta időt ismét nem várt ajándékként fogadták. A hadügyminiszter egy hotelban szállásolta el a pilótát, Kate ugyanazon az emeleten foglalt magának egy kis szobát. Vele együtt vett részt a fehér házi ünnepségen, kezet fogott az elnökkel, akivel hármasban le is fényképeztették magukat. Úgy érezte magát, mintha egy filmbe csöppent volna.

Joe utána vacsorázni vitte. A mellén ott csillogott a medália. Kate mosolyogva figyelte, ahogy rendelt, jóképűbbnek látta, mint valaha.

– Még mindig nem hiszem el, hogy itt vagy.

A férfit igazi hősként ünnepelték. Kate-ből vegyes érzéseket váltott ki a ceremónia, ráeszmélt, milyen könnyen életét veszthette volna a szerelme. Ebben az időszakban minden ilyen keserédesnek hatott. Ajándéknak tetszett minden egyes nap, amelyet Joe túlélt, és majd mindennap érkezett hír ismerős fiúkról, akik Európában vagy a Csendes-óceánon lelték halálukat. Az iskolatársai közül sokan gyászoltak. Ő eddig szerencsésen megúszta. Nap nap után Joe-ért imádkozott.

– Én sem tudom elhinni – felelte Joe, és megkóstolta a bort. – És mire észbe kapok, megint belém fagy a szusz Angliában.

Itt azonban, távol a fegyverropogástól jobban érződött az ünnep hangulata. Mindenütt karácsonyfák díszlettek, perselyes énekesek járták az utcákat, a kicsinyek izgatottan várták az ajándékokat. Itt még akadtak boldog arcok, nem csak sápadtak, kiéhezettek, rettegők, mint Angliában. Odaát még a gyerekek is elcsigázottaknak látszottak, mindenkit kimerítettek a bombák, a légitámadások. Házak omlottak össze egy szempillantás alatt, barátokat temettek maguk alá a romok, kisdedek haltak meg. A szigetországban szinte képtelenségnek tűnt, hogy létezik boldogság, Joe ottani ismerősei mégis vitézül helytálltak.

Washington mindkettőjüknek mesekönyvbe illőnek tetszett. Vacsora után gyalog mentek vissza a szállodába, és letelepedtek a földszinti társalgóban. Négy órán át ücsörögtek az est előrehaladtával mind huzatosabb helyiségben, mert nem akartak elválni egymástól, de Kate úgy gondolta, valamelyikük szobájába együtt fölvonulniuk nem lenne ildomos. A szülei el akarták kísérni Washingtonba, nem kifejezetten erénycsőszködés végett, hanem azért, hogy megnézhessék a fehér házi ceremóniát, de az utolsó pillanatban közbejött valami. Az apjához fontos ügyfelek érkeztek Chicagóból, és Elizabeth vele akart maradni. Tudták, hogy nincs szüksége gardedámra, és Joe-ban is megbíztak. Végül a fiatalok mégis annyira fáztak a hallban, hogy Joe indítványozta, menjenek föl a szobájába. Azt ígérte, fegyelmezni fogja magát. Kate keze addigra egészen elgémberedett, alig tudta mozgatni, és hangosan vacogott a foga. Odakint pedig havazott, és csontig hatolt a hideg.

A keskeny lépcsőn fölmentek az emeletre. A kis szálloda alacsony árai nevetségesen csekély kiadást jelentettek a hadügynek, ezért foglaltak a pilóta számára éppen itt szobát. Kate szobája sem sokkal többe került. Amúgy két napra mindkettőjüknek megfelelt a szegényesen bútorozott, talpalatnyi lakótér, cseppet sem érdekelte őket a környezet. Kate nem akart más karácsonyi ajándékot, csak hogy láthassa a férfit, és nem remélte, hogy teljesül a kívánsága. Szeptember óta rettenetesen hiányzott neki, és most szinte lelkiismeret-furdalást érzett. Némelyik ismerőse Pearl Harbor óta nem találkozott a bátyjával vagy a vőlegényével, ő pedig az elmúlt négy hónapban kétszer is örvendezhetett Joe-nak.

A szobák – talán szűkös méretük folytán – melegebbek voltak, mint az előcsarnok. Mindegyikben éppen elfért a berendezés: ágy, egyetlen szék, pipereasztal, mosdó és zuhany. A vécét már csak a hajdan bizonyára gardróbfülkének szánt odúba tudták beszorítani, így a ruhákat mindössze az ajtóra csavarozott kampókra akaszthatták, de Kate így is örült, hogy legalább nem kell közös illemhelyet használnia.

Miután beléptek Joe szobájába, Kate a széket foglalta el, a férfi az ágy szélére ült. Felbontotta a kis üveg pezsgőt, amelyet Washingtonba érkezésekor vett maguknak, megünneplendő az érdemrendet, amely ott fityegett a zubbonyán.

Kate még mindig nem tudta túltenni magát a tényen, hogy a Fehér Házban járt. Mrs. Roosevelt rendkívül nyájasan bánt vele, és pontosan úgy festett, mint várta. Sok egyéb részlet mellett megragadt az emlékezetében a First Lady finom keze. Joe jóval szenvtelenebbül viselkedett, de ő az évek során megfordult már egy-két nagyvilági helyen Charlesszal, és jobban lenyűgözték más dolgok, például bravúros repülőteljesítmények vagy tehetséges pilóták. Persze jólesett neki a kitüntetés, örömét azonban beárnyékolta a bevetés során életüket vesztett társai halála. Boldogan lemondott volna az érdeméremről, ha velük együtt térhet haza. Erről beszélgettek, miközben a lánynak nyújtotta a poharat.

Kate szemlátomást annyira kényelmetlenül kuporgott a széken, hogy a férfi maga mellé invitálta. A lány tudta, hogy a tűzzel játszanak, jóllehet bízhatnak egymásban. Önmagában véve semmi ostobaság sem következett abból, hogy testközelbe kerültek egy hotelszoba ágyán. Habozás nélkül engedett tehát a felhívásnak, és így folytatták a társalgást. Ő csak fél pohár pezsgőt fogyasztott, Joe összesen kettőt – egyikük sem volt nagyivó –, és egy idő múltán úgy vélte, vissza kéne mennie a saját szobájába.

Mielőtt felállt volna, a férfi megcsókolta. Hosszú, megfontolt csókja magába sűrítette régóta felgyülemlett fájdalmas sóvárgásukat, az együttlét örömét. Mindketten kifulladtak a csókolózástól. Hirtelen különös éhség tört rájuk, mintha az elmúlt esztendő összes nélkülözése egyszerre tudatosodott volna bennük, s nem tudtak betelni egymással. Még egyikük sem érezte, hogy ennyire eluralkodott rajta a vágy. Joe a következő csóknál gondolkodás nélkül hanyatt fektette a lányt, és amikor gyengéden ráhasalt, Kate nem tartotta vissza. Csak annyi időre hagyták abba, amíg levegőhöz jutottak, aztán a férfi kiszáradt torokkal a lány fülébe súgta, mennyire szereti.

– Én is szeretlek – viszonozta Kate, nem akart mást, csak csókolni őt, magához szorítani, érezni a súlyát a testén. Ösztönösen matatott a zubbony gombjain, hogy megtapinthassa Joe bőrét, hozzásimulhasson. A férfi is érezte, hogy már nem sokáig tudja türtőztetni magát.

– Mit művelsz? – szólt rá szelíden a lányra, aki széthajtotta a zubbonyát, ő meg a blúzát kezdte gombolgatni. Néhány másodperc múlva tenyerébe fogta Kate keblét, és lehajolva csókolgatta. A lány felnyögött, miközben Joe lehúzta róla a blúzt, majd kikapcsolta a melltartót. Addigra ő is lehántotta a férfiról a zubbonyt meg a pólót, és szinte megrészegítette, ahogy a felsőtestük egymáshoz ért.

– Akarod, hogy abbahagyjuk, kicsim? – kérdezte a félmeztelen férfi. Próbálta megfékezni magát, de hamar elveszítette az önuralmát. A lány puszta látványa elborította az agyát.

– Tudom, hogy azt kéne – sóhajtotta két csók között Kate, de nem akarta. Nem bírta. Csak a férfit akarta. A hosszas, kényszerű önmegtartóztatás után most hirtelen egészen oda akarta adni magát. Joe egy pillanatra elhúzódott, és utolsó erőfeszítéssel visszafogta indulatait, mert annyira szerette a lányt.

– Ide hallgass, Kate, nem kell folytatnunk, ha nem akarod.

– De akarom! Nagyon szeretlek, Joe!

Kate szeretkezni akart, mielőtt újra el kellett válniuk. A mai ünnepség végképp ráébresztette, mennyire múlandó az élet, milyen könnyen tovaröppen. Nem tudta, visszatér-e valaha Joe, ezért most akart átesni ezen vele. A férfi válaszul ismét megcsókolta, gyöngéden megszabadította utolsó ruhadarabjaitól, maga is levetkőzött, és a következő pillanatban már az ágyon feküdtek, a holmijuk pedig halomba dobálva a padlón. Joe végigfuttatta a kezét a lány testének lankáin, csókokkal hintette tele, kiélvezte a pillanat gyönyörét, és Kate mámorosan nyöszörgött, ahogy az ajkával és ujjaival illette. A férfi vadul csókolta, miközben behatolásával alig okozott neki fájdalmat, s Kate néhány másodperc múlva teljesen feloldódott az ölelésében. Magával ragadta, elnyelte őket a szenvedély örvénye, Joe soha senkit nem szeretett még így, ilyen maradéktalan odaadással. Szinte megriasztotta, hogy a teste mintha elveszett volna a lányéban, a lelke összeolvadt az övével, mindenestül hozzá kívánkozott. Sokáig szeretkeztek, és a végén szólni sem tudtak a kimerültségtől. Joe moccant meg elsőnek, óvatosan az oldalára fordult, és végtelenül gyöngéden nézett a lányra. Kate olyan ajtókat tárt ki benne, amelyeknek addig a létezését sem sejtette.

– Szeretlek, Kate! – suttogta a hajába, végighúzta a mutatóujját a lány oldalán, azután betakargatta. Kate álomittasan mosolygott rá. Nem érzett se szégyent, se megbánást, se fájdalmat. Soha életében nem volt ilyen boldog. Végre Joe-énak tudhatta magát.

Aznap éjjel vissza sem ment a szobájába, a férfinál maradt, Joe pedig bebújt mellé a takaró alá. Szívesen szeretkezett volna újra, de nem akarta bántani. Reggel azonban már Kate kezdeményezett, és pillanatok alatt egymásra találtak, hogy újabb magaslatokba emelkedjenek. Új szemhatár bontakozott ki előttük, addig ismeretlen érzések fogantak bennük. Miután Kate fölkelt és a férfira nézett, ráeszmélt, hogy mélyebb kapcsolat alakult ki kettejük között. Nem számított, honnan jött és hová igyekezett Joe, a lány ösztönösen tudta, hogy ő életük végéig ezé a férfié lesz, akivel visszavonhatatlanul egybeforrt. Nem tudta volna szavakba önteni, de tisztában volt vele, hogy testestül-lelkestül Joe-é.

7

EZÚTTAL WASHINGTONBAN még nehezebb volt elválnia Joe-tól, mint decemberben Bostonban. A férfi hozzá tartozott, és még gyengédebben bánt vele, mint azelőtt. Ezerszer a lelkére kötötte, vigyázzon magára hazafelé menet, ne csináljon semmi butaságot. Vele maradt volna, de sietnie kellett vissza, Angliába, hogy folytassa a bevetéseket.

– Minden nap írj, Kate! Szeretlek!

A lány szíve majd megszakadt, miután Joe föltette a vonatra, és a szerelvény lassan kihúzott az állomásról. A férfi a peron végéig szaladt mellette, onnan integetett, és Kate arcán könnyek gördültek le. Elképzelni sem tudta az életét nélküle, komolyan arra gondolt, hogy ha Joe-t lelövik, ő megöli magát. Ez ismét az apja elvesztésére emlékeztette, a fájdalomra, amelyet egy évtizede próbált elfelejteni.

Némán, lehunyt szemmel ült a robogó vonaton. Szenteste volt, tudta, hogy ő még haza sem ér, amikor Joe már Anglia felé repül majd. Annyira elgyötörve szállt le a vonatról, hogy alig bírta kinyögni a címet a taxisofőrnek. A szülei ébren várták a nappaliban.

– Mi a baj? – kérdezte az anyja rémülten, mert Kate olyan képet vágott, mintha valaki meghalt volna. A lány a fejét rázta, és hirtelen rájött, hogy *valami* csakugyan meghalt: a szabadsága. Többé nem szerelmes bakfis, hanem részese egy nagyobb egésznek, az elmúlt két nap teljesen megváltoztatta.

– Semmi – felelte nem túl meggyőzően.

– Biztos? Összevesztetek, mielőtt elment?

– Dehogy, nagyon rendes volt – magyarázta, és zokogva az anyja karjaiba vetette magát, az apja pedig aggódva figyelte őket. – Mi lesz, ha lelövik, mama? Mi lesz, ha nem jön vissza?

– Imádkozunk, hogy visszajöjjön, angyalom. Mást nem tehetünk. Ha a sors úgy akarja, visszajöhet. Most bátran kell viselkedned.

– Nem akarok bátran viselkedni. Azt akarom, hogy hazajöjjön, hogy véget érjen a háború.

Úgy sírt, mint egy kisgyerek, és a szülei osztoztak a fájdalmában, amellyel amúgy sem volt egyedül. Milliók és milliók szenvedtek hasonlóan, sőt, ő még szerencsésnek is mondhatta magát. Mások már elveszítették a férfiakat, akiket szerettek, a fiukat, a testvérüket, a férjüket. Kate pedig még aggódhatott Joeért. Egyelőre.

Végül leültek a pamlagra, és Kate összeszedte magát. Az anyja zsebkendőt nyomott a kezébe, az apja átölelte. Miután Elizabeth aznap éjjel lefektette, mint kislánykorában, visszament a férjéhez, sóhajtva becsukta az ajtót, és leroskadt a fésülködőasztalhoz.

– Pontosan ettől akartam megóvni. Nem házasodtak össze, nem jegyezték el egymást, az a férfi nem ígért semmit, egyszerűen csak szerelmesek.

– Az nagyon is sok, Liz. Talán nem is kell nekik több. A házasság nem tartaná életben Joe-t. A sorsa Isten kezében van. Legalább szeretik egymást.

– Ha valami történik Allbrighttal, Kate soha nem heveri ki, Clarke.

Nem szólt róla a férjének, de a lány könnyei eszébe juttatták, hogyan gyászolta annak idején az apját.

– Az országban minden második nő ugyanebben a cipőben jár. Ha úgy alakul, túl kell tennie magát rajta. Fiatal, erős, kibírja.

– Remélem, soha nem kell szembenéznie ezzel.

Másnap reggel Kate borongós hangulatban került elő a szobájából. Az édesanyjától gyönyörű zafír nyakéket kapott hozzá való fülönfüggővel, az apja pedig azt ígérte, ha fejlődik az autóvezetésben, megveszi azt a kiváló állapotú, kétéves kocsit, amelyet kinézett neki, bár a benzinkorlátozás miatt nem sok alkalom kínálkozott a gyakorlásra, és Elizabeth sem lelkesedett ezért az ötletért. Kate mindkettőjüket kedves ajándékokkal lepte meg, de az ünnepi asztalnál már szótlanul gubbasztott, gondolatai csak Joenál jártak.

A következő hetekben mit sem javult a kedve. Az anyja már azt fontolgatta, hogy orvoshoz viszi. A hétvégeken sápadt, beesett arccal ment haza a főiskoláról, úgy tűnt, az előadásokon kívül sehová sem jár, Andy egyszer-kétszer kereste otthon telefonon, és panaszkodott, hogy színét sem látja. Szabad idejében csak aludt és újra meg újra Joe leveleit olvasta, amelyek ugyanolyan nyomott hangulatot árasztottak, mint az övé. A rossz idő miatt több bevetést töröltek, az emberek tehetetlennek érezték magukat.

Bálint-napkor Elizabeth végképp kétségbeesett. Kate vasárnap, a vacsoránál alig nyúlt az ételhez, és percenként elsírta magát Joe miatt. Miután elment, az asszony szólt a férjének, hogy orvoshoz akar menni Kate-tel.

– Ugyan már, egyszerűen magányos – intette le Clarke. – Hideg van, sötét, sok a tanulnivaló. Rendbe jön, Liz, csak adj neki időt! Talán Joe nemsokára megint kap szabadságot.

Joe azonban 1943 februárjában többet repült, mint valaha. Részt vett a Wilhelmshaven elleni éjszakai támadásban. Többnyire nappali légi portyákra küldték, mert az angolok az éjszakai feladatokat szívesebben bízták a saját embereikre, bár Nürnberg éjszakai bombázásánál azért őt is bevetették.

Egy újabb hét elteltével, február vége felé Kate-en is elhatalmasodott a pánik. Nyolc hete találkozott Joe-val, és kezdetben csak sejtette, de az elmúlt hónapban bizonyossá vált, hogy állapotos. Washingtonban esett teherbe, amikor a férfi hazajött, hogy a Fehér Házban átvegye a kitüntetést. Fogalma sem volt, mihez kezdjen, a szüleinek nem akart szólni. Az egyik diáklánytól elkérte egy mattapani doktor címét – azt füllentette, a barátnőjének kell –, de nem vitte rá a lélek, hogy felhívja. Tudta, hogy egy szülés most mindent tönkretenne: ott kellene hagynia az iskolát, mindenki megbotránkozna, és ha akarnának, akkor sem házasodhatnának össze. Joe megírta, hogy jó ideig reménye sincs a hazajövetelre, Kate pedig nem árulta el neki, miért kérdezte. Egyébként sem próbálta volna esküvőre kényszeríteni. Viszont azt is tudta, hogy ha most elveteti a gyereket, Joe-val pedig történik valami, sohasem bocsátja meg magának. Házasság ide vagy oda, akarta ezt a babát. Halogatta a döntést, tudván, végül kifut az időből, nem szakíttathatja meg a terhességet, de fogalma sem volt, mit fog mondani a szüleinek, hogyan magyarázza meg a helyzetet a főiskolán.

Egyik este Andy benézett a menzára, és azt kérdezte tőle, nem náthás-e. A fél Harvard lebetegedett, és Kate elég rossz színben volt. Január eleje óta gyakran émelygett, és közeledett a március. Már-már eldöntötte, hogy megtartja a gyereket, Joe gyerekét. Csak akkor akart szólni a szüleinek, amikor már nincs más választás. Arra is gondolt, hogy ha húsvétra meglátszik rajta az állapota, kénytelen lesz kimaradni az iskolából. Szerette volna kihúzni júniusig, befejezni a másodévet, és ősszel mindjárt a szülés után folytatni a tanulást. Csakhogy júniusra, a szünidő kezdetére már a hatodik hónapban jár majd, és semmiképpen nem leplezheti el a várandósságát. Előbb-utóbb nem takargathatta tovább. Csak az képesztette el, hogy az anyja még nem fogott gyanút, ám tudta, ha neszét veszi a dolognak, elszabadul a pokol, és a szülei nem egykönnyen bocsátanak meg Allbrightnak.

Minden nap írt Joe-nak, erről azonban egy szót sem. Vívódott miatta, mégsem akarta felzaklatni a férfit, nehogy elvonja a figyelmét a harci feladatoktól. Egymaga nézett szembe a gondjával, minden reggel a fürdőszobában öklendezett, majd bevonszolta magát az órákra. Még a diákszálló többi lakója is észrevette, hogy folyton alszik, a házgondnoknő megkérdezte, nem kéne-e orvoshoz mennie. Kate váltig állította, hogy semmi baja, csak sokat tanul, de a jegyei kezdtek romlani, és ez a tanárainak is szemet szúrt. Az élete egykettőre lidércnyomássá változott, rettegett, mit szólnak majd a szülei, amikor közli, hogy szeptemberre gyermeket vár, holott nincs is férjnél. Félt, hogy az apja megpróbálja hozzákényszeríteni Joe-t, amikor a férfi visszatér. Joe nem bírta a kötöttséget, és egyértelműen leszögezte, hogy nem akar gyereket. Ő viszont éppen azért akarta, mert szerette Joe-t. Március elején megbékélt a titkával, amelybe a közeljövőben senkit sem szándékozott beavatni, és szinte örömteli izgalommal várta a fejleményeket.

– Hogy éldegélsz mostanában? – érdeklődött Andy egyik délután, amikor beesett a Harvardról. Rettentően fárasztó volt az első év a jogon, a fiú úgy érezte, kiszívtak belőle minden erőt. Lassan ballagtak az egyetem udvarán, Andy szóval tartotta. A nyúlánk, barna hajú, jóképű fiatalember magára vonta a szembejövő lányok figyelmét. Mostanában valósággal körüludvarolták.

– Borzasztóan elkényeztetnek téged – vélte Kate, és a fiú rávillantotta hófehér fogsorát, barna szeme megtelt melegséggel.

– Valakinek csak kell törődnie szegényekkel, miután a többiek angyalbőrbe bújtak. Fárasztó munka, de valakinek vállalnia kell.

A szíve mélyén örült, hogy nem vonult be, már nem restellkedett, amiért alkalmatlannak nyilvánították. Számtalanszor kifejtette, hogy már nem nyomasztja a dolog.

– Micsoda undok fráter! – évődött vele Kate. Élvezte a társaságát, az elmúlt két évben egészen öszszebarátkoztak.

Andy azon a nyáron is a kórházban akart dolgozni. Kate ódzkodott a szünidei munkától, mert tudta, hogy addigra meglátszik a pocakja, és senki sem szívesen vesz föl egy leányanyát. Azt tervezte, a szülésig a Cape Cod-i nyaralójukban marad. Néhány hét múlva akarta közölni a főiskolán, hogy húsvéttól halasztást kér. Így nem diplomázhatott az évfolyamával, de némi szerencsével csak egy félévet veszített volna. Persze meg kellett indokolnia a halasztást, de ebbe már beletörődött, tudta, hogy nem ő az első diáklány, aki így járt. Joe-nak nem akart szólni, amíg legközelebb haza nem jön, még ha ez azt jelentette is, hogy a tudta nélkül hozza világra a gyerekét.

– Mit csinálsz idén nyáron? – faggatta Andy. – Megint vöröskeresztezel?

– Alighanem – felelte szórakozottan, de a fiúnak

nem tűnt fel. Jobb bőrben volt, mint februárban, Andy meg is próbálta rábeszélni, hogy menjenek moziba. Eljártak ide-oda, mióta nem ostromolta tovább és elfogadta, hogy csak barátok. Kate-nek azonban másnap be kellett adnia egy házi dolgozatot, így elhárította az ötletet.

– Reménytelen eset vagy. Mindegy, legalább jobban nézel ki. A múltkor úgy festettél, mint akibe már csak hálni jár a lélek.

Az émelygés már kezdett alábbhagyni, a terhesség első harmadának végéhez közeledett.

– Csak a nátha miatt – állította, és a fiú fenntartás nélkül hitt neki. Meg sem fordult a fejében, hogy Kate terhes.

– Örülök, hogy túl vagy rajta. Add be a dolgozatot, hogy a jövő héten elmehessünk moziba!

Fölpattant a kerékpárjára, hátranézve integetett, barna haja lobogott a szélben, a szeme a lányra nevetett. Rendes srác volt, Kate nagyon kedvelte.

Néha eltűnődött, hogyan alakultak volna a dolgai, ha nem ismerkedik meg Joe-val. Rokonszenvezett Andyvel, de el sem tudta képzelni, hogy ugyanazt érezze iránta, amit Joe iránt. Minden kedvességével sem ébresztett benne olyan izgalmat és szenvedélyt, mint a pilóta, bár tudta, egyszer jó férj válik belőle, hiszen felelősségteljes, jólelkű, tisztességes, mindazokkal a tulajdonságokkal rendelkezik, amelyeket a nők a férfiakban keresnek. Ráadásul nem rajongott megszállottan a repülőgépekért. Kate soha nem hitte volna, hogy épp olyan férfiba lesz szerelmes, mint Joe Allbright, nem is beszélve gyerekszülésről, a tetejébe házasságon kívül. Az utóbbi időben többször is éles fordulatot vett az élete, és a lehető legváratlanabb irányban. De soha nem szerette annyira Joe-t, mint most, miközben a szíve alatt hordozta a gyermekét.

Ezen a hétvégén egészen jól érezte magát, a fáradtsága is elmúlt. Elkészült a beadandó munkával, és egy nap három levelet kapott Joe-tól. Nyilván a cenzúra miatt torlódtak így össze a küldemények, pedig Joe üzeneteiben hiába kerestek bizalmas információkat az ellenőrök. Csak az emberekről írt, a környező tájról és legbensőségesebb érzéseiről, nem fecsegett ki hadititkokat.

Kate otthon akarta tölteni a hétvégét, de az utolsó pillanatban meggondolta magát. Moziba ment a barátnőivel, Andyt is látta egy másik évfolyambeli lánnyal, egy középnyugati, igéző mosolyú, hosszú combú szőkével, aki nemrégiben iratkozott át a Wellesleyről. Amikor a lány egy pillanatra elfordult, hogy fölvegye a kardigánját, Kate Andyre kacsintott, a fiú egy grimasszal válaszolt. A film után Kate meg a barátnői biciklivel indultak vissza a diákszállásra. Ez volt a legcélszerűbb közlekedési eszköz a Harvardon, a Radcliffe-en és egész Cambridge-ben. Már majdnem hazaértek, amikor egy fiú kerekezett elő a semmiből, egy kurjantással átsüvített a csapaton, és úgy meglökte Kate-et, hogy a lány kirepült a nyeregből, a kövezetre zuhant, és egy pillanatra elveszítette az eszméletét. Mire a többiek lekászálódtak a kerékpárjukról, újra magához tért, de forgott körülötte a világ. A fiú, aki a kalamajkát okozta, holtra váltan, zavarodottan álldogált mellette. A vak is láthatta, hogy részeg.

– Meghibbantál? – kiabált a bűnössel az egyik lány, mialatt két másik felsegítette Kate-et, aki fájlalta a karját és a csípőjét, mivel az ülepére huppant, de úgy tűnt, semmije sem tört el. Miközben a szobájába bicegett, másra sem tudott gondolni, csak a gyerekre. Rögtön lefeküdt, az egyik barátnője jeges borogatást hozott a karjára meg a csípőjére.

– Jól vagy? – kérdezte Diana déliesen elnyújtott hanghordozásával. – Ezeknek az északi srácoknak fogalmuk sincs a jó modorról!

Kate rámosolygott, megköszönte a jeget, de nem a karja meg a csípője aggasztotta. Percek óta görcsölt a hasa, és nem tudta, mitévő legyen. Eszébe jutott, hogy jelentkezik a betegszobán, de túl sokat kellett volna gyalogolnia, és félt, hogy azzal csak ront a helyzeten. Reménykedett, hogy ha ágyban marad, javul az állapota. Nyilván megviselte a picit az esés, de majd rendbe jön.

– Ha szükséged van valamire, csak szólj! – biztatta Diana távozóban, és lement a földszintre cigarettázni egy MIT-es fiúval, aki látogatóba jött. Mire egy óra múlva visszatért, hogy megnézze Kate-et, ő már aludt. A többiek is mélyen aludtak, amikor Kate hajnali négy körül irtózatos fájdalomra felébredt. Megfordult az ágyban, kényelmesebb testhelyzetet próbált felvenni, és ekkor látta, hogy vérzik. Igyekezett csendben maradni, nehogy fölébressze a többieket. Alig bírt megállni a lábán. Kétrét görnyedve botorkált ki a mosdóba, nem tudta, hogy mentében vércsíkot hagy maga után.

Óvatosan becsukta maga mögött az ajtót, felkapcsolta a villanyt, és a tükörben döbbenten látta, hogy deréktól lefelé mindene csupa vér. Tudta, mi történik. Elveszti a gyereket. Attól félt, ha segítséget hív, kirúghatják a főiskoláról, vagy telefonálnak a szüleinek. Nem tudta, milyen következményekkel jár, ha az intézmény vezetése értesül a terhességéről. Feltételezte, hogy eltanácsolják, ezt pedig nem akarta.

Nem maradt ideje fejtörésre, mert a fájdalom annyira felerősödött, hogy alig kapott levegőt. Egyik görcsös izomkontrakció a másikat követte. Zihálva, csuromvéresen térdelt a kövön, amikor Diana, a déli lány benyitott egy pohár vízért, és ott találta.

– Úristen, Kate, mi történt?

Kate olyan benyomást keltett, mint egy baltás gyilkosság áldozata, Diana azonnal orvost, mentőt vagy valakit akart hívni.

– Csak azt ne! – könyörgött Kate, többet nem tudott kinyögni, de a New Orleans-i lány hirtelen gyanút fogott.

– Te terhes vagy? Mondd meg az igazat!

Segíteni akart rajta, de ehhez tudnia kellett, mi a helyzet. Az anyja ápolónő volt, az apja orvos, ő maga tapasztalt elsősegélynyújtó, de ekkora vértócsát még nem látott. Attól félt, Kate elvérzik, ha nem hívnak gyorsan segítséget.

– Igen, az vagyok, majdnem három hónapos.

– A francba. Nekem is volt egy abortuszom. Apám majdnem megölt. Tizenhét éves voltam, féltem megmondani neki, inkább elmentem valakihez a város szélére. Ugyanilyen rosszul voltam, mint most te, szegénykém – sajnálkozott, nedves ruhát tett Kate homlokára, törülközőket a csípője alá, és minden fájásnál fogta a kezét. Kulcsra zárta az ajtót, nehogy valaki meglepje őket, de leginkább attól félt, hogy Kate ott hal meg, ha nem szerez segítséget. Iszonyatos volt a vérzés, de mintha a rángások erősödésével lassult volna. Biztosra vették, hogy Kate elvetél, ezt a vérzést nem élheti túl a pici.

Újabb órányi gyötrelem után Kate egész teste megvonaglott, és néhány másodperc alatt kilökődött a magzat. Még vesztett némi vért, de egyre kevesebbet. Diana törülközőkkel felitatta, amit lehetett, az egyikbe belecsavarta az elhalt magzatot, és félretette, hogy Kate ne láthassa. Kate annyira legyöngült, hogy sírni sem tudott, és amikor megpróbált felülni, kis híján elájult. Diana visszafektette.

Csaknem három órát töltöttek a mosdóban, hét felé járt, mire vissza tudta segíteni Kate-et az ágyba. Mindent kitakarított, és miután gondosan bebugyolálta, leszaladt a földszinti hulladékgyűjtőhöz, hogy eltüntesse a Kate-tel történtek bizonyítékát.

A vérzés csillapodott, a fájdalom is enyhült. Diana elmagyarázta, hogy a méh összehúzódása hasznos, mert elszorítja a sérült ereket. A korábbi fájások már kilökték a magzatot. Remélte, hogy a továbbiakban nem nagyon vérzik, hamar rendbe jön. Figyelmeztette Kate-et, hogy amennyiben rosszabbodik az állapota, kihívja a mentőket, és kórházba szállíttatja, bárhogy tiltakozik is. Ezt Kate is elfogadta, se ereje, se bátorsága nem volt ellenkezni, a vérveszteségtől sokkosan didergett, mialatt Diana még három takarót terített rá, a szobatársai pedig már mozgolódni kezdtek.

– Rosszul vagy? – kérdezte az egyikük, amint fölkelt. – Irtó sápadt vagy, talán agyrázkódást kaptál, amikor az a krapek este ledöntött a bicikliről – vélte ásítva a fürdőszoba felé menet.

Kate azt felelte, szörnyen hasogat a feje. Diana tovább tüsténkedett körülötte, közben egy másik szobából átjött egy Beverly nevű New York-i lány, és megijedt a beteg falfehér arca láttán.

– Mi történt veled tegnap este? – érdeklődött, és odament, hogy kitapogassa Kate pulzusát.

– Leesett a bicikliről, és beverte a fejét – falazott a barátnőjének Diana, de Beverlynek is volt szeme. Szintén orvoscsaládból származott, értett annyit az ilyesmihez, hogy Kate baja több holmi fejfájásnál vagy agyrázkódásnál.

Kate füléhez hajolt, és megfogta a vállát.

– Figyelj, Kate, te vérzel? – Kate vacogó foggal bólintott. – Küretet csináltattál? – kérdezte súgva Beverly.

– Nem, elvetéltem.

– Most is vérzel?

– Nem hiszem.

– Kihagyom a mai előadásokat, és veled maradok. Nem akarsz kórházba menni?

Kate a fejét rázta.

– Én is maradok – jelentette ki Diana. – Hozok teát.

Egy fél óra múlva a többiek elmentek, csak a két önkéntes egészségőr posztolt a sírdogáló Kate ágya mellett.

– Ne félj, rendbe jössz – vigasztalta Beverly. – Tudom, hogy érzed magad. Tavaly kikapartak. Próbálj

aludni, egy-két nap múlva te is meglepődsz, meny-
nyivel jobban leszel. Mondd csak, felhívjak valakit?

Kate a fejét rázta.

– Angliában van.

– Tud róla? – kérdezte Diana. Kate hálásan nézett
föl rá. A segítsége nélkül nem vészelte volna át a dol-
got, így pedig senki sem fogja megtudni. Még Joe
sem.

– Nem szóltam neki, hogy gyereket várok.

– Szülhetsz másikat, ha hazajön a fiúd – biztatta
Beverly. Nem tette hozzá, hogy „ha nem esik el", pe-
dig mindhárman erre gondoltak. Kate újra elsírta
magát.

Másnap Diana és Beverly előadásra mentek, Kate
ágyban maradt, és végigsírta a napot. Szerdán kelt
föl először. Vasárnap óta nem evett, de a vérzés elállt,
és hármasban úgy látták, habár árnyéka önmagának
– öt kilót fogyott, a szeme alatt sötét karikák éktelen-
kedtek –, legalább túl van a veszélyen.

– A sírás miatt meg ne izgasd magad. Én egy hóna-
pig itattam az egereket – magyarázta Beverly. – A
hormonok miatt van.

Senki más nem tudta, mi történt vele, a diákszál-
lón mindenki a vasárnapi kerékpárbalesetnek tulaj-
donította a gyöngélkedését. Meg is hagyta őket eb-
ben a hitben.

A következő hetet ágyban töltötte, reggeltől estig
tanult, Beverlyék hordtak neki ennivalót a menzá-
ról. Amikor Andy szombaton meglátogatta, óvato-
san csoszogott le hozzá a földszinti társalgóba.

– Jesszusom, Kate, úgy nézel ki, mint egy három-
napos vízi hulla. Mi történt veled?

– Múlt vasárnap elütött egy biciklista. Azt hiszem,
agyrázkódást kaptam.

– Voltál orvosnál?

– Nem, jól vagyok.

– Pedig nem ártana, ha megvizsgáltatnád magad.

Hátha agyhalott vagy – humorizált a fiatalember, de őszintén aggódott miatta.

– Nagyon vicces.

– Szerencse, hogy hétfőn nem láttalak.

– Jobban is jártál – értett egyet Kate, mégis jólesett neki Andy érdeklődése.

A rákövetkező héten kezdett visszatalálni régi önmagához, bár még sokáig aluszékonyság kínozta. Diana figyelmeztette, hogy egy ideig vérszegény lesz, egyen sok májat. Újra bejárt az órákra, senki sem sejtette, mi történt vele, lassan túltette magát rajta. Joenak nem írta meg.

8

A MÁSODÉV VÉGÉIG szorgalmasan tanult. Joe-tól rendszeresen érkeztek a levelek, de szabadságra nem volt kilátás. Beköszöntött 1943 tavasza, Kate minden filmhíradót megnézett, hátha egy villanásra láthatja Joe arcát.

A brit légierő tovább bombázta Berlint, Hamburgot és más városokat. Észak-Afrikában az angolok elfoglalták Tuniszt, az amerikaiak Bizertát. A keleti fronton, a hóolvadás után tengelyig érő sárban majdnem patthelyzet alakult ki.

Kate a hétvégeken gyakran találkozott a szüleivel, írt Joe-nak, egyszer-egyszer vacsorázni vagy moziba ment Andyvel, akinek azon a tavaszon új barátnője, egy wellesleys lány miatt kevesebb ideje maradt rá, de Kate nem is bánta. Dianával és Beverlyvel a vetélés óta még jobban összebarátkozott, nyáron pedig újra a Vöröskeresztnél hasznosította magát.

Augusztus végén Cape Codra utaztak, ezúttal Joe nem bukkant föl meglepetésszerűen. Nyolc hónapja nem járt otthon, Kate magányos tengerparti sétáin óhatatlanul arra gondolt, ha nem vesztette volna el a magzatot, most nyolc hónapos terhes lenne. A szülei sohasem tudták meg, mi történt, az anyja változatlanul emlegette, hogy Joe nem nyilatkozott a jövőt illetően. Korholta a lányát, amiért olyan férfira vár, aki nem ígért gyűrűt, házasságot, közös jövőt. Nem ígért semmit, ő meg csak várja, aztán lesheti, mi lesz, ha hazajön. Pedig Kate már húszéves, Joe pedig harminckettő, elég idős ahhoz, hogy eldöntse, mit akar.

Elérkezett az ősz, október végén lehullottak a levelek, a harmadéves Kate épp a vizsgáira készült, amikor a diákszállás gondnoknője szólt, hogy látogatója jött. Kate azt gondolta, nyilván Andy. A fiatalember a másodévet taposta a jogi karon.

A könyvvel a kezében szaladt le a földszintre, és ahogy a legalsó lépcsőfokra ért, meglátta. Joe volt az, komoly arccal várta. Érezhetően megviselték a harcok, megszámlálhatatlan bevetést teljesített, és a németek szívszorongatóan sok gépet lőttek le. Kate lélegzete egy pillanatra kihagyott, amint a tekintetük találkozott, azután repült a férfi kitárt karjába.

– Hiányoztál.

– Te is nekem. Csak huszonnégy órám van. Holnap délután jelentkeznem kell Washingtonban, este repülök vissza.

Joe hallgatott arról, hogy egy szigorúan titkos küldetéssel kapcsolatos értekezleten vesz részt, Kate pedig nem faggatta.

– Abba tudnád hagyni egy kicsit a tanulást?

– Persze – felelte a lány. Már majdnem vacsoraidő volt, estére semmit sem tervezett, de Joe kedvéért minden programot lemondott volna. – Beülünk a látogatószobába?

Meghitt együttlétre áhítozott, a kollégiumban pedig alkalmazkodniuk kellett a rendszabályokhoz. Tíz hónap után ennél nagyobb szabadságot igényeltek.

– Hol lehetnénk kettesben?

– Menjünk szállodába? – vetette fel Kate fojtott

hangon, mert mások is álldogáltak az előtérben. A férfi megkönnyebbülten bólintott. Kate gyorsan eltervezett mindent. – Telefonálj a kinti fülkéből a Palmerba vagy a Statlerba! Pár perc, és itt vagyok.

A pultnál szólt, hogy otthon alszik, majd az emeleti folyosóról felhívta az anyját, akinek azt a mesét adta elő, a barátnőjénél tölti az éjszakát, együtt készülnek a vizsgákra. Elizabeth örült, hogy értesítette, és jónak tartotta az ötletet. Kate tudta, meg sem fordulna a fejében, hogy most találta ki az egészet.

Öt perc múlva egy kis táskával lépett ki a kapun. Többek közöt egy pesszáriumot is becsomagolt. Beverly ajánlására kérte egy orvostól, akinek azt mondta, jegyben jár – a múltkori eset után felkészülten akarta várni Joe-t.

– A Statlerben kaptam szobát – közölte a férfi.

Mindketten kissé megilletődve mentek a szállodába a kölcsönkocsival. Joe sokat fogyott, az újabb háborús esztendő rajta hagyta a nyomát, de most is jól mutatott rajta az egyenruha, a volánnál ülve fessebbnek látszott, mnt valaha.

Mire a Statlerhez értek, mindketten feloldódtak valamelyest. Kate minden okmány, ceremónia vagy karikagyűrű nélkül is szinte Joe feleségének érezte magát, miután lefeküdt vele, majd pedig elveszítette a gyereküket. A formaságok mit sem érdekelték.

Joe egy kis kézitáskát vett elő a csomagtartóból, azután levitte a kocsit a garázsba. A hallban csatlakozott Kate-hez, mint Allbright őrnagy és neje jelentkeztek be, a személyzet ennek megfelelő tisztelettel bánt velük. A portás ismerte is a pilóta nevét. Joe mosolyogva elhárította a londiner ajánlkozását, átvette a kulcsot.

Szótlanul lifteztek föl az emeletre, a férfi kinyitotta az ajtót, és Kate jóleső érzéssel nyugtázta, hogy takaros szobát kaptak. Valami szűk lyukra számított, nem mintha az nem felelt volna meg, de kicsit közönségesnek érezte, hogy „szobára megy" valakivel.

Még sohasem művelt effélét, merész lépésnek hatott, bár semmiképpen nem mulasztotta volna el az alkalmat. Más párokhoz hasonlóan minden napot úgy tekintettek, mintha az lenne az utolsó, és ezekben a zord időkben könnyen úgy is alakulhatott.

Joe feszült arccal a kanapéra telepedett, megpaskolta az ülést maga mellett, és elmosolyodott, amikor a lány is helyet foglalt.

– El sem tudom hinni, hogy újra látlak – sóhajtotta Kate.

– Én sem.

A férfi két nappal azelőtt egy bombázórajt kísért Berlin fölé, négy gépet veszítettek, most pedig hirtelen itt termett egy bostoni hotelszobában a kedvesével, aki csinosabb, mint valaha. Két órával a felszállás előtt közölték vele, hogy Washingtonba repül, és örült a mégoly rövid eltávozásnak is. Útközben aggódott, hogy esetleg egyáltalán nem is láthatja a lányt. Ez a szállodai éjszaka váratlan ajándékként érte. Az egész olyan valószerűtlennek tűnt. Mindig visszataláltak egymáshoz, mint két postagalamb. Hol Cape Codon futottak össze, hol Washingtonban, hol itt, és bármennyi időt töltöttek távol, ugyanúgy újjáéledt a szenvedély varázsa.

Megcsókolta a lányt. Szavak nélkül is tökéletesen értették egymást, Joe zaklatott lelke mintha vigasztalást keresett volna Kate-nél, aki hűs forrásként csillapította belső szomjúságát.

Néhány perc múlva átmentek az ágyhoz. Vetkőzés közben a férfi némi lelkiismeret-furdalást érzett. Eredetileg vacsorázni akarta vinni a lányt, aztán egy kicsit beszélgetni szeretkezés előtt, de egyiküknek sem akaródzott étteremben tölteni az időt. Csak egymásra vágytak.

Joe maga is meglepődött, hogy távolléte tíz hónapja alatt nem akadt más nő az életében. Csak Kate-et kívánta, ahogy a lány egyedül őt.

Kate néhány percre diszkréten kivonult a fürdőszobába, majd jóval a szeretkezés után, amikor kielégülten, csöndben pihentek egymás karjában, a férfi kérdésére szégyenlősen bevallotta, hogy pesszáriumot használt, és Joe szemlátomást megkönnyebbülten fogadta a bejelentést.

– A múltkori alkalom után hónapokig aggódtam. Nem tudtam, mihez kezdünk, ha teherben maradsz, még csak haza sem jöhettem volna, hogy feleségül vegyelek.

A lánynak jólesett, hogy így gondolkodik, és ez őszinteségre késztette.

– Úgy is maradtam, Joe.

– Komolyan? – döbbent meg a férfi. – És mit csináltál? Vagy talán... csak nem?

– Márciusban elvetéltem. Nem tudtam, mitévő legyek, de abban biztos voltam, hogy ha elvetetem, és veled történik valami, soha nem bocsátom meg magamnak. Meg kellett tartanom, ha egyszer megfogantam. Majdnem a harmadik hónap végén veszítettem el.

Még jobban magához szorította a lányt.

– A szüleid tudnak róla?

– Nem. Úgy terveztem, áprilisban kimaradok az iskolából, és akkor szólok nekik. Aztán biciklizés közben nekem jött egy srác, elestem, és azt hiszem, az váltotta ki. Aznap éjjel vesztettem el a babát.

– Kórházba vittek?

– A kollégiumban vészeltem át, két lány vigyázott rám.

Kate megkímélte a férfit a részletektől, tudta, hogy még jobban feldúlta volna, ha akkori állapotában látja. Csak hónapok múlva épült fel teljesen. Rengeteg vért vesztett, de mostanára egészen rendbe jött.

Közben Joe is végiggondolta, hogy ha Kate szerencsésen kihordja a magzatot, most egy egy hónapos csecsemőjük lenne.

123

– Ez észbontó. Számtalanszor eszembe jutott ez az eshetőség, és mindig azt hittem, rögtön szólsz, ha ilyesmi történik. Nem akartam rákérdezni, mert nem tudtam, a főiskolán nem olvassa-e el valaki a leveleimet. Egy idő múlva megfeledkeztem róla, de vagy két hónapig motoszkált bennem ez a különös érzés. Miért nem mondtad el nekem, Kate?

Szomorúan nézett a lányra, de megértette, és még inkább becsülte, amiért önállóan oldotta meg a problémáját, és úgy heverte ki, hogy láthatólag nem őt hibáztatja, pedig a szavaiból kitetszett, mennyi nehézségen ment át. Meghatotta Kate bátorsága, és hálás volt a helytállásáért.

– Úgy gondoltam, anélkül is épp elég a bajod.

– Az én gyerekem is volt.

Azaz lett volna. Kate szíve ismét elszorult. Semmit sem akart jobban, mint Joe-t és a gyermekét, de az utóbbi – legalábbis egyelőre – nem adatott meg neki. A pillanatnyi helyzetüket tekintve úgy tűnt, jobb is.

– Örülök, hogy most már vigyázol – tette hozzá Joe. Ezúttal ő is hozott magával óvszert, nem akart felelőtlenül kockáztatni, és úgy érezte, egy gyerek most fölöslegesen bonyolítaná az életüket.

A háborúra terelődött a szó, Kate megkérdezte, vajon meddig tarthat még.

– Nehéz megmondani – sóhajtotta Joe. – Bár azt felelhetném, hogy nem sokáig. Nem tudom, Kate. Ha ronggyá verjük a fritzeket, talán egy év.

Részben azért küldték Washingtonba, hogy kiderítse, különleges, új gépekkel meggyorsíthatnák-e a győzelmet. A németek egyelőre elkeserítően makacsul kitartottak, meg-megújuló hullámokban támadtak. Bármennyit öltek meg a szövetségesek, akárhány várost, gyárat és fegyverraktárat semmisítettek meg, valahonnét mindig került utánpótlás. Mintha elpusztíthatatlan hadigépezettel viaskodtak volna.

A csendes-óceáni helyzet nem sok jóval biztatott.

Az amerikaiak számukra ismeretlen terepen küzdöttek egy idegen kultúrájú néppel. A szövetséges csapatok harci szelleme 1943 őszén mélypontra jutott. Kate is kétségbeejtően sok ismerőse haláláról értesült. Az elmúlt két évben rengeteg harvardos és MIT-es fiú esett el.

Aznap éjjel rengeteget beszélgettek, hiszen annyi minden nyomta a szívüket, és ki akarták használni a rendelkezésükre álló szűkre szabott időt. A továbbiakban kerülték a háborús témát.

Később megint szeretkeztek, és ki sem mozdultak a szobából. A vacsorát is fölhozatták, és amikor a szobapincér megkérdezte, nászutasok-e, mindketten nevettek. A jövővel egyikük sem foglalkozott, Kate nem kívánt mást, csak hogy Joe-val lehessen, ahol és amikor csak mód nyílik rá. Tudta, hogy az anyja nem helyeselné, de ő nem érthette ezt. Egy jegygyűrű az ujján semmin sem változtatott volna, nem tartotta volna életben Joe-t. Joe pedig nem kért tőle többet, mint amennyit szabad akaratából adhatott, és Kate mindent odaadott, amit csak bírt.

Összeölelkezve szenderedtek el, mindketten nyugtalanul aludtak, és meghökkenve ébredtek arra, hogy nem csak álmodták együttlétüket.

– Szia! – motyogta másnap reggel álmosan hunyorogva a lány. Egész éjjel érezte a férfi testének melegét, és ahogy nyújtózkodott, a lábujjai Joe izmos lábszárához súrlódtak. A férfi föléje hajolt, és megcsókolta.

– Jól aludtál? – kérdezte, átkarolta Kate vállát, és a lány hozzásimult. Hanyatt fekve suttogtak. Kate imádott mellette ébredni.

– Végig éreztelek, azt hittem, álmodom.

Egyikük sem szokott hozzá, hogy megossza valakivel az ágyát, és ez a viszontlátás öröme ellenére zavarta őket abban, hogy mélyen elaludjanak.

– Én is – mosolygott Joe, és felötlött benne az éjszakai szeretkezés. Az emlékezetébe akarta vésni minden gyönyörteljes pillanatát.

– Mikor kell indulnod? – vált fátyolosra Kate hangja. Nem felejthette el, hogy ezek majdhogynem lopott órák.

– Egykor a washingtoni gépen kell lennem. Fél tizenkettő körül tudlak kitenni az iskolánál.

Kate úgy döntött, aznap délelőtt az összes előadást ellógja, és egyáltalán nem érdekelték a következmények.

– Kérsz reggelit?

Nem, nem volt éhes, legfeljebb Joe-ra. Csókolóztak, a férfi keze elkalandozott, és perceken belül ismét egymásra találtak.

Kilenckor fölkeltek, reggelit rendeltek. Mire megérkezett, külön-külön lezuhanyoztak, és szállodai frottírköntösbe bújtak. A narancslé, pirítós, sonkás tojás és kávé Joe szemében fényűző lakomának tetszett, aki olyan régóta tengődött kincstári menázsin, hogy már-már elfelejtette, milyen is az embernek való táplálék. Kate számára maga az ennivaló megszokottabb volt, csak az nem, hogy a férfival egy asztalnál fogyaszthatta el. Megkapóan szépnek látta Joe markáns, majdhogynem szigorú arcát, ahogy a kávét kortyolta, és belepillantott az újságba, azután fölnézett rá, és elmosolyodott.

– Akár a normális élet, igaz? Ki hinné, hogy a világban háború dúl.

Pedig az újság másról sem írt, méghozzá nem éppen biztatóan. Joe letette a lapot, és megint Kate-re mosolygott. Varázslatos estét élveztek végig együtt, a lány társaságában mindig úgy érezte, saját énje egy hiányzó darabjára lelt. Mintha valami űr tátongott volna benne, amelynek csak akkor ébredt tudatára, amikor maga előtt látta Kate-et. Máskor egyéb dolgok töltötték ki. Nemigen igényelte az emberek közelségét, de ez a nő különösen mélyen érintette. Soha nem találkozott hozzá hasonlóval. Ahogy ott ült az asztalnál, a lány lefegyverzően nyílt tekintete újfent rádöbbentette erre. Úgy festett, mint egy csillogó szemű őzike, amely a levegőbe szimatol, és tetszik neki, amit érez. Kate szemlátomást élvezte az életet, örökké nevetés bujkált a szája szögletében. Egyszerre most is letette a csészéjét, és vidor arcot vágott.

– Hát te min mulatsz? – kérdezte Joe. A lány jó kedve rá is átragadt, noha természeténél fogva sokkal kevésbé hajlott a derűre, mint Kate. Nem volt morcos fajta, csak komoly és csöndes. Kate éppen ezt szerette benne.

– Eszembe jutott, mit szólna anyám, ha most látna bennünket.

– Ne is mondd! Menten furdalni kezd a lelkiismeret. Az apád pedig talán meg is ölne, és őszintén szólva, nem is hibáztatnám.

Kivált azok után, amit Kate terhességéről és vetéléséről megtudott. Ha Jamisonék csak sejtik a dolgot, méltán szörnyedtek volna el.

– Nem tudom, egyáltalán a szemük elé merjek-e kerülni.

– Hát nem árt, ha hozzászoksz a gondolathoz.

Kate szinte sajnálta, hogy fogamzásgátló eszközhöz folyamodott, sokkal inkább szeretett volna gyereket Joe-tól, mint jegygyűrűt. Mivel Joe gondosan kerülte a házasság témáját, Kate a saját lelki nyugalma érdekében igyekezett meggyőzni magát, hogy a házasság öregeknek való, maradi szokás, mindenki nagy feneket kerít neki, a férjezett barátnői egytől egyig buta libák. Joe-nak legalábbis azt mondta, hogy az esküvő előtt kizárólag a nászajándékok meg a nyoszolyólányok izgatták őket, a menyegző után pedig nyafogtak, hogy a férjük folyton a barátaival mászkál, vagy iszik, vagy gorombáskodik velük. Mint megannyi csitri, amint megjátssza a felnőtt nőt. Gyereket szülni viszont semmihez sem hasonlítható kapocs. Igazi, mély és fontos, semmi köze másokhoz. Amikor terhes lett, boldoggá tette a tudat – még ha szorongott is a következményektől –, hogy a férfi lényének egy részét, talán a legjobb részét a saját testében hordozza. Remélte, hogy kisfiú lesz, akinek mindent megtanít majd a repülőgépekről. Egyfolytában rettegett, hogy a háború végleg megfosztja Joe-tól, és egy közös gyerek örökké vele maradt volna.

Joe leolvasta az arcáról, miféle gondolatok járnak a fejében. Megfogta a kezét, az ajkához emelte, és megcsókolta.

– Ne bánkódj, Kate, visszajövök. Még nincs vége a mesének. Soha nem is lesz.

Nem tudta, milyen prófétikusnak bizonyulnak majd a szavai, de Kate ugyanígy érzett.

– Csak vigyázz magadra, Joe! Semmi más nem számít.

A pilóta élete most a sors kezében volt. Minden nap kockára tette, és nem tudhatta, megéri-e a következőt. Ehhez képest minden más lényegtelenné törpült a szemükben.

Reggeli után felöltözködtek, és épp hogy időben hagyták el a szobát. Nem akarták elengedni egymás kezét, de Joe-nak le kellett tennie a lányt a főiskolánál, azután sietnie a repülőtérre. Nem késhette le a washingtoni gépet, pontosan kellett megjelennie az értekezleten. Komoly és a háború kimenetele szempontjából igen fontos ügy szólította haza Angliából. Szerette Kate-et, de nem téveszthette szem elől a nagy összefüggéseket. Olyan feladatok vártak rá, amelyekben a lány nem kaphatott helyet.

A főiskola felé menet mindketten nagyokat hallgattak. Kate meg akarta őrizni az emlékezetében ezeket a pillanatokat, hogy erőt adjanak neki az elkövetkező napokban. Úgy érezte, mintha lassított felvétel kockái peregtek volna előtte, mégis egykettőre a Radcliffe-hez értek. Kiszálltak a kocsiból, Kate könnyes szemmel nézett föl a férfira. Nem bírt elszakadni tőle, de tudta, hogy bátorságot kell mutatnia.

– Vigyázz magadra! – suttogta Joe-nak, aki magához ölelte. – Szeretlek!

Többet nem tudott kinyögni, sírás fojtogatta, és nem akarta még inkább megnehezíteni a búcsúzást.

– Én is szeretlek, és ha legközelebb valami fontos dolog történik veled, okvetlenül tudasd velem!

Minden óvatosság ellenére előfordulhatott, hogy mégis teherbe esik, sokan mások is jártak már így. Joe mégis értékelte, hogy a lány nem akarta szaporítani a gondjait, és még inkább szerette ezért.

– Nagyon vigyázz magadra! És tiszteltetem a szüleidet, amennyiben szólsz nekik, hogy találkoztunk.

Kate azonban nem akart szólni. Nem akarta, hogy gyanítsák, szállodába ment a férfival. Reménykedett, hogy érkezéskor és távozáskor senki ismerős nem látta őket.

Hosszan átölelték egymást, magukban fohászkodtak, hogy az égiek kegyesek legyenek hozzájuk, aztán Kate könnyezve figyelte, amint a férfi elhajtott. Ezekben a napokban számtalan sorstársa ismerte meg ezt a látványt. Minden településen akadtak sebesült katonák, akik fogyatékosan, megnyomorodva tértek haza a háborúból. A házak ablakában zászlócskák emlékeztettek az ott lakók harcoló szeretteire. Fiatalok intettek könnyes búcsút párjuknak, és borultak ujjongva egymás nyakába a viszontlátáskor. Pöttöm gyerekek álltak értetlenül apjuk sírjánál. Kate és Joe nem különböztek másoktól, csak szerencsésebbnek mondhatták magukat, mint egyesek. Ezek a vészterhes idők millióknak hoztak gyászt és szenvedést. Kate tudta, milyen nagy dolog, hogy ő még aggódhat Joe-ért.

Aznap a szobájában maradt, a délutáni órákat is kihagyta. Még vacsorázni sem ment, hátha Joe felhívja a kollégiumban. Nyolckor, az értekezlet után telefonált is. Épp a reptérre indult, de nem mondhatta el, miről tárgyalt, mikor száll föl a gépe, hová repül, mert mindezt titokban kellett tartania. A lány szerencsés utat kívánt neki, kölcsönösen biztosították egymást a szerelmükről, aztán Kate visszament a szobájába, végigdőlt az ágyon, és Joe-ra gondolt. Alig tudta elhinni, hogy már majdnem három éve ismerik egymást, és annyi minden történt, amióta egy New York-i bálteremben először találkoztak, a férfi kölcsönkért frakkban, a lány estélyi ruhában. Akkor, tizenhét esztendősen sok tekintetben még gyereknek számított. Most, húszéves fejjel egészen nőnek érezte magát, és ami ennél is jobb, egészen Joe-énak.

Azon a hétvégén hazament a szüleihez, hogy tanuljon a vizsgáira, és elszabaduljon a kollégiumi lányoktól. Kerülte a társaságot, Joe elutazása óta töprengővé, szótlanná vált. Az anyjának fel is tűnt, hogy az egész vacsora alatt a szavát sem lehetett hallani. Megkérdezte, nem érzi-e rosszul magát, és tud-e valamit Joe-ról. Kate váltig állította, hogy semmi baja, de a szülei nem hittek neki. Napról napra idősebbnek, érettebbnek látszott. Valamelyest nyilván a főiskola is hozzájárult ehhez, de Joe-hoz fűződő viszonya tette egy csapásra felnőtté. Az iránta érzett aggodalom pedig külsőre és lélekben még idősebbé. Sokan nőttek fel egyik napról a másikra ekkoriban.

A szülei is erről beszélgettek aznap este a szobájukban, és egyetértettek abban, hogy Kate helyzete korántsem különleges. Országszerte a fiatal lányok és -asszonyok zöme aggódott valakiért: fivérért, udvarlóért, férjért, apáért, barátokért. Szinte az összes ismerős férfi a frontra ment.

– Kár, hogy Kate nem szerelmes Andybe – sajnálkozott Elizabeth. – Tökéletesen illene hozzá, és még csak nem is vonult be.

Kate számára azonban túlontúl kézenfekvő lett volna ez a választás, vagy talán csak túl fantáziátlan.

Ezt a kedves és jól fésült fiatalembert egyszerűen nem lehetett a minden porcikájában izgalmas és izgató, alapvetően hős típus Joe-hoz hasonlítani.

A következő négy hét bőven adott iskolai elfoglaltságot Kate-nek. A vizsgákon szépen szerepelt, jóllehet nem tudott maradéktalanul összpontosítani. Rendszeresen kapott levelet Joe-tól, és három héttel a férfi távozása után egyszerre megkönnyebbülten és csalódottan fedezte föl, hogy nem terhes. Persze tudta, hogy jobb így. A férfi miatti aggódás kínjai mellé nem hiányoztak még efféle problémák is.

Amikor a hálaadásnapi hétvégére hazament, a szülei már jobb színben látták, mint legutóbb. Egy kicsit higgadtabbnak is tűnt. A vacsoránál Joe-ról beszélgetett a barátaikkal, és meglepően tájékozottnak mutatkozott az európai eseményeket illetően. Érthetően határozott véleményt formált a németekről, és nemigen finomkodott.

Az ünnep végül mindenki megkönnyebbülésére egészen kellemesen telt. Kate aznap jó érzések közepette feküdt le, mert alig egy hónapja látta Joe-t. Fogalma sem volt, mikor látja újra, de tudta, hogy az emlékek segítenek átvészelni a közbeeső időt. Hihetetlennek tűnt, hogy Joe már két éve bevonult.

Azon az éjszakán rosszul aludt, lidérces álmok gyötörték, egyszer csak felriadt, maga sem tudta, miért. Reggel elmesélte az anyjának, és Elizabeth azzal ugratta, hogy alighanem megterhelte a gyomrát a gesztenyetöltelék.

– Gyerekkoromban imádtam a gesztenyét – emlékezett az asszony, miközben reggelit készített a férjének –, és a nagyanyám mindig azzal ijesztgetett, hogy elrontom a gyomromat. Most is mindig elrontom, de azért változatlanul imádom.

Délelőtt Kate jobban érezte magát. Ebéd után vásárolni ment egy barátnőjével, a Statlerben uzsonnáztak, ez Joe-t és az ott töltött éjszakájukat juttatta eszébe. Mire hazaért, egészen jó kedve kerekedett. Ennek ellenére komolyabbnak, józanabbnak tűnt ezekben a napokban, nem olyan virgoncnak, mint mielőtt beiratkozott a főiskolára. Mintha Joe miatt elmélyültebbé, töprengőbbé vált volna.

Vasárnap este visszatért a kollégiumba, és megint lidércnyomások kínozták. Egyszer fölébredt, és még emlékezett, hogy álmában mindenfelé repülőgépek zuhantak le körülötte. Olyan zajt csaptak, hogy valóságnak tűnt az egész. Páni félelem fogta el, kipattant az ágyból, felöltözött, amikor a többiek még javában aludtak, lement a büfébe reggelizni, és ott gubbasztott egymagában.

Egész héten rémálmoktól szenvedett, nem tudta kipihenni magát. Teljesen kimerült, amikor az apja csütörtökön délután felhívta. Megrökönyödött Clarke hangjától. Még soha nem kereste telefonon a főiskolán. Azt kérdezte, nincs-e kedve hazajönni vacsorára, mire Kate azt felelte, sok a dolga, de minél inkább igyekezett elhárítani, annál jobban erőltette az apja, úgyhogy végül beadta a derekát. Nem tudta mire vélni a dolgot, kicsit aggódott, hogy talán valamelyikük beteg, és ezt akarják közölni vele. Remélte, hogy nem ez a helyzet.

Amint belépett a házba, tudta, hogy valami történt. A szülei a nappaliban várták, Elizabeth háttal állt, hogy Kate ne lássa kisírt szemét, lesújtott arcát.

A férje beszélt helyette. Ő jobban össze tudta szedni magát. Mihelyt Kate leült, a férfi a szemébe nézett, és elmondta, hogy reggel táviratot kapott, majd telefonált Washingtonba, ott próbált tájékozódni.

– Nincsenek jó híreim – folytatta, és Kate szeme elkerekedett. Egyszeriben ráeszmélt, hogy nem a szüleiről van szó, hanem róla, és majd kiugrott a szíve a helyéből. Nem akarta hallani a folytatást, de hallania kellett. – Joe téged jelölt meg legközelebbi hozzátartozójaként, Kate, valamint néhány rokonát, akiket évek óta nem látott. – Kate anyja vette át a rettegett sürgönyt, és amint felbontotta, telefonált Clarke-nak a munkahelyére, Clarke pedig azonnal felhívta egy hadügy-minisztériumi ismerősét további részletekért, de semmi jót sem tudott meg. Kate lélegzetvisszafojtva hallgatta. – Joe-t múlt pénteken reggel Németország fölött lelőtték – tért rá a lényegre. Éppen egy hete, csütörtök éjjel, amikor először megjelentek Kate álmában azok a hátborzongató, égből alábukó repülők, Európában már péntek reggel volt. – Látták a gépét lezuhanni, nagyjából sejtik is, hol ért földet. Az utolsó percben ejtőernyővel kiugrott, és lehet, hogy ereszkedés közben agyonlőtték, de az is elképzelhető, hogy fogságba esett, de a titkos hírcsatornákon azóta sem sikerült közelebbit megtudni róla. A hadifogoly tisztek jegyzékében nem szerepel. Fedőnéven repült, de sem az, sem a valódi neve nem bukkant föl. Félő, hogy titokban elszállították valahová, vagy már megölték. Azt hiszem, bizalmas információk vannak a birtokában, ami érdekessé teheti a személyét a németek számára, ha rájönnek, kicsoda valójában. Joe az előtörténete és háborús érdemei miatt nagy fogásnak számít, hiszen nemzeti hős. – Kate döbbenten meredt az apjára, próbálta feldolgozni az elmondottakat, de egy pillanatra semmiféle jelét sem adta, hogy értette volna a szavait. – Kate, a szövetséges hírszerzés nem hiszi, hogy túlélte – foglalta össze a férfi az eddigieket. – De ha mégis, a németek nem sokáig hagyják életben. Valószínűleg már halott, különben vagy az angolok, vagy az amerikaiak kiderítettek volna róla valamit.

– Meghalt, mama? – nyögte ki végül egy perc elteltével a lány, miután az anyja odalépett hozzá, és átkarolta a vállát. Úgy kérdezte, mint egy eltévedt kisgyerek, aki valami értelmet próbál kihámozni egy idegen nyelv most hallott szavaiból. Nem tudta felfogni. A szíve visszautasította. Mintha rettenetes visszhangként csengett volna a fülébe az, amikor az anyja megmondta neki, hogy az apja meghalt, de ez most bizonyos értelemben még annál is rosszabb volt.

– Feltételezhetően igen, drágám.

Fölemelkedett, visszarogyott, az apja együttérzően, szánakozva, párás szemmel figyelte.

– Sajnálom, Kate.

– Ne sajnáld! – csattant fel a lány, és mégis talpra vergődött. Ezt nem hagyhatta, vele nem történhetett ilyesmi. Se Joe-val. Nem hitte, nem hihette el, amíg bizonyosságot nem szerzett. – Még nem halt meg. Ha meghalt volna, valaki tudna róla – hajtogatta, miközben a szülei elkeseredetten néztek egymásra. Nem erre a viselkedésre számítottak. Kate nem volt hajlandó elfogadni a nyilvánvalót. – Tudnunk kell, hogy Joe-val minden rendben lesz. Ő is ezt várná tőlünk.

– Kislányom, az az ember Németországban szállt le, ellenséges földön, ahol tudják, hogy híres mesterpilóta. Akkor sem eresztik el élve, ha még elevenen ért földet. Szembe kell nézned a realitásokkal – jelentette ki keményen az apja, mert nem akarta, hogy áltassa magát.

– Nem kell szembenéznem semmivel – kiáltotta Kate, kirohant a nappaliból, fel a lépcsőn, és becsapta a hálószoba ajtaját.

A szülei megkövülten néztek utána, nem tudták, mit válaszoljanak neki. Azt hitték, földre teperi a gyászhír, ehelyett felbőszült ellenük és az egész világ ellen. Mihelyt azonban a szobájába zárkózott, az ágyra vetette magát, és órákon át zokogott, siratta a legnagyszerűbb férfit. Nem tudta elviselni a gondolatot, hogy valami történhetett vele, úgy érezte, ez lehetetlen, igazságtalan, egyre az elmúlt hét rémálmai kavarogtak a fejében, meg a kérdés, hogy mit élhetett át Joe, amikor lelőtték a gépét. Pedig azt ígérte, száz élete van!

Az anyja csak késő este mert végre belopózni hozzá, és amikor Kate fölnézett rá, az asszony látta, hogy vörösre sírta a szemét. Leült mellé az ágy szélére, és Kate a karjaiban szipogott tovább.

– Nem akarom, hogy meghaljon, mami – bömbölte, mint egy kisgyerek.

– Én sem – felelte Elizabeth. Bármiféle fenntartásokkal viseltetett is Allbrighttal szemben, el kellett ismernie, hogy tisztességes ember, nem szolgált rá harminchárom évesen a halálra. Ahogy Kate sem a gyászra. Éppolyan igazságtalan volt ez, mint az elmúlt két esztendőben minden. – Imádkozunk érte, hogy megmeneküljön!

Nem akarta győzködni a lányát, hogy az a férfi valószínűleg már halott. Az ráért még. Tudta, Kate-nek egyelőre azt is nehezére esik elfogadnia, hogy Joe-t lelőtték. Ha végül nem bukkannak a pilóta nyomára, kénytelen lesz beletörődni, hogy vége. Fölösleges siettetni, anélkül is elég fájdalmas neki.

Késő éjjelig mellette maradt, szeretettel simogatta a haját, amíg a lány álomba nem sírta magát.

– Bárcsak ne szeretné annyira ezt a férfit! – sóhajtotta Elizabeth a férjének, amikor végre ágyba került. Clarke is annyira aggódott Kate miatt, hogy ébren várta őt. – Valami van kettejük között, ami megrémít.

Az előző évben kiolvasta Joe szeméből, most pedig Kate-ében látta ugyanazt. Mintha valami számukra is érthetetlen kötés jött volna létre, amely dacolt a józan ésszel, az idővel és minden szóval. Elizabeth most attól rettegett, hogy talán a halállal is szembeszegül, ami irtózatos sorsra kárhoztatná a lányát.

Kate másnap reggel némán, komoran ült az asztalnál, hiába próbálták társalgásra bírni. Egyikükhöz sem szólt, csak egy csésze teát ivott, azután visszakóvályogott a szobájába, mint egy kísértet. A hét hátralévő részében már nem járt iskolába, ki sem mozdult a szobájából. Szerencsére már csak egy hét volt hátra a karácsonyi szünidőig.

Vasárnap este azonban felöltözködött és visszament a Radcliffe-re, még csak el sem köszönt a szüleitől. Úgy festett, mint egy hazajáró lélek. A diákszállóban senkivel sem beszélt, és amikor Beverly bekukkantott hozzá, és megkérdezte, beteg volt-e, nem árulta el neki, hogy Joe gépét lelőtték. Nem tudta kimondani a szavakat.

Az egész kollégiumi épület tudta, hogy valami történt vele, és napokkal később valaki ráakadt egy rövid hírre az újságban, miszerint a pilótát lelőtték. A katonai hírszerzés igyekezett minél inkább bizalmasan kezelni az értesülést, hogy ne rombolja az otthoni közhangulatot. Azt a tájékoztatást adta, hogy Allbright bevetés közben eltűnt, és az újság szembeötlően homályosan fogalmazott. A lényeg azonban így is kiderült belőle. A diákszállás valamennyi lakója tudott arról, hogy Joe Allbright meglátogatta Kate-et.

Amikor az egyikük a folyosón elhaladtában suttogva részvétét nyilvánította, Kate csak bólintott, és elfordította a fejét. Csonttá-bőrré soványodva tért haza a szünidőre. Az édesanyja hasztalan igyekezett megvigasztalni. Kate csak magányra vágyott, és várta a híreket Joe-ról.

Kérte az apját, az ünnepek előtt még egyszer hívja fel a washingtoni ismerősét, de nem érkeztek további hírek. Joe-nak nyoma veszett, a földalatti források sem tudtak róla. A németek nem jelentették, mi több, tagadták, hogy fogságba esett. A nála lévő okmányok szerinti személy neve sem bukkant fel sehol sem. Ha pedig tudják, hogy Joe Allbright került a kezükbe, világgá kürtölték volna, mint diadalmas fegyvertényt. Amióta a gépe lezuhant, senki sem látta Joe-t szökésben vagy egyáltalán élve. Sehol semmi életjel.

Abban az évben nemigen ünnepelték meg a karácsonyt. Kate jóformán semmit sem vásárolt, nem kért semmilyen ajándékot, amit kapott, azt is alig akarta kibontani, többnyire a szobájában kuksolt.

136

Egyre a férfin töprengett, hogy merre járhat, mi történt vele, él-e még, viszontláthatja-e valaha. Újra meg újra felidézte az együtt töltött időt, még inkább kesergett, amiért elvesztette az előző évben fogant babát. Semmiben sem lelt vigasztalást, nem érintkezett senkivel, jóformán nem is aludt.

Minden újságot átböngészett, pedig az apja már biztosította, hogy azonnal értesítik őket, mihelyt a sajtóban megjelenik még valami. Clarke gyanította, hogy ez sohasem fog bekövetkezni, Joe valószínűleg már rég holtan hever egy németországi sírgödörben. Kate szinte beleőrült ebbe a gondolatba. Mintha kiszakítottak volna a testéből egy darabot, amelynek addig a létezéséről sem tudott. Éjszakánként hol az ágyán heverve bámulta a falat, hol föl-alá járkált a szobájában, úgy érezte, mindjárt szétrobban, és semmi sem segített. Egyik éjjel még le is itta magát, de a szülei másnap egy szóval sem említették a dolgot. Mérhetetlen gyásza kétségbe ejtette őket.

A vizsgaidőszakban először szerzett elégtelent. Az évfolyam tanácsadója, egy megértő, jóindulatú hölgy behívatta, megkérdezte, történt-e valami a téli szünetben. Kate elgyötört hangon válaszolta, hogy egy jó barátja gépét lelőtték egy németországi bevetésen. Ez legalább az osztályzatait megmagyarázta. A hölgy együttérzően hallgatta – a fia az előző évben esett el Salernónál –, de ő sem tudott vigaszt nyújtani Kate-nek, akinél az elkeseredést időnként dührohamok váltották fel, haragudott a németekre, a sorsra, arra, aki lelőtte a gépet, Joe-ra, amiért nem vigyázott jobban, saját magára, hogy annyira szerette. Tudta, hogy többé nem szabadulhat az emlékétől.

Amikor a szünet után először találkozott Andyvel, a fiatalember előbb sajnálta, majd korholni kezdte. Ráripakodott, hogy elég a sopánkodásból, jól tudhatta, hogy ez bármikor megtörténhet. Joe-t még a háború nélkül is érhette volna baleset valamelyik versenyen vagy halálmegvető bátorsággal végrehajtott, nyaktörő műrepülő mutatványai közben. Nem házasodtak össze, nincs gyerekük, még csak el sem jegyezték egymást.

Szavai azonban csak olajat öntöttek a tűzre.

– Talán így akarsz megnyugtatni? Úgy beszélsz, mint az anyám. Azt hiszed, egy karikagyűrű az ujjamon bármit is számítana? Az égvilágon semmit sem jelentene nekem, mint ahogy azon sem változtatna, ami Joe-val történt. Miért foglalkozik mindenki ilyen megszállottan ezekkel a társadalmi rítusokkal? Fütyülök rájuk! Joe-t alighanem valami borzalmas hadifogolytáborban kínozzák azért, amit tud. Azt hiszed, izgatná őket a jegygyűrűm? Nyilván nem. Ahogy Joe-t sem. Akkor sem szerethetne jobban engem, és én sem őt. Nem érdekel a gyűrű, csak ő jöjjön haza!

– Te is tudod, hogy nem fog, Kate. Az esélye egy a millióhoz.

– Az is valami. Talán megszökik – reménykedett a lány, és sírva fakadt.

– Talán már meg is halt – próbálta szembesíteni az igazsággal a lányt. Kate is tudta, hogy minden valószínűség szerint ez a helyzet, mégsem akarta hallani. Még nem bírta elviselni. – Képzelem, mennyire nehéz neked, Kate, de túl kell tenned magad rajta. Nem zilálhat szét végleg.

Kate igyekezett megszabadulni a kétségbeeséstől, de nem tudott. Fogalma sem volt, mihez kezdjen Joe nélkül. Ugyanakkor még a legrosszabb pillanatokban sem hagyta nyugodni az érthetetlen érzés, hogy Joe mégis él. Mintha valami a szíve mélyén nem tudta volna elengedni a férfit, és kétellette, hogy valaha is elengedi. Úgy érezte, egy életre egymáshoz vannak láncolva.

A menzán vacsoráztak Andyvel, a fiú belédiktált néhány falatot, és ragaszkodott hozzá, hogy szurkoljon neki a MIT elleni úszórangadón. Kate rövid időre megfeledkezett nyomorúságáról, egészen jól érezte magát, és a többiekkel együtt lelkesedett, amikor a Harvard győzött.

A verseny után megvárta Andyt, aki étterembe vitte, utána vissza a kollégiumba. Kate jobb színben volt, mint néhány nappal azelőtt, de váratlanul szóba hozta, hogy Joe-val álmodott. Meg volt győződve arról, hogy a pilóta még él, Andy pedig arról, hogy a képzelete játszik vele, nem hajlandó elfogadni a lehetőséget, hogy Joe meghalt, amikor lelőtték a gépét.

Végül kínossá vált a téma. Ha otthon vagy baráti társaságban valaki fölvetette a szomorú hírt, amelyet Joe-ról hallott, Kate rögtön leszögezte, hogy a pilóta valószínűleg német hadifogolytáborban sínylődik. Egy idő múlva nem is említették többet.

Mire eljött a nyár, Joe már hét hónapja eltűnt. Utolsó levelei egy hónappal a szerencsétlenül végződött bevetés után érkeztek, Kate esténként még mindig azokat olvasta, azután órákig törte a fejét az ágyban. Mindenki arra sürgette, felejtse el a férfit, de a szívéből nem tudta kiereszteni, mint egy madarat a kalitkából. Ott őrizte a lelke legrejtettebb zugában, tudta, hogy azt a helyet soha senki más nem foglalhatja el, és bár maga is belátta, hogy tovább kellene lépnie, fogalma sem volt, hogyan.

A szülei buzdították, hogy nyáron utazzék el valahová, és hosszas győzködés után végül ráállt. Meglátogatta a keresztanyját Chicagóban, majd Kaliforniába vonatozott, hogy felkeressen egy ismerős lányt, aki a Stanfordra jelentkezett. Az érdekes kirándulás jó hatást tett rá, bár mostanában mindig úgy érezte, mintha nem is élne, csak megszokásból, gépiesen mozogna. Megváltásnak tetszett, amikor végre hazaindult. Három napig csak kibámult az ablakon, és a férfira gondolt. Lassanként ő is kezdte elhinni, hogy Joe meghalt. Mire augusztus végén befutott Bostonba, Joe már kilenc hónapja eltűnt, és azóta sem hallott róla senki. A Pentagon a brit légierővel egyetértésben veszteséglistára írta.

Azon a nyáron Kate nem ment Cape Codra, nem tudott megbirkózni az emlékekkel, bár csak kétszer találkozott Joe-val a félszigeten. Amint visszatért Kaliforniából, már el is kezdte a negyedévet a Radcliffeen. Történelemből és művészettörténetből készült diplomázni, és fogalma sem volt, mihez kezd majd a végzettségével. A tanítás hidegen hagyta, egyéb pálya sem gyakorolt rá különösebb vonzerőt, semmi sem érdekelte.

Néhány héttel később találkozott Andyvel, aki a harmadévet kezdte a jogi karon, rengeteget tanult, még rá is alig tudott időt szakítani. Kate barátnői közül többen nem ültek vissza az iskolapadba azon az őszön, ketten a vakáció alatt férjhez mentek, egy harmadik a nyugati partra költözött, egy negyedik munkába állt, hogy eltartsa az anyját, mert az apja és két fivére előző évben a Csendes-óceánon elesett. Egyre több, korábban férfiasnak tartott munkakört vettek át nők, buszt vezettek, levelet kézbesítettek, már mindenki hozzászokott ehhez, Kate is ugratta a szüleit, hogy autóbuszsofőrként fog elhelyezkedni. Sajnos semmi máshoz sem volt kedve.

Huszonegy évesen diploma előtt állt a Radcliffe-en. Az anyja továbbra is hajtogatta, hogy ha nincs háború, egy ilyen okos, csinos, érdekes, szórakoztató és tájékozott lánynak már férjhez kéne mennie és gyerekeket szülnie – ha nem Joe-nak, hát valaki másnak. Kate azonban még csak találkát sem adott senkinek a pilóta halála óta. Több harvardi egyetemista is kerülgette, egy-két kimondottan agyas srác a MIT-ről, sőt egy helyes fiú a Bostoni Főiskoláról is, de mindegyiküknek kiadta az útját. Továbbra is a washingtoni telefonhívást várta, amely tudatja vele, hogy Joe életben van, netán üzenetet a földszinti látogatószobából, hogy vár rá valaki. Várta, hogy megpillantsa, amikor buszra szállt, befordult a sarkon, átkelt az úttesten. Nem tudott megbarátkozni a gondolattal, hogy Joe kámforrá vált, nincs többé a világon, nem tér vissza hozzá. Nem tudta felfogni a halált mint valót.

Abban az évben nem sokat jelentettek neki az ünnepek, bár kevésbé fájdalmasan teltek, mint az előző esztendőben. Jóval nyugodtabbá vált, kedvesen, barátságosan viselkedett a szüleivel, és amikor az anyja biztatta, hogy járjon társaságba, Kate vagy másra terelte a szót, vagy kiment a szobából. Jamisonék már-már feladták a reményt, és Elizabeth bevallotta a férjének, attól fél, hogy pártában marad a lányuk.

– Kötve hiszem – nevetett Clarke. – Még csak huszonegy éves, és háború van, az isten szerelmére! Várj, amíg a fiúk hazajönnek!

– Ugyan mikor lesz az? – kesergett az asszony.

– Reméljük, hamarosan.

Augusztusban végre fölszabadult Párizs. A szovjetek felülkerekedtek a németeken, csapataik benyomultak Lengyelországba. A Luftwaffe azonban szeptembertől fokozta a légitámadásokat Anglia ellen, az ardenneki német offenzíva pedig súlyos veszteségeket okozott a szövetségeseknek. Bár karácsonykor sikerült feltartóztatni és visszafordítani, a halottak nagy száma elcsüggesztette az otthon maradottakat.

Andy Scott a téli szünidő utolsó napján beállított néhány barátjával, és rábeszélte Kate-et, hogy menjen velük korcsolyázni. Egy közeli tóhoz autóztak, az anyja örömmel figyelte, ahogy elrobogtak. Még mindig reménykedett, hogy Kate előbb-utóbb több figyelmet szentel Andynek, de a lány minden alkalommal hangsúlyozta, hogy nem fűzik gyöngéd szálak a fiúhoz, egyszerűen barátok. Kapcsolatuk ennek ellenére évről évre szorosabbá vált, így Elizabeth nem adta föl a reményt. Úgy vélte, a fiatalember tökéletesen illene Kate-hez, és ezt Clarke sem vitatta, bár ő úgy gondolta, a lányra kell hagyniuk a döntést.

A fiatalok pompásan szórakoztak a tónál, csetlettek-botlottak, hátrafelé siklottak a jégen, fellökdösték egymást. A fiúk barátságos hokimérkőzést vívtak, Kate kecsesen rótta a köröket a tó közepén. Gyerekkorában megkedvelte a műkorcsolyázást, mindenféle kunsztokat tudott. Miután kifulladtak, mindannyian elvonultak forró puncsot inni, majd hosszú sétát tettek a csípős esti levegőn. Kate egy idő múlva elmaradt a társaságtól, Andy pedig mellé szegődött. A fiú élvezte, hogy végre jókedvűnek látja. Kate azt mondta, jól telt a karácsonyi szünet, bár nem sokat csinált. Feltűnt, hogy ez egyszer nem említette Joe-t. Andy reménykedett, hogy fordulóponthoz érkeztek.

– Mi a terved jövő nyárra? – kérdezte, és karon fogta a lányt. Csillogó, barna haját fülvédő szorította le, nyakát meleg sálba bugyolálta.

– Nem tudom, még nem gondolkoztam rajta – felelte Kate. Leheletük fehéren gomolygott előttük a fagyos levegőben.

– Támadt egy jó ötletem – folytatta nyugodtan Andy. – Mindketten júniusban diplomázunk. Apám azt mondja, ráérek szeptemberben munkába állni az irodában. Arra gondoltam, jó móka lenne nászútra menni.

A lány eddig bólogatva hallgatta, most összevonta a szemöldökét. Egy pillanatra elakadt a lélegzete.

– Kivel?

Andy megállt, mély tüzű szemével ránézett.

– Esetleg veled.

Kate sóhajtott, azt hitte, ezen már túljutottak. Évek óta úgy kezelte a fiút, mint a testvérét. Andy azonban változatlanul bolondult érte, és akárcsak mindkettejük szülei, kölcsönösen jó választásnak tartotta volna a házasságukat.

– Viccelsz? – kérdezte reménykedve a lány, de Andy a fejét rázta. – Tudod, hogy nem tehetem,

142

Andy. Úgy szeretlek, mint a bátyámat. – Elmosolyodott. – Vérfertőzés lenne, ha férjhez mennék hozzád.

– Tudom, hogy Joe-t szeretted, de ő nincs többé, én pedig mindig is téged szerettelek. Azt hiszem, boldoggá tudnálak tenni, Kate.

Boldoggá, de nem úgy, mint Joe. Joe izzó szenvedélyt, izgalmat és veszélyt jelentett, Andy forró kakaót és korcsolyázást. Mindketten fontosak voltak Kate számára, de más-más módon, és biztosra vette, hogy soha nem fogja azt érezni Andyvel, amit Joe közelében.

Egy helyben ácsorogtak, a többiek jóval előttük jártak, nem is sejtve, mi történik itt. Andy egész nap kereste az alkalmat a bizalmas beszélgetésre, de csak most jutott hozzá. Elfoglalta a hokimeccs, a lány pedig egyedül korcsolyázott. Mostanában nagyon magának való lett.

– Nem akarok visszaélni a jóindulatoddal, Andy. Még mindig nem hiszem, hogy Joe többé nem tér haza.

Bár az utóbbi időben próbálta megszokni a gondolatot, de nem sikerült.

– El sem jegyeztétek egymást. Sokan járnak együtt másokkal a házasságuk előtt. Egyesek még az eljegyzésüket is felbontják, ha találkoznak egy másikkal – komolyodott el a fiú. – A háború után sok nő kerül olyan helyzetbe, mint te. Akadnak özvegyek, akik fiatalabbak nálad, némelyikük gyerekeket nevel. Nem zárkózhatnak be életük végéig. Újra kell kezdeniük az életet, ahogy neked is. Nem bújkálhatsz örökké, Kate.

– De igen.

Kate kezdte azt gondolni, hogy olyan különleges kapcsolatot teremtett Joe-val, amely ezután mindig vele marad, és nem pótolhatja senki más.

– Ártasz magadnak. Férj, gyerek, kényelmes élet kell neked, valaki, aki szeret téged, és gondoskodik rólad.

143

Amit Andy mondott, zene lett volna Elizabeth fülének, de Kate-nek nem. Ő nem tudott más férfira gondolni, még mindig Joe-t szerette.

– Jobbat érdemelsz olyan lánynál, aki egy kísértetbe szerelmes.

Most először ismerte el, hogy Joe talán halott, és Andy úgy vélte, ez az első lépés.

– Talán elfér az életünkben egy kísértet is – pendítette meg.

– Nem tudom – felelte tétován Kate, de legalább nem utasította el egyértelműen az ajánlatot.

– Nem kell feltétlenül már a jövő nyáron összeházasodnunk. Csak azért mondtam, hogy láthassam, mit szólsz hozzá. Várhatunk, ameddig akarod. Talán egy ideig randevúzhatnánk.

– Mint a normális emberek? – élcelődött. Végigmérte Andyt, és el sem tudta képzelni, hogy beleszeressen. Még huszonhárom évesen is kölyöknek látta. Joe éppen tíz évvel volt idősebb, és a két férfi egyénisége is erősen különbözött. Joe-hoz megismerkedésük pillanatától vonzódott, a pilóta szinte berobbant a szívébe, olyan kedves, megbízható, barátságos férjet viszont, mint Andy, csak az anyja szánt volna neki.

– Na, mit gondolsz? – kérdezte bizakodva Andy, mint egy fiú, aki a kerti búvóhelyét akarja megmutatni. Kate elnevette magát, nem tudta komolyan venni.

– Azt, hogy bolond vagy, ha egyáltalán kellek neked – válaszolta őszintén.

– És mi a helyzet nálad?

– Nem is tudom. Még azt is meg kell fontolnom, járhatok-e veled. – Három és fél éve próbálta összeboronálni kollégista társaival, Andy azonban inkább iránta érdeklődött. – Elég hülyeségnek hangzik – jelentette ki szenvtelenül, ám a fiúnak ez sem szegte kedvét. Hónapok óta igyekezett összeszedni a bátorságát, félt, hogy elsieti a dolgot, de Joe most már több mint egy éve eltűnt.

– Talán nem is olyan hülyeség, mint hiszed. Legalább próbáljuk meg néhány hónapig, aztán majd meglátjuk.

Kate bólintott. Mindig kedvelte Andyt, és arra gondolt, talán mégis igaza van az anyjának.

Miután Andy este hazavitte, mégis úgy érezte, mintha már ezzel a beszélgetéssel is hűtlenné vált volna Joe-hoz. Andy jelenléte csak még égetőbbé tette Joe hiányát. A fiúban nyoma sem volt annak a különös, megmagyarázhatatlan vonzerőnek, amely a pilótából áradt. Amikor néhány nap múlva a főiskolán találkoztak, közölni is akarta ezt Andyvel.

– Pszt! – hallgattatta el a fiatalember, és a lány ajkára tette az ujját. – Tudom, mit mondanál. Felejtsd el! Csak az ijedtség beszélne belőled.

Pedig Kate jól tudta, az a baj, hogy nem szerelmes Andybe. A szüleinek egy szót sem szólt a tónál elhangzottakról, nem akart reményeket ébreszteni az anyjában. Ő maga még mindig fázott a gondolattól, hogy Andyvel járjon.

– Vacsorázzunk együtt pénteken! – indítványozta a fiú. – Szombaton pedig elviszlek moziba.

Kate hirtelen úgy érezte, mintha egy gimnazista udvarolna neki. Andy már csak azért is éretlennek tetszett a szemében, mert otthon maradt, míg mindenki más a háborúban harcolt.

Pénteken megerőltette magát, kiöltözött a vacsorához. Az anyjától karácsonyra kapott fekete ruhát vette föl, hozzá magas sarkú cipőt, rövid bundát és gyöngysort. Csillogó, bronzvörös hajával elbűvölően festett. A fiatalember sötét öltönyben jött érte. Bármelyik végzős lány szívét megdobogtatta volna, de Kate-ét nem.

Remekül érezték magukat az olasz étteremben, utána Andy táncolni vitte, valahogy mégis úgy érezte, ez az egész csak tréfa. Inkább evett volna a fiúval szokás szerint a menzán.

Andy nagyon körültekintően viselkedett, amikor hazakocsikázott vele, meg sem csókolta. Nem akarta elriasztani a lányt. Másnap este, immár oldottabb hangulatban a *Casablancá*-t nézték meg, utána hamburgereztek. Kate meg is lepődött, hogy milyen jól szórakozott. Andy barát maradt a számára, minden romantika nélkül, egyelőre el sem tudta képzelni, hogy többet érezzen iránta. De legalább adott a fiúnak egy lehetőséget.

Bálint-napkor Andy végre megpróbálkozott egy csókkal. Joe-ról tizenöt hónapja nem jött hír, de Kate csak rá gondolt, miközben Andy ajka az ajkához ért. Az egyébként jóképű, kisportolt, vonzó fiatalember mellett szinte megbénult. Miután Joe fénye kialudt benne, mindent sötétbe borított.

Andy mintha nem vette volna észre, és a következő hónapokban hetente találkoztak, a fiú este mindig csókkal búcsúzott. Ennél tovább nem merészkedett, amitől Kate megkönnyebbült. Tudta, Andy nem várja tőle, hogy a jó hírét kockáztassa, az pedig meg sem fordul a fejében, hogy Joe-val már lefeküdt. A fiatalember folyton hangoztatta, hogy szereti, és a maga módján Kate is szerette őt. Jamisonék ujjongva figyelték a fejleményeket, Kate nem győzte csitítani őket, hogy ez még nem komoly. Amikor azonban az apja a szemébe nézett, elszorult a szíve, mert kiolvasta belőle, mit érez és mit nem. Nem látott mást, csak mélységes fájdalmat, és már az sem tudta megtéveszteni, hogy Kate ismét beszédesebbé, mosolygósabbá vált.

Elizabeth egy alkalommal, amikor kettesben vacsoráztak otthon, megint Andyről áradozott. Clarke megpróbálta leállítani, mert úgy gondolta, az asszony viselkedése árthat a lányuknak:

– Ne erőltesd őket, Liz! Hadd haladjanak a maguk tempójában!

– Szerintem minden a legnagyobb rendben van. Biztosan nemsokára eljegyzik egymást.

Clarke eltűnődött, vajon mit is jelentene ez. Talán azt, hogy Kate az imádott férfi helyett egy másikhoz megy feleségül, akár szerelmes belé, akár nem? Rettenetes sorsot vállalt volna ezzel. Ő meg Liz tizenhárom éve házasodtak össze, és még mindig ugyanúgy szerette a feleségét, mint akkor. Kate-nek sem kívánt ennél rosszabbat.

– Nem kéne férjhez mennie Andyhez – jelentette ki józanul.

– Miért nem? – fortyant fel az asszony.

– Mert nem szereti. Nézz csak rá, Liz! Még mindig Joe-ba szerelmes.

– Az ég szerelmére, az a férfi nem illett hozzá, és már nem is él.

– Ez nem változtat Kate érzésein. Még évekig nem fogja túltenni magát rajta.

Clarke kezdett félni, hogy soha, ha pedig férjhez megy Andyhez, az tovább ront a dolgokon, kivált, ha az ő kedvükért teszi. Ettől végleg kedélybeteggé válhat. Akkor már jobban jár, ha egyedül marad, bármilyen helyes fiú is ez az Andy.

– Hagyd békén őket, majd minden kialakul!

– Kate-nek férj és gyerekek kellenek, Clarke. Mit csináljon, miután júniusban lediplomázik?

Elizabeth úgy beszélt a házasságról, mint valami foglalkozásterápiáról, ami felháborította a férjét. Clarke megkötötte magát.

– Inkább vállaljon munkát, semhogy rossz férfihoz menjen feleségül!

– Andy Scottban nincs semmi „rossz"!

Az asszony nem értette, honnan szedte a férje ezeket a habókos ötleteket. Talán egy kicsit őt is megszédítette Joe Allbright. De bármilyen káprázatos volt is, Joe Allbright már meghalt, Kate-nek pedig élnie kellett.

A szülők vitái és aggodalmaskodása közben Kate hétvégenként továbbra is eljárt Andyvel, minden tőle telhetőt elkövetett, hogy ne csak barátjának érezze, de hiába. Tavaszra pedig mindannyiuk figyelmét Anglia, Franciaország és Németország kötötte le. Fordult a kocka.

Márciusban az amerikai csapatok győzedelmeskedtek a Ruhrnál, a Csendes-óceánon pedig elfoglalták Ivo Dzsimát. Áprilisban a szövetségesek bevették Nürnberget, közben az oroszok elérték Berlin peremkerületeit. A hónap végén kivégezték Mussolinit és kormányát, másnap, épp két héttel Roosevelt elnök halála után az olaszországi német haderő megadta magát. Addigra hivatalba lépett Harry Truman. Németország május 7-én kapitulált, Truman elnök az európai győzelem napjává nyilvánította május 8-át.

Kate és Andy feszült érdeklődéssel követték a híreket, megvitatták a hallottakat. A lánynak többet jelentett a háború, mint jó néhány kortársának, mert soktól fosztotta meg. Mások lélegzet-visszafojtva azért imádkoztak, hogy szeretteik hazatérjenek. Joet csaknem két éve lőtték le, már Kate is elveszítette a reményt, hogy a háború végén majd felbukkan. Tizenhét hónapja elment, mindenki arra a meggyőződésre jutott, hogy halott, Kate is. Lezárták a dossziéját, bár repülési rekordjai továbbra is álltak, várhatóan még sokáig.

Kate egy előadás közben értesült a nagy újságról. Kitárult az ajtó, egy tanárnő viharzott be rajta. Patakzottak a könnyei. Három éve Franciaországban esett el a férje. A lányok felugráltak, üdvrivalgásban törtek ki, összeölelkeztek. Vége... nincs tovább... befejeződött... hazajöhetnek a fiúk. Már csak Japánban kellett győzni, de mindenki biztosra vette, hogy arra sem sokáig kell várni.

Kate aznap délután hazalátogatott a szüleihez, az apja ujjongva fogadta. Egy kicsit beszélgettek, aztán a férfi észrevette, milyen bánatos a tekintete. Könnyen kitalálta, mi járhat a fejében. Megfogta a kezét.

– Sajnálom, hogy ő nem élte túl, Kate.

A lány a könnyeit törölgetve bólintott.

– Én is.

Nem sokkal később visszament a kollégiumba, lefeküdt az ágyára, megint Joe-ra gondolt, aki mindig ott maradt a közelében, sohasem távolodott el tőle.

Mikor az egyik lány szólt, hogy Andy keresi telefonon, letagadtatta magát. Nem akart beszélni vele. Joe töltötte be az agyát és a szívét.

9

Az EURÓPAI GYŐZELEM mellett kissé elhalványult a diplomaosztás, de Kate csodálatosan festett talárban és fövegben. A szülei keble dagadt a büszkeségtől, Andy is ott feszített mellettük. Azon a héten szóba hozta az eljegyzést, de Kate kérte, hogy várjanak még. A fiú azt tervezte, nyáron az északnyugati államokban túrázgat, ősszel pedig beáll az apja New York-i irodájába.

Kate is elment a jogi kari diplomaosztásra, amelyet az övé után tartottak, érthető okokból meglehetősen szűk, de annál méltóságteljesebb keretek között. A lány együtt örült Andyvel, és rávette, hogy nyárig napolják el a házasság kérdését. Úgy érezte, haladékot kapott.

Mihelyt azonban Andy júniusban útra kelt, Kate rájött, hogy jobban hiányzik neki a fiú, mint hitte. Megkönnyebbült, hogy mégis érez iránta valamit. Nem tudta, pontosan mit, és sejtette, hogy ennek Joe az oka. Mintha elhagyta volna minden ereje, de lassanként visszatért. Hálás volt Andynek a türelméért, tudta, hogy megnehezítette a fiú dolgát, és június végén már alig várta, hogy viszontláthassa. Andy gyakran telefonált, és mindenhonnét képeslapot küldött. Bebarangolta a wyomingi hegyeket, fölruccant a kanadai határhoz is. Meglátogatta a barátait Washington államban, a visszaúton pedig körülnézett San Franciscóban. Elmondása alapján pompásan szórakozott, de hiányolta a lányt. Kate meglepődött, mennyire kölcsönös ez. Már az is megfordult a fejében, hogy ősszel eljegyzi magát Andyvel, jövő júniusban pedig talán összeházasodnak, de tudta, legalább még egy évre szüksége van. Közben ismét teljes munkaidőben dolgozott a Vöröskeresztnél.

Nap mint nap fiatal férfiak tömegei özönlöttek Európából, a kórházhajók ontották a partra a sebesülteket. Kate-et a kikötőbe helyezték, segédkezett az egészségügyieknek továbbirányítani a hajóról leszállókat a kórházakba, ahol még hónapokig vagy akár évekig kellett kezelni őket. Állapotuk ellenére még soha nem látott ilyen boldogan hazaérkezőket. Letérdeltek, megcsókolták az otthoni földet, ölelgették, aki a kezük ügyébe esett, ha az édesanyjuk vagy a kedvesük épp nem volt ott. Kimerítette a munka, mégis élvezte. Rémítő sérülésekkel találkozott, bár a katonák mind fiataloknak tűntek, amíg az ember a szemükbe nem nézett. A tekintetük elárulta, miken mentek keresztül. Csak a hazatérés derítette fel őket. Kate folyton elérzékenyült a látványtól, ahogy lesántikáltak a hajóról, vagy magukhoz ölelték szeretteiket.

Kate sürgött-forgott, fogta a betegek kezét, törölgette a homlokukat, leveleket írt azok helyett, akik elveszítették a szemük világát. Mentőautóba vagy katonai teherkocsira segítette őket. Minden nap szutykosan és holtfáradtan ért haza, de legalább érezte, hogy valami hasznosra fordítja az idejét.

Egy zsúfolt kórházi osztályon végigdolgozott nap után késő este támolygott be az ajtón. Gondolta, hogy a szülei aggódni fognak, amiért ilyen sokáig elmaradt, de amint belépett, és meglátta az apja arcát, rögtön tudta, valami rettenetes dolog történt. Az anyja Clarke mellett ült a pamlagon, zsebkendővel dörzsölgette a szemét. Kate megborzongott, azonnal gyanította, hogy valaki meghalt, de nem tudta, ki.

– Mi a baj, papa? – kérdezte, ahogy beljebb ment a szobába.

– Semmi, Kate. Gyere, ülj le!

Szót fogadott, lesimította ápolónői öltözéke ráncait. Mindenütt foltok borították az egyenruhát, a fityulája félrecsúszott, jártányi ereje is alig maradt a hosszú nap után.

– Jól vagy, mama? – tudakolta halkan. Az asszony bólintott, de nem válaszolt. – Mi történt?

Egyik szülőjéről a másikra nézett, végtelennek tetsző csönd támadt. Egyetlen nagyszülője, nagynénje, nagybátyja sem élt már, tehát csak valamelyik barátjukról vagy valamelyik barátjuk fiáról lehetett szó. Némelyik sebesült nem bírta ki az utat hazáig.

– Ma felhívtak Washingtonból – közölte az apja, de ez most semmit sem mondott Kate-nek. Ő már túljutott a rossz híreken, ez tette még együttérzőbbé a munkájában. Tudta, milyen elveszíteni azt, akit az ember a legjobban szeret. Az apja szemét kémlelte, hátha rájön, mi zaklatta föl annyira. Clarke némi habozás után folytatta: – Megtalálták Joe-t, Kate. Életben van.

A lányt valósággal fejbe kólintották a szavak.

– Mi? – Csak ennyi jött ki a torkán. – Nem értem – hebegte falfehéren. Úgy érezte magát, mint azon az estén, amikor elvetélt. – Miről beszélsz, papa?

Bármilyen sokáig reménykedett, most már nem hitte, hogy lehetséges. Végül ő is azt gondolta, hogy Joe meghalt, most pedig az ellenkezője hallatán teljesen összezavarodott.

– Berlintől nyugatra lőtték le a gépét – magyarázta Clarke, és kibuggyantak a könnyei. – Összegabalyodott az ejtőernyője, és mindkét lába súlyosan megsérült. Egy paraszt bújtatta, azután megpróbált eljutni a határig, de elfogták, és a Lipcse melletti colditzi vár-

151

börtönbe hurcolták. Senkivel sem tudott érintkezésbe lépni, és mint tudod, hamis névre kiállított igazolvánnyal repült. Nem engedték a saját papírjaival bevetésre, mert attól féltek, ha elfogják, még nagyobb veszélybe kerül – emlékeztette a könnyeit törölgetve Clarke, és Kate értetlenül bámult rá, próbálta felfogni a hallottakat, úgy érezte, mintha ő maga támadt volna föl a halottaiból, nem pedig Joe. – A németek magánzárkában tartották, és valamilyen okból nem vezették rá a hadifogolylistájukra, még az álnevén sem. Nem tudni, miért, talán gyanították, hogy nem a valódi nevén szerepel, és megpróbáltak kicsikarni belőle valami információt. Hét hónapig raboskodott Colditzban, végül megszökött. Akkor már közel egy esztendeje volt Németországban. Majdnem sikerült elvergődnie Svédországba, épp egy teherhajó fedélzetére próbált fölszállni, amikor ismét elkapták. Közben meglőtték, jó ideig eszméletlenül feküdt, aztán visszavitték Colditzba. Ezúttal hamis svéd papírokkal tartóztatták le, ezért nem került ekkor sem az amerikai foglyok listájára. Néhány hete egy colditzi magánzárkában találtak rá, de csak tegnap tudta megmondani, kicsoda. Most egy berlini katonai kórházban ápolják. Úgy tűnik, Kate – csuklott el egy pillanatra Clarke hangja –, nagyon rossz állapotban van. Állítólag élet-halál között lebegett, amikor kihozták, de valahogy mostanáig kitartott. Úgy gondolják, megmarad, hacsak valami komplikáció föl nem merül. A lábsérülései még mindig nagyon csúnyák, eltört a lába, lőtt sebeket is kapott mind a négy végtagján. A poklok poklát szenvedte végig. Ha szállítható állapotba tudják hozni, akkor két hét múlva kórházhajóra teszik, és hazaküldik. Júliusra itthon lesz.

Kate továbbra sem szólt, csak sírt. Az anyja kétségbeesve figyelte. Kimondatlanul is tudta, hogy a lánya élete gyökeresen megváltozik. Andy Scott és mindaz, amit nyújthatott, egy pillanat alatt eltűnt a képből. Bármennyire szerette is Kate Joe-t, Elizabeth biztosra vette, hogy éppen ezért ez a férfi tönkreteszi. Ugyanakkor az elmúlt két esztendő alapján mindkét szülő számára nyilvánvaló volt, mennyit jelent a pilóta a lányuknak. Az apja csak boldogságot kívánt neki – bármi áron, és bármit értsen is ezen Kate. Clarke mindig nagyra tartotta Joe-t.

– Beszélhetek vele? – kérdezte végül Kate. Alig tudta kipréselni a szavakat. Az apja felírta neki a kórház nevét, de nem sok reményt fűzött a telefonálás sikeréhez, mivel ezekben a napokban igen gyönge volt az összeköttetés Németországgal.

A lány még az éjjel megpróbálta felhívni Joe-t, de a központos azt mondta, képtelenség vonalat kapni. Kate egyedül ült a szobájában, kinézett a holdfényes éjszakába, és a férfira gondolt. Egyre az járt a fejében, mennyire biztos volt benne sokáig, hogy Joe még él. Csak a legutóbbi hónapokban kezdte elhinni, hogy halott.

A következő hetekben úgy érezte, mintha víz alatt úszna. Minden nap a kikötőben, a rakparti vöröskeresztes állomáson dolgozott. A sebesültek leveleket diktáltak neki, némelyiknek segített felülni, enni, inni. Ezer és ezer fájdalmas történetet hallgatott végig. Amikor Andy felhívta, csak hebegett-habogott, nem tudta, mit mondjon, azt nem akarta telefonon közölni, hogy Joe él. Mindeddig erőnek erejével próbálta meggyőzni magát, hogy szereti Andyt, és talán előbb-utóbb sikerült volna, de most Joe küszöbönálló hazajövetele töltötte be a gondolatait. Viszont a fiú nyaralását sem akarta elrontani azzal, hogy hirtelen lehűti a lelkesedését.

Joe érkezése napján hajnali ötkor ment munkába. Tudta, hogy reggel hatkor, a dagállyal várják a hajót, amely az éjszaka már partközelből rádiózott. Kate tiszta egyenruhát öltött, reszkető kézzel tűzte föl a kikeményített fityulát. El sem tudta képzelni, hogy újra láthatja Joe-t, különös álomnak tűnt az egész.

Kivillamosozott a kikötőbe, jelentkezett a főnökénél, átnézte a készleteket. A hajó, amely az elsők között érkezett Németországból – az eddigiek Angliából és Franciaországból jöttek –, hétszáz sebesültet hozott. Mentőautók és katonai szállító járművek sorakoztak végig a rakparton, hogy több száz kilométeres körzetben osszák el az érkezőket. Kate-nek fogalma sem volt, melyik katonai kórházba küldik majd Joe-t, de bárhová kerül is, minél többet mellette akart lenni. Németországban heteken át hiába próbálta elérni, a levélírásról pedig az idő rövidsége miatt lebeszélték. Tavalyelőtt október óta egyáltalán nem volt kapcsolata Joe-val.

A gőzös lassan bepöfögött, a korlátoknál mankóra támaszkodó, kötést viselő férfiak zsúfolódtak össze, integettek, kiabáltak, füttyögtek. Kate ekkorra nemegyszer látott már ilyen jelenetet, és mindig megríkatta. Most izgatottan meregette a szemét, a fedélzeteket pásztázta, bár nem hitte, hogy Joe járóképes lehet. Az előzetes hírekből úgy sejtette, a hordágyon fekvők között kell keresnie. Már beszélt a főnöknőjével, hogy a fedélzetre léphessen. Ez nem ütközött nehézségbe, mert a szokásoktól eltérően most a többiek sem várták meg, amíg a partra rakják a sebesülteket, hanem már a hajón segédkeztek a munkában.

– Valami ismerőse? – kérdezte az önkénteseket irányító nyugdíjas ápolónő, aki látta, milyen izgatott Kate. A lány vörös haja még feltűnőbbé tette sápadtságát.

– A vőlegényem – felelte rövid tétovázás után Kate, mert bonyolult lett volna elmagyaráznia, mit jelent neki Joe.

– Mióta nem látta?

– Huszonegy hónapja. Három héttel ezelőttig halottnak hittük.

A főnővér el tudta képzelni, min mehetett át ez a kék szemű lány. Ő is megjárta a maga poklát, a férjét és három fiát veszítette el.

154

– Hol találtak rá? – kérdezte, hogy elvonja Kate figyelmét. Szegény lány úgy festett, mint aki menten elájul.

– Egy németországi börtönben. Egy légitámadás során lelőtték.

Több mint egy óráig tartott, míg a hajó horgonyt vetett, majd a katonák a kikötőpallón át egyenként a szárazföldre léptek. A parton várakozók sírtak, kiáltoztak, számtalan könnyes jelenet játszódott le. Kate azonban ezúttal nem a sebesültekért, hanem Joe-ért sírt. Újabb két órába tellett, amíg feljuthatott a fedélzetre. Addigra előkészítették a kihajózásra a fekvőbetegeket, Kate egy csapat betegszállító nyomában igyekezett föl. Fegyelmeznie kellett magát, nehogy előretolakodjon és félrelökdösse őket, meg aztán nem is tudta, hol keresse Joe-t az óriási hajón. Az egészségügyiek sorra felcipelték a súlyosabb eseteket a felső fedélzetre. Kate óvatosan lépkedett a sebesültek és haldoklók között. Beteg és izzadt testek nehéz szaga ülte meg a levegőt, a lányt rosszullét környékezte.

Egyik-másik férfi a keze után kapkodott, próbálta megérinteni a lábát. Kate meg-megállt, szót váltott velük. Kerülgette a hordágyakat, vigyázott, nehogy rálépjen valakire, és vagy századszor torpant meg, amikor egy amputált lábú fogta meg a kezét. A fél arca szétroncsolódott, és ahogy a lány felé fordította a fejét, Kate látta, hogy a megmaradt szemére is vak. A jellegzetesen déli kiejtésű ember csak azért tartóztatta föl, hogy elmondja neki, milyen boldog, amiért hazaért. A lány még lehajolva beszélt hozzá, amikor valaki hátulról megpaskolta a karját. Erre elköszönt a délitől, majd megfordult, hogy megnézze, mit segíthet annak a másiknak, aki ott feküdt, és széles mosollyal nézett föl rá. A sápadt, csontos arcon apró forradások őrizték a németektől kapott ütlegek nyomát, de Kate így is azonnal ráismert. Térdre ereszke-

155

dett mellette, a férfi pedig felült és átölelte. Könnyei elvegyültek az övéivel. Joe volt az.

– Istenem... – Csak ennyit tudott mondani a férfinak.

– Szia, Kate! – üdvözölte a pilóta erőtlenül is ismerős hangján. – Mondtam, hogy száz életem van.

Kate úgy zokogott, hogy beszélni sem tudott hozzá, a férfi gyengéden letörölgette a könnyeit eldurvult kezével. Ijesztően lefogyott, és amint a lány alaposabban szemügyre vette, látta, hogy mindkét lábát begipszelték. Fogvatartói törték el vallatás közben, majd a szökésekor mindkettőt golyó találta el. Sokáig hajszálon függött az élete, mégis visszajött hozzá. Kate elképzelni is alig tudta, hogy korábban a mostaninál rosszabb állapotban volt, pedig tudta, hogy ez az igazság.

– Nem hittem, hogy viszontlátlak – sóhajtotta a férfi, míg az egészségügyiek levitték a hordágyát a hajóról, Kate pedig mellette haladt, fogta a kezét, a másikkal Joe a saját könnyeit törölgette.

– Én sem – vallotta be a lány.

Közben a főnővér is észrevette őket, némán könnyezve figyelte, ahogy partra szállnak. Mindannyian ezerszámra láttak hasonló találkozásokat, de ez különösen szíven ütötte az asszonyt, mert nagyon megkedvelte Kate-et. Arra gondolt, van, aki megérdemli, hogy boldogan végződjön számára ez a négy esztendő, amely épp elég tragédiát hozott.

– Látom, megtalálta az emberét. Isten hozott itthon, fiam! – nézett a férfira, és megveregette Joe karját, aki görcsösen kapaszkodott Kate kezébe. – Elkíséri a mentővel, Kate?

Joe-t egy Boston melletti veteránkórházba szállították, ahol Kate könnyen látogathatta. Végre megfordult a szerencse kereke. Bármi történt is velük, Kate hálát adott a sorsnak, amiért megkímélte Joe életét.

Beszállt a mentőautóba, és a férfi mellé ült a padlóra. Miközben a kocsi elindult, elővett egy szelet csokoládét, és odaadta neki, egy másikat pedig szétosztott három útitársuk között. Az egyik elsírta magát.

Valamennyien Németországban voltak, ketten hadifogolytáborban, a harmadikat akkor kapták el, amikor Svájcba akart szökni. Négy hónapig kínozták, azután sorsára hagyták. Mindegyikükkel embertelenül bántak, végül civilek megmentették az életüket, kivéve Joe-t, akit kezdetben egy paraszt bújtatott, de a börtönben meghalt volna, ha idejében rá nem találnak.

– És te jól vagy? – kérdezte Kate-től, és gyönyörködve legeltette rajta a szemét. Soha nem látott még olyan szépet, mint a lány haja, bőre, szeme, a másik három férfi is leplezetlenül bámulta. Csak feküdtek a hordágyukon, és nézték őt, Joe pedig fogta a kezét.

– Jól. Mindig tudtam, hogy nem haltál meg, bármit mondtak is.

– Remélem, nem mentél férjhez vagy ilyesmi – nevetett a férfi. Kate a fejét rázta, de arra gondolt, hogy nem sok híja volt. – Befejezted a főiskolát?

Joe mindent tudni akart. Milliószor gondolt a lányra, az ő képe lebegett a szeme előtt, amikor elaludt, és azon tűnődött, vajon látja-e még valaha. A kettejük kedvéért dacolt a halállal.

– Júniusban diplomáztam – felelte Kate. Tizennyolc hónap történéseit kellett elmesélnie, így most csak a legfontosabbakra szorítkozhatott. – Társadalmi munkában a Vöröskeresztnél dolgozom.

– Ez igen – mosolygott Joe fájdalmasan kicserepesedett szájjal, amelyre gyógyírként hatottak Kate mindennél édesebb csókjai. – Először csak egy kedves nővérkének néztelek.

Nem hitt a szemének, amikor meglátta a hajón maga mellett. Indulás előtt értesíteni sem tudta, és csak a véletlen szerencsének köszönhette, hogy nem New Yorkba szállították, hanem ide, Bostonba, ahol a lány minden nap látogathatta.

Kate vele maradt, amíg el nem helyezték a kórházban, de azután vissza kellett mennie a mentővel a kikötőbe, hogy folytassa a munkáját.

– Este visszajövök – ígérte. Mire munka után hazament, és kölcsönkérte a szülei kocsiját, elmúlt hat óra. Hét felé ért a kórházba, addigra Joe mélyen aludt a frissen áthúzott ágyban. Kate leült mellé, nem akarta háborgatni, és meglepődött, amikor a férfi két órával később felébredt. Megfordult, fájdalmas grimaszt vágott, majd megérezte, hogy a lány figyeli, és kinyitotta a szemét.

– Álmodom, vagy ez már a mennyország? – kérdezte álomittas mosollyal. – Az nem lehet, hogy te ülsz itt, Kate, ezt nem érdemlem meg.

– Dehogynem – felelte a lány, és előbb arcon, majd szájon csókolta a férfit. – Kettőnk közül én vagyok a szerencsés. Anyám attól félt, vénlány maradok.

– Attól tartottam, mostanára férjhez mentél ahhoz az Andy gyerekhez, akiről mindig azt mondtad, hogy csak a barátod. Mindig fel szokott bukkanni egy ilyen krapek a lány mellett, amikor a hős meghal.

– Ne spekulálj annyit, a hős nem halt meg.

– Nem bizony – sóhajtott Joe, és hanyatt dőlt. A lábát ormótlan gipszkötés borította. – Azt hittem, soha nem kerülök ki abból a börtönből. Minden nap biztosra vettem, hogy most már megölnek. Úgy látszik, túlzott élvezetet leltek bennem, semhogy végezzenek velem.

Kegyetlenül megkínozták, de csodával határos módon túlélte.

Kate tíz utánig maradt mellette, akkor végül hazaautózott, nem mintha elkívánkozott volna, de tudta, hogy Joe-nak pihennie kell. A pilóta fájdalomcsillapítót kapott, attól elszenderedett. Kate egy percig nézte erőteljes, markáns arcát, amellyel annyiszor álmodott.

Amikor hazaért, az apja ébren várta.

– Hogy van, Kate? – kérdezte aggódva. Amikor a lány elvitte a kocsit, ő még nem jött haza a munkából.

– Él, és meglepően jó színben van. A lábát begipszelték, az arca teli van zúzódásokkal. – A börtönben vállig érő hajjal találtak rá, de a kórházban lenyírták. Joe azt mondja, akkor sokkal ijesztőbben nézett ki. Valóságos csoda, hogy hazakerült.

A férfi a lány arcát figyelte, évek óta nem látta ilyen boldogan mosolyogni. Ettől átmelegedett a szíve.

– Ahogy ismerem, egykettőre újra fölszáll – vélte jókedvűen.

– Félek, hogy igazad lesz, papa.

Joe lába még kezelésre, talán műtétre is szorult, és fennállt a veszély, hogy sántítani fog, de sokkal roszszabbul is járhatott volna. Visszatért a halál torkából, és Kate beérte ennyivel.

Az apja egyszerre elkomolyodott.

– Andy telefonált, amíg távol voltál. Mit fogsz mondani neki?

– Amíg haza nem jön, semmit.

Kate a kocsiban is gondolkozott ezen, és nagyon sajnálta a fiút. Remélte, hogy Andy megérti a helyzetet.

– Az igazat – tette hozzá. – Mihelyt közlöm vele, hogy Joe él, tudni fogja. Egyébként sem biztos, hogy valaha is hozzámentem volna, papa. Tudta, hogy még mindig Joe-t szeretem.

– Ahogy mi is anyáddal. Reménykedtünk, hogy túlteszed magad rajta, nem akartuk, hogy életed végéig egy emlékhez ragaszkodj. Most összeházasodtok?

Clarke számára nyilvánvalónak tűnt, hogy igen, mindazok után, amin átmentek, most már végképp elválaszthatatlanok.

– Erről nem beszéltünk. Még nagyon beteg, papa, nem hiszem, hogy pillanatnyilag ez a legfontosabb kérdés.

Amikor a férfi másnap meglátogatta Joe-t, rögtön megértette, miért nem. Elszörnyedt a pilóta állapotától, amely sokkal rosszabb volt, mint várta. Kate már annyi sebesülttel találkozott, hogy jóval kevésbé lepődött meg, hozzáedződött a látványhoz. Ő még sokkal rosszabbra számított.

Joe örült Jamisonnak, hosszasan elbeszélgettek. Clarke nem faggatta németországi hányattatásairól, nem akarta bolygatni a múltat, de Joe végül kérdés nélkül is elmesélt mindent. Clarke elképesztő történetet hallott, de Joe az elmondottakhoz képest hihetetlenül kiegyensúlyozott lelkiállapotról tett tanúbizonyságot. És még inkább felderült az arca, amikor megpillantotta Kate-et. A lány még ott érte az apját. Clarke néhány perc múlva kettesben hagyta őket. Kate Joe lába felől érdeklődött. Az orvosok addigra megvizsgálták, és biztatónak ítélték a helyzetet. Akik Németországban rögzítették a törött csontvégeket, jó munkát végeztek.

Kate útja a következő hónapban munka után minden este a kórházba vezetett, a hétvégeket rendületlenül végigülte mellette, tolószéken kigurította a kertbe. Joe irgalmas angyalkának nevezte, és amikor senki sem látta őket, megfogták egymás kezét, és csókot váltottak. Két hét múltán a pilóta már azzal fenyegetőzött, hogy otthagyja a kórházat, és szállodába viszi a lányt.

– Ezzel a gipsszel nem jutnál messzire – nevetett Kate, s bár éppúgy vágyott a közelségre, mint Joe, egyelőre be kellett érniük lopott csókokkal. A férfi még sehová sem mehetett, de napról napra ügyesebben tudta mozgatni sínbe tett lábát. Amikor négy héttel a megérkezése után levették a gipszet, mindenki meglepetésére tüstént járni kezdett. Először csak néhány lépést tudott tenni mankóval, de az orvosok igen jó kilátásokkal kecsegtették.

Ekkorra Elizabeth is fölkereste, könyveket és virágot hozott neki. Nyájasan bánt a férfival, de a látogatás utáni napon sarokba szorította Kate-et a konyhában, és szigorúan a szemébe nézett.

– Beszélgettetek Joe-val a házasságról?

– Jaj, mama, nem láttad, milyen állapotban van? Miért nem hagyod, hogy előbb talpra álljon?

– Két évig sírtál utána, és csaknem öt esztendeje ismered. Van valami oka, hogy nincsenek közös terveitek, vagy talán nem tudok valamiről? Netán nős?

– Dehogy nős! Nincs senkije. De miért fontos ez? Él, ez a lényeg, ez minden, amit akartam.

– Ez abnormális. Na és mi a helyzet Andyvel?

Kate komoly arccal leült, mielőtt belefogott a válaszba.

– Ezen a héten jön haza, akkor megmondom neki.

– Ugyan mit? Szerintem nincs sok megmondanivaló. Helyesebben tennéd, ha egy kicsit gondolkodnál, mielőtt úgy döntesz, hogy szakítasz vele. Jól jegyezd meg a szavaimat, Kate, mihelyt Joe járni tud, nem az lesz az első dolga, hogy oltár elé álljon veled, hanem rohan a legközelebbi felszállópályához. Tegnap másról sem beszélt, csak repülőgépekről. Sokkal inkább izgatja a repülés, mint az, hogy veled lehessen. Jobb, ha szembenézel ezzel, amíg nem késő.

– Imád repülni, mama – mentegette a férfit Kate, pedig tudta, hogy Elizabethnek igaza van. Joe máris folyton a repülésről beszélt, majd meghalt a vágytól, hogy beülhessen egy gépbe, majdnem annyira áhítozott erre, mint arra, hogy lefekhessen vele, de ezt mégsem mondhatta az anyjának.

– És mennyire imád téged, Kate? Azt hiszem, ez jóval fontosabb kérdés.

– Nem szerethet mindkettőnket? Okvetlenül választania kell?

– Nem tudom, Kate. Hogy szerethet-e mindkettőtöket? Nem vagyok biztos benne. Talán az egyik kizárja a másikat.

– Ez őrület. Nem kívánhatom tőle, hogy felhagyjon a repüléssel. Amióta az eszét tudja, ez az élete.

– Majdnem harmincöt éves, ebből kettőt a halál árnyékában töltött. Ha most megállapodik, megnősül, családot alapít, azt mondom, legfőbb ideje volt.

Ezzel Kate is egyetértett, de nem akart nyomást gyakorolni Joe-ra. Még nem beszélt vele a dologról, csupán feltételezte, hogy a férfi előbb-utóbb elveszi majd. Nem aggódott emiatt, elvégre Joe akár azonnal feleségül vehette, hiszen egyértelműen viszonozta a szerelmét. Egyetlen más nő sem érdekelte, csak a repülőgépek.

Andy a hazaérkezése napján azonnal meglátogatta Jamisonékat. A vakációja utolsó heteit San Franciscóban töltötte, majd chicagói átszállással vonatozott Bostonba. Kissé csalódottan vette tudomásul, hogy a lány nem várta a pályaudvaron, de tudta, milyen sokat dolgozik. Kate a hőségtől és a munkától elcsigázva ért haza. Aznap két hajót fogadtak. Andy sokkal inkább örvendezett a viszontlátásnak, mint ő. Azonnal tudta, hogy valami történt a távollétében.

– Jól vagy? – kérdezte, miután a szülei magukra hagyták őket. Elizabeth fölment a hálószobába, ott sírt azon, amit Kate mondani készült. Tudta, hogy elkeseríti majd a fiút, de azt is tudta, hogy nincs helye mellébeszélésnek. Kate pedig úgysem tudott volna mit kezdeni más férfival, mint az ő imádott Joe-jával.

– Kösz, jól, csak fáradtan – felelte a lány, és hátraigazította a haját. Kissé félszegen viselkedett Andyvel, mert mihelyt kettesben maradtak, a fiú megpróbálta megcsókolni. Kate tudta, hogy nem várhat tovább. – Illetve nem, nem vagyok jól, azaz én jól vagyok, de mi nem.

– Mit jelent ez az egész? – hökkent meg Andy, de már sejtette a folytatást. Kate azonban tudta, hogy Joe visszatérésének híre legalább annyira megdöbbenti majd, mint őt.

Bátran a fiú szemébe nézett, nem akart fájdalmat okozni neki, de nem maradt más választása. A sors ritka szerencsét szánt Joe-nak, és kemény kézzel bánt velük. Szemlátomást nem egymásnak szánta őket Andyvel, ebbe mindkettőjüknek bele kellett törődniük, de Kate könnyebben elfogadta, mint a fiú. Az egyikük álma valóra vált, a másiké szertefoszlott. Andy a tekintetéből nagyjából már ki is olvasta ezt.

– Pontosan mi történt, amíg távol voltam, Kate?

– Joe hazajött – válaszolta egyszerűen a lány. Ezzel mindent elmondott. Andy tudta, hogy vége, hiszen nem táplált illúziókat Kate érzelmeit illetően.

– Él? Hogy sikerült megúsznia? Hadifogolytáborban volt?

Képtelenségnek hangzott, hogy a hadügyminisztériumban csaknem két évig halottnak vélt pilóta egyszerre hazatér.

– Börtönbe zárták, megszökött, újra elfogták. Álnevet használt, soha nem tudták meg az igazi nevét. Csoda, hogy életben maradt, de súlyos sérüléseket szerzett.

Andy nem látott más Kate szemében, csak amit a lány Joe iránt érzett. Az ő számára már nem maradt hely.

– És mi lesz velünk, Kate? Ámbár fölösleges megkérdeznem. – Kate tekintete mindent világossá tett.

– Szerencsés fickó, irigylem. Végig tudtam, hogy egy másodpercre sem felejtetted el. Úgy véltem, idővel túlteszed magad rajta. Meg sem fordult a fejemben, hogy talán igazad van, és Joe él. Azt hittem, csak nem akarod tudomásul venni, hogy meghalt. Remélem, tudja, mennyire szereted.

– Gondolom, ő is ugyanúgy szeret – felelte szelíden a lány. Látta, hogy Andy úriemberként viselkedik, pedig lesújtották a hallottak.

– Összeházasodtok? – érdeklődött a fiú, és sajnálta, hogy Kate nem tájékoztatta már a hazaérkezése előtt, bár sejtette, miért nem. Még jobban megrázta volna a nagy esemény, ha telefonon értesül róla. Egész nyáron csak a lányra gondolt, tervezgette az eljegyzésüket és azt követő esküvőjüket. Rögtön meg akarta venni a jegygyűrűt, mihelyt Bostonba ér.

– Egyelőre nem. Végül gondolom, igen. Nem izgatom magam emiatt.

– Sok szerencsét, Kate! Legyetek boldogok! Add át jókívánságaimat Joe-nak!

Andy egy pillanatig habozott, majd a lány a kezét nyújtotta, de ő nem fogta meg. Szó nélkül elhagyta a házat, beszállt a kocsijába, és elhajtott.

10

JOE KÉT HÓNAPPAL a hazaérkezése után hagyta el a kórházat – bottal, merev lábbal, de járóképesen. Az orvosok úgy gondolták, karácsonyra akár szaladgálhat is. Senki sem számított ilyen gyors felépülésre, legkevésbé Kate, akinek még mindig csodának tűnt, hogy visszatért.

Két nappal később Joe megkapta a leszerelési okmányokat. Addigra egy délutánt már a Copley Plaza szállóban töltöttek. Kate nem tudott elszabadulni egy egész éjszakára most, hogy a szüleinél lakott. Közben Joe örömmel elfogadta Jamisonék invitálását, de tudta, hogy nem vendégeskedhet náluk örökké, és meghitt együttlétre vágyott Kate-tel.

Jóval a kórházból való távozása előtt felhívta Charles Lindberghet, és tervbe vette, hogy felkeresi New Yorkban. Mentora néhány érdekes ötletét akarta megvitatni vele, azonkívül Joe néhány találkozót is tervezett. Néhány napig akart New Yorkban maradni, hogy azután visszatérjen Bostonba.

Kate munkába menet kocsival kivitte a vasútállomásra. Szeptember végét írták, Joe egy hete jött ki a kórházból, a háború is befejeződött, augusztusban térdre kényszerítették Japánt, végre elmúlt a lidércnyomás.

– Érezd jól magad New Yorkban! – búcsúzott a lány, és megcsókolta Joe-t, mielőtt az kiszállt az autóból. Éjszakánként sikerült anélkül besurrannia a férfi szobájába, hogy a szülei észrevették volna. Úgy érezték magukat, mint a csintalan gyerekek, amikor Joe ágyában sugdolóztak.

– Néhány nap múlva visszajövök. Majd telefonálok. Nehogy fölszedj valami katonát, amíg távol leszek!

– Aztán ne maradj el sokáig! – adta a szigorút Kate, és ujjával megfenyegette a férfit. Még mindig nem tudta elhinni, hogy ilyen szerencsés. Végül az anyja is megenyhült, belátta, hogy Joe rendes, felelősségteljes ember, és nyilvánvalóan szereti őt. A szülei azt várták, hogy napokon belül eljegyzik egymást.

Andyről nem hallott, amióta közölte vele, hogy Joe visszatért. Tudta, hogy New Yorkban tartózkodik, az apjánál helyezkedett el. Reménykedett, hogy a fiú már jobban érzi magát, és egyszer majd megbocsát. Hiányzott neki, mint jó barát, bár továbbra sem volt meggyőződve róla, hogy ez a barátság elég lett volna a házassághoz. Nem tudta volna férjeként szeretni. Alighanem úgy alakult az életük, ahogy kellett.

Integetett Joe-nak, aki a vonathoz bicegett. Meglepően jól boldogult, már egészen önállóan mozgott. Kate munkába menet a pilótán gondolkodott, a nap hátralévő részében lefoglalták a sebesültek.

Aznap este hiába várta a férfi hívását. Másnap reggel azonban jelentkezett.

– Mi újság? – kérdezte Kate.

– Csupa érdekes – felelte titokzatosan Joe. – Majd mesélek, amikor visszamegyek. – Egy tárgyalásról szaladt ki, a lánynak pedig igyekeznie kellett a munkahelyére. – Este becsszóra fölhívlak.

Ezúttal betartotta az ígéretét. Egész nap tárgyalt azokkal, akiknek Charles Lindbergh bemutatta, és a hétvégén Kate legnagyobb örömére visszament Bostonba. A lány nem tudott hová lenni ámulatában attól, amiről tájékoztatta.

Újdonsült ismerősei vállalkozásba akartak fogni vele, hogy korszerű repülőgépeket tervezzenek és építsenek. A háború eleje óta vásároltak telkeket, kitataroztak egy régi üzemcsarnokot, még saját kifutópályával is rendelkeztek. Egy egész gyártelepet kívántak létrehozni New Jerseyben, amelynek nemcsak a vezetését akarták Joe-ra bízni, hanem a gépek tervezését és berepülését is. Ez sokirányú kötelezettséget rótt rá, de miután az üzlet beindul, ő irányíthatta az egész cég működését. A befektetők adták a pénzt, ő pedig az agyát.

– Ez különleges lehetőség, Kate – magyarázta lelkesen. A lánynak is el kellett ismernie, hogy ezt egyenesen Joe-nak találták ki. – Ötvenszázalékos üzletrészt kapok, és ha egyszer bejutunk a tőzsdére, engem illet a részvények fele. Zsíros üzlet, legalábbis nekem.

– És rengeteg munka – tette hozzá Kate, de az egész elképzelés Joe egyéniségére szabottnak tűnt.

A pilóta ezt este a lány apjának is kifejtette, és Clarke lenyűgözve hallgatta. Név szerint ismerte a befektetőket, azt mondta, nagyon megbízhatóak. Ilyen alkalom egyszer adódik az életben.

– Mikor kezdesz? – érdeklődött.

– Hétfőhöz egy hétre New Jerseyben kell lennem. A hely nem rossz, még egyórányira sincs New Yorktól. Kezdetben valószínűleg nem sűrűn hagyhatom ott a gyárat, a kifutópályán is változtatnunk kell valamicskét.

Gondolatban máris lázasan dolgozott. Szakértelme jó szolgálatot tehetett az új vállalkozásban, és Clarke tökéletesen egyetértett Kate-tel, hogy ez kifejezetten neki való.

Jamison épp minden jót kívánt, amikor Elizabeth váratlanul megszólalt, és valamennyiüket meghökkentette.

– Ez azt jelenti, hogy rövidesen összeházasodtok? – kérdezte, és ahogy Joe Kate-re pillantott, mély csönd támadt a szobában.

– Nem tudom, mama – próbálta leszerelni Kate, de az anyja nem bírta tovább cérnával. Túl régen várta már, hogy Joe maga álljon elő az ötlettel. Úgy vélte, ideje egyenesen nekiszegezni a kérdést, mi a szándéka a lányukkal. Kate elvörösödött, Joe is zavarba jött, nem tudta, mit feleljen.

– Hadd válaszoljon Joe! Ez az új munka nagyszerű lehetőségnek látszik, amely nemcsak átmeneti megoldás, hanem jövőt is kínál. Mik a terveid ezek után Kate-tel?

A lány két évet várt a pilótára, és már kettővel azelőtt is szerette. Öt esztendeje ismerkedtek meg, Liz szerint elég régen ahhoz, hogy Joe végre nyilatkozzék, ne kárhoztassa őket további találgatásra.

– Nem tudom, asszonyom. Kate-tel még nem beszéltünk erről.

– Azt ajánlom, gondolkodjatok el rajta! Kate majdnem belehalt, amikor téged lelőttek. Azt hiszem, megérdemel egy kis figyelmet a hűségéért és bátorságáért.

Joe legszívesebben elszaladt volna. Elizabeth úgy leckéztette, mint egy komisz kölyköt.

– Tudom – felelte higgadtan, bár a bűntudat, amelyet az asszony ébresztett benne, nyomasztotta. – Nem érzékeltem, hogy fontosságot tulajdonítana a házasságnak.

Clarke elképedve figyelte a feleségét, amiért így magához ragadta a szót, de alapjában véve egyetértett vele, csak ő kevésbé rámenősen fogalmazott volna.

– Lehet, hogy nem tulajdonít, de kellene, Joe. Ideje, hogy mindkettőtöket emlékeztessünk erre. Talán itt a kiváló alkalom, hogy bejelentsétek az eljegyzéseteket.

Joe még meg sem kérte a lány kezét, nem ujjongott, hogy az anya noszogatja, de méltányolta Jamisonék álláspontját. Számára nem volt kérdéses, szereti-e Kate-et, és hogy talán a lány szüleit is biztosítania kell efelől, viszont még nem készült fel arra, amit kívántak. A szabadságát csak önként adhatta fel, senki sem foszthatta meg tőle. És egyelőre ragaszkodott hozzá.

– Ha nem haragszik, asszonyom, inkább várnék az eljegyzéssel, amíg meg nem melegszem az új munkahelyemen, és kezembe nem veszem az irányítást. Ez eltarthat egy ideig, de azután valóban kínálhatok valamit a leányuknak. Úgy gondoltam, akkor New Yorkba költözhetnénk, és naponta lejárhatnék New Jerseybe.

Ezek szerint már tervezgetett, pedig még munkába sem állt. Azt pedig Kate eddig is tudta, hogy még nem készült föl a házasságra, és nem az a fajta, akit ketrecbe tessékelhetnek vagy kényszeríthetnek. Az anyja csak megfutamíthatta a sürgetésével.

– Ez ésszerűen hangzik – vetette közbe magát Clarke. A légkör kezdte a spanyol inkvizícióra emlékeztetni, és feltűnés nélkül jelezte a feleségének, hogy ideje befejezni a beszélgetést. Elizabeth kinyilvánította a véleményét, és mindenki megértette azt. Joe válasza pedig jogosnak tetszett. Semmi sem indokolta a sietséget, előbb biztos megélhetést akart teremteni. Hatalmas feladatot vállalt magára.

Nem sokkal ezután ki-ki visszavonult, és Kate később dühösen nyitott be Joe szobájába.

– Nem akartam elhinni, amit anyám művelt a vacsoránál. Bocsáss meg! Apámnak le kellett volna állítania. Rettentő otrombán bánt veled.

Haragudott az anyjára, ezzel módot nyújtott Joenak, hogy nagylelkűnek mutatkozzon.

– Semmi baj, kicsim. Törődnek veled, bizonyosságot akarnak, hogy komolyak a szándékaim, és boldoggá teszlek. Én is ugyanígy járnék el a saját lányom

168

esetében. Csak nem fogtam fel, mennyire fontos ez nekik, legalábbis pillanatnyilag. Te is aggódtál emiatt?

A férfi átölelte és megcsókolta. Nem látszott olyan idegesnek, mint amikor Elizabeth vallatóra fogta.

– Nem, egy cseppet sem. Igazán elnéző vagy, szerintem gusztustalan, amit anyám csinált. Helyette is szégyellem magam.

– Fölösleges. Biztosíthatom, Jamison kisasszony, hogy a szándékaim tisztességesek. Ámbátor, ha kegyed nem bánja, addig is kihasználom a kínálkozó lehetőséget.

Kate kuncogva hagyta, hogy lehúzza róla a hálóinget. Pillanatnyilag legkevésbé sem a házasság járt a fejében. Boldog volt a férfival, szeretni akarta, nem pórázon tartani.

A szülők hálószobájában ezalatt kevésbé romantikus jelenet zajlott le. Clarke lehordta a feleségét, amiért szarván akarta ragadni a bikát.

– Nem értem, miért vagy ennyire feldúlva – replikázott az asszony. – Valakinek meg kellett kérdeznie, és rád hiába vártam.

A férfi az évek során megszokta, hogy ezt a szemrehányó hangot elengedje a füle mellett.

– Szegény fiú csak most tért vissza a pokolból, Liz. Adj neki időt, hogy újra talpra álljon! Nem kéne máris rászállni.

Az asszony azonban más véleményen volt. Tántoríthatatlanul teljesítette szülői küldetését.

– Már nem fiú. Harmincnégy éves férfi, két hónapja jött meg a háborúból, és azóta minden nap találkoznak. Bőven lett volna alkalma megkérni Kate kezét, mégsem élt vele.

Ez Elizabethnek mindent elárult, még ha Clarkenak nem is.

– Szeretne előbb belejönni a munkába. Ez teljesen érthető és méltányolható, nem találok benne semmi kivetnivalót.

– Bárcsak osztozhatnék a meggyőződésedben, hogy helyesen fog cselekedni! Attól tartok, mihelyt ismét repülőgép közelébe kerül, azon nyomban elfelejti a házasságot. A repülés megszállottja, a nősülés már korántsem annyira érdekli. Nem akarom, hogy Kate ítéletnapig várjon rá.

– Lefogadom, hogy egy éven belül összeházasodnak, talán még hamarabb is – jelentette ki magabiztosan Clarke, miközben a neje úgy nézett rá, mintha ő tehetne mindenről. De hát ehhez már hozzászokott.

– Ezt a fogadást legalább örömmel veszítem el – felelte Elizabeth. Anyaoroszlánként védte a kicsinyét, és Clarke csodálta ugyan ezért, de nem mert volna megesküdni, hogy Kate és Joe is élvezik ezt. A pilóta különösen nehezen viselte, amikor az asszony lerohanta őt, Clarke még sohasem látta ennyire feszélyezettnek. Megsajnálta Joe-t.

– Miért nem bízol benne, Liz? – kérdezte, amikor nyugovóra tértek. Tudta, hogy ez a helyzet, a felesége nem titkolta a véleményét, bár azt is elismerte, hogy kedveli Joe-t, ha nem is feltétlenül Kate miatt. Liz sokkal jobban örült volna, ha a lányuk Andyhez megy feleségül. Az ügyvédpalántát jóval alkalmasabb férjjelöltnek találta, mint Joe-t.

– Szerintem nem nősülős fajta – magyarázta Clarkenak. – Ha mégis vállalkoznak a házasságra, elfuserálják. Nem igazán tudják, mire való a házasság. A szabad idejükben űzik, ha éppen nem a bizgentyűikkel vagy a cimboráikkal játszadoznak. Nem rossz fiúk, de a nőknek vajmi csekély fontosságot tulajdonítanak. Kedvelem Joe-t, jóravaló ember, tudom, mennyire szereti Kate-et, de kétlem, hogy valaha is komolyan figyelni fog rá. Élete végéig a repülőgépeivel fog pepecselni, mostantól még meg is fizetik érte. Ha beüt ez a vállalkozás, sohasem veszi el a lányunkat.

– Szerintem elveszi – erősködött Clarke. – És legalább képes lesz eltartani. Annak alapján, amit mondott, könnyen előfordulhat, hogy rengeteg pénzt fog keresni. Nem adok igazat neked, Liz. Hiszek abban, hogy össze tudja egyeztetni a házasságot a hivatásával. Ragyogó koponya, és fantasztikusan ért a repülőgépekhez. Csak időnként le kell szállnia a földre, hogy Kate-et boldoggá tegye. Szeretik egymást, ez minden bizonnyal elég.

– Nem mindig – jegyezte meg kedvetlenül az aszszony. – Remélem, az ő esetükben igen. Ennyi megpróbáltatás után rájuk fér egy kis boldogság. Szeretném Kate-et egy szerető férj oldalán, szép otthonban, gyerekektől körülvéve látni.

– Az is meglesz. Joe bolondul érte.

– Remélem – sóhajtotta, betakarózott, és odabújt a férjéhez. A magáéhoz hasonló boldogságot kívánt a lányának, és tudta, hogy ez nagy szó, mert nem minden bokorban terem egy Clarke Jamison.

Kate azonban boldogan és kielégülten pihent Joe karjaiban, hozzásimult, miközben lassan mindketten elszenderedtek.

– Szeretlek – suttogta, és a férfi álmosan mosolygott válaszul.

– Én is szeretlek, drágám. Sőt, még anyádat is szeretem.

A lány kuncogott, és a következő pillanatban mindketten elaludtak, akárcsak Liz és Clarke. Két pár, közülük az egyik házas, a másik nem, és azon az éjszakán nehéz lett volna megmondani, melyik a boldogabb.

11

MIELŐTT JOE ELUTAZOTT New Jerseybe, megígérte Katenek, hogy amint valamelyest berendezkedik, együtt tölti vele odalent a szombat-vasárnapot. Úgy számította, ez körülbelül két hétbe telik, de csak több mint egy hónap múlva talált lakást. Addig egy közeli szállodában lakott, ahol Kate is elfért volna, de az az igazság, hogy Joe nem tudott időt szakítani rá. Éjt nappallá téve robotolt, sokszor jóval éjfél után is égett a villany az irodájában. Átdolgozta a hétvégéket, előfordult, hogy az éjszakát is a benti díványon töltötte.

Munkatársakat toborzott, fölszerelte a gyárat, áttervezte a kifutópályát. Lélegzetvételnyi szünethez sem jutott, de a légi közlekedési üzletág figyelmét kezdte fölébreszteni a nagyszabású vállalkozás. Az egész üzem rendkívül modernnek ígérkezett, máris több cikk jelent meg róla szakfolyóiratokban és a hírlapok gazdasági rovatában. Joe alig ért rá, hogy esténként telefonáljon Kate-nek, és végül csak hat hét múlva tudta lehívni a lányt, hogy vele töltsön egy hétvégét. Amikor Kate megérkezett, egy elcsigázott férfit talált, de miután Joe elmesélte neki mindazt, amit addig végzett, egészen lenyűgözte. Fantasztikus létesítmény született, és Joe élvezettel figyelte, hogy a lány mindent megértett, amit magyarázott neki.

Csodálatos két napot töltöttek együtt, legnagyobbrészt a gyárban, egy keveset még repültek is a vadonatúj gépen, amelyet Joe tervezett. Miután Kate visszatért Bostonba, és mindenről beszámolt az apjának, Clarke is alig várta, hogy láthassa. Üzleti körökben egyre többen ismerték fel, hogy Joe történelmet formál elgondolásaival.

Két hét múlva Joe felruccant hálaadásra, de hétfő helyett már péntek reggel vissza kellett mennie, mert problémák adódtak a gyárban. Korábban nem ismert felelősséget viselt, egy egész iparág nyugodott a vállán. Időnként úgy érezte, az egész világ. Jól bírta a terheket, de semmi ideje sem maradt kikapcsolódásra, többnyire arra sem, hogy Kate-et fölhívja. Bármennyire lelkesedett is a munkája iránt a lány, karácsonykor kibukott belőle a panasz. Három hónap alatt összesen kétszer látta, magányos volt nél-

172

küle Bostonban. Valahányszor szóba hozta ezt, a férfit furdalta a lelkiismeret, de nem tudott mit tenni.

Kate kezdett igazat adni az anyjának, hogy össze kellene házasodniuk. Akkor legalább együtt lehetnének, nem pedig sok kilométerre egymástól. Karácsonykor meg is mondta ezt Joe-nak, aki meglepetten nézett rá.

– Most? Éjszakánként négy-öt órára tudok elszabadulni. Nem sok örömet lelnénk így egymásban, Kate. New Yorkba pedig egyelőre nem költözhetek.

A házasságban továbbra sem látott fantáziát.

– Jó, akkor lakjunk New Jerseyben! Legalább együtt leszünk – felelte Kate. Megelégelte a szülői házat, és egy bostoni saját lakásban sem akarta egyedül bámulni a falat. Úgy érezte, mintha tetszhalálba dermedve várná, hogy a férfi beindítsa az üzletét, és a magánéletével is foglalkozzon egy kicsit. Ez azonban nem volt könnyű feladat Joe számára. Mamutvállalkozásba fogott, csak akkoriban kezdte felmérni, mennyi időt és fáradságot igényel, hogy jusson vele valamire. Három hónap alatt épp csak a felszínt sikerült megkaparnia, pedig hetente legalább százhúsz órát gürcölt.

– Szerintem butaság most összeházasodnunk – fejtette ki a szentestén, miután beosont a lány hálószobájába. Kate kezdte idegőrlőnek találni, hogy csak alattomban lehetnek együtt. A gyerekek szoktak a szüleiknél lakni. Ekkorra a legtöbb barátnője férjhez ment már, azok is, akik a háború előtt nem találtak párt maguknak, és mind gyereket szültek. Egyszerre türelmetlenné vált, együtt akart élni Joe-val.

– Csak azt várd ki, hogy ezt beindítsam, aztán keresek egy New York-i lakást, és elveszlek. Megígérem!

Egy évvel azelőtt Allbright még börtönben senyvedt, németek kínozták, most pedig vállalatbirodalmat irányított. Ez emberfölötti alkalmazkodást követelt tőle, és nem akart megnősülni, amíg nincs elegendő ideje a felesége számára. Úgy gondolta, az nem lenne méltányos Kate-tel szemben. De ez sem volt az.

Csodálatos karácsonyt töltött Jamisonékkal, és sikerült három napig Bostonban maradnia. Újra repültek Kate-tel, egy egész napot élvezhettek édes kettesben egy szállodai szobában, és mire Joe visszautazott, a lány valamelyest jobban érezte magát. Megértette, hogy okosabb kivárni, amíg Joe biztos kézzel nem irányítja a céget. A Vöröskeresztnél elfogyott a tennivaló, Kate úgy döntött, állás után néz. Mindjárt újév után talált is valami neki tetszőt. Joeval szilveszterezett New Jerseyben, és újra ráébredt, mennyire szerencsések. Egy esztendeje még siratta a pilótát, azt hitte, örökre elveszítette. Akkor bármit megadott volna azért, aminek most örülhetett, ha mégoly ritkán találkoztak is. Legalább előttük állt az egész élet, a rózsás jövő, mihelyt összeházasodnak.

A januárt mindketten nehezen viselték. Kate igyekezett beilleszkedni új munkahelyén, egy galériában, Joe pedig késhegyre menő vitába bonyolódott a szakszervezetekkel. Bálint-napra nem is tudta szabaddá tenni magát, az igazat megvallva, teljesen megfeledkezett róla. Nem sikerült megszerezniük a végső engedélyt a létfontosságú kifutópályához, ezért három teljes napon át bájolgott politikusokkal, kilincselt huszadrangú tisztviselőknél, hogy mégis megkapják. Csak akkor jutott eszébe a szerelmesek ünnepe, amikor Kate két nappal később sírva hívta fel. Akkor már hat hete nem látták egymást, és Joe megígérte, hogy bepótolja a mulasztást, indítványozta, hogy Kate megint utazzon le a hét végére.

Csodásan érezték magukat együtt, Kate segített rendet rakni Joe irodájában, még egy éttermi vacsorára is jutott idejük. A szállodában aludtak, és vasárnap este a lány mosolyogva, jókedvűen tért vissza Bostonba. Annyira élvezte azt a két napot, hogy minden hétvégét lent akart tölteni, amit Joe örömmel fogadott, mert ő is magányos volt, hiányzott neki Kate, ugyanakkor tudta, hogy hétvégén éppúgy napi tizennyolc órát kell húznia az igát, mint hétfőtől péntekig. Borzasztóan érezte magát Kate miatt, de pillanatnyilag nem változtathatott a helyzeten. Mintha megállás nélkül forgó körhintán ült volna, gyötörte a lelkiismeret-furdalás, ha a lányra gondolt, mert a munkája az ébrenlét minden percét fölemésztette. És minél inkább kínlódott Kate miatt, mintha annál kevesebb időt tudott volna szakítani rá. Ezt már ő is esztelenségnek látta. Három héttel később végső kétségbeesésében beleegyezett, hogy Kate egy egész hétre leutazzon hozzá, és együtt lehessenek. Meglepődött, hogy az irodában úgy ment minden, mint a karikacsapás, mert a lány besegített neki. Napközben csak egy-egy pillanatra látta, de Kate túláradóan boldognak tetszett. Éjjel pedig legalább együtt alhattak, majd együtt reggelizhettek a kávézóban. A nap további részében Joe vagy az íróasztalánál étkezett, vagy futtában kapott be valamit. Egyetlen alkalommal ült le terített asztalhoz vacsorázni, Kate legutóbbi hétvégi látogatásakor, és akkor is sajnálta az elvesztegetett időt. Egyszerre tízezerfelé kellett volna tépnie magát, hogy minden kötelezettségének eleget tegyen.

Májusig nem akartak helyükre kerülni a dolgok. Akkor Kate fölmondta az állását, és lement Joe-hoz, hogy a nyáron mellette dolgozzon. Az ötlet tökéletesen bevált, és bár a forma kedvéért Kate kivett egy külön szobát a szállodában, valójában a férfi megosztotta vele a lakását. Kate soha nem volt még boldogabb, és Joe-nak is megfelelt ez az elrendezés. A lány többé nem panaszkodott, hogy nem láthatja. Tökéletesnek tűnt minden, még ha a szülők nem így gondolták is. Jamisonéknak nem tetszett, hogy Kate Joenál időzik New Jerseyben, de huszonhárom éves volt, és azt mondta, szállodában lakik. Fenntartotta a szobáját arra az esetre, ha Elizabethék meglátogatják.

Joe már egy éve tért vissza a fogságból, de egyikük sem ejtett szót eljegyzésről. Minden gondolatukat lekötötte a férfi munkája. Csak amikor kivett egy hét szabadságot, hogy a félszigeten nyaralhasson a családdal, akkor vonta félre az apa, hogy komolyan elbeszélgessen vele. Közel egy esztendő telt el Liz kitörése óta, és az asszony most már egyaránt dühös volt Joe-ra és Kate-re. Kezdte gyanítani, miféle életvitelt folytatnak, és nagyon helytelenítette volna, ha feltételezése megalapozottnak bizonyul. Mi lesz, ha Kate teherbe esik? Vajon akkor sem veszi el Joe? Valahányszor a férfira nézett, elfutotta a pulykaméreg. Még inkább úgy bánt vele, mint egy vásott kölyökkel. Állandóan táplálta benne a bűntudatot, a tekintete akkor is villámokat lövellt, ha épp egy szót sem szólt. Kate pedig őrlődött a szülei és Joe között.

Ekkorra Clarke bizakodása is elpárolgott. Úgy vélte, túl régóta folyik az időhúzás, és egy tengerparti séta közben meg is mondta ezt Joe-nak. A pilóta New Jerseyből repült föl egy saját gyártmányú, gyönyörűen tervezett gépen. A cég óriási bevételeket söpört be, Joe élete felmérhetetlen távolságba került attól az állapottól, amelyben egy évvel azelőtt Bostonban lecipelték a kórházhajóról. Dúsgazdaggá vált, de olyan elfoglalttá is, hogy levegőt sem tudott venni. Clarke kedvelte Joe-t, és mindkettőjükért aggódott.

A két férfi fölszállt az új repülőgéppel, megállapodtak, hogy nem árulják el Liznek, aki még inkább füstölgött azért, mert tudta, Kate gyakran repül Joeval. Hiába a fényes pilótamúlt, a sok harci tapasztalat, az asszony meg volt győződve róla, hogy Allbright lezuhan, és mindketten meghalnak. Egészen kikelt magából, amikor fölfedezte, hogy Joe repülőleckéket ad Kate-nek. A lány egyszer véletlenül elszólta magát. Joe azonban bízott Kate képességeiben. Gondosan megtanította mindenre, bár a lány még nem ért rá levizsgázni, hogy jogosítványt szerezzen. Ő is szorgalmasan dolgozott a cégnél.

Clarke-ot lenyűgözte a mesés új repülőgép, és a bemutatóút után visszafelé menet – forró nyári nap lévén – megálltak egy falatozónál egy-két pohár sörre. Joe csak a gépre gondolt, de Jamison fejében sok minden járt – a lánya boldogsága, a felesége lelki nyugalma –, és néhány atyai jó tanácsot kívánt adni Joe-nak. Voltaképpen ezért ment vele repülni, bár élvezte a gépet.

– Túl sokat dolgozol, fiam – kezdte. – Elrohan melletted az élet, és ha ebben az iramban folytatod, fontos dolgokat szalasztasz el, amit hosszú távon megbánsz majd.

Joe rögtön rájött, hogy az apa Kate-ről beszél, de azt is tudta, hogy kettejük között minden rendben, csak Elizabeth szítja a feszültséget állandóan a jelenlegi helyzet miatt.

– Idővel rendeződnek a dolgok, Clarke, még fiatal a vállalkozás.

– Ahogy még te is, de már nem sokáig. Most kellene élvezned az ifjúságot.

– Élvezem is. Szeretem, amit csinálok.

Ez kétségtelenül látszott is, de Kate-et is szerette, és Clarke ezt is tudta. Olyannyira, hogy feljogosítva érezte magát, hogy megszegje Liznek évekkel azelőtt tett ígéretét, miszerint soha nem beszél megboldogult férje öngyilkosságáról, de még arról sem, hogy Clarke nem Kate apja. Miután Clarke örökbe fogadta a kislányt, Liz azt mondta neki, nem szeretné, hogy John Barrett öngyilkossága sötét felhőként lebegjen Kate élete fölött. Clarke azonban jól látta, hogy az a felhő így is, úgy is ott lebeg, és úgy gondolta, Joe-nak tudnia kell róla. Ez is hozzátartozott Kate személyiségéhez, nem lehetett a szőnyeg alá söpörni. Igazságtalannak érezte volna mind Kate-tel, mind Joe-val szemben. Úgy vélte, ha Joe tisztában van a helyzettel, az felnyithatja a szemét, és megnyithatja a szívét is.

– Van valami Kate-tel kapcsolatban, amiről szerintem tudnod kell – mondta halkan, miután elfogyasztották a második rund sört, és ginre tértek át. Tudta, hogy Liz nem fog örülni, ha illuminált állapotban dülöngélnek haza, de pillanatnyilag nem érdekelte. Föltette magában, hogy kitálal Joe-nak, és meg kellett acéloznia magát a feladathoz.

– Ez titokzatosan hangzik – vigyorodott el Joe. Kedvelte Clarke-ot, és egész életében könnyebben megtalálta a közös hangot férfiakkal. Kate volt az egyetlen nő, akivel valaha is nyíltan és fesztelenül tudott viselkedni, de néha még ő is megijesztette. Kivált olyankor, ha felbőszítette valami, ami szerencsére ritkán fordult elő, olyankor azonban a legcsekélyebb heveskedés vagy kritika a világból is kiüldözte Joe-t. Nem magyarázta el a lánynak, mennyire riasztja az ilyesmi, mert attól tartott, ezzel még védtelenebbé tenné magát. Miután gyermekéveiben a rokonsága örökösen szapulta, egyáltalán nem bírta, ha a hibáit feszegették. Kate anyja pontosan erre az érzékeny pontjára tapintott rá – minden alkalommal a lehető legkárosabb következményekkel.

– Nem annyira titokzatos, mint inkább szomorú ügy. Nem szeretném, ha akár Liz, akár Kate tudomást szerezne róla, hogy beszéltünk erről. Ezt komolyan gondolom – jelentette ki a második gintől felajzva. Kezdte szűknek érezni a helyiséget, Joe pedig egyre többet vigyorgott. Mindig elengedte magát, ha ivott. Ez valamelyest oldotta benne a feszültséget.

– Halljuk, mi az a sötét titok!

– Kate nem a lányom, Joe – közölte Clarke hirtelen ismét kijózanodva. Tizenhárom év alatt egyszer sem ejtette ki ezeket a szavakat. Ahogy a tekintetük találkozott, a fiatalember arcáról lehervadt a mosoly.

– Mit jelentsen ez?

– Liz egyszer már volt férjnél. Majdnem tizenhárom évig. Mi csak tizennégy éve vagyunk házasok, bár időnként úgy tűnik, egy örökkévalóság óta – tette hozzá Clarke mosolyogva, és Joe elnevette magát, de tudta, mennyire szereti a feleségét. Másképp nem is bírta volna ki mellette. – Az első férje a barátom volt, jó családból való, finom ember, békés természetű, kedves egyéniség. Együtt jártam iskolába a fivérével, így ismerkedtünk meg. John mindenét elveszítette a huszonkilences tőzsdekrachban, nemcsak a saját és a családja összes pénzét, hanem azokét is, akiknek a befektetéseit kezelte, sőt még Liz vagyonának egy részét is. Szerencsére az asszony családja gondosan vigyázott a többire, és azt ügyesebben forgatták, így az ő javai szinte érintetlenül maradtak a válság után. John azonban csődbe ment. Kis híján rögtön belehalt. Az anyagi csapás földre sújtotta ezt a köztiszteletben álló embert. Két évig szenvedett a szobájába zárkózva, a sötétben. Megpróbálta halálra inni magát, de nem sikerült, hát harmincegyben golyót röpített a fejébe. Kate nyolcéves volt akkor.

– Látta, amikor az apja megölte magát? – kérdezte elborzadva Joe, de az idősebbik férfi a fejét rázta.

– Hála istennek, nem. Liz talált rá. Azt hiszem, Kate éppen iskolában volt, és mire hazaért, mindent elrendeztek, de tudta, hogyan halt meg az apja. Én évek óta ismertem őket, mindent tudtam Kate-ről, és majdnem mindent Johnról. A tragédia után minden tőlem telhetőt elkövettem Elizabethékért, tegyük hozzá, kizárólag a segítő szándék vezérelt. Jómagam évekkel azelőtt vesztettem el a feleségemet. Végül összemelegedtünk Lizzel, de azt hiszem, a kislányt már azelőtt a szívembe zártam, hogy az anyjába beleszerettem. Olyan volt az apja halála után, mint egy riadt, összetört szívű madárka. Attól féltem, soha nem heveri ki. Egy év múlva feleségül vettem Lizt, egy esztendővel azután adoptáltam az akkor tízéves

Kate-et, és újabb két évembe tellett, míg elő tudtam csalogatni a csigaházából, amelybe John öngyilkossága után menekült. Azt hiszem, még évekig nem bízott senkiben, különösen a férfiakban nem. Liz imádta, de nem tudom, szót értett-e vele, őt is megrázta a férje halála. Volt egy borzalmas mozzanat, miután összeházasodtunk. Liz megbetegedett, nem volt több csúnya influenzánál, de láttad volna Kate-et. Pánikba esett, hogy elveszíti az anyját. Nem tudom, Liz felfogta-e. Mostanáig tartott, hogy Kate olyan erős, magabiztos, vidám, tettre kész nővé váljon, amilyennek szereted. Azt hiszem, évekig attól félt, hogy valamiképpen én is elhagyom, mint az édesapja. Szegény ördög, nem tudott segíteni magán. Hiányzott az állóképessége, hogy átvészelje, ami történt vele, bármennyi pénze maradt is Liznek. A csőd lerombolta az önbecsülését, a férfiúi büszkeségét. Az öngyilkosságával azonban kis híján elvette Kate életét is.

– Miért mondod el nekem ezt? – kérdezte gyanakodva Joe.

– Mert fontos tényezője Kate személyiségének. Imádta az apját, aki a tenyerén hordozta őt. Aztán megszeretett engem, most pedig téged. Te elmentél a háborúba, csaknem két évig azt hittük, meghaltál. Ez más lányt is megviselt volna, hát még őt. Felszakadtak a régi sebek, nap mint nap láttam a tekintetében. Ebbe az újabb veszteségbe belepusztulhatott volna, ha nem olyan erős lelkű. Aztán csodák csodája, visszatértél a halálból. Az élet ezúttal kegyes volt Kate-hez, de maradt benne egy törés, amelyet érzékelned kell, ha szeretni akarod. Valahányszor elválsz tőle, vagy bármilyen értelemben magára hagyod, felidézed benne mindazt, amit valaha elveszített. Olyan, akár egy sebzett őzgida, gyengédséget, biztos otthont igényel. Ha jól bánsz vele, örökké jó lesz hozzád, de tudnod kell arról a törésről. A leggyönyörűbb madárka, akit valaha láttam, és a kedvedért minden-

180

ki másnál magasabbra száll. Csak nehogy elriaszd, és ha tudod, min ment keresztül, biztosan nem fogod.

Joe sokáig ült szótlanul, fontolgatta a hallottakat. Jó adag valóságot zúdítottak a nyakába egy forró nyári napon, néhány pohárka gin ürügyén. Clarke szavai sok mindent megmagyaráztak.

– Mit tanácsolsz ezek után, Clarke?

– Azt hiszem, feleségül kéne venned. Nem azért, amit Liz akar Kate-nek. Ő a minél nagyobb felhajtásra, pompás külsőségekre, násznépre, fehér ruhára gondol. Én azt szeretném tudni, hogy Kate meleg otthonra talál. Megérdemli, Joe, legalább annyira, mint a legtöbben. Az apja elvett tőle valamit, amit mi az anyjával nem adhatunk vissza, csak te, bár te sem egészen, de annyira igen, hogy megváltoztasd az életét. Azt szeretném, ha biztonságban érezné magát abban a tudatban, hogy megmaradsz mellette.

Joe kis híján felordított, hogy „De mi lesz velem?". Pontosan a házasság volt az, amitől a legjobban félt. Póráz. Ketrec. Csapda. Bármennyire szerette a lányt, márpedig nagyon szerette, magát a házasságot iszonyú fenyegetésnek látta. Clarke nem is sejtette, mekkorának.

– Nem tudom, képes vagyok-e rá – vallotta be Joe őszintén, a gin közreműködésével.

– Miért nem?

– Olyan, mint egy kelepce. Vagy hurok a nyakam körül. Engem másként hagytak el a szüleim. Meghaltak, és olyanokra utaltak, akik gyűlöltek engem. Gyalázatosan bántak velem, és valahányszor házasságra, családra, bármiféle lekötöttségre gondolok, menekülni szeretnék.

– Tőle nem kell félned, Joe. Jól ismerem, rendes lány, jobban szeret téged, mint a saját életét.

– Ez is megijeszt. Nem akarom, hogy ennyire szeressenek. Nem tudom, megadhatom-e neki azt a szeretetet, amelyet igényel. Nem akarok csalódást okozni, nem bírnám elviselni a bűntudatot, ha kudarcot vallanék. Annál sokkal jobban szeretem.

– Olykor mindannyian kudarcot vallunk. A botlásainkból tanulunk. Majd tanítjátok egymást, ha fáj is néha. A szerelem sok sebet begyógyít. Liz is sokat begyógyított az enyémekből.

Ezt Joe sosem gondolta volna az asszonyról, de Clarke-nak elhitte. Elizabeth nyilván sok nehézségen ment át.

– Ha nem engeded, hogy valaki szeressen, egyszèr nagyon magányos leszel – figyelmeztette Clarke. – Súlyos árat kell fizetned a megfutamodásért.

– Meglehet – értett egyet bizonytalanul Joe.

– Szükségetek van egymásra. Neki kell a te erőd, a tudat, hogy nem hagyod el, hogy eléggé szereted a házassághoz. Neked pedig az ő ereje és melegsége kell. A nagyvilágban dermesztő a hideg. Belekóstoltam, miután a feleségem meghalt. Keserves élet az. Egy ilyen lány, mint Kate, nem hagy keseregni, ha csak egy kicsit is közel engeded magadhoz. Néha megőrjít, de nem töri össze a szívedet. Előfordulhat, hogy megijeszt, de nem roppansz bele, sokkal többet bírsz, mint hinnéd. Nem vagy már gyerek, többé senki sem bánhat úgy veled, mint hajdanában a rokonaid. Te férfi lettél, ők pedig sehol sincsenek, csak a múlt kísértetei. Ne hagyd, hogy ők irányítsák az életedet!

– Miért ne? Eddig bevált, vagy nem? Egészen jól élek – mosolygott cinikusan Joe.

– Éppen ez az, hogy jobb lesz az életed, ha megosztod Kate-tel. Megbánod, ha elveszíted. Mert az is megtörténhet. Furcsák ám a nők, akkor pártolnak el mellőled, amikor a legkevésbé számítasz rá. Bárkit elveszíthetsz, ha elég sokáig próbálkozol. Kate azonban csak akkor hagy el, ha rákényszeríted. Kapaszkodj belé, amíg teheted! Mindkettőtök érdeke ezt diktálja. Hidd el, fiam, mindkettőtök javát akarom.

182

Ha lehetőséget adsz rá, jó asszony válik belőle, de most még fél, hogy előbb-utóbb faképnél hagyod.

– Megeshet.

– Remélem, hogy nem, vagy ha mégis, marad benned annyi emberség, hogy visszajössz, és még egyszer nekigyürkőzöl. Ritka tünemény az, ami nálatok kialakult. Látom a tekintetetekben. Többé nem szakadhattok el egymástól, bármilyen messzire futsz is. Mindketten veszítetek azzal, ha elmenekülsz. Ez a szerelem egy életre szól, akár együtt maradtok, akár nem.

– Majd megfontolom – mondta halkan Joe, és Clarke bólintott.

– Kate még mindig nem nőtt fel egészen, adj neki lehetőséget rá! És ne szólj arról, amit ma meséltem az apjáról! Azt hiszem, szégyellné. Majd egyszer magától is elmondja neked.

– Örülök, hogy tudom.

Bár ez voltaképpen bonyolultabbá tette a helyzetét. Kate múltjának ismerete még nagyobb terhet rakott rá. Ő maga kötetlenségre, mozgásszabadságra vágyott, Kate pedig arra, hogy görcsösen belékapaszkodhasson. Érezte, hogy ha mindketten engednek egy kicsit, rátalálhatnak az áthidaló megoldásra. Ahhoz persze idő kell, és időből nincs hiány, hiszen még mindketten fiatalok. Csak az a kérdés, képesek-e mind a ketten kitartani addig, amíg meg nem tanulnak egymással táncolni.

Joe vezette a kocsit hazáig, bár elég sokat ivott. Clarke szabályszerűen berúgott. Liz rögtön észrevette, amint beléptek, de nem szólt. Clarke odament hozzá, megölelte, és Joe megkönnyebbülten látta, hogy az asszony ez egyszer nem zsörtölődik, hanem nevetve egy-egy csésze gőzölgő kávét hoz nekik. Clarke megjegyezte, hogy sajnálja elrontani a szája ízét, és Joe-ra kacsintott. A két férfi barátsága szorosabbra fonódott ezen a délutánon, és Joe tudta, bár-

183

hogy alakul is a sorsuk Kate-tel, Clarke mindig kedvelni fogja őt.

Aznap vacsora után a fiatalok sétáltak egyet a parton. Másnap kellett visszatérniük New Jerseybe.

– Jól leitattad az apámat – nevetett a lány, míg kéz a kézben lépkedtek a homokon.

– Kirúgtunk a hámból.

– Szép dolog, mondhatom.

Joe eltűnődött, vajon egyszer az anyjára üt-e majd ez a lány, és ha igen, tetszeni fog-e ez neki. Mégsem tagadhatta Clarke szavainak igazságát.

– Azt hiszem, összeházasodhatnánk valamikor – jegyezte meg könnyedén, mire Kate megtorpant.

– Még mindig be vagy szeszelve?

– Nem kizárt. De miért is ne, Kate? Hátha sikerül a dolog.

Nem hangzott teljesen meggyőzően, de Joe harmincöt év alatt először próbálta kimondani.

– Miért jutottál erre az elhatározásra? Apám megszorongatott?

– Nem. Azt mondta, ha nem vigyázok, elveszíthetlek. Talán igaza van.

– Nem fogsz elveszíteni, Joe – mondta szelíden a lány, letelepedtek a fövenyre, és a férfi közelebb vonta magához. – Annál sokkal jobban szeretlek. Nem kell feleségül venned.

Majdnem megsajnálta Joe-t. Az idők során megértette, mennyit jelent neki a szabadság.

– Mit szólsz, ha én akarlak elvenni?

– Azt, hogy csodálatos. Biztos vagy a dolgodban?

– Eléggé biztos. Nem hiszem, hogy el kéne kapkodnunk. Talán fél év, egy év múlva sort keríthetnénk rá. Még meg kell szoknom a gondolatot. Egyelőre köztünk maradhatna.

– Rendben.

Egy darabig némán ültek, aztán kéz a kézben visszasétáltak a házhoz.

184

12

FOLYTATTÁK A MUNKÁT New Jerseyben, és egy árnya-
latnyit változott a kapcsolatuk, miután eldöntötték,
hogy összeházasodnak. Kate magabiztosabbá vált,
tervezgették a jövőt, a közös házat, a nászutat. Egy
ideig Joe-nak is tetszett az ötlet, de néhány beszélge-
tés után kezdte ingerelni, ha a lány szóba hozta. Jó-
nak tartotta, de jóból is megárt a sok.

Nem ért rá a nősülés gondolatával foglalkozni.
Fölmerült egy másik gyár építése, a vállalkozás rob-
banásszerűen egyre újabb szintre fejlődött, jófor-
mán naponta tárultak fel újabb magaslatok. Őszre a
házasság érdekelte legkevésbé.

Mindkettejüknek annyira összesűrűsödtek a teen-
dői, hogy hálaadáskor nem mentek Bostonba, csak
karácsony és újév között sikerült együtt tölteniük
Kate szüleivel egy hetet. Addigra Elizabeth annyira
megharagudott, amiért nem jegyesek, hogy senki
sem merte említeni többé az esküvőt. Túlontúl ké-
nyes témává vált. Kate is kezdett rájönni, hogy amíg
Joe-val él, nincs miért siettetniük a házasságot. A fér-
fira annyi feladat hárult, hogy nem akarta a közös
tervekkel is terhelni. Azt is érzékelte, hogy megret-
tent a saját kötelezettségvállalásától. Mihelyt meg-
kérte a kezét, tüstént visszakozott.

Kate tavaszig nem bolygatta a dolgot, ekkor már
1947-et írtak, és érdekelni kezdte, Joe valóban felesé-
gül akarja-e venni. Egyszer-kétszer megemlítette, de a
férfi sosem ért rá diskurálni róla. Kate betöltötte a hu-
szonnegyedik életévét, Joe harminchat évesen a re-
pülés egyik legjelentősebb alakjává nőtte ki magát. A
vállalkozás, amelynek elindításában másfél esztende-
je segédkezett, aranybányának bizonyult. Amikor
meglátogatta Jamisonékat, az egyik legújabb gépével
fölvitte Clarke-ot. Kate továbbra is fenntartotta a lát-
szatot, hogy a szállodában lakik, az apja pedig tapin-

tatosan nem feszegette a dolgot, de aggódott miatta. Joe pedig minden percét vagy értekezleteken, vagy a levegőben töltötte. A lány addigra rendes állást és szép fizetést kapott, mint a vállalat sajtófőnöke, de nem pénzre sóvárgott, azzal Jamisonék bőven elláthatták. Inkább férjet szerettek volna neki. Clarke most már biztosra vette, hogy előző nyári intelmei süket fülekre találtak Joe-nál, Liz pedig nógatta a lányát, hogy költözzön vissza hozzájuk. Mire eljött a nyár, Joe hónapok óta egy szót sem szólt a házasságról.

Hazajötte óta teljes két esztendő, a lánykérés óta is egy év telt el, amikor Kate végre leült vele, és nekiszegezte a kérdést:

– Összeházasodunk, vagy teljesen elvetetted az ötletet?

Joe-nak is el kellett ismernie, hogy jó ideje kerüli a témát. Amikor Clarke-kal beszélt, tetszett neki a gondolat, és Kate szempontjából látta valami hasznát, de a sajátjából nem. Ráadásul nem akart gyereket. Többször is végiggondolta, és tudta, hogy az ilyesmi nem neki való. A vállalkozása és a repülőgépei érdekelték, meg hogy este Kate-hez térhessen haza. Nem akart se gyereket, se házasságot. Semmiféle lekötöttséget, sivalkodó csecsemőket és száradó pelenkákat, amelyek a tetejében Kate-et is elvonják a munkától, amelyet olyan nagyszerűen végzett. Gyűlölte a saját gyermekkorát, nem volt kíváncsi – még kevésbé akart gondot viselni – másokéra. A házassághoz bőgő porontyok nélkül is eléggé baljós előérzetek tapadtak. Most először mondta el ezt teljes nyíltsággal Kate-nek.

– Úgy érted, ha összeházasodunk, nem akarsz gyereket?

– Azt hiszem, úgy – felelte őszintén. Sohasem hazudott Kate-nek, csak épp nem beszéltek erről. – Igen, határozottan tudom. Nem akarok gyereket.

A lány hátrahőkölt a fotelban. A férfi lakásában ültek, neki nem volt saját otthona, csak ez az úgy-

186

ahogy berendezett hely, a hotelszobája meg a szülei bostoni háza. Úgy érezte, mintha arcul ütötték volna.

– Én mindig is akartam.

Óriási áldozatot jelentett ez, de nem akarta elveszíteni Joe-t. A háború alatt átélte, milyen az. Nem tudta, nem gondolja-e meg magát Joe, ha egyszer összeházasodnak. Vállalta volna ezt a kockázatot, de a férfi már a házasságról sem beszélt. Hónapok óta teljesen levették a napirendről.

– Mit gondolsz, Joe?

– Miről?

– A házasságról. Azt sem akarod?

Felzaklatta, hogy Joe eddig nem szólt arról, hogy nem akar gyereket.

– Nem tudom. Muszáj összeházasodnunk? Ha nem akarunk gyereket, minek a házasság?

A fal bezárult, és a lány tekintetében páni félelem tükröződött.

– Komolyan kérdezed?

Úgy bámult a férfira, mint egy idegenre, és kezdte azt hinni, hogy Joe tényleg azzá vált. Nem tudta biztosan, mikor, de újra megváltozott minden. Óhatatlanul eszébe jutott, hogy Joe azért akarta titokban tartani házassági szándékukat, mert így szabadon meggondolhatta magát. És szemlátomást meg is gondolta.

– Okvetlenül most kell csevegnünk erről? Korán reggel tárgyalásra kell mennem – morogta bosszúsan Joe, és véget akart vetni a beszélgetésnek, amelynek tárgya bűntudatot ébresztett benne. A bűntudattól pedig mindennél jobban rettegett, mert a múlt lidérceit idézte föl, rokonai hangját hallotta, amint kérlelhetetlenül szidták a „rosszasága" miatt.

– Ez az életünk, a jövőnk, azt hiszem, ez igazán elég fontos – makacsolta meg magát Kate. Éles hangja úgy hatott Joe-ra, mintha valaki egy falitáblán csikorgatta volna a körmét. Elizabethre emlékeztette.

– És mindenképpen ma este kell elrendeznünk?

187

Kate érezte, hogy visszahúzódik, ettől még görcsösebben kapaszkodott belé, és még inkább elvadította magától. Ördögi körbe kerültek.

Joe menekülni akart, és valahol nyalogatni a sebeit, de Kate ostoba módon nem hagyta nyugton. A saját rettegésén nem tudott erőt venni.

– Talán nincs is mit elrendeznünk. Voltaképpen már el is rendezted. Azt mondod, nem akarsz gyereket, és nem látod értelmét, hogy összeházasodjunk. Ez bizony jelentős különbség a korábbi elhatározásodhoz képest.

A férfi elhatározásai Kate egész jövőjét érintették. Két évig türelmesen várt a Joe számára alkalmas pillanatra, és egyszerre ráeszmélt, hogy nincs és soha nem is lesz ilyen. A házasság többé szóba sem jöhetett.

– Vezetnem kell a gyárat, Kate, nem tudom, menynyi energiám marad feleségre és gyerekekre. Valószínűleg semennyi.

Kétségbeesetten keresett kiutat a kelepcéből, ez pedig hűvössé és távolságtartóvá tette, amitől Kate éppúgy megrémült, mint Joe az ő közeledési kísérleteitől.

– Mit akarsz ezzel mondani? – kérdezte könnyes szemmel Kate. A férfi mindent romba döntött, amiben ő reménykedett, minden vele kapcsolatos álmát. Azért jött New Jerseybe, Joe mellé, hogy elősegítse a közös életüket, felgyorsítsa az ahhoz vezető utat, és minél előbb megállapodhassanak. De Joe már a vállalkozásába volt szerelmes. Meg a repülőgépeibe. Mindig azok a repülőgépek! Más nők sem kaptak helyet az életében. A gépei pótoltak szeretőt, aszszonyt, gyereket.

– Azt hiszem, azt, hogy ennyi – válaszolta végül Joe, minthogy nem térhetett ki. – Nekem pont megfelel úgy, ahogy van. Nem tartok igényt a többire. Nem kell házasság, Kate. Nem akarom. Szabadságot akarok. Itt vagyunk egymásnak, mit számít egy darab papír?

Neki semmit sem számított, Kate-nek annál többet.

– Az a papír azt jelenti, szeretsz, bízol bennem, törődsz velem, és örökké mellettem maradsz, Joe! Azt jelenti, hiszünk egymásban, büszkék vagyunk egymásra. Úgy gondolom, most már kölcsönösen tartozunk ennyivel.

Az *örökké* szó megrémítette a férfit. Úgy érezte, mintha Kate a padlóhoz szegezné vagy keresztre feszítené.

– Nem tartozunk semmivel, legfeljebb azzal, hogy itt vagyunk egymásnak, ameddig akarunk, egy nappal sem tovább. Ha megunjuk, valami mást csinálunk. Semmire sincs garancia – harsogta, kiabálásával megsértette és megijesztette a lányt. Így próbálta távol tartani magától. Kate azt látta, azt érezte, hogy Joe elhagyja, mint annak idején az apja.

– Mikor döntötted el, hogy nem akarsz megházasodni? – emelte föl a hangját önkéntelenül Kate is, mert Joe már túl messzire ment. A lány úgy érezte, szakadékba zuhan, kicsúszik a kezéből minden kapaszkodó. – Mikor változott meg minden? Miért nem értettem meg, hogy így gondolkozol? Miért nem világosítottál föl? – zihálta, és kapkodó lélegzése zokogásba torkollott. – Miért csinálod ezt velem?

Szavai tőrt döftek a férfi szívébe.

– Miért nem hagyod ennyiben? – nyöszörögte Joe.

– Mert szeretlek.

– Feküdjünk le, Kate, fáradt vagyok.

Úgy festettek, mint két fuldokló. Gyerekesen civakodtak, és egyikükbe sem szorult annyi felnőttség, hogy abbahagyja.

– Én is fáradt vagyok – felelte a lány. Kiment a fürdőszobába, és sokáig állt a zuhany alatt. Mire ágyba bújt, a férfi már elaludt. Lefeküdt mellé, nézte-nézte, azon tűnődött, kicsoda valójában. Óvatosan megsimogatta a haját, mire Joe motyogott valamit álmában, és elfordult. Kate tudta, hogy a férfi az elmondottak dacára szereti őt, és ő is annyira szerette, hogy talán még az álmait is feladta volna érte, de már nem látott rá lehetőséget. Joe félt szeretni őt, inkább elszaladt, mialatt ő minél közelebb akart kerülni hozzá.

Aznap este a zuhany alatt elhatározásra jutott. Tudta, hogy el kell hagynia Joe-t, mielőtt tönkreteszik egymást. Joe sohasem fogja feleségül venni. Ideje távoznia. Kezdettől fogva az anyjának volt igaza.

Másnap reggelizés közben higgadtan, józanul, szószaporítás nélkül jelentette be:

– Elmegyek, Joe.

– Miért, Kate?

– Azok után, amit tegnap este mondtál, nem maradhatok tovább. Tiszta szívből szeretlek, két évig vártam rád, nem tudtam elhinni, hogy meghaltál. Nem hittem, hogy szerethetek valakit utánad, és ma sem tudok. Soha nem is fogok, de férjet, gyereket, igazi életet akarok. Te nem ugyanezt akarod.

Beszéd közben könnyek gyűltek a szemébe, de igyekezett megőrizni a nyugalmát, bár görcsbe rándult a gyomra, és összeszorult a szíve. Azt akarta elérni, hogy Joe mindent visszavonjon, amit előző este mondott, de a férfi egy szót sem szólt, némán befejezte a reggelijét, majd Kate-re nézett.

Vannak az életben hátborzongató pillanatok, amelyeket örökre megjegyzünk – a látvány minden részletét, az elhangzott szavakat. Ilyen pillanat volt ez is.

– Szeretlek, Kate, de nem akarok megnősülni. Nem akarok kötöttséget, nem akarom, hogy birtokoljanak. Itt van hely a számodra, ha osztozni akarsz a munkámban, de ez minden, amit adhatok. Én és a repülőgépeim. Alighanem éppúgy szeretem őket, ahogy téged. Olykor talán még jobban is. Ilyen vagyok. Nem akarok gyereket, nem fér bele az életembe. Nem kell, nincs szükségem rá.

Sajnálkozva eszmélt rá, hogy Kate-re sincs szüksége. Fenyegetőnek érezte. A vállalkozását meg a repülőgépeit akarta, és csak másodsorban Kate-et. A huszonnégy éves lány viszont gyereket, férjet, magánéletet akart, nem csupán munkalehetőséget Joe mellett. A férfi szavai legsötétebb félelmeit igazolták.

– Nekem nem vállalkozás kell, Joe. Gyerekek kellenek. Te kellesz. Szeretlek, de hazamegyek, azt hiszem, rég föl kellett volna tennem ezeket a kérdéseket.

Kötözni való bolondnak érezte magát, és ugyanaz a mérhetetlen veszteségérzet fogta el, mint az apja halála napján.

– Nem hiszem, hogy tudtam, mit érzek, amikor belefogtam a vállalkozásba. Most tudom. Tégy, amit jónak látsz, Kate!

– Elhagylak.

– Érdemes itthagyni ezt a vállalkozást?

– Ez a te vállalkozásod, Joe, nem pedig az enyém.

A férfi félreértette.

– Részvényeket akarsz?

– Nem, én férjet akarok. Igaza volt az anyámnak. Végül is fontos, nekem legalábbis.

– Értem – felelte Joe, és azt hitte, valóban érti. Érteni akarta, de még mindkettőjüknek sokat kellett tanulniuk. Joe fölvette az aktatáskáját. – Sajnálom, Kate.

Mindazok után, amit hét éven át így vagy úgy jelentettek egymásnak, el kellett engednie a lányt. Nem hagyhatta, hogy házasságra kényszerítse. Sok mással is kellett törődnie. A nyilvánosság szemében fontos emberré nőtt, de a lelke mélyén ijedt, magányos kisfiú maradt.

– Én is sajnálom, Joe – suttogta Kate.

A kapcsolatuk a haláltusáját vívta. Joe ölte meg. Kettejüket érintő szerencsétlen döntéseket hozott a lány megkérdezése nélkül, de úgy érezte, nincs más választása.

Nem csókolta meg búcsúzóul. Nem köszönt el, ahogy Kate sem. Kifordult az ajtón, és a lány a tekintetével követte.

13

KATE SZÜLEI TUDTÁK, hogy végleg költözik haza, de nem tudták, miért. Nem magyarázta el nekik, egy szót sem szólt Joe-ról és a New Jerseyben történtekről. Annyira megviselte mindez, hogy nem bírt beszélni róla. Még inkább elkeserítette, hogy a férfi többé nem jelentkezett. Kate egy ideig abban reménykedett, Joe észbe kap, rájön, mennyire hiányzik neki, és telefonon közli, hogy mégis feleségül veszi, szeretne közös gyereket.

Úgy látszott azonban, Joe komolyan gondolta, amit mondott. Néhány hét múlva egy kis dobozban elküldte a lakásán hagyott holmijait, és nem mellékelt üzenetet. Jamisonék látták, mennyire szenved a lányuk, de nem faggatták, bár Elizabeth sejtette, mi történt. Kate a téli hónapokat Bostonban töltötte, nagyokat sétált és sírt. Fájdalmas karácsony következett. Ezerszer is eszébe jutott, hogy felhívja, de nem volt hajlandó a szeretőjeként együtt élni vele. Hosszú távon páriának érezte volna magát. Karácsony után néhány napra síelni ment, szilveszterre tért vissza a szüleihez. Nem kereste Joe-t, a férfi pedig nem hallatott magáról. Kate úgy érezte, mintha meghalt volna benne valami, miután elhagyta a pilótát, és elképzelni sem tudta nélküle az életét. Vitájukban bátran a sarkára állt, és most viselnie kellett ennek következményeit, innen kiindulva kellett továbblépnie. Nem maradt más választása.

Megpróbálta fölvenni a kapcsolatot régi barátnőivel, de nem talált velük közös témát. Hosszú évek óta minden ténykedése összefonódott Joe-val. Eltökélte magát, hogy újra a saját kezébe veszi az életét, és mivel jobbat nem tudott kiötölni, januárban úgy döntött, New Yorkba költözik, elvállal egy muzeológushelyettesi állást a Metropolitan Museum egyiptomi osztályán. Itt legalább kamatoztathatta a Radcliffe-en szerzett művészettörténeti ismereteit, bár azóta jóval többet tudott a repülőgépekről. Kezdetben fél szívvel végezte a munkáját, de mihelyt beletanult, meglepve vette észre, hogy sokkal inkább élvezi, mint várta. Februárra lakást is talált. Most már csak meg kellett szokni új életét, amely gyászosnak, nyomasztónak és végtelenül üresnek tűnt Joe nélkül. Éjjel-nappal fájdalmasan nélkülözte, még munka közben is. Az újságokban lépten-nyomon találkozott a nevével. Hét éve a repülési rekordjai miatt írtak róla, most pedig az egész világ Allbright fantasztikus gépeiről beszélt.

Kate júniusban azt olvasta, hogy Joe díjat nyert a párizsi repülési szakvásáron. Örült a férfi sikerének, és szerencsétlennek, magányosnak érezte saját magát.

Még az anyja is mozgalmasabb életet élt, mint ez a huszonöt éves, gyönyörű nő. Nem járt senkivel, ha bárhová hívták, azt felelte, nem ér rá. Gyászolta Joe-t, mint amikor lelőtték a gépét, és kimondhatatlanul hiányzott neki. Azon a nyáron Cape Codra sem ment, mert tudta, hogy rá emlékeztetné. Őt juttatta az eszébe minden szó, minden mozdulat, minden lélegzetvétel, minden éttermi vacsora, egyáltalán az evés, sőt még a főzés is. Tudta, hogy képtelenség, de a lénye részévé vált. Úgy érezte, egy élet kell ahhoz, hogy elfelejthesse. Tudta, hogy lehetséges, csak abban nem volt bizonyos, hogy ő képes-e rá. Minden reggel olyan hangulatban ébredt, mintha meghalt volna valaki, azután ráeszmélt, kicsoda. Ő maga.

Már közel egy éve élt New Yorkban, amikor egy nap kutyaeledelt vásárolt az élelmiszerboltban. Vett ugyanis egy kölyökkutyát, hogy társasága legyen, még nevetett is saját érzelgősségén. Válogatott a különféle márkájú kutyatápok között, egyszer csak fölnézett, és meghökkenve pillantotta meg Andyt. Több mint három esztendeje nem látta, a férfi nagyon komolynak és jóképűnek tűnt sötét öltönyében és börberi felöltőjében. Épp munkából jött. Kate feltételezte, hogy nős, bár nem tudta biztosan.

– Mizújs, Kate? – mosolygott a lányra. Már rég kiheverte a tőle elszenvedett csapást, igaz, jó ideig még rágondolnia is fájt, és eldobta Kate összes fényképét. De mostanra megnyugodott.

– Kösz, jól, hát neked hogy megy sorod?

– Rengeteg a munkám. Mi szél hozott erre? – érdeklődött. Észrevehetően örült a lánynak, nem tudta, mennyire hiányzott neki. Jó barátot nem könnyű találni, és Kate rég nem beszélt senkivel olyan bizalmasan, ahogy vele.

– Itt lakom. A Metropolitanben dolgozom. Jó hely.

– Ez nagyszerű. Mostanában mindenütt Joe-ról hallani. Elképesztő, micsoda birodalmat épített. Vannak már gyerekeitek?

– Nincsenek. Kutyám van – nevette el magát a nem csak téves, de idejét múlt feltételezésen, és a kutyaeledelre mutatott, majd úgy döntött, a régi idők kedvéért kiegészíti a tájékoztatást. – Nem mentem férjhez – döbbentette meg az ügyvédet.

– Nem házasodtatok össze Joe-val?

– Nem. Inkább a repülőgépeivel akart élni. Neki jobb így.

– És neked? – tapintott a lényegre Andy. Kate mindig is szerette benne ezt az egyenességet. – Neked is jó?

– Nem annyira. Elhagytam. Már kezdem megszokni. Körülbelül egy éve történt. – Helyesebben tizennégy hónapja, két hete és három napja, de úgy gondolta, megkíméli a férfit a részletektől. – Mi van veled? Feleség? Gyerekek?

– Barátnők. Szép számmal. Kevésbé veszélyes, nincs lelkizés.

Kate nevetett a válaszon. Andy semmit sem változott.

194

– Jó neked. Talán fel tudok hajtani neked még néhányat. A múzeumban rengeteg helyes lány dolgozik.

– Köztük te is. Istenien nézel ki.

Saját kezűleg rövidebbre vágta a haját, leginkább unalmában. Az utóbbi időben fodrászkodás, körömápolás és kutyatartás jelentette a legfőbb izgalmat.

– Köszönöm!

Olyan rég nem beszélt öt percnél huzamosabb ideig férfival, hogy most nem tudta, mit mondjon.

– Mit szólnál egy mozihoz?

– Nem bánnám – felelte, miközben a pénztár felé araszolt a sor. A férfi bevásárlókocsijában kukoricapelyhet és kólát, a kezében egy üveg whiskyt látott, amelyet a szomszédos palackozottital-boltban szerezhetett be. – Nem kéne hozzá legalább egy kis tej? Vagy a whiskyt egyenesen a kukoricapehelyre öntöd? Ezt én is kipróbálom.

– Tisztán iszom, gyorsítónak – nevetett az ügyvéd. Kate sem változott.

– És mit kezdesz a kólával?

– Szőnyegtisztításra használom.

Élvezték az évődést, amely mindkettejüket a diákévekre emlékeztette, és Andy ragaszkodott hozzá, hogy kifizethesse Kate helyett a kutyaeledelt. Mindig nagyvonalúan, lovagiasan és kedvesen bánt vele.

– Még mindig apádnál dolgozol? – kérdezte a lány, miután kiléptek az üzletből.

– Igen, nagyszerűen bevált. Nekem adja az összes válópert, mert ő utálja.

– Szívderítő terület. Ettől legalább megkíméltem magam.

– Talán többtől is, Kate. Az ilyen zsenikkel sohasem könnyű, de te nyilván nem vetted észre, mert elvakított a szerelem.

Észrevette, és éppen ezt szerette Joe-ban. Bármennyire kedvelte is Andyt, mint barátot, őt soha nem találta eléggé érdekesnek. Joe ellenben talán

195

épp az elérhetetlenségével vonzotta, mint egy ragyogó csillag.

– Azt javaslod, keressek egy unalmasabbat?

– Talán csak egy kicsit emberközelibbet. Joe-t nehezen lehetett követni. Ennél jobbat érdemelsz.

Kate hálás volt a megértő, jóindulatú szavakért. Csodálkozott, hogy ez a nagyszerű, kedves férfi nem nősült meg.

– Felhívlak, ha megadod a számodat – búcsúzott Andy.

– Megtalálsz a telefonkönyvben, vagy hívhatsz a múzeumban is.

Az ügyvéd két nap múlva telefonált, és elvitte moziba, azután korcsolyázni a Rockefeller-központhoz. Azután vacsorázni. Mire Kate három héttel később hazament karácsonyra, szinte sülve-főve együtt voltak. A szüleinek nem szólt, hogy találkoztak, nem akarta felizgatni az anyját, de amikor karácsony reggelén a férfi Bostonban hívta, fölvette a telefont, és örült, hogy hallhatja a hangját. Szinte olyan volt, mint a régi szép időkben, csak most még jobban kedvelte Andyt, a természetességét, az egyszerűségét. Nem sziporkázott, mint Joe, viszont törődött vele. Ahogy Kate soha nem tudta kiheverni Joe-t, úgy Andy sem tudta elfelejteni a lányt.

– Hiányzol – vallotta be az ügyvéd. – Mikor jössz vissza?

– Néhány nap múlva – felelte bizonytalanul Kate. Elcsüggesztette, hogy Joe még az ünnepekre sem jelentkezett. Úgy gondolta, ennyit igazán megtehetne. Mintha a létezéséről is elfeledkezett volna. Megfordult a fejében, hogy ő hívja fel Joe-t, de úgy döntött, jobb, ha nem. Csak elrontaná a saját kedvét, felidézné mindazt, amit elveszített.

– Megint találkozgattok Andyvel? – érdeklődött az anyja, miután letette a kagylót. – Mióta?

– Néhány hete összefutottunk vásárlás közben.

196

– Nős?

– Igen, nyolc gyereke van – gonoszkodott Kate.

– Mindig jó volt hozzád.

– Tudom, mama, de csak barátok vagyunk. Jobb így. Senki sem látja kárát.

Három éve csúnyán megbántotta a fiút, az ő sebe pedig még mindig sajgott. Gyanította, hogy sokáig így marad. Talán örökre, mert Joe-t lehetetlen elfelejteni. Túl sok kötötte össze vele. A pilóta az élete harmadát betöltötte.

Két nappal később visszament New Yorkba, és örült a kiskutyájának, amelyet a szomszédasszonyára bízott. Alig lépett be a lakásba, Andy már telefonált is.

– Mi az, te radarral figyelsz?

– Állandóan követlek.

Moziba hívta aznap estére, és Kate elment. Együtt szilvesztereztek is, az El Moroccóban pezsgőztek. Kate nagyon előkelő, felnőttes dolognak tartotta, és ezt meg is mondta Andynek.

– Felnőttem – felelte a férfi. Kifinomult egyéniséggé vált, Kate önkéntelenül összehasonlította Joe-val. A pilóta mindenben elütött a szokványostól, káprázatos volt, időnként pedig félszeg, de Kate éppen ezt szerette benne. Andy simulékonyabban viselkedett, sok olyasmire figyelt, amivel Joe egy cseppet sem törődött.

– Én kihagytam a felnőttkort – vallotta be Kate a harmadik pohár pezsgő után. – Egyből megcéloztam az öregséget. Néha öregebbnek érzem magam, mint a saját anyám.

– Kiheveredd. Idővel. Az mindent meggyógyít – bölcselkedett Andy.

– Te mennyi idő alatt hevertél ki engem? – kérdezte Kate, és érezte, hogy kissé pityókás, de mintha az ügyvéd nem vette volna észre.

– Körülbelül tíz perc. – Valójában két évig tartott, sőt még mindig nem múlt el nyomtalanul, ezért töltötte a lánnyal a szilvesztert, holott öt-hat hölgyismerőse is majd megpukkadt emiatt. – Többre számítottál?

– Nem. Nem érdemeltem többet. Utálatosan bántam veled – szomorodott el Kate. Akaratlanul is azon tűnődött, hol járhat most Joe, mit csinál, kivel tölti ezt az éjszakát.

– Nem tehettél róla. Megőrjített az az izzó szerelem, és Joe a halálból tért vissza. Ezt nehéz túllicitálni. Még mindig jobb így, mintha összeházasodtunk volna.

– Az szörnyű lett volna.

– Igen, szörnyű. Szerencse, hogy nem következett be. Neked pedig egyszer s mindenkorra ki kell verned a fejedből Joe-t.

– És ha nem sikerül?

– Sikerülni fog. Persze csak ha nem válsz alkoholistává. Te eláztál, Kate.

– Nem áztam el.

– Eláztál, de nagyon jól áll. Talán táncolhatnánk, mielőtt elájulsz vagy még jobban berúgsz.

Kate remekül szórakozott, és másnap majd szétpattant a feje, de az ügyvéd friss kiflivel, aszpirinnal és narancslével csöngetett be hozzá. Kate sötét szemüvegben készített reggelit kettőjüknek.

– Miért nem whiskyt és kukoricapelyhet hoztál? Az jobb lett volna – morogta fejfájósan.

– Még elzüllesz nekem – mosolygott Andy, és a kutyával játszadozott.

– A szívfájástól van.

Kate átmelegítés helyett elégette a kiflit, kilötyögtette a narancslét, és szétfolyatta a tükörtojás sárgáját, de az ügyvéd mindent jóízűen bekebelezett.

– Pocsék szakácsnő vagyok.

– Ezért hagyott el Joe?

– Én hagytam el őt. Nem akart se feleséget, se gyereket. Ahogy mondtam, a repülőgépeibe szerelmes.

– Hatalmas vagyont gyűjtött velük – jegyezte meg

elismerően Andy. Joe-ban sok mindent lehetett csodálni, a nőkhöz viszont egyáltalán nem értett. Andy bolondnak tartotta, amiért nem vette el Kate-et, de a maga részéről örült ennek.

– Miért nem nősültél meg? – kérdezte Kate, a kanapéra telepedett, és végre levette a sötét szemüveget.

– Nem tudom. Ifjonti félsz, tapasztalatlanság, sok munka. Utánad senki sem ütötte meg a mértéket. Egy darabig sóhajtoztam, aztán belevetettem magam a szórakozásba. Ráérek. Ahogy te is. Nem kell sietni. Épp elég válást láttam.

– Anyám szerint nem érek rá. Bepánikolt.

– Az ő helyében én is ezt tenném. Nem könnyű túladni rajtad. Ha rám hallgatsz, nem főzöl senkinek, hogy csak később derüljön ki. Elfelejtettem, milyen gyatra szakács vagy, különben magamnak készítettem volna reggelit.

– Csak ne siránkozz, mindent felfaltál.

– Legközelebb maradok a whiskys kukoricapehelynél.

Aznap délután a Central-parkban sétáltak. Csípős hideg volt, vékony hólepel borította a földet, Kate jobban érezte magát, miután visszatértek a lakásába. A kutyát is magukkal vitték. Az egész olyan megnyugtatóan normálisnak tetszett. Andyvel nem volt nehéz kijönni. Mint a régi szép időkben. Este moziba mentek. Rengeteg időt töltöttek együtt. Kate egyszerre kevésbé magányosnak érezte magát. Nem lobbant szerelemre, csak újra rálelt egy jó barátra.

A következő hat hétben rendszeresen találkoztak. Vacsora, mozi, házibulik, barátok. Az ügyvéd ebédidőben beugrott hozzá a múzeumba. Szombatonként együtt jártak bevásárolni, Andy segített elintézni eztazt. A lánynak jólesett, hogy számíthat valakire. Ráeszmélt, hogy Joe soha nem ért rá ilyesmire, mindig csak a vállalkozása érdekelte, bár Kate boldogan támogatta ebben. De most jól érezte magát Andyvel, aki több időt tudott szakítani rá, és ugyanúgy élvezte együttlétüket.

Bálint-napkor nagy csokor vörös rózsával és egy óriási szív alakú doboz bonbonnal állított be. Kate összecsapta a kezét.

– Úristen, mivel érdemeltem ki ezt?

Egész nap Joe-ra gondolt, és győzködte magát, hogy el kéne felejtenie végre. Kiábrándulva vette tudomásul, hogy nem minden tündérmese végződik boldogan, akadnak szomorúak is.

– Miért oly borús a tekinteted? – érdeklődött az ügyvéd.

– Megint rám jött az önsajnálat.

– Árt a szépségednek. Egyél inkább csokoládét! Vagy virágot, ha az jobban ízlik. Öltözz fel, vacsorázni megyünk!

– Hová tetted a rengeteg barátnődet?

Kate-et feszélyezte, hogy kisajátítja Andyt, holott még mindig Joe-t szereti. Igaz, az ügyvéd társaságát is kedvelte. Az utóbbi időben nem búslakodott anynyit. Jót tett neki Andy.

– Ők is jönnek. Imádni fogod mind a tizennégyet.

– Hová viszel?

– Majd meglátod. Meglepetés. Vegyél föl valami elegánsat, és ezúttal lehetőleg ne idd le magad!

– Az szilveszterkor volt, te tulok. Egyébként is jogom van hozzá.

– Egy frászt. Annak már vége. Joe különben is jobban szereti a repülőgépeit, mint téged, ezt jól vésd az eszedbe!

– Megpróbálom.

Az utóbbi időben sokat töprengett azon, hogy helyesen döntött-e. Felmerült benne, hogy talán nem is fontos a házasság, a gyerek, talán megéri áldozatot hoznia azért, hogy Joe-val lehessen. De nem szólt erről Andynek, mert maga sem volt biztos benne.

A férfi megvárta, míg elkészül, azután Kate majd

elájult, mert a ház előtt konflis várta őket. A ló végigcsattogott az aszfalton, míg a járókelők és taxisofőrök mosolyogva szemlélték a romantikus látványt. Kate istenien érezte magát a zárt fülkében, meleg takaróba bugyolálva.

A fogat befordult az Ötvenkettedik utcába, és a legdivatosabb vacsorázóhelynél állt meg.

– Elkényeztetsz – mosolygott a férfira Kate.

– Megérdemled.

Miután beléptek, Kate meglepetten látta, hogy némi feltűnést keltenek. Sokan megfordultak a szép pár után. A teremfőnök rövidesen egy csöndes sarokasztalhoz vezette őket a galérián.

Csodálatos este volt, a válogatott finomságok után meghitt beszélgetésbe merültek, amikor megérkezett a desszert. Andy egy kis szív alakú tortát rendelt a lánynak, és mikor hozzáfogott, a villa valami kemény tárgyhoz koccant. Félrekotorta a krémet, és látta, hogy egy ékszerdoboz.

– Ez meg mi? – képedt el.

– Nyisd ki, majd meglátod! Hátha valami jó dolog. Én annak nézem. – Kate szíve hirtelen nagyot dobbant. Felpillantott a mosolygó ügyvédre. – Nyugalom, Kate, nem lesz semmi baj!

– És ha mégis?

Tudta, mire készül Andy, és megijedt. Joe borzalmas fájdalmat okozott neki, ő pedig Andynek. Nem akarta megismételni, vagy olyan baklövést elkövetni, amelyet mindketten megbánnak.

– Ne félj! Minden rendben lesz. Nem véletlen baleset, saját elhatározásunkból tesszük.

Mindig erre vágyott, csak épp nem ezzel a férfival. Igaz, már nem hitt a hepiendben, és arra gondolt, talán ilyen az élet, csak félig teljesülnek a kívánságok. És ha már választani kellett, Andy jobbnak tűnt másoknál.

Óvatosan kinyitotta a dobozt, lenyalogatta az ujja-

iról a tortamaradványokat, és tündöklő gyémánt-
gyűrű csillant a szemébe. Jegyajándék egyenesen
Tiffanytól, és Andy fürgén az ujjára csúsztatta.

– Hozzám jössz feleségül, Kate? Ezúttal nem en-
gedlek elszökni. Azt hiszem, mindkettőnknek ez a
legjobb, mellesleg szeretlek is.

– Mellesleg? Ez miféle lánykérés?

– Valódi. Vágjunk bele! Tudom, hogy boldogok le-
szünk.

– Anyám mindig azt mondta, hogy te vagy az igazi.

– Az enyém meg ostoba tyúknak nevezett téged,
miután lapátra tettél – nevetett az ügyvéd, és megcsó-
kolta. Némi fontolgatás után Kate rájött, hogy szereti
ezt az embert. Nem úgy, mint Joe-t. Úgy soha senkit
nem szerethetett. Ez egészen más: megnyugtató, kel-
lemes, örömteli. Jó útitársak lesznek egy életen át. Ta-
lán nem kaphatunk meg mindent az életben. Nagy
szerelmet, szenvedélyt, álmokat. Talán végül jobban
járunk egy kis szerelemmel, álmok nélkül. Kate leg-
alábbis erre gondolt, amikor megcsókolta Andyt.

– Anyádnak igaza volt velem kapcsolatban. Bor-
zalmasan bántam veled, nagyon sajnálom – felelte,
miután a férfi viszonozta a csókot.

– Sajnálhatod is. Egész életedben vezekelni fogsz
érte. Sokkal tartozol.

– Rendben, minden áldott reggel whiskyvel locso-
lom meg a kukoricapelyhedet.

– Jobb is, ha mással nem próbálkozol a konyhában.
Ez azt jelenti, hogy hozzám jössz?

– Kénytelen vagyok. Tetszik a gyűrű. Másképp
nem tarthatom meg.

Gyönyörűen mutatott az ujján. Andy újra meg-
csókolta.

– Szeretlek, Kate. Fáj kimondanom, de örülök,
hogy nem jöttetek össze Joe-val – mondta őszintén.
Kate-nek sajgott a szíve, de meg kellett békélnie ez-
zel, és remélte, hogy Andy segíthet.

202

– Én is szeretlek – suttogta, és elmosolyodott. – Mikor lesz az esküvő?

– Júniusban.

Nevetve átkarolta a férfi nyakát, boldog volt, és tudta, hogy helyesen döntött. Illetve Andy döntött helyette.

– Csak várj, hogy mit szól majd az anyám! – mondta, és a hasukat fogták a nevetéstől.

– Hát még az enyém! – toldotta meg Andy, és a mennyezetre emelte a tekintetét.

14

Miután Andy megkérte a kezét, másnap Kate felhívta a szüleit, akik a várakozásnak megfelelően nem tudtak hová lenni a boldogságtól. Az anyja szinte önkívületi állapotba került, az esküvő időpontját firtatta, és még lelkesebben fogadta a hírt, hogy Kate-ék júniusban egybekelnek. Végre eljött, amire várt.

A következő négy hónapban Kate meg az anyja reggeltől estig a menyegző szervezésével vesződtek. Kate csak három koszorúslányt akart, Beverlyt és Dianát a Radcliffe-ről, valamint egy középiskolai osztálytársnőjét. Bűbájos halványkék organzaruhát szánt nekik, a sajátja kiválasztásához pedig az anyja is New Yorkba utazott. Kate bámulatosan festett a nemesen egyszerű öltözékben. Az anyja elsírta magát az első próbán, de az apja sem tudta visszatartani a könnyeit, amikor az oltár elé vezette.

Andy szüleinek barátai négy hónapon át kézről kézre adogatták őket, estélyeket, ebédeket, vacsorákat rendeztek a tiszteletükre New Yorkban, májusban pedig további összejövetelekre került sor Bostonban. Kate még soha nem élt át ennyi izgalmat. Elhatározták, hogy Párizsba és Velencébe mennek nászútra. Regénybe illőnek hatott az egész, Kate nem győzte emlékeztetni magát, mennyire szerencsés.

Titokban reménykedett, hogy Joe hallat magáról, miután bejelentették az eljegyzést, újra feltűnik a színen, és visszaköveteli magának. Persze volt annyi józan esze, hogy ne számítson komolyan erre, és rájött, hogy talán jobb is így. Igyekezett ritkábban gondolni a pilótára, de Joe mégis minduntalan visszalopódzott az elméjébe. Tépelődött, hogy nem kellenee mégis föláldoznia érte házasságot és gyereket, aztán újra meg újra feleszmélt, hogy Joe csak a repülőgépeivel törődik.

Az esküvő tökéletesen sikerült, Kate olyan lélegzetelállítóan mutatott a hosszú szatén menyasszonyi ruhában, mint Rita Hayworth, és álomszép csipkeuszályt vontatott maga után. Amikor az oltárhoz ért, Andy a szemébe nézett, és valami szívfájdító szomorúságot látott a tekintetében.

– Nem lesz semmi baj, szeretlek, Kate – súgta neki, miközben két pici könnycsepp buggyant ki a lány szeméből. Senkinek sem szólt róla, hogy egész délelőtt Joe után epekedett. Pedig tudta, hogy jó élete lesz Andy mellett, az ügyvéd rendes ember, és szeretik egymást. Helyesen választott, és mindent el akart követni, hogy felhőtlenné tegye a házasságukat.

A fogadást a Plazában tartották, a nászéjszakát egy Central-parkra néző, mesés lakosztályban töltötték. Mindkettejüket kimerítette az esküvő, csak másnap reggel szeretkeztek először. Andy nem akarta sürgetni őt, a házasságkötésük előtt meg sem próbálta lefektetni, azt sem firtatta, szűz-e még. Soha nem kíváncsiskodott Kate és Joe hosszú kapcsolatának részleteiről. Ártatlannak, szégyenlősnek és kissé óvatosnak látta, amit a tapasztalatlansága számlájára írt, holott annak volt tulajdonítható, hogy Kate furcsán érezte magát Andyvel egy ágyban. Idővel rájött azonban, hogy meglepően jó vele. Gyöngéd, játékos és reménytelenül szerelmes férfit ismert meg benne, és mire aznap délelőtt elindultak a repülőtérre, inkább régi barátoknak, semmint újdonsült házasoknak látszottak. Kettősükből hiányzott a szenvedély és a tűz, amely Joe és Kate viszonyát meghatározta, annál több könnyedség, vidámság volt benne, a fiatalasszony fenntartás nélkül megbízott a férjében, és sokkal inkább nyugalmat talált mellette, mint Joe mellett valaha is.

Az anyja sejtette, hogy nem éppen őrülten szerelmes Andybe, de nem aggódott emiatt. Az egyik ruhapróbán el is ejtett egy megjegyzést, hogy a szenvedély veszedelmes dolog. Ha szabadjára engedik, birtokba veszi az embert. Biztosította, jobban jár azzal, hogy a legjobb barátjához megy feleségül.

A mézesheteknél tökéletesebbet elképzelni sem lehetett volna. Gyertyafényes vacsorák a Maximban, Szajna-parti bisztrók, a Louvre kincsei, vásárlás, vásárlás, vásárlás, hosszú séták a víz mellett. Hibátlan időzítés, a legjobb évszak, meleg és verőfény – Kate soha életében nem volt ilyen boldog. Andy ráadásul gyöngéd és ügyes szeretőnek bizonyult. Mire Velencébe értek, úgy érezte, mintha évekkel azelőtt házasodtak volna össze. A férje gyanakodott ugyan, hogy nem érintetlenül ment hozzá, de soha nem tette szóvá. Inkább nem akarta tudni, és nem szívesen kérdezett olyasmit, ami Joe-ra emlékeztette volna a feleségét. Inkább sejtette, mint tudta, hogy ez még mindig kényes pont, és jó ideig az is marad.

Velence még Párizst is felülmúlta romantikusságban, ha ez egyáltalán lehetséges. Jókat ettek, bérelt gondolán siklottak a látnivalók között, és a Sóhajok hídja alatt áthaladtukban szerencsehozó csókot váltottak.

Egy éjszakára visszatértek Párizsba, ahonnét boldogan, felengedve, egymáshoz kötődve repültek haza a háromhetes, tökéletes nászútról New Yorkba. Hosszú és boldog életnek néztek elébe.

Andynek másnap újra munkába kellett állnia, Kate is fölkelt, hogy reggelit készítsen. A férfi lezuhanyozott, megborotválkozott, felöltözött, és amikor kiment a konyhába, az asztalon egy tál kukoricapehely meg egy üveg whisky várta.

– Hát nem felejtetted el, drágám! – kiáltott fel, színpadias mozdulattal átölelte a feleségét, majd elmajszolt egy marék gabonapelyhet, és leöblítette egy gyűszűnyi whiskyvel. Vágott az esze, helyén volt a szíve, sohasem hagyta el a humorérzéke, és ami a fő, bolondult Kate-ért. – Apám azt fogja hinni, rászoktattál az alkoholizálásra, ha whiskybűzösen toppanok be. Egész nap ügyfelekkel tárgyalunk.

Elment az irodába, az asszony pedig otthon maradt, hogy rendet rakjon a lakásban. Egy hónappal az esküvő előtt felmondott a múzeumban. Andy nem akarta, hogy dolgozzon, és akkor bőven akadt egyéb tennivalója, most azonban semmivel sem tudta elfoglalni magát, amíg estefelé haza nem jött a férje. Akkor aztán unalmában előbb berángatta Andyt az ágyba, azután étteremben akart vacsorázni, hiába mondta a férfi, hogy fáradt. Kate nem tudott mit kezdeni magával egész nap. Fölvetette, hogy újra állást vállal, fogalma sem volt, mivel kösse le a temérdek szabad időt, amelyet a házassággal kapott.

– Eredj vásárolni, járj múzeumba, szórakozz, ebédelj a barátnőiddel! – javasolta Andy, de Kate barátnői mind vagy dolgoztak, vagy a zöldövezetben nevelgették a csemetéiket. Csudabogárnak érezte magát, aki sehová sem tartozik.

Beszéltek arról, hogy nagyobb lakásba költöznek, de Andyé mindkettőjüknek tetszett, és egyelőre megfelelt. A három szobában akkor is elfértek volna, ha megszaporodik a létszám.

Három héttel a nászút után Kate sokat sejtető mosollyal közölte a vacsoránál, hogy nagy újság van. Andy azt hitte, valami érdekeset csinált napközben, az anyja vagy valamelyik barátnője telefonált. Meghökkenve hallotta ehelyett, hogy Kate gyermeket vár. Mindössze hat hete esküdtek meg, az asszony úgy gondolta, mindjárt az első alkalommal, a nászéjszakát követő reggelen eshetett teherbe.

– Orvos látott már? – kérdezte a férje egyszerre felvillanyozva és aggodalommal, leszedte helyette az asztalt, mindenáron pihentetni akarta, érdeklődött, hogy nem fáj-e valamije, nem akar-e lefeküdni. Kate nevetett.

– Nem, még nem voltam orvosnál, de biztos, hogy nem tévedek. – Tudta már, milyen a terhesség, öt évvel azelőtt, Joe gyerekénél kitapasztalta, de ezt nem mondhatta meg Andynek. – Az ég szerelmére, ez nem halálos betegség, semmi bajom.

Aznap éjjel a férfi még óvatosabban szeretkezett vele, vigyázott, nehogy baja essen az asszonynak vagy a picinek, erősködött, hogy minél előbb menjen orvoshoz, és csalódottan vette tudomásul, hogy a szüleiknek még nem szólt.

– Miért nem, Kate?

Világgá akarta kürtölni, amit Kate nagyon aranyosnak talált. Tetszett neki, hogy Andy még jobban izgul, mint ő. Kate gyereket akart, részben ezért hagyta el Joe-t, és ez tovább erősíthette a kötést közte és Andy között. Erre vágyott, igazi családi életre. Mégis maradt benne egy minden igyekezete ellenére kitölthetetlen űr. Tudta, mi az, de nem tudta, hogyan gyógyítsa. Joe okozta. Reménykedett, hogy a gyerek talán feledteti majd kínzó hiányérzetét.

– És ha elveszítem? Kínos lenne, ha már mindenki tudna róla.

– Miért veszítenéd el? – képedt el Andy. Ez a lehetőség meg sem fordult a fejében. – Fáj valamid?

– Dehogy fáj, csak biztos akarok lenni a dolgomban. Azt mondják, az első három hónapban mindig fennáll a vetélés veszélye.

Kivált annál, aki elüt egy részeg biciklista. Andy eddig nem is hallott az első három hónap terhességi kockázatairól.

Kate néhány nap múlva fölkereste az orvost, aki megnyugtatta, hogy minden rendben. Az asszony bizalmasan tájékoztatta öt évvel azelőtti vetéléséről, és a nőgyógyász csóválta ugyan a fejét, hogy akkor nem fordult szakemberhez, de úgy vélte, ez az elszigetelt eset kizárólag a gázolás miatt következett be, nem ad okot aggodalomra. Azt tanácsolta Kate-nek, mozogjon megfontoltan, pihenjen, étkezzen rendszeresen, és tartózkodjon minden meggondolatlanságtól, például lovaglástól és ugrókötelezéstől, amivel megnevettette az asszonyt. Ezután vitaminokat meg némi írott útmutatást adott neki, hogy mutassa meg a férjének is, és egy hónap múlva jöjjön vissza. A babát március elejére jósolta.

Kate gyalog ment haza, végigsétált a Central-park peremén, elgondolkodott, mennyire szerencsés. Férjes asszony, boldog házasságban él, gyermeket vár. Minden álma valóra vált, és végre tudta, hogy jól tette, amikor férjhez ment Andyhez.

Amikor augusztus utolsó hetére leruccantak Jamisonékhoz Cape Codra, végre elújságolták nekik a dolgot. Az anyja magán kívül volt az izgalomtól, az apja is osztozott az örömükben.

– Megmondtam, hogy Andy tökéletes választás – lelkendezett a férjének Elizabeth, miután Kate-ék visszatértek New Yorkba.

– Miért? Mert sikerült teherbe ejtenie? – tréfálkozott Clarke. Kedvelte Joe-t, de egyetértett a feleségével, hogy Andy tökéletes pár Kate-nek, és örült a boldogságuknak.

– Nem, azért, mert rendes ember. A szülés valóságos áldás lesz Kate-nek. Lehiggasztja, és közelebb viszi a férjéhez.

– És rengeteg munkát ad neki! – hahotázott Clarke.

Tudta, Kate-nek úgysincs más dolga, készen áll a családanyai szerepre: huszonhat éves, a legtöbb barátnője ennél fiatalabban szült először. A zömük már két-három gyereket nevelt. Fiatalok egész hulláma házasodott össze közvetlenül a háború után, és vállalt évről évre újabb gyereket, hogy bepótolja az elmulasztott éveket. Hozzájuk és a háború előtt férjhez mentekhez képest Kate későn kezdte.

Kate az egész terhesség alatt jól érezte magát. Karácsonyra Andy szavaival élve akkora pocakot növesztett, mint egy hőlégballon. Csaknem hét hónapos terhesen ő is „súlyos egyéniségnek" látta magát, pedig egy gramm súlyfölösleget sem szedett föl, csak a baba körül gyarapodott. Minden nap nagyokat sétált, sokat aludt, rendesen evett, majd kicsattant az egészségtől. Csak szilveszterkor ijedt meg egy pillanatra. A barátaikkal táncolni mentek az El Moroccóba – ebben az időszakban élénk társasági életet éltek, főként Andy barátaival és a munkája révén szerzett ismerőseivel –, és miután éjjel kettőkor hazamentek, rájöttek a fájások. Furdalta a lelkiismeret, mert sokat táncolt és néhány pohár pezsgőt is ivott. Andy fölhívta az orvost, aki azt mondta, azonnal menjenek be a kórházba, megvizsgálta a kismamát, és reggelig bent marasztalta, nehogy meginduljon a szülés. Kate megrémült, Andy mellette akart maradni, úgyhogy az egyik nővér fölállított neki egy kempingágyat.

– Hogy érzed magad? – kérdezte a férfi.

– Ijedten – felelte az igazsághoz híven Kate. – Félek a koraszüléstől.

– Fölösleges, nincs semmi baj, csak egy kicsit megerőltetted magad. Azt hiszem, az utolsó mambótól indultál be.

Az asszony kacagott:

– Az jó móka volt.

– A baba nyilván nem élvezte annyira. Vagy talán nagyon is.

– Mi lesz, ha történik valami, és elveszítjük?

Andy megfogta a kezét.

– Mi lenne, ha a változatosság kedvéért néhány percig nem szoronganál? – Azután olyasmit kérdezett, ami váratlanul érte Kate-et: – Miért aggódsz annyira a baba miatt?

A felesége szemébe mélyesztette a tekintetét. Az övé úgy csillogott, mint az olvasztott csokoládé, a haja kócosan meredezett, és szédületesen jóképű volt, ahogy a szűk kempingágyon fekve fölnézett rá.

– Minden kismama aggódik emiatt.

– Kate!

– Tessék! – szólalt meg az asszony hosszú hallgatás után.

– Ez az első terhességed?

Még hosszabb szünet következett. Kate nem akart válaszolni, de hazudni sem.

– Nem.

– Gondoltam. Mi történt?

– Elütött egy biciklista a Radcliffe-en, és elvetéltem.

– Emlékszem, mármint a kerékpáros balesetre, amikor agyrázkódást kaptál. Mennyi idős volt a magzat?

– Körülbelül két és fél hónapos. Meg akartam tartani. Joe-nak csak jóval később szóltam, amikor hazajött szabadságra. A szüleim máig sem tudnak róla.

– Képzelem, hogy örültek volna. De most ne búsulj, Kate, meglátod, nem lesz semmi baj. Gyönyörű kisbabánk lesz.

Andy odahajolt a feleségéhez, megcsókolta, és ez újfent arra emlékeztette Kate-et, mennyire szerencsés, hogy ilyen férje van. Egyáltalán nem kéne Joera gondolnia. Most talán majd végre megszabadul az emlékétől.

Másnap reggel kéz a kézben hagyták el a kórházat, és az asszony a hét hátralévő részét pihenéssel töltötte. Attól kezdve jól érezte magát, nem jelentkezett több fájás, mígnem egy vasárnap reggel fölébresztette a férjét. Ő már két órája virrasztott, mérte a fájásokat, végül oldalba bökte a férfit.

– Hmmm... Mi az? Jön a whisky meg a kukoricapehely?

– Annál is jobb – mosolygott Kate szembetűnően nyugodtan. – Jön a baba.

– Most? – Andy felült, és olyan rémült képet vágott, hogy az asszony elnevette magát. – Felöltözzek?

– Felőlem így is maradhatsz, de a kórházba menet elég furcsán hatnál.

A férfi meztelenül feküdt az ágyban.

– Jól van, jól van, sietek. Fölhívtad már a doktort?

– Még nem.

Kate Mona Lisa-mosollyal nézte, amint Andy fölkapkodja és elejti ruhadarabjait idegességében.

Egy fél órával később az asszony lezuhanyozva és felöltözve, csinosan megfésülve karolt a férjébe, aki kissé ziláltan, de nagyon figyelmesen támogatta, miközben a bőröndjét cipelte. Miután bejelentkeztek a szülészetre, a nővér azt mondta, jócskán előrehaladt a vajúdás. Ezzel ki is tessékelték Andyt a várószobába, ahol a többi apukával szívhatta egyik cigarettát a másik után.

– Meddig fog tartani? – kérdezte még idegesen.

– Egy ideig, Mr. Scott – felelte a nővér, becsukta mögötte az ajtót, és visszatért a pácienshez. Kate nem találta a helyét, Andyt akarta, de az ellenkezett volna a kórházi rendtartással. Most először őt is cserbenhagyta a nyugalma.

Három óra múlva még mindig vajúdott, de lassan, és Andy idegei pattanásig feszültek a várakozásban. Kilenckor értek a kórházba, és délig semmi sem történt, amikor pedig érdeklődött, kizavarták.

Délután négykor vitték át Kate-et a szülőszobába, vagyis orvosi szempontból éppen a kellő időben, de az asszony addigra kétségbeesve zokogott. Andyt akarta látni. A férfi egész nap egy falatot sem evett, látta, hogy a többiek jönnek-mennek, és némelyik még régebben vár, mint ő. Úgy tűnt, ennek soha nem lesz vége, szerette volna a felesége kezét fogni, reménykedett, hogy az asszonynak nem kell sokat szenvednie. Sajnos nem ez volt a helyzet, a jókora magzatnak nem akaródzott gyorsan kibújnia.

Az orvosok este hétkor már azt fontolgatták, hogy császármetszéshez folyamodnak, de úgy döntöttek, még egy kicsit hagyják erőlködni az asszonyt, így végül két órával később természetes úton jött világra Reed Clarke Scott, aki két nagyapja keresztnevét viselte. Majdnem négy és fél kilót nyomott, barna üstökét az apjától örökölte, de az arcvonásait Andy szerint az anyjától. A férfi soha nem látott még olyan szépet, mint Kate, aki a szülés után megfésülve, rózsaszín ágykabátban feküdt az ablaknál, és karjában tartotta az alvó kicsit.

– Mint egy festett kép! – ámuldozott Andy. A várószobában töltött tizenkét óra kis híján az őrületbe kergette, az asszony viszont ismét nyugodtan és boldogan fogta meg a kezét, fáradtsága ellenére megelégedettnek, megbékéltnek látszott. Álmai végre valóra váltak. Igaza volt az anyjának, helyesen cselekedett, és ezt most már ő is tudta.

Kate öt napig maradt a kórházban az újszülöttel, azután Andy meg az ápolónő vitte haza őket, akit négy hétre szerződtetett. Az egész lakást telerakta virággal, és tartotta a babát, amíg az asszony lefeküdt a hálószobában. Az orvos az akkori szokások szerint háromheti ágynyugalmat rendelt a kismamának. Egy mózeskosarat tettek az ágy mellé, abban aludt a pici, és amikor fölébredt, Kate megszoptatta, Andy pedig elragadtatottan figyelte.

– Gyönyörű vagy, Kate!

Örömmámorban úszva gondolt arra, hogy nemhiába várt erre a nőre és erre a rózsás arcú, pufók, hibátlan kis csöppségre. A jó dolgokra érdemes várni.

Kate huszonhét éves volt Reed születésekor, jóval idősebb, mint a legtöbb barátnője, amikor az első gyereket a világra hozta, de felkészültebb is. Jót tett neki a nyugalom, az érettség, csodálatosan bánt a picivel, imádta dajkálni, úgy érezte, mintha egész életében erre várt volna, élvezte a gyermekét és a férjét. Soha életükben nem voltak még ilyen boldogok.

15

REED KÉT ÉS FÉL HÓNAPOS volt májusban, amikor Andy egyik este izgatottan jött haza. Kinevezték egy bizottságba, amely Németországba utazott, hogy az ott folyó háborús perek tanúkihallgatásain vegyen részt. Már jó ideje zajlottak az eljárások, mindegyikhez több hónapja toborozták a különféle szakterületeken járatos ügyvédeket. Andy szerteágazó tapasztalatokat szerzett az apja irodájában, és óriási megtiszteltetésnek számított, hogy felkérték a bizottság munkájában való közreműködésre.

– Veled mehetek? – kérdezte felvillanyozva Kate, hiszen érdekesnek hangzott a feladat, és látni akarta a férjét, ahogy ezen dolgozik.

– Nem hiszem, drágám. Katonai laktanyákban fognak elszállásolni bennünket. A körülmények nem idilliek, de a munka nagyszerű.

Andy alig várta, hogy indulhasson, bár sajnálta itthagyni az asszonyt és Reedet.

– Meddig maradsz ott?

Kate sejtette, hogy ez nem kétnapos, még csak nem is kéthetes kirándulás.

– Ez a dolog nehezebbik fele – vallotta be szégyenkezve a férfi. Alaposan megfontolta, mielőtt elfogadta a megbízást. Azonnal kellett válaszolnia, de biztosra vette, hogy Kate is szeretné, ha nem szalaszta-

213

na el egy ilyen kivételes lehetőséget. Ilyen alkalomról álmodozott, de egyáltalán nem számított rá. – Három-négy hónapig.

– Jaj, az nagyon hosszú idő, Andy.

– Megkérdeztem, nem kaphatnék-e néhány nap szünetet, mondjuk félidőben, de azt mondták, lehetetlen. Ott kell rostokolnom, és senki sem viszi a feleségét. Az asszonyoknak nincs hely. – Andy úgy érezte, ezzel a három-négy hónappal egyúttal a hazáját is szolgálja, letörleszt valamit az adósságából, mivel annak idején nem harcolt a háborúban. – Sajnálom, kicsim. Utána együtt kitalálunk valami jót, például elutazunk valahová.

El akarta vinni a feleségét Kaliforniába, ahol legénykorában fantasztikusan érezte magát.

– Rendben, addig én sem fogok unatkozni.

– A trónörökös majd gondoskodik róla. Nem akarsz a szüleidhez költözni?

Kate a fejét rázta.

– Anyám örülne Reednek, de engem megőrjítene. Itt maradunk, őrizzük a házi tűzhelyet.

– Köszönöm, hogy jó képet vágsz a dologhoz, Kate! – hálálkodott a férfi, és megcsókolta.

– Van más választásom? Nyavalyoghatok?

Az asszony is tudta, hogy hiányolni fogja a férjét, de örült a szakmai sikerének.

– Nyavalyoghatnál, de örülök, hogy nem teszed. Tényleg nagyon szeretném ezt a különleges jelentőségű munkát.

Kate mindenben Andy mellett állt, aki még inkább szerette ezért, az asszony pedig tisztelte őt, semmiképpen nem hátráltatta volna.

– Tudom. Mikor indulsz?

– Négy hét múlva.

– Te tulok, egész nyárra egyedül hagysz.

Sőt még annál is tovább. A feladatra vállalkozó, az ország minden részéből összegyűjtött ügyvédeknek

214

terv szerint július elsején kellett katonai repülőgéppel Németországba repülniük, és azt mondták nekik, várhatólag október végéig nem térhetnek haza.

Ahogy a következő hetekben Kate segített Andynek az iratrendezésben és csomagolásban, kezdett rájönni, mekkora magány szakad rá a lakásban a kisbabával. Egyévi házasság alatt hozzászokott Andy társaságához, és most el sem tudta képzelni magát nélküle. A négy hónap egy örökkévalóságnak rémlett.

Két nap múlva, a házassági évfordulójukon a férfi gyönyörű Cartier gyémánt karkötővel lepte meg. Ő egy órát vett Andynek Tiffanynál, de korántsem olyan remekbe készült darabot, mint amilyet tőle kapott.

– Jaj, Andy, elkényeztetsz! – lelkendezett, és Andy örömmel figyelte. A férfi nagyobb boldogságot talált mellette, mint remélte. Kate mintafeleség volt, csodálatos anya és fantasztikus társ, igazi jó barát. Andy imádott együtt lenni, szeretkezni, nevetni vele.

– Ezt azért kapod, mert kötelességen felül minden tőled telhetőt megteszel.

– Nem is tudom, talán gyakrabban utazhatnál el.

Csodás estét töltöttek el egy exkluzív étteremben.

Július elsején szomorúan búcsúztak egymástól. Az asszony a csecsemőt is kivitte a reptérre. Öt ügyvéd indult New Yorkból, a többiek más városokból jöttek. Andy magához szorította, és megcsókolta. Megígérte, hogy igyekszik telefonálni, bár valószínűleg nem túl gyakran nyílik rá lehetősége.

– Majd írok! – tette hozzá, de az asszony sejtette, hogy Andynek erre sem nagyon jut ideje. Hosszú, magányos négy hónap állt előtte a férje távollétében. Annak idején habozott, feleségül menjen-e hozzá, most pedig egy napot sem tudott elképzelni nélküle. A férfi megpuszilta a kicsit, majd még egyszer az asszonyt, azután futott, nehogy lemaradjon a repülőről. Ő volt a legfiatalabb a New York-i csoportban, a többi feleség mosolyogva figyelte Kate-et, ahogy kicipelte a babát az indulási csarnokból. Reed három és fél hónapos volt, és mire az apja újra láthatta, rengeteget okosodhatott, ügyesedhetett. Kate megígérte, hogy rengeteg fényképet készít róla.

A függetlenség napját New Yorkban töltötte, a rekkenő hőségben alig mozdult ki a gyerekkel a légkondicionált lakásból, a hónap további részében aztán alábbhagyott a kánikula. Reggelenként kisétált a babával a parkba, igyekezett tizenegyre hazaérni, délután általában otthon maradtak, és estefelé, amikor az utcák kezdtek lehűlni, ismét lementek levegőzni. Próbálta magát elfoglalni, de még a fiúcskával is egyedül érezte magát. Rettentően hiányzott Andy.

Egyik délután az állatkertből jövet a Plaza Hotel előtt tolta el a babakocsit, aztán le az Ötödik sugárúton. Nézegette a kirakatokat. Épp átkelt a forgalmas főútvonalon, amikor egy alak vágott át az úttesten, és beléütközött. Az asszony meghökkent, előbb a babára pillantott, hiszen még az út közepén jártak, majd a figyelmetlen gyalogosra – és egyenesen Joe Allbright szemébe nézett. Földbe gyökerezett a lába, nem hitte volna, hogy az újságokon kívül valaha is viszontlátja még.

– Szia, Kate! – köszönt a férfi, mintha aznap reggel találkoztak volna utoljára. Semmi sem változott rajta, ugyanúgy festett, mint legutóbb, csak nyoma sem volt rajta a keménységnek, a kegyetlen szavaknak, a csalódottságnak. Az a szívdöglesztő arc, az a kék szempár mintha csakis őrá várt volna mostanáig, ám Kate tudta, hogy ez merő illúzió. Joe bármikor telefonálhatott volna, de egyszer sem hívta. Minden félszegségével együtt időnként úgy tudott nézni, hogy mindenkit levett a lábáról. Most pontosan így nézett. Mint aki három évig Kate-re várt.

Az autósok rájuk dudáltak, ahogy pirosra váltott a lámpa, mire a férfi karon ragadta, miközben ő a babakocsit tolta, és a járdaszegélyig kísérte. Ott fölsegítette, aztán mosolyogva szemlélte a kicsit.

– Hát ez meg ki? – érdeklődött, a baba meg úgy gügyögött, mintha ő is örülne, hogy látja.

– A fiam, Reed – felelte büszkén Kate. – Három hónapos.

– Jóképű fickó, szakasztott az anyja. Nem is tudtam, hogy férjhez mentél. Tényleg, férjhez mentél?

A kérdés bárki mástól sértő lett volna, de Joe-tól szinte természetesnek hatott. Számára egy gyerek nem jelentett automatikusan házasságot. Gondolkodásban valamelyest megelőzte az átlagot. Vagy inkább elmaradt tőle? Nem mindig lehetett eldönteni.

– Majdnem pontosan egy éve.

– Nem vesztegetted az időt a gyerekvállalással – mondta Joe, de nem lepődött meg. Tudta, hogy Kate ezt akarta. Félreérthetetlenné tette, amikor elhagyta őt. Három éve nem látta, de ezalatt semmit sem változott. Ha lehet, inkább szépült, ahogy Joe is még vonzóbb lett. Ránézésre senki sem mondta volna harminckilenc évesnek. Most is ott bujkált a vonásaiban az örök kisfiú, homlokába hulló sötétszőke haja még inkább erősítette ezt a benyomást. Hátrasöpörte, azzal a rá jellemző mozdulattal, amelyet Kate elragadónak talált. Ezerszer gondolt erre éjszakánként, amikor Joe után sírt. Most pedig itt állt előtte, és különös, szomorú, kiüresedett érzés költözött belé. Szívesen mondta volna, hogy nem érdekli, hidegen hagyja ez a férfi, de megint összeszorult a gyomra, mintha egy kő görgött volna benne lassan ideoda. Azt hihette volna, ez a szerelem, csakhogy Andy mellett sohasem érezte ezt a követ. Vele mindig békében, biztonságban érezte magát. Most pedig, néhány ujjnyira Joe-tól elviselhetetlen idegesség szállta meg. Felelevenedett a múlt, ugyanaz az elektromos feszültség támadt közöttük, mint régen. Vagy talán soha nem is távozott tőle?

– Ki a szerencsés apa? – kérdezte könnyedén a férfi, mint akinek esze ágában sincs elköszönni.

– Andy Scott, régi barátom a Harvardról.

– Anyád mindig azt mondta, hozzá kéne feleségül menned. Most biztosan boldog – jegyezte meg némi éllel. Tudta, hogy Elizabeth soha nem szívelte.

– Az is – felelte Kate szédelegve. Mintha a férfi valami különös illatot bocsátott volna ki, amely megbabonázta. Ösztönei figyelmeztették, hogy ideje távozni, de szinte megbénult, elzsongította a hang, és nem mozdult. – Imádja a gyereket.

– Helyes fickó. Egyébként a vállalkozás egész tűrhetően megy – tette Joe mosollyal idézőjelbe a szerénykedő jelzőt. Andy nemegyszer említette Kate-nek, hogy Allbright vállalata az egyik legjelentősebb az országban, és Joe milliókat keresett vele. Az asszony legutóbb azt olvasta, hogy légitársaságot is indított.

– Gyakran hallok rólad, Joe. Még mindig sokat repülsz?

– Amennyit csak bírok, de nincs elég időm. A saját tervezésű gépeimet most is én repülöm be, de az egészen más. Most kontinensközi menetrend szerinti járatokra alkalmas modelleket fejlesztünk. Néhány hete Charlesszal együtt repültünk Párizsba, de legtöbbnyire a tanácsteremben vagy a saját irodámban kuksolok. Vettem egy New York-i lakást – mesélte. Mintha két régi barát tereferélt volna a régi szép időkről, de Kate tudta, hogy ez a könnyednek tetsző társalgás korántsem veszélytelen. – Már működik egy irodaházunk itt, egy másik Chicagóban, egy harmadik Los Angelesben. Sokat járok a nyugati partra, de a legtöbbet ide, New Yorkba – árulta el. Épp az irodájából jövet ütközött bele az asszonyba az Ötvenhetedik utcánál.

– Fontos ember lettél, Joe.

Kate emlékezett arra az időre, amikor a pilótának még semmije sem volt. Akkor szeretett belé. Azóta más lett. A hatalom légkörét árasztotta, noha az egyik pillanatban most is fészeg tétovasággal nézett rá, a következőben pedig azzal az átható tekintettel, amely mintha a lelke mélyét, a gondolatait akarta volna kifürkészni. Kate nem tudta kivonni magát a tekintete befolyása alól.

– Elvihetlek valahová, Kate? Kényelmetlen lehet ebben a melegben flangálni a kicsivel.

– Épp levegőzünk. Néhány sarokkal odébb lakom. Szeretek sétálni.

– Na gyere! – adta ki a jelszót a férfi, és válaszra sem várva karon fogta. Az utca túloldalán autó várta. Joe elszántan tolta maga előtt a babakocsit, mint aki sebes sodrású folyón gázol át, az asszony követte, és mire észbe kapott, már a hátsó ülésen csücsült a gyerekkel, a sofőr elhelyezte a babakocsit a csomagtartóban, Joe pedig melléjük telepedett. – Pár háztömbnyire lakom tőled. Tetőtérben, mert az olyan, mintha repülnék. Mi újság nálad, mit csinálsz ezen a nyáron?

– Nem tudom pontosan, mik a terveink – dadogta. Úgy érezte magát, mintha a Niagarához közeledne egy teknőben. Joe mindig ilyen hatást tett rá. Soha nem tudott ellenállni neki, és kétségbeesve érezte, hogy ez három év alatt sem változott. Joe pontosan így bánt az emberekkel, különösen most, hogy ennyire sikeressé vált. Kate megpróbált észnél lenni, ellenállni a bódító hatásnak, hiszen most már férjes asszony volt.

– Úgy volt, hogy a jövő héten Európába megyek, de le kellett mondanom, annyi a munkám a légitársasággal. Ugyanazok a szakszervezeti gondok, amelyekkel eleinte New Jerseyben is küzdöttünk – fordította a férfi az ismerős témák bevetésével máris bizalmasabbra a társalgást. Nem tudatosan nyűgözte le a nőt, ösztönösen cselekedett. Úgy viselkedtek, mint két állat, amely szimatolva kering egymás körül. – Repülhetnénk egyet hármasban Andyvel. Vajon élvezné?

Valószínűleg élvezte volna, ha nem Joe a pilóta. Pontosan tudta, mit jelentett valamikor Joe a feleségének. Azt is tudta, milyen nehezen hagyta el Kate, és ha Allbright mellett maradt volna, soha nem ment volna feleségül hozzá. A jól szituált ügyvéd nem vehette föl a versenyt a levegő hősével.

Kate nem tudta, mit mondjon, hát az igazat mondta, de azonnal meg is bánta, hogy olyasmit kotyogott ki, amit Joe képes felhasználni:

– Épp Németországba utazott. Részt vesz a háborús perekben.

– Ez igen! Bizonyára kiváló ügyvéd – nyilatkozott elismerően, de a tekintete fogva tartotta Kate-ét, és szavak nélkül további kérdésekkel ostromolta, amelyekre az asszony vagy nem tudta a választ, vagy nem akarta elárulni.

– Az – felelte büszkén. Az autó ebben a pillanatban fékezett a lakásánál, ő pedig igyekezett minél gyorsabban kiszállni. A sofőr máris kiemelte a babakocsit a csomagtartóból, az asszony beletette Reedet, miközben Joe figyelte. Állandóan figyelt, mindent látott, még azt is, amit Kate nem akart megmutatni. Ő is ugyanolyan jól ismerte a férfit. Olyanok voltak, mint egy egész két fele, amelyet szinte leküzdhetetlen mágneses erő tapaszt össze. Kate azonban ezúttal ellen akart állni. Kiküszöbölte ezt a férfit az életéből, és kívül is akarta tartani. A saját érdekében éppúgy, mint Andyében. Kimérten a kezét nyújtotta Joe-nak, és megköszönte a fuvart. Egyszerre hűvösebb hangra váltott. Haragudott a férfira azért, amit most és korábban érzett iránta, pedig úgy gondolta, nem Joe hibája, hogy ennyire vonzódott hozzá. Győzködte magát, hogy többé nem vonzódik.

– Tudod, hol találsz – búcsúzott Joe némileg öntelten. A fél világ tudta. – Hívj föl valamikor! Repülhetnénk egyet.

– Kösz, Joe! – bólintott Kate, és újra fiatal lánynak

érezte magát. Szoknyát, blúzt, szandált viselt, a férfi látta, hogy a szülés mit sem rontott tökéletes alakján, amelyre három év távolából jól emlékezett. – Még egyszer köszönöm a fuvart!

Az asszony betolta a kocsit a házba, nem nézett hátra, nem integetett, és remélte, hogy útjaik soha többé nem keresztezik egymást. Kifulladva ért fel a lakásba. A találkozás elbizonytalanította. Szeretett volna beszélni valakivel, valami szilárd fogódzóba kapaszkodni, megmagyarázni, hogy semmit sem érez Joe iránt, túltette magát rajta, örül, amiért férjhez ment Andyhez, és megszülte Reedet. Mintha mentegetőznie kellett volna a történtek miatt. Meg akart győzni valakit, hogy Joe semmit sem jelent neki, de tudta, hogy hazudna. Ugyanazt jelentette, amit tíz éve mindig is.

16

KATE A TALÁLKOZÁS másnapján szorongva ébredt. Egész éjjel rémálmok gyötörték, a baba sírására azzal a kellemetlen érzéssel riadt föl, mintha megcsalta volna Andyt. Miután megszoptatta Reedet, kávét főzött, és arra gondolt, hogy nem tett semmi rosszat, nem viselkedett helytelenül, nem mutatott érdeklődést a férfi iránt, semmi módon nem bátorította, nem ígérte meg, hogy felhívja. Mégis bűnösnek érezte magát, mintha felelősség terhelné, amiért öszszefutottak, vagy előre eltervezte volna, ami persze nem igaz. A kellemetlen érzés egész nap nem hagyta nyugodni. Este épp befejezett egy Andynek írt levelet, amelyhez fényképeket is mellékelt, amikor csengett a telefon. Abban a hiszemben nyúlt a kagylóért, hogy ez valószínűleg az anyja, ám a vonal végén megszólaló hangtól majdnem eldobta.

– Szia, Kate! – köszönt a férfi egy hosszú és fárasztó munkanap után az irodájából.

– Szia, Joe! – Csak ennyi, és nem több. Kate várt, el sem tudta képzelni, mit akarhat tőle.

– Gondoltam, unatkozhatsz most, hogy Andy elutazott. Nincs kedved a régi idők emlékére velem ebédelni?

– Nincs – vágta rá. Tudta, hogy rossz ötlet, és veszélyes, még ha a megtévesztően szerény, kedves hang nem annak szánja is.

– Már rég szerettem volna megmutatni neked az itteni központunkat. Az egyik legszebb épület az országban. Láttad, honnét indult a vállalkozás, gondoltam, megnézhetnéd, hová jutott, miután... miután te...

– Szívesen megnézném, de azt hiszem, jobb, ha nem.

– Miért nem?

– Nem tudom, Joe – sóhajtotta. Belefáradt a védekezésbe, és jólesett beszélgetnie a férfival, szerette volna visszaforgatni az idő kerekét. – Ez már a múlté.

– Éppen azt szeretném megmutatni neked, hogy fest a jelen. Pazarul.

– Javíthatatlan vagy – nevette el magát. Kezdett fölengedni.

– Igazán? Miért ne lehetnénk barátok, Kate?

Legszívesebben azt válaszolta volna: „Azért, mert szerelmes vagyok beléd!" De vajon az volt-e? Talán csak a szerelem emléke látszott többnek önmagánál. Andyhez valódi szerelem fűzte, ebben biztos volt. Joe-hoz valami más, egy ábránd, álom, makacsul visszatérő remény, gyermeteg tündérmese, amely mindenáron boldogan akar végződni, pedig képtelen rá. Joe fölért egy fenyegető szerencsétlenséggel, és ezt mindketten tudták.

– Légy szíves, ebédelj velem! Becsszóra fegyelmezem magam.

– Bizonyára mindketten azt tennénk, de minek erőltessük?

– Mert élvezzük egymás társaságát. Ugyan mitől félsz? Van férjed, gyereked, magánéleted. Nekem nincs más, csak a repülőgépeim – próbált szenvelgő hangot megütni Joe, amivel nevetésre késztette a nőt.

– Ne gyere ezzel, Joe Allbright! Mindig is ezt akartad. Az az igazság, hogy jobban, mint engem. Ezért hagytalak el.

– Megkaphattuk volna mind a két dolgot egyszerre – vetette föl, ezúttal mintha komolyan gondolta volna, és Kate dühös volt rá, hogy most, ilyen későn hozakodik elő vele.

– Ezt próbáltam megmagyarázni neked, de fütyültél rám.

– Ostoba fajankó voltam, féltem a lekötöttségtől. Azóta kiokosodtam és fölbátorodtam. Idősebb fejjel tudom, mit vesztettem el veled, de a hiúságom akkor nem engedte, hogy beismerjem. Az életem értelmetlen nélküled.

– Férjhez mentem, Joe.

– Tudom, nem arra kérlek, hogy változtass ezen. Tiszteletben tartom a magánéletedet. Csak egy ebédet kérek. Egy órácskát rám szánhatsz. Azalatt megmutatom, mire vittem. – Ez egyszerre büszkén és panaszosan hangzott, mintha nem lenne kinek eldicsekednie a művével, amiről persze csak saját maga tehet. Kate arra gondolt, talán voltak más nők az életében, amióta ő elhagyta, talán nem, vagy talán nem fontosak. Joe közben a világ leghíresebb repülőgép-tervezőjévé vált. – Megteszed, Kate? Ne vacakolj már, úgy sincs más dolgod most, hogy Andy elutazott. Szerezz egy pótmamát, és ebédelj velem, vagy hozd a kicsit is!

– Jó – sóhajtott beletörődően az asszony. Mintha egy gyerekkel vitatkozott volna. Mire jó ez az egész? Miért olyan fontos Joe-nak, hogy ő is lássa az irodáját? – Elmegyek.

– Csodálatos vagy! Köszönöm! Holnap jó?

– Rendben – felelte egy másodpercnyi gondolkodás után. Maga mögött akarta tudni ezt a históriát, bebizonyítani, hogy képes rá, nem hagyja újra elcsábítani magát. Ahogy egy gyógyult alkoholista is képes szemrebbenés nélkül elmenni az italbolt előtt.

– Érted megyek – ajánlkozott Joe, de elhárította. Azt mondta, találkozzanak az étterem előtt. A férfi Giovannit javasolta, Kate azt felelte, fél egykor.

Másnap pontosan a megbeszélt időben érkezett, fehér vászonkosztümben, hátrafésült hajjal, széles karimájú szalmakalapban. Joe már várta, arcon csókolta, többen is felfigyeltek rájuk. Allbright jellegzetes alakját könnyen felismerhették a sok sajtófotó után, csak azt nem tudták, ki az a gyönyörű nő abban a sikkes kalapban.

– Mindig feltűnést keltek veled – bókolt a férfi, miközben egy félreeső bokszba telepedtek.

– Nélkülem ugyanúgy – mosolygott Kate. Jól érezte magát, hogy végre a babasétáltatáson túl is kimozdulhatott otthonról. Imádta Reedet, de mióta Andy elutazott, nem tudott kihez szólni. A gyerekkori barátnői mind Bostonban maradtak, a legtöbbjüket szem elől tévesztette a Joe-val töltött évek alatt. Azóta Andy és a kicsi körül forgott az élete, nem akart és nem is ért rá új barátokat keresni.

Ebéd közben sok mindenről szó esett, Joe vállalatáról, a repülőgépterveiről, a gondjairól, a legújabb gépéről, a légitársaságáról. Izgalmas, új feladatok sokaságán törte a fejét. Mindez élesen különbözött Kate csöndes, meghitt családi boldogságától.

– Nem akarsz állást vállalni? – kérdezte a férfi, aki az egész étkezés alatt feddhetetlen úriemberként viselkedett.

– Nem hiszem. Otthon maradok a kicsivel – felelte Kate, pedig már gondolkodott rajta. Andy valóban nem akarta, és egyelőre ő is egyetértett a férjével. A múzeumi munkáját annak idején szerette, karrier után azonban nem vágyott különösebben.

– Helyes lurkó, bár unalmas lehet mindig pátyolgatni.

– Néha kicsit fárasztó, de rengeteg örömöt ad.

– Jó látni, hogy boldogan élsz.

Az asszony bólintott. Nem akart személyes dolgokról beszélgetni, sem pedig a múltat bolygatni. Anélkül is szinte házastársi hűtlenségnek érezte, hogy Joe-val ebédel. Pedig ártalmatlan szórakozásnak tűnt, voltaképpen csak a férfi kedvenc témájával, a repüléssel foglalkoztak. Kate annak idején még átlátta a vállalkozást, ám az közben szédítő ütemben fejlődött. A légitársaságról már csak annyit tudott, amennyit az újságban olvasott.

Joe autójával távoztak az étteremből, és Kate elámult, amikor meglátta az irodaházat. Egy egész felhőkarcolóban szorgoskodtak a tervezőiroda és a légitársaság alkalmazottai.

– Úristen, Joe, ki hitte volna, hogy ezzé növi ki magát a céged!

A férfi öt év alatt vállalatbirodalmat épített.

– Elképesztő, ha arra gondolok, hogy kölyökkoromban a kifutópálya szélén lebzseltem. Ilyen ez az ország, Kate. Hálás vagyok a hazámnak.

– Lehetsz is.

Kate füttyentett, amikor a legfelső emeleten beléptek Joe irodájába. Egész New York a lábuk előtt hevert. A faburkolatú helyiségben finommívű angol bútorrégiségek, ismert festmények árulkodtak arról, hogy a gazdájuk hovatovább a leggazdagabbak közé emelkedik, és a jó ízlésnek sincs híján. Az asszony azonban emlékeztette magát, hogy mindebben csak Joe feltételei alapján – se házasság, se gyerek – osztozhatott volna. Hiába a világra szóló sikerek, nem ilyen életet akart, bármennyire szerette is a férfit. Inkább Andyt és a kisbabájukat választotta.

Rég beletörődött, hogy nem kaphat meg mindent egyszerre.

Joe átkísérte a tanácsterembe, ahol bemutatta néhány embernek. A titkárnője, Hazel, aki kezdettől a cégnél dolgozott, örömmel látta viszont Kate-et:

– A főnöktől hallom, hogy nemrég szült. Nyugodtan letagadhatná!

Kate megköszönte a kedvességét, majd néhány percre visszamentek Joe irodájába, de már nem várakoztathatta sokáig Reedet. Azt ígérte a pótmamának, hogy fél négyre hazaér, és már majdnem annyi volt. Hamarosan szoptatni is kellett.

– Köszönöm, hogy velem ebédeltél! – mondta Joe, amikor az asszony szedelődzködni kezdett.

– Azt hiszem, be akartam bizonyítani magunknak, hogy lehetünk barátok.

– És megálltam a próbát? Lehetünk?

– Nem neked kellett megállnod, Joe, hanem nekem.

– Szerintem jelesre vizsgáztál.

– Remélem – mosolygott az asszony a széles karimájú kalap alatt, és ismét elbűvölte Joe-t. Mindaz megvolt benne, amit valaha is akarhatott egy nőtől, de cserébe túl sokat kívánt, többet, mint amennyit Joe adni tudott.

Fölállt, arcon csókolta Joe-t, aki lehunyt szemmel szívta be parfümje illatát. Egy fájdalmas pillanatra felidéződött Kate-ben, ahogy a férfi bőréhez ért, a karjába simult. Túl sok közös emlék ivódott beléjük, a szívükbe, a csontjaikba.

– Ebédeljünk máskor is együtt! – mondta búcsúzóul Joe, miután levitte a földszintre, és besegítette a kocsiba, hogy a sofőr hazafuvarozza.

– Szívesen.

Becsukta a limuzin ajtaját, az asszony pedig integetett, ahogy elhajtottak. A férfi utánanézett, majd visszament a legfelső emeletre, leült az íróasztalához, és eszeveszett rajzolásba fogott. Repülőgépet tervezett.

Egy héttel később, egy forró estén Kate a légkondicionált lakásban ült, tévét nézett. A baba már aludt, amikor megszólalt a telefon. Joe volt az. Az asszony megkönnyebbült a minapi ebédtől, büszkévé tette a saját helytállása. Keserédes érzést ébresztett benne, de nem kínzót. Azután pedig boldogan ment haza, ahol a kisfia meg Andy levele várta. Leszámolt a múlttal.

– Mit csinálsz? – érdeklődött Joe ráérősen. Tétlenül heverészett otthon, és eszébe jutott az asszony.

– Tévét nézek.

– Ne menjünk el hamburgerezni? Unatkozom.

– Örömmel veled tartanék, de nincs kire bíznom a gyereket.

– Hozd magaddal!

– Megőrültél? Alszik, és ha felébred, órákig bőg. Hidd el, nem élveznéd.

– Nyertél, tényleg nem. Te ettél?

– Igen is, meg nem is. Délután egy kis fagylaltot. Nem is vagyok éhes. Bágyasztó ez a meleg.

– Mit szólnál, ha felugranék egy hamburgerrel?

– Hozzám?!

– Oda hát. Hová máshová vinném?

Meghökkentően hangzott a javaslat, hogy Kate a férje lakásán fogadja Joe-t, de ráértek, és már bebizonyította, hogy csupán barátok, hát miért ne?

– Biztos ezt akarod?

– Miért? Enni csak kell!

Végül beleegyezett. Joe tudta a címet, és azt ígérte, harminc perc múlva ott lesz.

Tizenöt perc múlva futott be két csöpögős hamburgerrel, ahogy mind a ketten szerették. Kate évek óta nem evett ilyet, és miközben összevissza kecsöpöztek mindent, és az ujjaikat nyalogatták, önfeledten kacagtak a konyhaasztalnál.

– Mindent összekensz – mondta Joe. Az asszony úgy vihorászott, mint tizenhét évesen.

– Tudom. Az a jó.

A férfi kezébe nyomott egy csomó papírszalvétát, és végül egyesült erővel feltörölgették a ragacsot. Azután Kate a fagyasztóból jégkrémmel kínálta a vendéget. Úgy érezték magukat, mint a régi szép időkben, amikor Joe is Jamisonék bostoni házában lakott, vagy később, New Jerseyben. Az óriásmadár leszállt, hogy megpihenjen, rövidesen ismét szárnyra keljen, és eltűnjön. Kate mégis élvezte, hogy viszontláthatja. Már-már elfeledte, milyen nagyszerű társaság Joe, mennyire kedvelték egymást. Imádta az anekdotáit, megnevettette a bolondságaival.

Evés után tévét néztek. Kate szandált viselt, Joe pedig lerúgta a cipőjét, és az asszony piszkálni kezdte, amikor észrevette, hogy lyukas a zoknija.

– Egy sikerember nem hordhat ilyen fuszeklit.

– Nincs, aki újat vegyen nekem.

– Te akartad így. Vetess Hazellel!

– Nem, nem így akartam, csak nem akartam házasságot azért, hogy rendes zokniban járhassak. Túl sokba kerülne az a zokni.

– Valóban túl sokba?

– Hiszen ismersz. Félek a lekötöttségtől. Félek, hogy elmulasztok valamit, vagy valaki túl sokat kap belőlem. Nem a pénzemet, hanem engem, valamit önmagamból, amit nem akarok odaadni.

Mindig ez tartotta vissza, ezért nem vette el Kate-et, de tőle már nem félt. Hosszú, nagyon hosszú időbe tellett, de valamilyen okból, amelyet maga sem látott át egészen, végre megbízott az asszonyban.

– Senki sem veheti el, amit nem adsz oda magadtól.

– Megpróbálhatja. Azt hiszem, attól félek, hogy közben én magam vesznék el.

Kate-tel majdnem ez történt. A lány akkor jókora darabot vitt magával belőle, de Joe gyanította, hogy nem is tudott erről. Most pedig azt kívánta, bárcsak visszakaphatná, amit elveszített, és azzal együtt Kate-et is.

228

– Túl nagy vagy ahhoz, hogy elvesszél, Joe. Szerintem fogalmad sincs, milyen nagy. Óriási.

– Nem érzem annak magam.

– Azt hiszem, senki sem tudja magáról, mekkora valójában. Neked van mivel büszkélkedned.

– Nem mindenre vagyok büszke. Például arra sem, ahogy veled bántam, Kate. Piszok módon viselkedtem veled, mielőtt elhagytál. Dolgoztattalak, kihasználtalak, nem törődtem veled, csak magammal, te meg annyira szerettél, hogy emiatt hitványnak, bűnösnek éreztem magam. Ez megriasztott, szerettem volna elmenekülni, elbújni. Jól tetted, hogy elhagytál. Majdnem belehaltam, de nem hibáztatlak. Ezért nem hívtalak, bármennyire szerettem volna. Helyesen tetted, hogy elmentél, számodra semmi értelme sem lett volna maradnod. Nem adhattam meg neked, amit igényeltél. Nem fogtam föl, milyen szerencsés vagyok. Sokáig tartott, míg lehiggadtam, és végiggondoltam a dolgot.

Addigra pedig Kate rég elment.

– Kedves, hogy ezt mondod, de rájöttem, hogy semmiképpen nem működött volna a kapcsolatunk.

– Miért nem?

– Mert én ezt akartam. – Kate széles mozdulattal körbemutatott a lakásban, azután a baba felé. – Férjet, gyereket, normális életet. Neked jóval több kell ennél: hatalom, siker, izgalom, repülőgépek, és minden egyebet hajlandó vagy föláldozni, akár embereket is. Én nem. Én ezt akartam.

– Meglett volna ez is, sőt még jóval több, ha kivárod.

– Annak alapján, amit akkor mondtál, nem.

– Rossz passzban voltam, Kate. Csak a vállalkozás beindítására tudtam gondolni.

Kate tudta, hogy ez igaz, de Joe házasságtól, gyerektől, felelősségtől való idegenkedése mélyebben gyökerezik, mint beismeri.

– És most? Élsz-halsz egy feleségért meg egy rakás

kölyökért? Kétlem. Azt hiszem, igazad volt, ki nem állhatnád.

– Attól függ, ki az a feleség. De nem keresgélek, rég megtaláltam az igazit, csak bolond fejjel elveszítettem. Agyalágyult voltam, és szeretném, ha tudnád.

– Én akkor is tudtam, csak nem gondoltam, hogy te is tudod. Méltányolom, hogy megosztod velem az érzéseidet, de azért alakult így, mert a sors ezt akarta.

– Marhaság! A dolgok azért történnek egy bizonyos módon, mert elszúrunk vagy elszalasztunk ezt-azt, ostobaságokat csinálunk, néha egyszerűen nem látunk a szemünktől. Rengeteg gógyi és kurázsi kell ahhoz, hogy azt tegyük, amit kell, és nem mindenki képes erre. Néha időbe telik, míg kispekuláljuk a megoldást, és akkor már késő. De helyre kell hozni, ha lehet. Nem nézhetjük ölbe tett kézzel, amint elfuserálódnak a dolgok, mi meg csak sopánkodunk, hogy a sors így akarta.

– Van, amin nem változtathatunk – mondta csendesen Kate. Megértette Joe szavait, de úgy érezte, fölösleges a múltat bolygatni.

– Nem adtál nekem elég időt – vélte Joe, és mélyen a nő szemébe nézett, amely éppen olyan színű volt, mint az övé. Mintha egyik a másikat tükrözte volna. Bizonyos dolgokban feltűnően hasonlítottak, másokban homlokegyenest ellenkeztek, és mindez tökéletes összhangba tudott olvadni.

– Miután elhagytalak, két évig vártam a férjhezmenéssel. Bőven találhattál volna alkalmat, hogy meggondold magad, és értem jöjj. Nem tetted.

– Bolond voltam. Riadt. És elfoglalt. Akkor még nem jöttem rá, de azóta igen.

Az asszony úgy érezte, a tekintetétől bukfencet vet a szíve. Joe azt akarta, amit valamikor élvezhetett, de most már máshoz tartozott.

– Nézd, Kate, irigylésre méltó az életem, virágzó

vállalkozást építettem föl, de nélküled mindez sokkal kevesebbet ér.

– Hagyjuk ezt, Joe, ez sehová sem vezet.

– De igen! Szeretlek, Kate! – kiáltotta, és mielőtt az asszony még egy szót szólhatott volna, Joe a kanapén ülve megcsókolta, azután átölelte. Kate úgy érezte, mintha egy másik világba röpítené, lebegtek az űrben, a szíve magasra szállt, majd egy pillanattal később visszazuhant a földre, ahogy elhúzódott.

– Menj el, Joe!

– Nem megyek, amíg nem beszéljük meg ezt a dolgot. Szeretsz még?

– A férjemet szeretem.

– Nem ezt kérdeztem! Szeretsz engem?

– Mindig szerettelek, de most már lehetetlen. Máshoz mentem feleségül.

– Hogy mehettél Andyhez, ha engem szerettél?

– Azt hittem, te nem szeretsz, és nem akartál feleségül venni.

Százszor átgondolta már. Ezerszer. Milliószor, de tudta, hogy már késő.

– Tehát elvetetted magad az első pasassal, aki az utadba akadt?

– Aljasság ilyet mondani. Két évig vártam.

– Mit csináljak, nekem tovább tartott, amíg végigspekuláltam.

Ez gyerekesen hangzott, de nem a szavak számítottak. Az számított, amit Kate akkor érzett, amikor a férfi megcsókolta, amit a szemében látott, ami a saját szívében megrezdült. Még mindig szerette, és tudta, hogy ez örökre így marad. Mintha életfogytiglani büntetésre ítélték volna, semmit sem tehetett ellene.

– Nem tehetem ezt Andyvel. A férjem. Gyerekünk van. – Elkeseredett arccal állt föl. – Mindegy, mi történt, mit miért mondtunk vagy tettünk. Kimondtuk, megtettük. Elhagytalak, és azt akartad, hogy menjek, különben megállítottál, visszahívtál volna. Csak erre vártam két hosszú évig, de te nem értél rá, mert a nyavalyás repülőgépeiddel játszadoztál, és be voltál rezelve, hogy keresztben lenyellek. Hát tudd meg, még most is szeretlek. Míg élek, szeretni foglak, de késő, Joe. Máshoz mentem feleségül. Ezt akkor is tiszteletben tartom, ha te nem. Most menj! Nem véthetek ekkorát a férjem és önmagam ellen.

– Azért büntetsz, mert nem vettelek feleségül – egyenesedett föl a férfi, és bűnbánóan nézett le rá.

– Magamat büntetem, mert férjhez mentem, és az uram igazi feleséget érdemel, nem olyan nőt, aki másba szerelmes. Ennek semmi értelme, Joe, el kell felejtenünk egymást. Nem tudom, hogy a pokolba csináljam, és becsületemre mondom, én megpróbáltam, de esküszöm, ha addig élek, akkor is sikerülni fog. Nem élhetek Andyvel úgy, hogy téged szeretlek.

– Akkor hagyd el!

– Szeretem, nem tennék vele ilyet. Épp hogy megszültem a gyerekünket.

– Visszakövetellek, Kate – jelentette ki Joe olyan hangon, mint aki megszokta, hogy teljesüljön az akarata, és nem éri be kevesebbel.

– Miért? Mert máshoz mentem feleségül? Miért csak most kellek? Nem vagyok játékbaba, repülőgép, sem pedig gyár, amelyet birtokolhatsz vagy megvásárolhatsz. Két istenverte évet vártam, mialatt mindenki győzködött, hogy meghaltál valahol Németországban. Én rendületlenül vártalak. Rá sem tudtam nézni másra. Három évvel ezelőtt pedig egy évig ragaszkodtam hozzád, miután közölted, hogy soha nem fogsz megnősülni. Most miért akarsz? – zokogta Kate.

– Nem tudom, csak az biztos, hogy hozzám tartozol. Nem akarok nélküled élni. Tíz éve ismerjük, kilenc éve szeretjük egymást.

– Hát aztán? Előbb gondolkoztál volna! Késő.

– Ez nevetséges. Nem is szereted Andyt. Ezt akarod az élettől?

– Ezt! – kiáltotta, és a baba felsírt. – Menj el, Joe, meg kell etetnem a kicsit.

– Nem kéne előbb megnyugodnod?

– De kéne, de most egy kicsit késő van ehhez. – A férfi közelebb lépett, és letörölte a könnyeit. – Légy szíves, ne! – zokogott még hevesebben az asszony, és Joe a karjába vette. Kate nem akart mást, csak vele lenni, de nem tudott. A sors kegyetlen fintorának tetszett, hogy Joe most nyúlt utána. Nem hagyhatta el Andyt, nem vihette el a gyereküket, bármennyire szerette is Joe-t. És Andyt is szerette, csak másképp.

– Sajnálom, nem kellett volna idejönnöm ma este.

– Nem a te hibád. Én is látni akartalak. A múltkori ebéd csodálatos volt, és melletted... Jaj, Joe, mihez kezdjünk?

Belekapaszkodott a férfiba, aki megcsókolta. El voltak veszve, szemlátomást még mindig szerették egymást.

– Nem tudom, majd kiokoskodjuk.

Otthagyta Joe-t, a gyerekért ment, kihozta, és kettejük közé fektette a kanapéra. Joe gyönyörködve nézte a babát, azután őt.

– Nem lesz semmi baj, Kate. Esetleg találkozhatunk néha.

– És azután? Állandóan egymás után sóvárgunk? Ez nem élet.

– Most nincs más. Talán ennyi is elég.

Kate tudta, hogy nem sokáig. Mindig többet akarnak lopott pillanatoknál, miközben tudják, hogy szeretik egymást, mégsem lehetnek együtt. Ez úgy hangzott, mint egy élethossziglani tortúra. Elkínzott arccal nézett Joe-ra, s a férfi ráeszmélt, hogy Katenek meg kell szoptatnia a gyereket.

– Elmenjek, vagy várjak, amíg megeteted?

Az asszony tudta, hogy el kellene küldenie, de nem akarta. Nem tudta, látja-e még valaha.

– Várhatsz, ha akarsz.

233

Átment a szomszéd szobába, amíg a férfi tévét nézett, és mire visszajött, Joe elaludt a kanapén. A hosszú napot érzelmileg mindkettejük számára fárasztó este követte. Az asszony békésebbnek látszott, miután megetette a gyereket, és Reed újra egyenletesen szuszogott a gyerekágyban.

Kate egy ideig figyelte Joe-t, megérintette a haját, gyöngéden megsimogatta az arcát. Bensőséges érzés fogta el. Sok-sok éve egymáshoz tartoztak. Összekötötte őket a közös múlt. Jó ideig fogta átkarolva a férfit, míg csak Joe ki nem nyitotta a szemét.

– Szeretlek, Kate! – suttogta mosolyogva.

– Nem, nem szerethetsz. Nem engedem – felelte az asszony, és Joe megcsókolta. Sokáig feküdtek a kanapén, csókolóztak.

– Menned kell – mondta végül Kate. Lehetetlen helyzetbe került egy lehetetlen alakkal. Joe bólintott, de nem mozdult a kanapéról, tovább csókolgatta őt, és egy idő múlva Kate már nem bánta, elmegy vagy marad. Nem akarta, hogy elmenjen. Annak idején nem akarta elhagyni sem, nem akarta bántani Andyt, sem a fiukat... egyiket sem akarta, de az erő, amely egymáshoz kötötte őket, hatalmasabbnak bizonyult náluk. Joe a karjába kapta, és az ágyra fektette. Kate tudta, el kellene küldenie, de nem tudta. Inkább hagyta, hogy levetkőztesse, mint már annyiszor, majd a saját ruháját is levesse. Azzal a vágyakozással szeretkeztek, amely három esztendeje kísértette őket, azután pedig mély, békés álomba merültek egymás karjában.

17

AMIKOR KATE MÁSNAP REGGEL fölébredt, mosolyogva érezte maga mellett Andyt, feléje fordult, és meglátta Joe-t. Nem álom volt, nem lidércnyomás, hanem a há-

rom külön töltött év és egész addigi szerelmük tető-
pontja, de most nem tudta, mitévő legyen. Figyelte,
ahogy a férfi lassan mozgolódik, és arra gondolt, el kell
felejteniük egymást. A baba még édesdeden aludt.
Néhány perc múlva Joe is fölébredt.
– Álmodom, vagy ez már a mennyország?
Számára sokkal egyszerűbbnek tűnt minden.
Nem volt nős, nem fenyegette az a veszély, hogy
tönkreteszi mások életét, legfeljebb az asszonyét
meg a sajátját.
– Undorítóan boldognak látszol – morogta Kate,
de közben a férfihoz bújt. Közös életük során mindig
az ágyban töltött idő volt a nap fénypontja. – Nincs
is lelkiismereted.
– Nincs bizony – erősítette meg Joe, és megcsókol-
ta a feje búbját. Évek óta nem volt ilyen boldog, egy
pillanatra tökéletesnek tetszett a világ. – A baba jól
van? Ilyenkor még aludnia kell? – érdeklődött. Ez új-
donság volt neki.
– Semmi baja, későn szokott ébredni.
Erre csókolgatni kezdte, kihasználta a lehetőséget,
hogy – mivel Reed még alszik – újra szeretkezzenek.
Álomszerű volt az egész, szinte olyan, mintha soha
el sem váltak volna, csak közben az elmúlt három év
alatt mindketten felnőttek, Kate férjhez ment, és
gyereket szült. Olyan közösség fűzte az ágyban és
másutt Joe-hoz, mint egyetlen más férfihoz sem.
Egymás iránti érzéseik mélységét maguk sem tudták
felfogni. Mintha valamiféle elemi ösztön vonzotta
volna egymás felé őket. Minden másságuk, különbö-
zőségük, egyediségük dacára volt bennük valami,
ami egybekapcsolta kettőjüket. Nem igényelt ma-
gyarázatot, szót is keveset, többnyire még annyit
sem. A szavak csupán külsődleges mentségül szol-
gáltak arra, amit éreztek. Bocsánatkérések, betartha-
tatlan ígéretek... A szavak semmit sem számítottak.
A többi, az kötötte össze kettejük lelkét.

A baba végül egészséges oázással ébredt. Kate megszoptatta – ezalatt Joe lezuhanyozott –, majd reggelit készített. A férfi legszívesebben az egész napot velük töltötte volna, de – mint sajnálkozva magyarázta – délelőtt értekezletre várták, mennie kellett.

– Velem ebédelsz? – kérdezte, fölállt, és fölvette a zakóját.

– Mit művelünk mi, Joe? – döbbent meg az aszszony. Úgy érezte, sokkal több a vesztenivalója, mint Joe-nak, de még mindig nem késő abbahagyni, mielőtt mindent lerombolnak. Tudta, tőle függ, megáll-e ezen a ponton, hogy aztán emlékként őrizze ezt az egyszeri esetet, de nem bírta újra elveszíteni Joe-t. A lelke mélyén tudta, hogy már nincs megállás.

– Azt hiszem, a lehető legjobbat, Kate. A többi kialakul menet közben.

Joe soha nem akarta tudomásul venni a várható buktatókat, kivéve repülőgép-tervezéskor.

– Veszélyes játékot űzünk – figyelmeztette Kate, és lesimította a zakója hajtókáját. Szerette a külsejét, magasságát, markáns arcát, dacos állát, férfiasan szögletes vállát, tekintetét, amely mindenhová követte őt, hosszú lábát. Megrészegült a látványától, tizenhét éves kora óta Joe volt az álma. Ekkora erő ellen nem harcolhatott. A férfi is ugyanígy érzett, annak idején első pillantásra megigézte Kate, vonzódott hozzá, mint pille a lánghoz.

– Az élet veszélyes üzem – felelte nyugodt mosollyal, és megcsókolta az asszonyt. Nem tudtak betelni egymással. – A jó dolgok pedig drágák. Én soha nem voltam rest fizetni azért, amit akartam, amiben hittem. – Ezúttal azonban mások életével is játszottak, nem csak a magukéval. – Velem ebédelsz? – ismételte meg a kérdést. Kate némi habozás után bólintott.

– Szerzek bébiszittert. Hol találkozunk?

Joe az asszony egyik régi kedvencét, a Le Pavillont javasolta, és tizenkettőben állapodtak meg. Miután elment, Kate újra megszoptatta a kicsit. Csöndben ült a kanapén, Andy és a saját fényképeivel meg az egy éve készült esküvői fotóval szemközt. Joe visszatérésével Andy ködös álomnak tetszett, pedig Kate tudta, hogy szereti a férjét.

Visszatette a babát a gyerekágyba, és fölhívta a pótmamát. Délben találkozott Joe-val az étteremben, a halványzöld selyemruha csodásan harmonizált bronzvörös hajával, az anyjától kapott smaragd melltű csak fokozta az összhatást. Ahogy közeledett, a férfi ugyanúgy bámult rá az asztal mellől, mint tíz évvel azelőtt. Nem tartottak a nyilvánosságtól, előre megegyeztek abban, hogy ha valaki itt látja őket, kevésbé keltenek gyanút, mint valami eldugott helyen.

– Elnézést, Joe Allbrighthoz van szerencsém? – suttogta az asszony, miközben leült. Joe imádta a szépségét, a játékosságát, az illatát, azt, ahogy átlibegett a helyiségen, mit sem tudva arról, mennyire pazar látványt nyújt. Rendkívüli párt alkottak, nem kézenfekvően összeillőt, mégis hihetetlenül jól mutattak ketten. Ez is a belőlük áradó delejes varázshoz tartozott.

– Akarsz repülni a hét végén? – kérdezte ebéd közben Joe. Mesélt egy helyes kis modellről, amelyet előző nap szállítottak le. – Imádni fogod – biztosította az asszonyt.

– Hát persze – felelte Kate, más dolga nem lévén. Tudta, hogy a következő három és fél hónapban szabad, és egyszerre ráeszmélt, bármi jön is azután, ez az idő az övék. Átengedte magát a sorsnak, nem harcolt ellene.

Hosszasan ebédeltek, nagyon körültekintően viselkedtek, majd a férfi visszament az irodába, Kate pedig haza, hogy sétálni vigye Reedet a parkba. Otthon Andy levele várta. Hirtelen beléhasított a felismerés, mennyire hiányzik a férje. Sokáig szorongatta a mókás és szeretetteljes írást, könnyei átáztatták a

237

papírt. Iszonyú bűntudat fogta el, tisztán látta, hogy helytelen, amit tesz, mégsem bírt megállni. Bármennyire törődött is Andyvel, Joe-val kellett lennie.

Este szótlanul fogadta Allbrightot, aki a mozgalmas munkanap után fáradtan érkezett. Whiskys poharat adott a férfi kezébe, magának egy kis bort töltött. A baba már aludt.

– Levelet kaptam Andytől. Nyomorultul érzem magam. Ha rájön, belerokkan. Valószínűleg elválik tőlem.

– Az jó, akkor elveszlek.

– Ezt csak azért mondod, mert máshoz mentem feleségül. Mihelyt szabad leszek, hanyatt-homlok menekülsz majd.

– Próbáld ki!

– Nem tehetem.

– Hagyjuk ezt, inkább élvezzük a mát.

Pontosan ezt is tették.

A következő hónapban hetente többször együtt ebédeltek, minden nap együtt vacsoráztak, hol étteremben, hol otthon, a hétvégeken repültek, moziba mentek, beszélgettek, szeretkeztek, nevettek és begubóztak a maguk kis világába. Joe esténként játszott a babával, és egészen izgalomba jött, amikor fölfedezte Reed első fogát. A külső szemlélő azt hihette volna, ez egy tökéletes család, és Andy nem is létezik. Egyedül Kate anyósa emlékeztetett rá, aki hetente egyszer jött babanézőbe, kedd délutánonként, de Kate olyankor Joe jelenlétének minden nyomát gondosan eltüntette a lakásból. Nyilvános helyeken pedig kellően diszkréten viselkedtek, hogy bárki azt hihesse, csupán barátok. Valójában férj-feleségnek érezték magukat. Elválaszthatatlan párnak.

Kate majd minden nap írt Andynek, de önkéntelenül is mesterkélten, lélektelenül fogalmazott. Remélte, hogy merevsége nem szúr szemet a férjének. Többnyire Reedről mesélt, magáról alig ejtett szót. Érdeklődéssel olvasta Andy tárgyalótermi beszámolóit, de a férfi arra is kitért, hogy állandóan hiányzik neki, mennyire szereti, és alig várja, hogy otthon lehessen vele meg a picivel. Mindegyik levél újabb tőrdöfésként érte. El sem tudta képzelni, hogyan tovább, Joe-val abban maradtak, őszig nem is gondolkodnak rajta.

Augusztusban megígérte a szüleinek, hogy velük tölt egy hetet a félszigeten, bár nem akarta otthagyni Joe-t. Fogyott az idő, Andy négy hónapjából már kettő eltelt. Ugyanakkor azt is tudta, ha nem viszi le Cape Codra a babát, a szülei megsejtik, hogy valami nincs rendjén, esetleg meglátogatják New Yorkban, és fölfedezik Joe-t, aki július végén hozzáköltözött. Így mégis elment. Joe azt mondta, a távollétében elfoglalja magát, és megbeszélték, hogy majd Kate telefonál, mert a férfi hangját Elizabeth fölismerte volna. Kate-et enyhén szólva zavarta ez a konspirálás, de az adott helyzetben nem tehettek mást.

A félszigetre érkezése után öt nappal került sor a szokásos évenkénti kerti sütésre. Kate egy pótmamára bízta a kicsit, és a szüleivel átment a szomszédba. Jól érezte magát, tudta, hogy két nap múlva viszontláthatja Joe-t. Már alig várta.

A dűnék fölötti teraszon kortyolta a jégbe hűtött italt, amikor meglepetésszerűen beállított Joe. A házigazdáék örömmel üdvözölték, emlékeztek rá évekkel azelőttről. Joe Allbrightot nem lehetett elfelejteni. Átsétált a teraszon, üdvözölte a vendégeket.

– Ez meg mit keres itt? – kérdezte Elizabeth, amikor megpillantotta.

– Fogalmam sincs – felelte Kate. Szerencsére nem kellett tettetnie a meglepődést, de őrültségnek tartotta, hogy Joe eljött. Attól félt, hogy ezt egyikük sem viszi el szárazon.

– Tudtad, hogy jön? – lépett működésbe az inkvizíció, miközben az apja épp kezet rázott Joe-val. Clarke örült, hogy látja, még ha Joe – mint hitte –

végleg szakított is a lányával, aki azóta máshoz ment férjhez.

– Honnét tudtam volna, mama? Vannak itt barátai, nyilván hozzájuk jött.

– Akkor is furcsa. Három éve nem járt itt. Talán téged akart látni.

– Kétlem.

Kate hátat fordított Joe-nak, de szinte érezte, hogy közeledik, és az anyja lesi őket. Reménykedett, hogy nem árulják el magukat, de egyikükben sem bízott, főként magában nem. Az anyja túl jól ismerte ahhoz.

Joe végül odaért hozzájuk, udvariasan köszönt Elizabethnek.

– Jó napot, asszonyom. Örülök, hogy látom.

– Jó napot, Joe!

Az asszony vonakodva fogott kezet vele, ridegen végigmérte, mire a férfi Kate-hez fordult.

– Jó, hogy látlak, Kate. Hallom, kisfiad született. Gratulálok!

– Köszönöm! – fogadta hűvösen Kate, és elvonult, hogy valaki mással elegyedjen beszédbe. Tudta, hogy ez megnyugtatja az anyját, remélhetőleg a gyanakvását is eloszlatja. Ezt később megsúgta Joe-nak, amikor a parton kolbászt sütöttek. Kate máris megégette a sajátját, mert csak a beszélgetés érdekelte. – Istenkísértés volt idejönnöd. Ha kiderül az igazság, dührohamot kapnak.

– Hiányoztál, nem bírtam nélküled.

– Két nap múlva otthon leszek.

– Anyád utál engem – jegyezte meg Joe, amint észrevette, hogy Elizabeth rosszallóan figyeli beszélgetésüket. Az asszony olyan arcot vágott, mintha legszívesebben halva látná a férfit, vagy legalábbis minél messzebb a lányától.

Végül a szülők Elizabeth fejfájása miatt korán távoztak, Kate és Joe pedig sétáltak egyet a parton, mint évekkel azelőtt. Tíz év hosszú idő, és nekik különösen sokat számított. Elizabeth úgy vélte, elfecsérelték ezeket az esztendőket, Kate viszont élete legszebb éveiként gondolt rájuk.

Jólesett elszabadulni a társaságtól, járkálni a holdfényben. Egymás mellé hevertek a homokon, csókolóztak, visszafelé menet fogták egymás kezét, de már jó messze a háztól elengedték, és attól kezdve megint nagyon óvatosan viselkedtek. Kate előbb hagyta ott az összejövetelt, mint Joe, a szülei addigra lefeküdtek, Reed mélyen aludt, a szoptatásra sem akart fölébredni. Kate gondolatai Joe-hoz szálltak. Minden megvalósult, amiről valaha álmodtak, de nem rakhatták öszsze az egészet anélkül, hogy valaki pórul ne járt volna. Olyan volt ez, mint egy megoldás nélküli fejtörő.

Korán fölkelt a kicsivel, megpróbált úgy lemenni a földszintre, hogy ne csapjon zajt, ami Reeddel nehézségekbe ütközött. A kisfiú gagyogott, gőgicsélt, sikongatva nevetett, Kate becsukta maguk mögött az ajtót, és látta, hogy az anyja a konyhaasztalnál ülve egy csésze tea mellett olvasgatja a helyi lapot.

Elizabeth az újságra szegezte a tekintetét.

– Ugye tudtad, hogy Joe tegnap este idejön?

– Nem, nem is sejtettem.

– Érzem, hogy valami van köztetek. Soha nem láttam két embert, akik ennyire vonzódtak volna egymáshoz.

– Alig szóltam hozzá tegnap este.

Kate a baba praclijába dugott egy pici darabka banánt, Reed pedig bekapta.

– Még beszélned sem kell hozzá, anélkül is érzitek egymást. Veszélyes ember, ne engedd a közeledbe, mert tönkreteszi az életedet! Bárdolatlanság, hogy egyáltalán idejött. Azért jött, mert tudta, hogy itt talál téged. Nem is értem, hogy volt képe... Bár én már semmin sem lepődöm meg – fortyogott Elizabeth.

– Én sem – szólt közbe vidoran Clarke, belépett a konyhába, megpuszilta a kicsit, és a feleségére pillantott. Rögtön felmérte, hogy itt szócsata zajlott, csak azt nem tudta, miről, és nem óhajtott találgatásokba bocsátkozni. Inkább kimaradt a csetepatékból.

– Örülök, hogy láttam Joe-t tegnap este. Olvastam a légitársaságáról, kirobbanó sikernek ígérkezik, sőt már az is. Azt mondja, irodákat nyitnak Európában. Ki hitte volna mindezt öt évvel ezelőtt?

– Szerintem arcátlanság, hogy idejött – kezdte újra Elizabeth.

– Miért?

– Tudta, hogy Kate itt lesz. A lányunk férjes aszszony, Clarke. Joe nem futkoshat utána se ide, se máshová. Rá akarja erőszakolni magát.

– Ne csacsiskodj, Liz! Az már a múlté. Kate férjhez ment, valószínűleg Joe-nak is van valakije. Megnősült, Kate?

– Nem hiszem, papa. Fogalmam sincs.

– Mintha a parton beszélgetett volna veled – mondta szemrehányóan Elizabeth.

– Mi rossz van abban? – avatkozott közbe a férje. – Rendes ember.

– Ha az lenne, elvette volna a lányodat, miután két éven át váratta a háború alatt, majd újabb két évig kihasználta. Még szerencse, hogy Kate észre tért, és feleségül ment valaki máshoz. Kár, hogy Andy nem volt itt tegnap este.

– Kár – értett egyet Kate, de az anyja észrevett valamit a tekintetében, ami nem tetszett neki. Mintha valami sötét titkot rejtegetett volna, ami csak Joe-val függhetett össze.

– Elment az eszed, ha hagyod, hogy bármi közöd legyen ahhoz az emberhez, Kate. Újra csak kihasznál téged, és összetöröd Andy szívét. Jól jegyezd meg, amit mondok: Joe soha senkit nem fog feleségül venni.

Elizabeth mindig is ezt állította, és eddig igaznak is bizonyult. Kate azonban azt is tudta, hogy Joe most el akarja venni őt, legalábbis a férfi azt mondta, ámbár most könnyen mondhatta, mivel Kate már férjhez ment máshoz. Egy idő múlva Kate fogta a babát, és kiült vele a tornácra. Ahogy felnézett, egy repülőgép hurkokat írt le a levegőben. Nem volt nehéz kitalálnia, ki vezeti a gépet. Joe gyerekessége megmosolyogtatta.

Az apját és kicsalta a látvány, vidáman kémlelte az eget.

– Csinos kis gép.

– Joe legújabb tervezése – szaladt ki Kate száján.

– Honnét tudod? – csodálkozott Clarke, de a felesége vádló hangsúlya nélkül.

– Tegnap este említette.

Az apja leült mellé, megpaskolta a kezét.

– Sajnálom, hogy nem sikerült, Kate. Van, ami nem jön össze. – Tudta, mennyire szereti a férfit, és mekkora fájdalmat okozott neki, amikor szakítottak. – De anyádnak igaza van. Súlyos hibát követnél el, ha felújítanád a kapcsolatotokat.

Hirtelen megsajnálta a lányát.

– Nem fogom.

Kate utált hazudni, de rákényszerült. Tudta, hogy helytelen, amit Joe-val művelnek, de nem bírta elengedni a férfit. Ágyban vagy azon kívül nem létezett még egy, akihez hasonló érzések fűzték volna. Fogalma sem volt, mihez kezdenek, ha Andy hazatér, de addig legalább még két hónap állt a rendelkezésükre. Volt idejük, hogy kitalálják a továbbiakat.

Joe még mindig odafent röpködött, bukfencezett és orsózott, egy rémítő bukófordulónál Kate a szájához kapott, azt hitte, mindjárt lezuhan. Az apja figyelte a tekintetét, látta, rosszabb a helyzet, mint gondolta, kezdett igazat adni Liznek, hogy mégis van valami a fiatalok között. De nem akarta faggatni Kate-et, úgy érezte, nincs joga beleütnie az orrát felnőtt lánya dolgaiba.

Kate másnap visszautazott New Yorkba, és Joe abban a percben hívta, ahogy hazaért. Megrótta a férfit a bukófordulóért, amely megrémítette, de Joe nevetett. Tudta, hogy egyáltalán nem forgott veszélyben.

– Hidd el, veszélyesebb New Yorkban átkelni az utcán. – Mulattatta az asszony aggodalma. – A szüleid nagyon rád szálltak?

– Csak anyám. Azt hiszi, valami folyik a háttérben.

– Milyen éles szemű! Mondtál nekik valamit?

– Természetesen semmit. Szörnyet is haltak volna. Ha jobban belegondolok, joggal.

Kate egész úton hazafelé ezen törte a fejét. Emésztette a bűntudat, amiért a mit sem sejtő Andy háta mögött ilyesmit művelnek. Joe valamiféle elsőbbségi előjogot tulajdonított magának, mivel oly régen ismerte Kate-et. Csakhogy Andy vette feleségül egy esztendeje, neki szült gyereket. A szívét viszont Joe tartotta fogva, és nem eresztette.

– Ugye nem baj, ha ma este is fölmegyek? – kérdezte Joe már-már alázatosan. Kate nem tudott nemet mondani, bármennyire furdalta is a lelkiismeret.

A pilóta több mint fél óra múlva érkezett, és szokás szerint megrohamozták az ágyat. Egymás iránti vágyakozásuk árhulláma elöntötte őket, összecsapott fölöttük, alig kaptak levegőt. Csaknem egy hete nem lehettek együtt.

A munka ünnepével beköszöntött a szeptember. Joe-nak néhány napra Kaliforniába kellett mennie, azután egy próbarepülés erejéig átruccant Nevadába. Invitálta Kate-et is, hogy tartson vele, de az asszony úgy vélte, jobb, ha nem. Nem tudott volna kimagyarázkodni, ha Andy telefonál. Az eddigi két hónapban ugyan csak egyszer-kétszer hívta, szinte egyáltalán nem tudott telefonhoz jutni, de Kate minden nap hűségesen írt neki.

Szeptember végére már két hónapja élt együtt Joeval. A dolog kezdett kényelmesen megszokottá válni, mintha összeházasodtak volna. A férfi annyira elengedte magát, hogy amikor egyik este Elizabeth telefonált, hajszál híján ő szólt bele. Kate az utolsó pillanatban tépte ki a kezéből a kagylót, és döbbenten néztek egymásra, miután fölfogták, mi történhetett volna.

Kate minden hét végén repült, bejárt a céghez Joeval, aki kikérte a véleményét, a tanácsait. Az irodában dolgozók kezdtek úgy bánni vele, mint a főnök feleségével. Az éttermekben, mozikban, sőt az utcán azonban a szerencse kegyéből senkivel sem futottak össze, amit részben annak köszönhettek, hogy sok ismerősük elment nyaralni, de még a munka ünnepe után is megúszták a nemkívánatos véletlen találkozásokat. Október közepén aztán Kate elkeseredett. Andy telefonált, hogy hamarosan hazajön. Hálálkodott a feleségének, amiért zokszó nélkül tűrte hosszú távollétét, a csodálatos levelekért, a fényképekért, amelyeken Reed egyre inkább hasonlított Kate-re, alig várta, hogy újra láthassa őket. Elmondta, hogy a tárgyalások rendkívül jól haladnak, a következő két hétben már csomagol, és irány New York.

Kate és Joe aznap este órákig tanácskoztak a konyhában.

– Hogyan tovább? – kesergett az asszony. Nem látott kiutat, úgy érezte, ennek mindannyian megisszszák a levét, még a kisfia is. Dönteniük kellett, és ehhez kettejüknek napokon belül megegyezésre kellett jutniuk.

– Feleségül akarlak venni – szögezte le Joe. – Váljatok el! Elmehettek Renóba, ott hat hét alatt lebonyolítják az eljárást. Az év végéig össze is házasodhatunk.

Kate mindig is ezt akarta tőle, de ehhez most tönkre kellett tennie Andy életét. Az ügyvéd nem ezt érdemelte, hiszen nem az ő hibája volt, hogy Kate újra áldozatul esett Joe vonzerejének.

– Azt sem tudom, mit mondjak Andynek.

– Az igazat – vélte gyakorlatiasan Joe. Könnyen be-

245

szélt, rá csak az a szerep hárult, hogy a háttérbe húzódva megvárja, amíg Kate végzetes csapást mér Andyre, hogy azután ő győztesként lépjen le a színről. – Mi mást tehetünk? Szakadjunk el újra egymástól? Ezt akarod? – Ezenkívül még folytathatták a titkos viszonyt is, de Kate tudta, hogy az alakoskodás megőrjítené, és ezt Joe is belátta. Együtt akart élni az asszonnyal, mint férj és feleség, még Reedet is akarta.

– Sajnálom Andyt, de joga van megtudni.

– Komolyan gondolod, hogy megnősülsz?

Kate nem felejtette el az anyja szavait, és jól ismerte a férfit. Joe imádta a szabadságot és a repülőgépeit. De őt is imádta, és már a negyvenhez közeledett. Az asszony úgy látta, végre felkészült arra, hogy megállapodjon és ezúttal komolyan elkötelezze magát. Joe ezt hajtogatta, de Kate meg akart bizonyosodni róla, mielőtt bejelenti Andynek, hogy el akar válni.

– Komolyan – közölte nyomatékosan Joe. – Ideje, Kate.

Az asszony számára már három-négy évvel azelőtt ideje lett volna. Sőt öt. Joe nem siette el a dolgot. Jamisonék jobban örültek volna, ha már a háború előtt vagy alatt feleségül veszi a lányukat. De bármilyen úton jutott is el idáig, végre megérkezett, és most az asszonytól várta a következő lépést. Kate kezében volt a döntés. Joe csak erősködhetett, hogy komoly az elhatározása, feleségül akarja venni őt.

– Amint hazajön, megmondom neki – szánta el magát Kate. Nem szívrepesve várta a pillanatot, de egyetértettek abban, hogy nincs más megoldás.

Keresett egy pótmamát, és a hét végét félreeső helyen, egy hangulatos connecticuti fogadóban töltötték. Joe egyszer már megszállt ott, és senki sem háborgatta. Tökéletes rejtekhelynek tűnt. Gyakran előfordult, hogy vadidegenek felismerték, és ilyenkor a pilóta sok esetben a feleségeként mutatta be az asszonyt. Kate először meghökkent, amikor a fogadó alkalmazottja Joe családnevén szólította őt. Ráeszmélt, mennyire nehezére esik feladni Andy nevét. Már több mint egy éve Kate Scottnak hívatta magát. Huszonhat év után a Jamisontól sem könnyen vált meg, most pedig újabb névváltozás várt rá. Mintha körhintába ültették volna. Oda vágyakozott évek óta, most mégis különösnek tűnt, hogy odaért.

Joe az Andy hazaérkezése előtti este elhurcolkodott, de az éjszakát még az asszonnyal töltötte. A baba épp fogzott, egész éjjel nyűglődött, Kate idegei kikészültek, reggelre Joe is nyúzottnak látszott. Az aszszony már szeretett volna túl lenni az egészen. Aznap este ki akart pakolni, felkészült a kegyetlen, szívszaggató jelenetre.

Ő meg Joe mintha négy hónapra elszigetelődtek volna a világtól. Kerülte az ismerősöket, nehogy lelepleződjön a titkuk, csekély számú barátjával egyáltalán nem találkozott, és úgy tűnt, senki nem neszelte meg, mi történik. A következő hetekben mindenki tudomást szerezhetett róla. Kate tudta, Andy elmondja majd az ő szüleinek is, és akkor aztán lesz haddelhadd. Gondolatban már számtalanszor lejátszotta. A sors Joe-nak rendelte őt, ezt rég tudta, csak azt sajnálta, hogy tengernyi fájdalmat kell okoznia Andynek. Soha nem lett volna szabad feleségül mennie hozzá. Méltánytalanul járt el az ügyvéddel szemben, de nem is álmodta, hogy Joe visszatér majd az életébe. Máskülönben ki tudja, talán tartós lehetett volna ez a házasság. És így legalább világra hozta Reedet. Bár Joe azt már eldöntötte, hogy akarja Kate-et és a babát, továbbra is bizonytalan maradt, akar-e közös gyermekeket. Többször is beszéltek erről, és a férfi nem volt meggyőződve, hogy a gyerekek előrelendítenék-e az életüket. De Kate most már vele is beérte.

Joe másnap kilenckor ment az irodába, Kate pedig Reeddel délben a reptérre. Megígérte Joe-nak, hogy minél előbb felhívja, de nem tudta, aznap este talál-e rá alkalmat. Ki kellett várnia, hogy reagál a férje, de legkésőbb másnap mindenképpen telefonálni akart.

Reggel még szeretkeztek, Joe búcsúcsókot adott neki, és dobott Reednek egy puszit.

– Ne aggódj, kicsim! Tudom, hogy helyt fogsz állni. Jobb most, egy év után, mint mához öt évre. Szívességet teszel neki, hogy ilyen hamar véget vetsz a dolognak. Újranősülhet, és boldogan élhet.

Az asszonyt bosszantotta, hogy Joe ilyen szenvtelen. A győztesnek könnyű, ő azonban biztos volt abban, hogy nem lesz ennyire egyszerű, ha majd Andy meghallja a híreket.

Tizenegykor sima fekete ruhában, fekete kalapban ült taxiba Reeddel. Útközben rájött, hogy kissé gyászosan öltözött, de az alkalomhoz illőnek találta. Ez a nap nem valami vidámnak ígérkezett.

Az idlewildi repülőtérre érve átböngészte az érkező járatokat, és látta, hogy Andy gépénél nem jeleztek késést. Magához ölelte a babát, és a kapuhoz sétált.

Andy az elsők között szállt le a gépről. A repüléstől és a négyhavi megfeszített munkától fáradtnak látszott, de amint meglátta őket, ajka széles mosolyra nyílt, és úgy összevissza csókolta az asszonyt, hogy majdnem leverte a kalapját.

– Annyira hiányoztatok, Kate!

Kikapta a kezéből a babát, el sem akarta hinni, mekkorát nőtt. Reed addigra majdnem betöltötte a nyolc hónapot, nyolc fogacskával dicsekedhetett, és szinte segítség nélkül fel tudott állni. Andytől az anyjához kívánkozott, sivalkodni kezdett.

– Már meg sem ismer! – szontyolodott el a férfi, és kifelé menet átkarolta a felesége derekát. Úgy érezte, éveket töltött távol, és mintha nemcsak a baba idegenkedett volna tőle, hanem Kate is. Az asszony azt állította, örül, hogy látja, de úgy festett, mint akinek meghalt valakije. Érdeklődött Németországról meg a tárgyalásokról, viszont amikor Andy a taxiban meg akarta fogni a kezét, Kate elhúzta, és a retiküljében kezdett kotorászni. Nem akarta még inkább félrevezetni, mint eddig.

Miután hazaértek, ebédet készített, és letette Reedet egy kis délutáni szunyókálásra. Türelmetlenül várta, hogy átessen a nehezén. Nem akart komédiázni. Andy ennél több tiszteletet érdemelt tőle.

– Nincs valami bajod? – kérdezte a férfi, miután Kate lefektette a gyereket. Hirtelen idősebbnek és komolyabbnak látta az asszonyt a komor, fekete ruhában. Fogadni mert volna, hogy történt valami, de nem tudta, mi. Hihetetlenül feszültté vált a légkör, Kate kerülte az érintését, a tekintetét.

– Szeretnék beszélni veled – mondta a felesége. Átmentek a nappaliba, az asszony leült a kanapéra, Andy vele szemben.

Kate tudta, hogy soha senkivel nem bánt ilyen tisztességtelenül. Amikor három évvel ezelőtt elhagyta Joe-t, az egészen más volt, mint kisétálni annak a férfinak az életéből, aki imádja őt, és magával vinni a gyerekét. De most mindkettőjüknek szembe kellett néznie az igazsággal. Ostobaság volt abban a hiszemben Andyhez mennie, hogy idővel majd csak megszereti, de jót akart. Kötődött az ügyvédhez, jól érezték magukat egymással. Mindez azonban abban a pillanatban lényegtelenné törpült, amint újra meglátta Joe-t.

– Mi a baj, Kate? – kérdezte idegesen Andy, de fegyelmezte magát. Az elmúlt négy hónapban sokat érlelődött. Vérfagyasztó kegyetlenkedésekről szerzett tudomást. A vállára nehezedő felelősség végképp felnőtté tette. Most pedig a felesége tekintete már jelezte, hogy valami még rosszabbra jött haza.

– Szörnyű hibát követtem el, Andy – kezdte az asszony. Biztos távolságban ült, nem próbált közelebb húzódni vagy megfogni a férje kezét. Igyekezett mindkettejük érdekében a lehető leggyorsabban a végére jutni ennek a dolognak.

– Nem hiszem, hogy szót kellene vesztegetnünk erre – szakította félbe az ügyvéd. Kate meglepetten kapta föl a fejét.

– De igen – folytatta –, beszélnünk kell róla. Valami történt a távollétedben. – El akarta mesélni, hogy újra összetalálkozott Joe-val, és ez mindent megváltoztatott. Andy azonban egy intéssel elnémította, és addig soha nem látott kifejezés jelent meg a szemében. Olyan erőt és méltóságot sugárzott, amelyre Kate nem hitte volna képesnek. Azonnal magához ragadta az irányítást.

– Bármi történt is, Kate, nem kell tudnom, mi az. Nem akarok tudni róla. Fölösleges elmondanod, lényegtelen. Nem számít más, csak mi és a fiunk. Bármit készültél elmondani, nem érdekel, nem fogom végighallgatni. Most becsukjuk magunk mögött az ajtót, és továbblépünk.

Az asszony annyira megdöbbent, hogy alig tudott szóhoz jutni.

– Andy, így nem tudunk...

Könnyek szöktek a szemébe. Andynek meg kellett hallgatnia őt. El akart válni, hogy összeházasodhasson Joe-val. Nem akart tovább Andyvel élni, Joe pedig el akarta venni őt. Ennyi év után nem veszíthette el még egyszer az egyetlen szerelmét. Csakhogy ebbe Andynek is volt beleszólása, csak akkor válhatott el tőle, ha beleegyezik. Az ügyvéd nyilván rájött már, miről van szó, vagy legalább annyit tudott, hogy a házasságuk forog kockán, és nem hagyta magát eltaposni. A maga részéről lezárta az ügyet.

– De igen, Kate, tudunk – felelte olyan hangon, amely megijesztette az asszonyt. – És fogunk is. Bármit akartál mondani, tartsd meg magadnak! Házasok vagyunk. Van egy fiunk. Remélem, hamarosan több gyerekünk is lesz, és boldogan élünk, míg meg nem halunk. Ez minden mondanivalód, világos? Talán nem kellett volna ilyen sokáig elmaradnom, de úgy vélem, valami fontosat vittünk véghez Németországban, és örülök, hogy részt vehettem benne. Most pedig a feleségem leszel, Kate, és innen folytatjuk.

Kate megdermedt a szavak erejétől és az acélos tekintettől, amely egyáltalán nem Andyre vallott.

– Kérlek, Andy, én nem tudom, nem bírom... – könyörgött zokogva. Joe-t szerette, nem pedig a férjét. Még soha nem érezte magát ilyen kutyaszorítóban. Tudta, bármit beszélhet, a férje nem engedi el. Legfeljebb megszökhet Joe-val, de Reedet nem viheti magával, ha nincs bontóhatározat, amely neki ítéli a gyereket. Andy akár be is zárathatja, és mindketten tudták, hogy szükség esetén megteszi. Még nem is fordult ügyvédhez, először Andyvel akart tisztázni mindent, de tudta, nem válhat el kellő indok nélkül. A férje ellen semmit sem hozhatott fel, meg volt kötve a keze, hacsak meg nem egyeznek. – Meg kell hallgatnod, nem kényszeríthetsz erre.

– Férj és feleség vagyunk, Kate. Fejezzük be! Egy idő múlva jobban érzed majd magad, és egyszer még hálás leszel nekem. Szörnyű ballépésre készültél, de nem hagyhatom, hogy elkövesd. Most pedig letusolok és szundítok egyet. Ma este étteremben vacsorázunk, jó?

Az asszony elgyötört tekintettel nézett föl. Sehová sem akart menni Andyvel. Nem akart vele élni. A foglya lett, nem a felesége.

A vacsorát illető kérdést válasz nélkül hagyta, de Andy nem is várt feleletet. Átvonult a hálóba, és becsukta az ajtót. Remegő térdekkel ment be a fürdőszobába, ahol behúzta a reteszt, de Kate ezt nem tudta. Ismeretségük kezdete óta először gyűlölte a férfit. Joe-hoz akart menni, de nem hagyhatta el a fiát. Andy ezt tudta, és a markában tartotta.

Amint hallotta, hogy megnyitja a zuhanyt, tárcsázta Joe-t, aki éppen tárgyalt, de kihívatta Hazellel.

– Na, hogy ment? Nagyon kemény volt? – kérdezte Allbright néhány pillanat múlva.

– Rosszabb. Meg sem hallgatott. Nem fog elválni, és akkor nem vihetem el Reedet.

– Csak blöfföl. Begyulladt. Az a fő, hogy ne hagyd magad.

– Hát nem érted? Még soha nem láttam ilyennek, azt mondta, ennyi, lezártuk az ügyet. Beszélni sem hajlandó róla.

Kate még Joe nevét sem említhette meg, pedig úgy gondolta, az meggyőzte volna a férjét. De nem beszélhetett, és úgy érezte, Andy kőfallal vette körül magát.

– Akkor fogd a gyereket, és gyere el onnan! – tanácsolta eltökélten Joe. Az asszony vergődött a két férfi között. – Nem kényszeríthet, hogy vele maradj.

– De arra igen, hogy visszavigyem Reedet, ha bíróság elé citál.

Andy tekintetéből tudta, hogy nem ok nélkül fél. Az ügyvéd nem óhajt lemondani se róla, se a fiáról.

– Nem fog. Ti ketten pedig hozzám költöztök.

Ez lett volna csak az igazi botrány! Kate megértette, közös megegyezés nélkül nem távozhat.

– Este beszélek vele – ígérte. Joe visszament tárgyalni, Kate pedig épp letette a kagylót, amikor hallotta, hogy Andy kijön a zuhany alól. Felhívott egy pótmamát, és elment az étterembe Andyvel, de a vacsora fagyos hangulatban zajlott. Hiába próbálta meggyőzni a férjét, semmire sem jutott.

– Kérlek, hallgass meg, Andy! Így nem bírok házasságban élni. Ezt te sem kívánhatod.

A férje jóindulatára akart hatni, és egyszerre alkalmatlannak tetszett a pillanat, hogy Joe-t is szóba hozza.

– Kate, amikor elmentem, minden a legnagyobb rendben volt. Újra rendbe hozzuk. Bízd ezt rám! Ez csak hisztéria, nem tudod, mit cselekszel, én pedig nem fogom hagyni, hogy tönkretedd az életünket.

Úgy érezte, Andy a torkát szorongatja. Alig tudott megszólalni.

– Megváltozott a helyzet. Négy hónapig voltál távol.

Kétségbeesetten próbálta megmagyarázni, s az a hátborzongató érzése támadt, hogy Andy pontosan tudja, mi történt, és kivel. De mintha egyáltalán nem érdekelte volna. Bármit tesz vagy mond Kate, nem eresztette volna el. Nem akarta tudni, miért, ki miatt, hallani sem akart róla, és hazafelé a taxiban némán ülték végig az utat. Kate-ből hirtelen kiszállt minden erő.

Másnap ismét bébiszittert fogadott, és fölkereste Joe-t az irodájában. Támogatást és útmutatást remélt tőle. Mintha Andy egészen átformálódott volna Németországban. Rendíthetetlenné és legyőzhetetlenné vált.

– Nem tarthat ott erőszakkal, Kate – biztatta Allbright. – Az isten szerelmére, nem vagy már kiskorú. Csomagolj össze, és húzd el a csíkot!

– Otthagyjam a fiamat?

– Utána visszamehetsz érte. Add be a válókeresetet, a szentségit!

– Mégis milyen indokkal? Hogy megcsaltam? Nincs válóokom. Azt fogja ellenem szegezni, hogy elhagytam a fiamat. Soha nem kapom vissza Reedet. Megállapítják, hogy alkalmatlan vagyok az anyaságra, mert házasságtörő viszonyt folytattam veled, és elhagytam a gyermekemet. Értsd meg, Joe, nem mehetek el. Csak Andy beleegyezésével.

– Tehát a felesége maradsz?

– Mi mást tehetnék? – A kék szempár úgy csillogott, mint a fájdalom kettős, mély tava. – Nincs választásom. Legalábbis egyelőre. Talán végül beadja a derekát, de pillanatnyilag nem hajlandó józanul tárgyalni. Meg sem hallgat.

– Ez téboly.

Kate is tudta, hogy az, de a férje egyértelműen fejezte ki magát, és tigrisként harcolt volna érte, akár tetszik az asszonynak, akár nem. Ezért akaratlanul is csodálta, de ettől még Joe-t szerette. Allbright megkerülte az íróasztalát, átkarolta az asszonyt, aki megállíthatatlanul zokogott.

– Három éve nem kellett volna elhagynom téged – nyöszörögte. Most csapdába esett, és ráeszmélt, hogy Andy soha nem engedi ki onnét. Elszalasztotta a lehetőséget, hogy Joe-val élhessen. A fiáról pedig még érte sem mondott le.

– Nem sok választást hagytam neked. Átkozott idióta voltam, amikor azt mondtam, hogy talán még jobban szeretem a repülőgépeimet, mint téged. – Joe három év múltán is pontosan emlékezett arra a beszélgetésre. Most már rájött, hol rontotta el, de – legalábbis pillanatnyilag – úgy látszott, későn. – Akarod, hogy én beszéljek vele, Kate? Majd én megtanítom kesztyűbe dudálni! Vagy kifizessem inkább? – vetett föl egy primitív megoldást, mert a cél érdekében semmilyen eszköztől sem riadt vissza, de Kate a fejét rázta.

– Nincs rászorulva a pénzedre, Joe. Van neki elég. Itt nem anyagiakról, hanem szerelemről van szó.

– A másik birtoklása nem szerelem, Kate. Mert ezt teszi veled. A fiad miatt a birtokában tart. Nincs más aduja.

Ez az egy azonban minden mást ütött. Joe aznap utánajárt egy ügyvédnél. Tudta, ha az asszony elhagyja a gyereket, kockáztatja, hogy elveszíti. Ha pedig magával viszi, Andy kényszerítheti, hogy visszaadja, hacsak el nem rejtőzik vele valahol, de ezt egyikük sem tudta elképzelni. Joe feleségeként aligha bujkálhatott.

– Kelepcébe kerültem, Joe, nem tudok kiszabadulni – siránkozott az asszony.

– Várj csak egy kicsit! Nem élhetsz így örökké.

Még mindketten fiatalok vagytok, Andy végül feladja. Ennél többet akar az élettől.

Andy azonban készen állt, hogy megküzdjön a családjáért, a feleségéért, a fiáért, és esze ágában sem volt bármelyikről is lemondani.

Joe búcsúzóul megcsókolta az asszonyt. Kate hazament, és amikor este megjött Andy, újra megpróbált beszélni vele, de hiába. Andy ezúttal kijött a sodrából, és a falhoz vágott egy porcelán bonbonosdobozt. Nászajándékba kapták Kate egyik barátnőjétől. A drága porcelán ezer darabra tört, az asszony sírt. Számított arra, hogy Andy dühbe gurul, de ilyen durvaságra nem. Látta, hogy nincs kiút.

– Miért csinálod ezt velem? – zokogta, miközben a férfi csüggedt arccal ült le vele szemben.

– Azért, hogy megvédjem a családunkat, mivel te nem azt teszed. Évek múltán majd hálás leszel érte.

Kate tegnapi hátborzongató érzése nem csalt, Andy valóban már az első pillanatban feltételezte, hogy Joe áll a háttérben. Leolvasta a felesége arcáról. Jól emlékezett diákéveikre, amikor a lány fülig szerelmesen várta a pilóta leveleit. Ugyanezzel a tekintettel közölte Andyvel, hogy Joe nem halt meg. A világon egyetlen férfi tehette ilyenné Kate-et. Andy azt is tudta, hogy újra találkozgatnak, Joe visszatért az asszony életébe. Nem kellett meghallgatnia a vallomást.

Annyira biztos volt ebben, hogy nem is bajlódott telefonos időpontkéréssel, másnap egyszerűen beállított Joe felhőkarcolójába, és megkérte a titkárnőt, hogy jelentse be. Hazel megkövülten kérdezte, megbeszélték-e előzetesen, mire Andy azt felelte, nem, de Joe bizonyosan fogadja, és helyet foglalt.

Nem tévedett. Két perc sem telt el, és a titkárnő bevezette a mellbeverően elegáns irodába, amelyben összezsúfolódtak a Joe sikerének kezdetei óta gyűjtögetett műkincsek és emléktárgyak. Allbright nem ment elébe, a becserkészett vad nézésével figyelte az íróasztala mögül. Eddig csak egyszer találkoztak, de mindketten pontosan tudták, kicsoda a másik, és mi Andy jöttének célja.

– Szervusz, Joe! – köszönt higgadtan az ügyvéd. Életében nem szerepelt olyan jó pókerjátékosként, mint most, ezzel a hűvös modorral. Tudta, hogy Joe magasabb, idősebb, tapasztaltabb, sikeresebb, és Kate szinte gyerekkora óta szerelmes belé. Bárki másnak félelmetes ellenfele lett volna. Andy azonban tudta, hogy ez egyszer nála vannak a nyerő lapok – Kate és a fiuk –, nem pedig Joe-nál.

– Hm, ez érdekes lépés, Andy – mondta hanyag mosollyal Joe. Egyikük sem mutatta ki az érzéseit. Mindkettőjüket sértett harag és csalódottság fűtötte. Egy kanál vízben megfojtották volna a másikat, ehelyett azonban Joe hellyel kínálta a vendéget. – Mit tölthetek?

Andy egy tizedmásodpercnyi habozás után whiskyt kért. Szinte soha nem ivott vacsora előtt, de tudta, hogy ez a néhány korty segíthet megacélozni az idegeit. Joe átnyújtotta a poharat, majd visszaült. – Érdemes megkérdeznem, minek köszönhetem a látogatást?

– Azt hiszem, nem. Mindketten tudjuk. Jelzem, nem volt valami elegáns lépés a részedről – egyenlített merészen Andy, és igyekezett úgy tenni, mintha nem érezné kisfiúnak magát Joe irodájában. Más körülmények között szívesen nézelődött volna. A rendkívüli panoráma magában foglalta egész New Yorkot mindkét folyójával és a Central-parkkal. – Kate férjes asszony, Joe. Gyerekünk van. Ezúttal sehová sem fog menni.

– Így nem nyerhetsz, Andy. Nem kényszeríthetsz szerelemre egy nőt azzal, ha túszként fogva tartod. Miért nem láncolod mindjárt a falhoz? Nem olyan kifinomult módszer, de éppúgy megteszi. – Joe nem félt az ügyvédtől, még csak nem is gyűlölte. Tudta magáról, hogy fontos ember, nincs félnivalója. Ezerszer megvehetné kilóra Andyt, és ez nagy dolog. Valaha meg sem fordulhatott a fejében ilyesmi, de az az idő már elmúlt. Most ott ül a Himalája tetején, és Kate az övé, akár Andy zsebében lapul a börtöncella kulcsa, akár nem. Az ügyvéd soha nem mondhatta úgy a magáénak Kate szívét, ahogy ő, sőt másképp sem. Az asszony legfeljebb sajnálja őt, de sohasem szerette. Soha nem volt Kate-ben és Andyben semmi közös, és nem is lesz. Ez járt Joe fejében, és ahogy az ügyvédre nézett, megszánta. – Minek húzzuk az időt, Andy? Térjünk a tárgyra! Mit akarsz tőlem?

Még mindig nem tudta elhinni, hogy az ügyvéd végképp nem engedi el az asszonyt, biztosra vette, hogy kellő nyomásgyakorlással ő meg Kate megpuhíthatják. Ám azt nem is álmodta – miként mindeddig az asszony sem –, milyen ádáz és elszánt harcossá válhat Andy. Az ügyvéd ezúttal semmi szín alatt nem szándékozott veszíteni:

– Szeretném, ha megértenéd, kicsoda Kate, mit hajszolsz ilyen szenvedélyesen. Úgy gondolom, fogalmad sincs, miért epedezel.

A megfogalmazás mulattatta Joe-t, mosolyogva nézte, ahogy Andy belekortyolt a whiskybe.

– Azt képzeled, tíz év után nem ismerem őt? Nem akarlak felzaklatni, de Kate nyilván említette, hogy két évig együtt vadaskodtunk.

– Történetesen igen, bár kissé parlagiasan fejezted ki magad. Azt hiszem, a kérdéses időben szállodában lakott.

– Ha neked ezt mondta – fölényeskedett Joe, de Andy tudta az igazat Kate-től, csak nem szívesen hallotta a pilóta szájából.

– És miféle következtetéseket vontál le kétesztendei „vadaskodás" után? Ha értesüléseim nem csalnak, akkoriban nem törted magad a nősülésért. Most vajon miért?

– Mert bolond voltam, ahogy mindhárman tudjuk. Vállalkozást építettem, az kötötte le az agyamat, nem készültem még föl a házasságra. Ennek már három éve. Akkor nem volt időm Kate-re. Most van.

– Ez az egyedüli oka, hogy nem vetted feleségül, vagy egyéb tényezők is aggasztottak vele kapcsolatban? Nem volt túlzottan igényes, követelőző, nem érezted magad sarokba szorítva? – Kate mindezt elmesélte Andynek, amikor ismét találkoztak, de Joe ezt most nem tudhatta. Bizonytalanul ismerős érzés ébredt benne, hogy milyen is volt annak idején, és ez korántsem kellemes emlékeket hozott felszínre. Igen, mindazt tapasztalni vélte, amit az ügyvéd leírt.

– Kate most is ugyanaz a nő, Joe. Pánikba esik, valahányszor elmegyek hazulról. Mindenhová utánam telefonál. Az ebédszünetben lenyomoztat a titkárnőmmel. Amikor állapotos volt, majdnem az őrületbe kergetett. A munkanap kellős közepén hazarángált. Ezt akarod? Ez az, amire most van időd? Csakugyan kiugróan sikeres ember lehetsz, ha ennyi szabad idővel rendelkezel. Éjjel-nappal haptákban kell állnod. Talán minden üzleti utadra magaddal viszed? Reedet sem fogja otthon hagyni. És újra áldott állapotba akar kerülni. Több gyerek kell neki. Bármilyen fortélyt igénybe vesz, hogy elérje, amit akar. Ismerem Kate-et. Nálam is eljátszotta Reeddel. Én nem bántam. Te bánnád.

Andy hazugságot hazugságra halmozott, de Kate rég pontos térképet rajzolt neki Joe szorongásairól, és az ügyvéd módszeresen kijátszott minden ütőkártyát. Látta ellenfele szemén, hogy nyerésre áll, bár Joe kötelességének érezte, hogy megvédje Kate-et, de már megint félt:

– Nem szeret téged. Mellettem másképp fog viselkedni.

Ez nem hangzott túl meggyőzően.

– Igazán? – kérdezte Andy, és felhajtotta a whis-

258

kyjét. – New Jerseyben is más volt? – Mindent tudott az ottani veszekedésekről, Kate elhagyatottságáról, a férfi rettegéséről, hogy rátelepszik. Az asszony utólag mindent elmesélt neki, és Andy most sorra felhasználta az információkat.

– Az három éve történt. Akkor még gyerek volt – próbálkozott Joe, de már elbizonytalanodott. Semmi pénzért be nem vallotta volna, de már felmerült benne, hogy Andynek lehet igaza. A rettegés bizsergése végigkúszott a gerincén. Az ügyvéd olyan képet festett előtte Kate-ről, amelyben láthatta mindazt, amitől tartott, bármennyire szerette is az asszonyt.

– Most is gyerek – jelentette ki önelégülten Andy. Sóvárgott még egy pohár whisky után, de nem merte megkockáztatni. Az az egy is elegendő bátorságot öntött belé, és nem akart fejre állni. Látta a szorongást Joe tekintetében. A démonok kitörtek a szelencéből. – Mindig az marad, Joe. Tudod, mi történt kislánykorában. Én is tudom.

Joe-nak most fennakadt a szeme. Andy a kötelekhez taszította a párharc esélyesét, mint a villámgyors kisördög, aki a bajnok trónfosztására készül, és már ízlelgette a győzelmet. Nem válogatott az eszközökben, de ezúttal nem akarta átengedni az asszonyt Joe-nak. Történjék bármi. És tudta, ha ügyesen játszik, Joe soha még csak célzást sem tesz Kate-nek arra, hogy ő ma itt járt. Íme, a tökéletes bűntény, az egyetlen mód az asszony megtartására! Meg kellett futamítania Joe-t.

– Mesélt neked az apjáról? – kérdezte árnyalatnyi sértődöttséggel a hangjában Joe. Kate neki tíz év alatt sem beszélt róla. Mindazt, amit tudott, Clarketól hallotta abban a Cape Cod-i falatozóban. Csakhogy Andy megint hazudott. Kate előtte is hallgatott a dologról, őt is Clarke avatta be nem sokkal az esküvő előtt.

– Diákkorunkban mondta el, azóta tudom. Jó barátok voltunk. – Joe bólintott, nem szólt semmit. – Mit gondolsz, milyen hatást gyakorolhatott rá az a tragédia? Mennyire retteg attól, hogy elveszíti a szeretteit? Nélkülünk nem bírná ki. Egy napot sem tudna egyedül átvészelni. A legönállótlanabb nő, akit valaha láttam, és ezt te is tudod. Fel tudod fogni, hogy amíg Európában dolgoztam, naponta kétszer írt nekem? – Még ez sem volt igaz. Az asszony sebtében lefirkantott üzeneteiben csak a fiukról esett szó. Andy már akkor gyanította, hogy valami nincs rendjén, de az óceán másik oldaláról semmit sem tehetett. Várnia kellett, amíg haza nem tért. – Van fogalmad, milyen kétségbeejtően bizonytalan? Milyen riadt? Milyen kiegyensúlyozatlan? Nyilván nem dicsekedett el neked azzal, hogy miután New Jerseyben elhagyott téged, öngyilkosságot kísérelt meg.

Andy tudta, hogy ezekkel a szavakkal a cél közepébe talált. Miután újra találkoztak, Kate elmondta neki, mennyire gyötörte Joe-t akkoriban a bűntudat, mennyire szenvedett. Kate a „kibírhatatlan" jelzőt használta. Joe most mintha térdre rogyott volna a jól irányzott lövéstől.

– Hogy *mit csinált?* – hebegte.

– Nem is gondoltam, hogy elmondta. Azt hiszem, karácsonykor történt, azelőtt, hogy újra találkoztunk. Sokáig feküdt kórházban.

Andyt szemérmetlenné tette a kétségbeesés, és szilárdul hitte, hogy ha most elhódítja Kate-et Joetól, örökre az övé marad. Pedig rosszul ismerte a feleségét, mert csakis úgy szakíthatta volna el Joe-t Kate-től, ha megöli valamelyiküket. Másként nem bírhatta le a szerelmüket.

– Ezt nem tudom elhinni – hüledezett Joe. – Idegosztályon? – Az ügyvéd gyászos arccal bólintott, mint aki szólni sem tud a szomorúságtól. A Joe-nak szánt mérgezett nyíl azonban már betöltötte küldetését. A méreg ott dolgozott Joe ereiben. A gondolatát sem tudta elviselni, hogy Kate miatta próbálkozott öngyilkossággal. Ez megrémítette, azzal fenyegette, hogy nem csak komisz kölyökké alacsonyodik, akinek gyerekkorában kiáltották ki, de velejéig gonosz felnőtté. Személyiségének ez a könnyen sebezhető oldala Andy reményeinek megfelelően nem engedte, hogy ekkora kockázatot vállaljon.

– Mi a terved azzal, hogy több gyereket akar? Épp tegnap említette, hogy még kettőt akar szülni – mérte Andy egyik kivédhetetlen csapást a másik után Joe-ra.

– Tegnap? – képedt el Joe. – Valamit félreérthettél. Én egészen világosan kifejtettem az álláspontomat.

– Akárcsak Kate. Sok tekintetben az anyjára ütött, bár jóval rafináltabb. – Andy azt is tudta Kate-től, mennyire gyűlöli Joe Lizt. – És még nem is beszéltünk a számomra legfontosabb kérdésről, a fiamról. Csakugyan felkészültél arra, hogy felneveld, baseballozz vele, éjszakákon át virrassz, amikor folyik a füle, lidérces álmok gyötrik vagy hány? Valami azt súgja, hogy nem. – Andy most bevetette a nehéztüzérséget. Joe kékült-zöldült. Kate-tel soha nem beszéltek effélékről. Legalábbis nem emlékezett rá. Az asszony azt mondta, megelégedne egy gyerekkel, és dadust fogadna mellé, hogy időnként elkísérhesse Joe-t az utazásaira. Andy azonban sokkal élénkebb színekkel ecsetelt múltat és jövőt, mint Kate valaha is. Különösen az asszony személyiségét illetően. Joe majdnem beleőrült a tudatba, hogy Kate három éve elhagyatottságában az öngyilkossághoz akart nyúlni. Andy pontosan ezt a tudatot, ezt a bűntudatot ébresztette benne. – Szóval hogy is állunk, Joe? Én nem akarom elveszíteni a feleségemet, a fiam anyját. Nem akarom, hogy magánytól szenvedjen, amíg te utazgatsz, netán megint valami ostobaságra ragadtassa magát. Sokkal törékenyebb, mint amilyennek látszik. Ez egy terhelt család. Ne feledjük, hogy az apja is végzett magával. Kate egy nem is olyan szép napon könnyen a nyomdokaiba léphet. – Ez gonosz és kegyetlen húzás volt Kate-tel, aki nem is sejtette, hogyan játssza ki őt Joe ellen a férje. Andy billentyű-virtuózként zongorázott Joe legsötétebb félelmein, Joe pedig lassan egy szót is alig bírt kinyögni a szorongástól. Már csak menekülni akart, a sebzett őzgida lebegett a szeme előtt, amelyikről Clarke beszélt. Nem tudhatta, hogy Kate sohasem emelt kezet magára, és bármilyen boldogtalan volt is miatta annak idején a lány, mi sem állt távolabb tőle, mint az öngyilkosság. Andy terve pontosan úgy működött, ahogy kifundálta. Joe újfent ráeszmélt, hogy a nősülés számára vállalhatatlan felelősség. Korábban is így gondolta, és Andy most néhány ügyes húzással meggyőzte, hogy helyesen. Kétvállra fektette.

– Tehát hogy állunk? – kérdezte ártatlanul Andy, a „beszéljünk, mint férfi a férfival!" álcájába burkolózva. Holott amire vetemedett, az nem volt férfihoz méltó. Joe soha, de soha nem tett volna ilyet se Kate-tel, se mással, de saját félelmeit annyira felszították, hogy nem láthatta át az ügyvéd cselszövényét. Egy kétségbeesett ember ravaszkodását. Készpénznek vette, és legszívesebben üvöltött volna kínjában.

– Azt hiszem, igazad van. Bármennyire igyekszem is, az életvitelemmel és a munkatempómmal jóvátehetetlen kárt okoznék Kate-nek. Úristen, ha megölné magát, amíg én úton vagyok!

A gondolattól is rosszullét fogta el.

– Ez bizony nem kizárható – vélte elgondolkodva Andy, mint aki a lehetőséget mérlegeli, amikor a tekintetük találkozott, és nem látott mást Joe szemében, csak páni félelmet.

– Ezt nem tehetem vele. Te legalább szemmel tudod tartani. Nem féltél egyedül hagyni, amikor négy hónapra Európába mentél? – kérdezte Joe egy pillanatra elképedve, de az ügyvéd nem késett a válasszal.

– A szüleim, és persze az övéi is megígérték, hogy

262

állandóan figyelemmel kísérik. Azonkívül hetente kétszer jár a pszichiáteréhez.

– Kicsodájához? – döbbent meg újra Joe. – Pszichiáterhez jár?

Andy bólintott.

– Na persze, ezt sem mondta el neked. Ez is a sötét titkai közé tartozik.

– Úgy tűnik, elég sok mindent titkol.

Joe már érteni vélte, miért. A pszichiáterhez járás éppúgy nem számított dicsőségnek a szemében, ahogy az apa öngyilkossága. Kate titkolózása jól illett mindahhoz, amit az ügyvéd összehordott. Andy pontosan tudta, hogy Kate életében nem látott közelről pszichiátert, nem játszott az öngyilkosság gondolatával, és nem hajkurászta őt, amikor dolgozni ment. Mint ahogy egyszer sem rendelte haza munka közben. Szemenszedett hazugság volt mind, de arra alkalmas, hogy az orránál fogva vezesse Joe-t.

– Nem tudom, mit mondjak neki – sóhajtotta leverten Allbright. Szerette az asszonyt, az is őt, de most elhitte, hogy ha megpróbálja összekötni vele az életét, azzal több mint valószínűleg tönkreteszi Kate-et, sőt talán meg is öli. Ekkora veszélyt nem vállalhatott, és a bűntudatot sem bírta volna elviselni.

Már nem akart mást, csak megszabadulni a látogatójától, és egyedül maradni. Még akkor sem volt ennyire boldogtalan, amikor Kate New Jerseyben elhagyta. Ez most messze túltett azon is. Pedig az imént még bizonyos volt abban, hogy feleségül veszi Kate-et, és ezúttal Andy áll félre, de most már belátta, jobb az asszonynak, ha a férje mellett marad, hiszen ezzel nemcsak a saját javát szolgálja, hanem a gyermekét is. Nem volt más választás. Annak jeléül, hogy vége a csatának, fölállt, és komor arccal kezet szorított az ügyvéddel:

– Köszönöm, hogy eljöttél. Azt hiszem, Kate érdekében cselekedtél.

Túlságosan szerette az asszonyt, semhogy veszélybe sodorja, és az öngyilkosság kockázata elviselhetetlen rettegéssel töltötte el, nem is szólva az egyéb félelmekről, amelyeket Andy felébresztett benne.

– Ahogy te is – felelte az ügyvéd, miközben Joe kikísérte, majd becsukódott az ajtó, Joe visszaült az íróasztalához, bámulta a panorámát, de csak Kate-et látta. Kicsordultak a könnyei. Ismét elveszítette őt.

Az asszony soha nem tudta meg, mi játszódott le a két férfi között aznap. Azt sem, hogy találkoztak. Andy délután hallgatagon tért haza, semmit sem mondott, de olyan diadalittas légkört árasztott, hogy Kate-nek felkavarodott a gyomra. Fogvatartója, akit hajdan a férjeként tisztelt, csudára elégedettnek látszott magával, és Kate ettől még inkább gyűlölte. A szerelemnek nyoma sem maradt köztük, legalábbis az asszony számára örökre eltűnt.

Joe két nap múlva ebédelni hívta. Egy félhomályos vendéglőben találkoztak, ahol korábban is megfordultak már. Egyikük sem nyúlt az ételhez. A férfi egyszerűen közölte, átgondolta a dolgot, nem cibálhatja ki őt a házasságából, nem teheti ki annak a veszélynek, hogy elveszíti a kisfiát. Nem vinné rá a lélek. Az asszony hallgatta, és látta a tekintetében a bűntudatot. Joe szenvedett, sokkal inkább, mint mutatta. Andy látogatása óta másra sem gondolt, csak Kate három évvel korábbi öngyilkossági kísérletére, amelyre állítólag miatta került sor. Ezt nem tudta elviselni. Inkább elhagyta. Mindketten gyötrődve várták, hogy véget érjen az ebéd, Kate utána végigsírta a taxiutat hazáig. Joe azzal búcsúzott, hogy eresszék el egymást, felejtsenek el mindent. Nem mert többet mondani, nehogy megint öngyilkosságba hajszolja az asszonyt.

Kate otthon az ágyára vetette magát, és tovább sírt. Tudta, hogy soha többé nem látja Joe-t. Szeretett volna meghalni, de nem annyira, hogy saját kezébe vegye a dolgot. Ilyesmi soha meg sem fordult a fejében.

Joe pedig azt tette, amihez a legjobban értett. Megfutamodott. Még aznap este Kaliforniába repült. Amikor Andy délután hazajött az irodából, tudta, hogy a művét siker koronázta. Ő győzött, bármilyen áron is.

18

ANDY ÉS KATE KÖZÖTT hónapokig feszült légkör uralkodott. Alig szóltak egymáshoz, az asszony nyilvánvalóan depresszióba esett, ijesztően lefogyott. A férfi hazatérése óta nem feküdtek le egymással. Kate annyira távol tartotta magát Andytől, amennyire csak bírta. Hébe-hóba beszélt Joe-val, de ahogy az ügyvéd előre tudta, a múló idő és a térbeli elválasztottság lassanként közéjük furakodott, bármilyen erős érzéseket tápláltak is egymás iránt. Andy terve ragyogóan bevált. A végzetes rombolás lezajlott. Kate azonban tudta, ha a férje ítéletnapig őrzi őt hét lakat alatt, akkor sem változtathat azon, ami a szívében él. Andy abban a pillanatban örökre elveszítette, amikor a saját fiával megzsarolva maradásra kényszerítette. Az asszony többé nem érzett iránta semmit, még rokonszenvet sem. Abban a pillanatban végleg leírta a férfit. Gyűlölte, és még inkább gyűlölte volna, ha tudja, mikkel szédítette Joe-t.

Miután márciusban megünnepelték Reed első születésnapját, valamelyest enyhült a helyzet. Akkor múlt nyolc kegyetlen hónapja, hogy Andy hazajött Németországból.

Kate szülei korábban tettek megjegyzéseket, de már egyikük sem merte megkérdezni, mi folyik Scottéknál. Bármi történt is a fiatalokkal, láthatólag borzalmas pusztítást okozott.

Szokás szerint azon a nyáron is Cape Codra utaztak, ezúttal Kate és Andy külön-külön szobában aludtak. A férfi arra kényszeríthette a feleségét, hogy együtt lakjanak, de arra már nem, hogy vele is háljon. Az életük rémálommá változott, a házasságuk üres burokká, Kate pedig úgy járt-kelt a házban, mint egy holdkóros.

Abban az évben otthon maradt a kerti sütésről, és mihelyt a szülei hazatértek, az apja észrevételezte, hogy Joe Allbright az idén nem jött el. Amint ezek a szavak elhangzottak, Andy a feleségére nézett, és olyan gyűlölet sistergett a tekintetükben, hogy Clarke valósággal hátrahőkölt. Kate szülei egészen elcsüggedtek a látottaktól, miután a fiatalok elutaztak.

Reed már járt, és New Yorkba érve, Kate felhívta Joe-t. A titkárnőjétől megtudta, hogy Kaliforniában megint új gépek berepülésével foglalkozik. Arra kérte Hazelt, adja át üdvözletét a főnökének, ha a férfi jelentkezik. Már jó ideje nem beszéltek, csak szűkszavú levelezőlapokat kapott Joe-tól.

A hálaadás napja közeledett, amikor Andy egy este az asszonyra nézett. A lidércnyomás, amellyé a házasságuk vált, már egy éve tartott.

– Elképzelhetetlen, hogy legalább barátok legyünk újra, Kate? Hiányoznak a régi, jóízű beszélgetések. Nem próbálhatnánk meg legalább megint öszszebarátkozni?

Minden megszakadt közöttük, amióta nem engedte el a feleségét. Pirruszi győzelmet aratott, Kateből nem maradt más, csak egy alvajáró. Most is, miközben beszélt hozzá, a tekintetéből látta, hogy nincs remény.

– Nem tudom – felelte őszintén az asszony. Az elmúlt esztendőben semmit sem érzett a férje iránt. Továbbra sem érdekelte más férfi, csak Joe, ő azonban eltűnt az életéből, visszahúzódott a sajátjába, a másik szerelméhez. Ismét a repülés vált a szenvedélyévé. Csupán rövid időre értette meg, hogy mindkettőnek hódolhat egyszerre, miután pedig elszakadt az

266

asszonytól, csak a gépei maradtak. Más nő nem játszott szerepet az életében.

Kate-ék decemberben Andy szüleinél töltötték az ünnepeket, és karácsony után az asszony merő unaloműzésből legalább újra szóba állt a férjével. De csak ennyi. Tizennyolc hónapja sem a szó szoros, sem átvitt értelmében nem aludt együtt vele. Beköltözött a másik hálószobába, Reedhez. New Yorkban, a barátaikkal szilvesztereztek, még táncoltak is egymással, Kate a kelleténél nagyobb mennyiségű pezsgőt fogyasztott. Andy felfigyelt önfeledt nevetgélésére, annyira becsípett, hogy hazafelé menet kacérkodni kezdett a férjével. Az ügyvéd másfél éve nem mulatott ilyen jól vele, s ez már-már a régi időkre emlékeztette. Miután hazaértek, lesegítette a bundáját, a ruha pántja lecsúszott az asszony válláról, és rég nem látott bájakat tárt fel a férfi éhes szeme előtt. Andy maga is felöntött a garatra, egyszerre azon kapta magát, hogy csókolgatja, becézgeti a feleségét, és meglepődött, amikor viszonzásra talált.

– Kate?

Nem akart visszaélni a másik ittasságával, de a kísértés mindkettejüket legyőzte. Végtére is házas létükre szerzetesi önmegtartóztatásban éltek. Az asszony huszonnyolc éves volt, a férfi abban a hónapban töltötte be a harmincat, és életük egyik legmagányosabb évét tudhatták maguk mögött.

Kate követte a férjét a valamikori közös hálóba. Még mindig a szomszéd szobában aludt, Reed kis ágya mellett. A huszonegy hónapos kisfiú már rég békésen pihent, amikor a bébiszitter aznap éjjel távozott.

– Velem alszol, Kate? – próbálkozott Andy, mire az asszony szó nélkül ledobta a ruháját, és ágyba bújt. A férfi nem ringatta magát hiú ábrándokba, hogy Kate szerelmes belé. Két fuldokló kapaszkodott jobb híján egymásba a viharos tengeren.

Az asszony utóbb homályosan emlékezett arra az éjszakára. Csak annyit tudott, hogy Andy ágyában ébredt, és tüstént kisurrant a szobából. Mire a férfi újév reggelén magához tért, már elment.

Mindkettőjüket szörnyű másnaposság gyötörte, alig szóltak egymáshoz, Kate-et mélyen felkavarta az előző éjszakai együttlét. Tizennégy hónapja megesküdött magának, hogy soha többé nem fekszik le Andyvel, és mindeddig be is tartotta. A magány és a pezsgő azonban elszabadította a vágy túlontúl sokáig gátak közé szorított áradatát.

Egyikük sem említette a dolgot, visszatértek csöndes elkülönültségükbe, és az asszony csak január végén közölte a férjével az újságot. Ő maga elkeseredett, amikor rájött. Újabb lánccal kötötte magát Andyhez, pedig amúgy is rég föladta a reményt, hogy kiszabadulhat. Az ügyvéd világosan megértette vele, hogy élethossziglan birtokolja. Most pedig újra teherbe ejtette.

A férfi azt remélte, ez közelebb hozza őket egymáshoz, de inkább még jobban eltaszította. Kate állandóan gyengélkedett. Andy lefektette, szinte el sem mozdult mellőle. Az asszony egész tavasszal az ágyat nyomta, délutánonként csak egy-két órára kelt föl, hogy levigye Reedet a parkba. Betegsége is módot adott, hogy elzárkózzék Andytől.

Hallgatagon vacsoráztak, a lakásban esténként csak Reed csacsogása hallatszott. Andy és Kate szinte egyáltalán nem szóltak egymáshoz. Júniusban Kate az újságban olvasta, hogy Joe eljegyezte magát. Telefonon akart gratulálni neki, és megtudta, hogy Párizsba utazott. Joe egyáltalán nem hívta vissza. Kate huszonkilenc évesen úgy érezte, mintha véget ért volna az élete. Egy idegennel lakott egy fedél alatt, egy nem kívánt gyermek nőtt a méhében, és elveszítette az egyetlen férfit, akit valaha szeretett. Szeptemberre várta a babát, azaz egyáltalán nem várta. Nem maradt más öröme Reeden kívül, csak Joe emléke.

Nem sokkal második gyermekük születése előtt végül Andy törte meg a csendet. Kate késő este az ágyban olvasott, Reed mellette aludt, mint a tej. A búbájos, imádni való kisfiú márciusban múlt kétéves. Az asszony felnézett, amikor Andy belépett a szobába. Nem érzett semmit iránta, elképzelnie is nehéz volt, hogy valaha közel álltak egymáshoz.

– Hogy érzed magad? – tudakolta a férfi, és az ágy szélére telepedett. Nyolc hónapja ez volt a legkisebb távolság közöttük. Már csaknem két éve tartott a mosolyszünet.

– Terebélyesen.

– Mihelyt meglesz a baba, elköltözöm.

Andy már hetekkel azelőtt döntött, aznap délután ki is bérelt egy lakást. Nem bírt tovább így élni, és tudta, hogy nem tarthatja örökké kalitkában a feleségét. Semmit sem nyert azzal, hogy legyőzte Joe-t, Kate mindig a vetélytársáé maradt.

– Miért? – érdeklődött az asszony, és félretette a könyvét.

– Minek maradnék? Igazad volt, tévedtünk. Sajnálom, hogy szilveszterkor újabb bonyodalmat okoztam.

– A jó öreg végzet ismét közbeszólt. – Az emberek jönnek-mennek vagy egy helyben álmodoznak, és a kellő pillanatban rosszul döntenek, azután a véletlent hibáztatják. – Reednek jól jön a kistestvér. Hová mész? – kérdezte mintegy mellékesen, ahogy a vonaton egy másik utazótól szokás, nem pedig attól a férfitól, akit valaha szeretett. Vagy csak szeretni vélt? Már nem tudta biztosan. Miután elhagyta Joe-t, az elkeseredés megfosztotta a józanságától, de azóta mindketten súlyos árat fizettek tévedésükért.

– Meg kellett volna hallgatnom téged két évvel ezelőtt.

Némán bólintott. Ez a két év késedelem neki Joe

elvesztésébe került. Vajon megnősült azóta? Az újságok csak arról tudósítottak, hogy több hónapja eljegyezte magát. Mindegy, neki már úgyis késő, Andy miatt elfecsérelte az életét. Joe egy másik nőt vesz el, neki pedig senkije sem marad.

– Azt hiszem, igazad volt – folytatta az ügyvéd. – Menj vissza hozzá, Kate! Soha nem értettem, mit akartok egymástól, de bármi is az, megérdemled, ha annyira akarod. Mondd meg neki, hogy szabad vagy. Joga van tudni.

Andyt két éven át furdalta a lelkiismeret a hazugságai miatt, kivált, hogy Kate elzárkózott tőle, de nem tudta, miként tegye jóvá a kárt, amelyet okozott. Nem volt bátorsága mindent elmesélni Kate-nek, de úgy gondolta, Joe annyira szereti az asszonyt, hogy felülemelkedik majd a koholt vádakon.

– Már eljegyezte magát valakivel.

– Hát aztán? A házasságunk sem zavarta, amikor visszajött. Ha igazán szeret téged, semmin sem akad fönn.

– Szerinted ez így működik? – mosolyodott el az asszony hosszú idő óta először. Andy reménykedett, hogy ha kinyílik a börtön ajtaja, talán újra legalább barátok lehetnek. – Késő. Szerencsétlen az időzítés.

– Emlékszem, amikor mindenki halottnak vélte, te továbbra is hitted, hogy él. Te két évre meghaltál, Kate, újból életre kell kelned. Mindig is Joe-ra vágytál.

– Hát igen. Őrület, nem igaz? Amint megpillantottam, horogra akadtam, és azóta sem tudjuk elvágni a zsinórt.

– Akkor ne vágd el! Ússz vissza hozzá! Tedd azt, amit tenned kell, kövesd az álmaidat!

Andy is azt próbálta, de az álomról, amelyet követett, kiderült, hogy valaki másé.

– Köszönöm!

– Aludj egy kicsit! – mondta a férfi, arcon csókolta a feleségét, és kiment a szobából.

Kate különös módon nem érzett se szomorúságot, se megkönnyebbülést. Két év óta teljesen érzéketlenné vált. Elgondolkodott Andy szavain. Kövesse az álmát? Ússzon... repüljön Joe-hoz? Mosolyogva aludt el, de nem hitt az álomban. Úgy vélte, bármit mondatott is a lelkifurdalás Andyvel, késő, nem hívhatja föl Joe-t, nem veheti el tőle a boldogságot, amelyet közben máshol talált. Furcsa, de végül mindkét férfit elveszítette.

Amikor eljött az idő, Andy bevitte a kórházba. Ezúttal kislánya született. Stephanie-nak nevezték el, és két hét múlva Andy elköltözött. Távozása meglepően érzelemmentesen zajlott le. Olyan rég kihalt belőlük minden emóció, hogy legfeljebb megkönnyebbülést érezhettek.

Kate a négyhetes Stephanie, Reed és egy pesztonka társaságában Renóba utazott. Hat hétig maradt a szerencsejátékosok, házasságot kötni vagy épp attól szabadulni vágyók Mekkájában, és december 15-én elvált asszonyként tért vissza. Jogilag három és fél, a valóságban csupán egyetlenegy évig élt házasságban Andyvel. Egy barátnőjétől hallotta, hogy az ügyvéd már valaki mással jár, állítólag őrülten szerelmes. Remélte, hogy igaz a hír. Mindketten épp eleget senyvedtek magányban. Azt kívánta a férfinak, hogy nősüljön meg újra, szülessenek további gyerekei. Andy többet érdemelt, mint amennyit ő adott neki, noha mindketten imádták Stephanie-t és Reedet, akiket az apjuk mostantól szerda délutánonként és minden második hétvégén láthatott. A házasság olyan gyorsan és csöndben bomlott fel, mintha soha meg sem köttetett volna, és utólag már csak rossz álomnak tűnt. Jamisonék, akik sohasem fogták föl vagy fogadták el, mitől futott zátonyra ez a frigy, sokkal inkább megsiratták, mint akár Kate, akár Andy.

Egy héttel a Renóból való visszatérésük után Kate elvitte Reedet karácsonyfát venni. Útközben karácsonyi dalokat énekeltek, és amint odaértek az ideiglenes sarki árudához, Reed egy hatalmas fenyőt választott. Kate megadta a szállítóknak a címet, a kisfiú tapsikolva ugrabugrált, amikor az asszony észrevette, hogy valaki a hidegben leszegett fejjel kikászálódik egy kocsiból. Szállingózni kezdett a hó. A férfi kalapot és sötét kabátot viselt, és még meg sem fordult, Kate már tudta, hogy ő az. Joe fölegyenesedett, azután rámosolygott. Hónapok óta nem beszéltek még telefonon sem, és két éve nem látták egymást.

Ahogy a férfi közeledett, Kate önkéntelenül elmosolyodott. Már megint a végzet. Hol találkoztak, hol elszakadtak, aztán ismét találkoztak. A kerti sütésen, a hajón, azon a régi bálon. Mikor is? Tizenkét esztendeje.

– Szia, Kate!

Joe is karácsonyfáért jött. Kate már azt sem tudta róla, hol él: Kaliforniában, New Yorkban vagy valahol másutt. Úgy érezte, egyszer s mindenkorra vége, ha tartozik még valamivel ennek a férfinak, hát azzal, hogy békén hagyja. Valami titokzatos erő azonban közbeavatkozott, és még egyszer keresztezte az útjukat.

– Szia, Joe!

Mindennek dacára örült, hogy láthatja, és a látványba belesajdult a szíve.

– Hogy éldegélsz mostanság?

Joe sok mindent akart tudni, de ebben a forgatagban és Reeddel az asszony oldalán nehezen öntötte szavakba kérdéseit. A fiúcska már elég nagy volt ahhoz, hogy megértse, miről beszélnek.

Kate nevetett, eszébe jutottak Andy búcsúszavai. „Menj vissza hozzá! Mondd meg neki!" És tessék, Joe találta meg őt.

Nekiveselkedett:

– Elváltam.

– Mikor?

– A múlt héten jöttünk vissza Renóból. Magammal vittem a gyerekeket.

– Gyerekeket? – lepődött meg a többes számon Joe.

– Stephanie három hónapos. Tavaly szilveszterkor megártott a pezsgő. – Két év után eléggé hirtelen jött a tájékoztatás így, karácsonyfa-beszerzés közben. Joe derűs arccal hallgatott. – Nálad mi újság?

– Én is bepezsgőztem szilveszterkor, de nincs tárgyi bizonyítékom. Júniusban eljegyeztem magam. Azóta meginogtam. A kicsike utálja a gépeimet.

– Ez nem sok jót ígér – vélte megértően Kate. Mindketten tudták, hogy semmi sem változott. Még mindig létezett az a különös összetartozás, ugyanúgy, mint az első napon.

– És te mit ígérsz? – kérdezte a férfi, és közelebb húzódott. Megannyi fájdalomnak tették már ki egymást. Talán végleg elszalasztották a kedvező alkalmat, de talán még maradt egy esély, ha ezúttal meg merik próbálni. Ahogy Kate szemébe nézett, többé mit sem számított mindaz a rémség, amit Andy mesélt neki két éve az asszonyról.

– Nem tudom. Mit gondolsz? – Kate benne lett volna, de nem akarta kimondani.

– Menjünk haza, anyu! – nyafogott Reed a kabátujját ráncigálva. Elunta a várakozást, és nem tudta, ki ez a bácsi.

– Csak egy perc, csillagom!

– Mi a válasz? – sürgette Joe, áthatóan nézte tengerkék szemével, és a kalapját lassan belepték a hópelyhek.

– Most rögtön válaszoljak? – hitetlenkedett az aszszony.

– Tizenkét évig vártunk – emlékeztette Joe.

– Igaz. Ha most kell felelnem, azt mondom, próbáljuk meg! – bökte ki Kate, és lélegzet-visszafojtva várta, mit fog szólni a férfi, elszalad-e az ő hajlandósága láttán. De ezúttal nem futott sehová.

– Egyetértek. Valószínűleg nem vagyunk normálisak. Isten tudja, összejön-e valaha ez a dolog. Eddig pocsék volt az időzítés, de hátha most jött el a mi időnk.

Még sohasem sikerült, mindig mást vártak egymástól, mint amit pillanatnyilag nyújtani tudtak. Most azonban egyszerre itt álltak, és talán végre mindkettőjükre rámosolyoghatott a szerencse.

– Mi lesz a menyasszonyoddal? – aggódott Kate. Két éve Andy vetett véget a kapcsolatuknak, most talán az a másik nő lép közbe. Vagy valaki más.

– Adj egy órát! Közlöm vele, hogy töröltem a fejlesztési tervből, a próbaút nem sikerült.

– Mi a helyzet a gyerekekkel? – firtatta az asszony arra az esetre, ha továbbiakra szottyanna kedve. Ez az őrült beszélgetés tökéletesen jellemző volt rájuk.

– Ha nem tévedek, két csemetéd már van. Muszáj mindent most rögtön elrendeznünk? Az imént még azt sem tudtam, hogy összefutunk. Elképzelhető, hogy újra találkozzunk, és ott vitassuk meg a részleteket? – nevetett Joe, és Kate látta a tekintetéből, hogy boldog, már nem fél semmitől. Legalábbis egyelőre.

– Lehet róla szó – mosolygott az asszony. Az élet olykor a leghajmeresztőbb fordulatokat veszi. Amikor a legkevésbé számítunk rá, ölünkbe pottyan, amiről álmodtunk, és a legváratlanabb helyzetekben találjuk magunkat. A kapcsolatuk eddig pontosan így zajlott.

– A címed a régi? – Bólintott. – Este fölhívlak, de addig nehogy férjhez menj, ne rohanj vissza Andyhez, és ne bújj el! Maradj veszteg néhány órát, és ne csinálj semmi galibát, ha megkérhetlek!

– Igyekszem.

– Helyes. – Joe átkarolta az asszonyt, közben Reed még mindig kandi szemekkel bámulta, nem tudta, kicsoda.

Mióta nem találkoztak, az asszony élete kietlen pusztasággá vált, a férfiét leginkább munka meg repülőgépek töltötték ki, és újabban egy nő, aki a liftben is légibeteg lett, és Kate-tel ellentétben utált Joeval repülni. Az életükben furábbnál furább hajtűkanyarok követték egymást. Majdnem két év német fogságban, az asszony házassága Andyvel, az utolsó két magányos esztendő, mielőtt az ügyvéd elengedte a feleségét. Alig tudták elhinni, hogy végre eljött az ő idejük. Még nem is hitték igazán, de nagyon úgy festett, és hirtelen úgy érezték, egy fölösleges percük sincs. Joe nem óhajtott még tizenkét évig várni, hogy sikerüljön, nem óhajtotta elereszteni Kateet, sem pedig elfutni tőle.

– Két óra múlva felhívlak, és este jövök. Előbb még el kell intéznem valamit.

Kate tudta, mit. Fel kellett bontania egy eljegyzést. Most az egyszer nem érdekelte, mibe kerül Joe-nak, hogy visszatérjen hozzá. Akarta ezt a férfit, és kész. Megmászták a Mount Everestet, hogy újra egymásra találjanak, és Kate senkivel sem akarta megosztani a jutalmat. Úgy döntött, Joe csak az övé, elnyerte a jogot, hogy jóban-rosszban együtt lehessen vele.

Két órával később csengett a telefon, este nyolckor pedig, miután a gyerekek lefeküdtek, megjelent Joe. Annyira kiéheztek egymásra, hogy egyetlen szót sem vesztegettek. Becsapódott mögöttük a hálószobaajtó, és csaknem fölfalták egymást. Egy örökkévalóságig tartott az idevezető út, de végre révbe értek. Legalábbis remélték. Tudni nem tudhatták. Mindenesetre meg kellett próbálniuk. Jótállás nem volt, csak álmok, és amikor aznap éjjel egymás karjában elaludtak, mindketten tudták, hogy megkapták, amit mindig is akartak.

Másnap reggel Joe játszott Reeddel, amíg Kate megszoptatta a kislányt, azután földíszítették a fát. A férfi velük töltötte a karácsonyt, két nap múlva pedig elmentek a városházára. Kettesben mentek, kéz a kézben, nem vittek magukkal se barátokat, se tanúkat, se hamis reményeket. Miután hazaértek, fölhívták az asszony szüleit, akiket váratlanul, mégsem egészen meglepetésként ért a hír. Elizabeth emlékeztette a férjét, végül elveszítette a fogadást, amelyet Clarke-kal kötött, mert meg volt győződve róla, hogy Joe sohasem veszi feleségül a lányukat.

– Nem hittem volna, hogy megérem ezt a napot – mondta Liz elképedve, miután letették a telefont. Ahogy Kate és Joe sem hitte volna. Végtelennek tetsző, kacskaringós utat jártak be idáig.

– Boldog vagy? – kérdezte az újdonsült férj, amint Kate aznap éjjel hozzábújt az ágyban.

– Tökéletesen – felelte széles mosollyal az asszony, akit végre Mrs. Joe Allbrightnak hívtak.

Joe sokáig nézte, miután Kate elaludt. Kezdettől fogva az egész lénye izgatta, és most végre a magáénak tudta. Úgy érezte, többé semmi sem állhat közéjük. Tökéletes párost alkottak. Joe volt az asszony szenvedélye, Kate a férfi álma. Elérkezett a hepiend.

19

JOE ÉS KATE HÁZASSÁGÁNAK első napjai örömmámorban teltek, pontosan úgy, ahogy várták. Boldogan és tevékenyen. Az asszony szerződtetett egy gyermekgondozónőt, hogy minél többet lehessen együtt a férjével. Meglátogatta az irodájában, tanácsokat adott különféle ügyekben. A hétvégeken együtt repültek, esténként Joe játszott a kicsikkel. Januárban Kate Kaliforniába utazott vele, és lenyűgözte a vállalat ottani részlege. Még Nevadába is elkísérte, végignézte a próbarepüléseit, azután Joe őt is felvitte egy körre. Az asszony élvezte a szertelenségeit.

– Jó, hogy nem vettem el Maryt – jegyezte meg vigyorogva Joe egy különösen rázós repülés után. Elkápráztatta az asszonyt a sivatag fölötti bukfencekkel és bukófordulókkal. Kate mindig imádta ezt a hullámvasútnál ezerszer jobb szórakozást, és soha nem lett rosszul, bár ő maga már nem vezetett repülőgépet. Túl hosszú volt a kihagyás.

– Gondolom, jobban főz, mint én – mondta vidáman, miközben kimásztak a pilótafülkéből.

– Az nem vitás, de a mai repülés alatt mindent öszszerókázott volna. – A volt menyasszonya kereken elutasította, hogy fölszálljon vele, és hallani sem akart a munkájáról. Joe kezdettől tudta, hogy ostobaság volt eljegyeznie, csak a magány meg az unalom vitte rá, és be akarta bizonyítani magának, hogy mással is tud élni, nem csak Kate-tel. Pedig soha nem szeretett mást.

Úgy vélte, Kate a halálnál is rosszabb sorstól mentette meg, ámbár kételkedett abban, hogy az a dolog valaha is összejött volna. Kate viszont minden szempontból tökéletesen megfelelt neki: imádott repülni, imádta őt, imádta a gépeit, szellemi pezsgést, gyermeki, önfeledt derűt hozott az életébe, ugyanakkor komollyá is tudott válni, ha Joe azt kívánta tőle, és ész dolgában bárkit lepipált. Szerették egymást, nem szenvedtek hiányt semmiben. Olyan megnyerő, mutatós pár voltak, hogy amerre jártak, megfordultak utánuk az emberek.

Egy hónappal a házasságkötés után Kate gyerekestül beköltözött a férje lakásába, és hozta a kutyáját is. Valamennyien elfértek, a gondozónőnek is jutott hely. Kate női ízlésével apránként mindannyiuk számára otthonosabbá tette a lakást. Felvetődött, hogy vesznek egy házat.

Sok mindenről beszélgettek, nem ismertek többé tabutémát. Joe egyszer az öngyilkossági kísérletet is szóba hozta. Azóta nem hagyta nyugton ez a dolog, hogy Andy vagy két éve említette neki.

– Miről beszélsz? – meredt rá értetlenül az asszony.

– Semmi baj, Kate, tudok róla – csitította Joe.

– Miről?

– Arról, hogy miután évekkel ezelőtt szakítottunk, meg akartad ölni magad.

– Nincs ki a négy kereked? Teljesen kiborultam miattad, az igaz, de nem hülyültem meg. Honnan a csudából szeded, hogy meg akartam ölni magam?

– Úgy érted, sohasem kíséreltél meg öngyilkosságot?

– Úgy hát! Ekkora zöldséget életemben nem hallottam. Hogy képzelhettél ilyet rólam? Szeretlek, Joe, de soha nem csavarodtam be.

– Jártál valaha pszichiáterhez?

– Nem – felelte megrökönyödve Kate. – Szerinted kéne?

– Az a rohadék! – ordította Joe, kirúgta maga alól a széket, és ketrecbe zárt oroszlánként kezdett föl-alá járkálni a szobában.

– Miről beszélsz?

– Arról a rohadt kis patkányról, akitől elváltál. Azt sem tudom, hogy mondjam el, mit művelt, és mekkora barom voltam.

Egyszerre megértette Andy mesterkedéseit. Az ügyvéd ügyesen meglovagolta az ő régi félelmeit. Joe-nak felfordult a gyomra a gondolattól, hogy ilyen ostobán lépre ment. Még két évet vesztegettek el emiatt.

– Ezek szerint Andytől hallottad, hogy öngyilkos akartam lenni? És elhitted neki?

– Azt hiszem, mindnyájan be voltunk zsongva egy kicsit. Ez közvetlenül azután történt, hogy el akartál válni, ő pedig visszautasította. Bejöttél hozzám az irodába elpanaszolni, hogy nem egyezik bele, másnap pedig ő állított be. Szégyellem bevallani, de nem láttam át a szitán. Arról beszélt, milyen kétségbeesett és bizonytalan vagy, labilis személyiség, hetente többször elmegyógyászhoz jársz, a szakításunk után öngyilkosságot kíséreltél meg, én pedig pánikba estem, hogy megint ilyesmibe hajszollak, ha újra megbántalak valamivel. Féltem a kockázattól.

– Miért nem kérdeztél meg engem?

– Nem akartalak még jobban felzaklatni. De most már látom, mit művelt az a szemét csirkefogó. Pontosan tudta, mit érhet el nálam.

A leleplezés Kate-tel is még inkább meggyűlöltette Andyt. Az ügyvéd lelkiismeretlenül felhasználta Joe manipulálására mindazt, amit a feleségétől tudott róla. Tudta, hogy Andy a családjáért harcolt, de ő üldözte el Joe-t, és ezt sohasem bocsátotta meg neki. Az ügyvéd majdnem véglegesen megakadályozta a boldogságukat, valóságos csoda, hogy újra egymásra találtak.

– Egészen valószerűnek hangzott minden. Annyira fel voltam dúlva, hogy eszembe sem jutott megkérdőjelezni. Tudtam, hogy nem vállalhatom azt, amit elém tárt. Még hónapok múlva is bűntudat gyötört.

– Hogy tehetett ilyet?

Miután Kate végiggondolta, rájött, hogy Andynek mást is kellett mondania, ami a hitelesség látszatát kölcsönözte hazugságainak. Azt azt egyet, amit ő sohasem árult el Joe-nak, most viszont elképzelhetőnek tartotta, hogy tudja. Tisztázniuk kellett, többé semmit sem akart takargatni Joe előtt, fenntartás nélkül megbízott benne.

– Apámról is beszélt?

– Clarke még azelőtt elmondta nekem, hogy Cape Codon megkértem a kezedet. Úgy gondolta, tudnom kell. Szegény Kate! Borzasztó lehetett.

– Az volt. Pontosan emlékszem arra a napra, minden részletre. Fura, de magára az apámra nem nagyon emlékszem. Kellene, de egyszerűen nem emlékszem. Nyolcéves voltam, amikor meghalt, és két évvel korábban egészen elvonult a világtól. Anyámnak ugyanolyan szörnyű lehetett, de soha nem beszél róla. Alig tudok valamit az apámról, leszámítva, hogy Clarke szerint rendes ember volt.

– Az nem kétséges.

Joe látta az asszony tekintetében, milyen fájdalommal tölti el ez a múltbeli esemény, amelyből minden félelme, minden szorongása táplálkozott. Az apja akaratlanul tengernyi szenvedést zúdított rá, de Kate most végre boldogságot és nyugalmat talált.

– Örülök, hogy tudod – mondta halkan Kate. Ez volt az egyetlen titka Joe előtt.

Aznap este lefekvéskor ismét szóba került Andy galádsága. Egyetértettek abban, hogy az ügyvéd zseniálisan aljas tervet eszelt ki, és briliáns módon hajtotta végre. Kate nem hitte volna, hogy Andy képes ilyen fondorlatosságra. Végül minden furfang ellenére elveszítette őt, Kate visszatalált Joe-hoz, és minden áldott napon hálát adott ezért a sorsnak.

Joe tavasszal egyre többet időzött Kaliforniában. Bővítenie kellett légiflottája ottani bázisát. Nyáron már minden hónap felét Los Angelesben töltötte, és igényelte az asszony közelségét. Kate magával vitte a gyerekeket meg a nörszöt, és a Beverly Hills Hotelban szálltak meg. Kezdetben módfelett élvezte ezt az életet, vásárolni járt, játszott a kicsikkel, az úszómedencénél figyelte a jövő-menő filmcsillagokat. Joe állandóan az irodában tanyázott, többnyire éjfél után érkezett a szállodába, és másnap reggel hatkor távozott. Azt tervezte, hogy a Csendes-óceán térségére is kiterjeszti a tevékenységét, egészen új járatokat akart menetrendbe állítani. Ez a nagyszabású vállalkozás számos tengerentúli fiókiroda létesítését, az ellátórendszer megszervezését igényelte az immár a világ legjelentősebbjei közé emelkedő légitársaság számára.

Mire eljött a szeptember, Joe hol Hongkongba, hol Japánba utazott. Egyetértettek abban, hogy Katenek ez már túl nagy távolság, a gyerekeket sem akarta hetekre magukra hagyni. Annak viszont nem látta értelmét, hogy egy Los Angeles-i szállodában ücsörögjön, inkább New Yorkban várt a férjére. Joe minden este telefonált, bárhol járt éppen, és tájékoztatta Kate-et a legfrissebb fejleményekről. Az elmondásából úgy tűnt, millió dologgal foglalkozik egyszerre. Irányította a New York-i munkát, a Távol-Keleten ügyködött, repülőgépeket tervezett, vezette a légitársaságot, és ha időt tudott szakítani, maga tesztelte az új gépeket. A rengeteg tennivaló érthető módon erősen igénybe vette, még a telefonban is feszült volt a hangja. Bár cége különféle részlegeiben rátermett munkatársak segítették, úgy tevékenykedett, mint egy egyszemélyes zenekar, és szüntelenül panaszkodott, hogy nem ér rá a saját gépein repülni. Sem pedig a feleségével találkozni.

Október elején négyheti távollét után tért haza, és Kate-ből kibukott, hogy alig látja.

– Mit vársz tőlem, Kate? Nem tudok egyszerre tizennégy helyen lenni.

Két hétig Tokióban tárgyalt, egy hétig Hongkongban huzakodott az angolokkal, öt napig Los Angelesben egyeztetett útvonalakat, majd az egyik legjobb berepülő pilótája tisztázatlan okokból lezuhant egy olyan géppel, amelyet előtte maga Joe próbált ki. Joe aznap éjjel Renóba repült, megszemlélte a roncsot, meglátogatta az özvegyet, és mire New Yorkba ért, alig vonszolta magát.

– Miért nem próbálod meg innét irányítani a vállalatot? – vetette föl Kate, de a dolog bonyolultabb volt ennél.

– Ugyan már! – reccsent rá Joe. Ezekben a napokban hamar elveszítette a türelmét. Soha nem tudta kipihenni magát, örökösen lótott-futott, mindig éppen útban volt valahová. Kate pedig unta magát otthon, és idegeskedett a férje miatt. Joe hosszas távollétei kezdték megviselni. Tudta, hogy a férfi szereti, de magányos volt nélküle. – Hogy a fenében ülhetnék itt egy irodában, amikor a világ túlsó felén is dolgoznak alkalmazottaim? Miért nem foglalod el magad valamivel? Megint vállalhatnál vöröskeresztes munkát vagy mást. Játssz a gyerekekkel!

Fáradt volt az egyezkedéshez, többnyire csak letorkolta a feleségét. Az utazások közben ingerlékenynek, hirtelen haragúnak mutatkozott.

A másik oldalon viszont ott állt Kate harmincévesen, imádta a férjét, de alig örülhetett neki.

Vacsora-összejövetelekre járt nélküle, a hétvégeken kirándult a gyerekekkel, este egyedül feküdt le, és magyarázkodott azoknak, akik meg akarták hívni őket, hogy a férje nincs otthon. Egész New York vendégül akarta látni Allbrightékat, a férfi nyolc rövid év alatt, mindössze negyvenkét esztendősen a polgári repülés legnevesebb személyiségévé vált. A maga erejéből ért el mindent, nemcsak pilótateljesítményéért, hanem üzleti érzékéért is csodálat övezte. Bármihez nyúlt, arannyá változott. De a pénze nem melegíthette föl éjszakánként Kate-et. Az asszony rég nem hiányolta ennyire Joe-t, és a férfi távolléte föltámasztotta a múlt kísérteteit. Joe azonban nem ért rá észrevenni a fenyegető előjeleket. Csak annyit érzékelt, hogy amint hazaér, a felesége panaszkodni kezd, ettől ő begubózott, mire Kate még zsémbesebbé vált. Igényt tartott a férjére, de nehezen tudott érvényt szerezni az igényének.

– Miért nem jössz velem? Te is élveznéd! – buzdította Joe. Kate még kislánykorában, a szüleivel járt egyszer a Távol-Keleten. Joe most felajánlotta, hogy elviszi Tokióba. – Járhatsz vásárolni, múzeumba, pagodákba vagy ahova akarsz – próbált kölcsönösen kielégítő kompromisszumra jutni, de mindketten tudták, hogy az asszony akkor sem sokat fogja látni, ha együtt utazgatnak. Joe a világ végén éppúgy állandóan dolgozott, mint otthon.

– Nem hagyhatom itt hetekre a gyerekeket, Joe. Az egyik egy-, a másik hároméves.

– Hozd őket is!

– Tokióba? – szörnyedt el Kate.

– Japánban is vannak gyerekek, Kate. Esküszöm, egyszer láttam egyet. Becsszóra.

Az asszony úgy gondolta, ez túl megerőltető lenne a kicsiknek. És mihez kezd, ha megbetegszenek? Nem hívhatja oda az orvosukat, és egyáltalán minek gubbasszanak mindannyian egy szállodában Joe-ra várva? Akkor már inkább otthon.

A férfi hálaadáskor Európába ment, Kate a gyerekekkel a szüleihez. Joe Londonból telefonált, beszélt Clarke-kal és Lizzel. Kate apja mindent tudni akart Joe munkájáról, az anyja pedig aznap este olyan megjegyzést tett, amellyel bogarat ültetett Kate fülébe.

– Egyáltalán találkoztok még, Kate?

Az anyja továbbra sem kedvelte a férfit. Mindig is gyanította, hogy ő dúlta fel Andy házasságát, inkább Joe-t okolta a válásért, mintsem Kate-et.

– Nem sokat jár haza, mama, de elképesztő ütemben fejleszti a vállalkozását. Még egy-két év, és megállapodik.

– Honnét tudod? Azelőtt a repülőgépeivel foglalkozott. Most a vállalkozásával és a repülőgépeivel. Te mikor kerülsz sorra?

„Két út között egy-két napra vagy órára" – gondolta Kate. Joe olyankor is fáradt volt, beszélgetni sem volt ereje, sőt még aludni sem tudott a kimerültségtől, így nemegyszer hajnali négykor elvonult az irodába. Hálaadáskor múlt két hónapja, hogy utoljára szeretkeztek. A férfi is vágyott a testiségre, az érzéki éjszakákra és átlustálkodott reggelekre, de már nem ért rá.

– Nem ártana kinyitnod végre a szemedet, Kate – folytatta az anyja. – A fejed tetejére állhatsz, akkor sem számíthatsz erre a pasasra. Nincs ideje rád. Mit gondolsz, mit csinál azokon az utakon? Egyszermásszor nyilván nőzik is, elvégre férfi.

Már az ötlet Kate arcába kergette a vért, pedig neki is eszébe jutott, de azonnal elvetette. Tudta, hogy Joe nem olyan: a repülés a szenvedélye, megszállottan dolgozik, vagyont gyűjt, birodalmat épít, a vállalkozás szinte a kábítószere. Kate szinte bizonyosra vette, hogy a házasságkötésük óta eltelt egy évben a férfi egyszer sem csalta meg, amiként ő sem tett volna Joe-val ilyet.

A többi azonban, amit az anyja mondott, elgondolkoztatta. Joe nagy ritkán vetődött haza, akkor is papírokba, gondokba temetkezett, a szakszervezetek fenyegetőzéseivel hadakozott, Kaliforniába, Európába, Tokióba vagy a Fehér Házba, esetleg Charles Lindberghnek telefonált. Valaki vagy valami mindig lekötötte az idejét, háttérbe szorította Kate-et. Az asszonynak várnia kellett a sorára, mint mindenki másnak, és legtöbbnyire ő maradt utolsónak. Joe egyszerűen így dolgozott, és ha Kate vele akart élni – ami egy pillanatig sem volt kétséges –, akkor ezt kapta. Joe nem tudott többet adni, és elvárta a feleségétől, hogy megértse ezt. Kate többnyire meg is értette. Szerette a férjét, csodálta a sikereiért, boldog volt mellette, de néha fájt a szíve.

A hálaadás napját követő hét egyik délutánján, amikor Joe épp otthon volt, Kate megpróbálta megmagyarázni neki ezt. A férfi amerikaifutball-meccset nézett a tévében. Aznap reggel jött haza, az előző éjszaka le sem hunyta a szemét, most pedig megengedte magának azt a ritka luxust, hogy csak bámulja a képernyőt, és sörözgessen.

– A krisztusát, Kate, ne kezdd már megint! Csak most jöttem haza. Igen, tudom, hogy három hét után, és nem voltam hálaadáskor a szüleidnél, de az angolok meg akarták fúrni a járataimat.

– Egy szökőévben egyszer nem tárgyalhatna velük valaki más?

Joe mániákusan mindent maga akart csinálni, bár

tény az, hogy senki sem érhetett a nyomába. Ami magán viselte a kézjegyét, az biztosan jól ütött ki. Nem akarta kockáztatni, hogy mások kontársága tönkretegye, amit alkotott.

– Ilyen vagyok, Kate. Ha neked az kell, hogy állandóan a lábad előtt heverjenek, vegyél még egy kutyát!

Ezzel a férfi az asztalra csapta a sörét, és az ital szétömlött a padlón. Kate nem mozdult, hogy föltakarítsa. Könnyekkel küszködve próbálta jobb belátásra téríteni Joe-t, aki azonban rá se hederített.

– Nem érted, Joe? Veled akarok lenni. Szeretlek. Felfogtam, hogy ez a munkád, de így nagyon nehéz nekem.

Minél inkább próbálta megértetni a helyzetét, a férfi annál jobban elzárkózott. Újra bűntudatot ébresztett benne, pedig ez volt az, amit Joe senkitől sem tudott elviselni. Még Kate-től sem.

– Miért? Miért nem tudod elfogadni a tényt, hogy valami fontosat hozok létre? Nemcsak magamért dolgozom, hanem érted is. Imádom, amit teremtettem. A világnak szüksége van rá. – Ezt Kate is belátta, de neki is szüksége volt rá. – Nincs ínyemre, hogy valahányszor hazajövök, ezzel froclizol. Legalább élvezd, hogy itt vagyok!

Joe a maga módján kérlelte az asszonyt, hogy ne kritizálja. Az asszony nem értette, mennyire fáj ez neki, ahogy ő sem értette, mennyire elhanyagoltnak érzi magát Kate. Az első évek ördögi köre ismét bezárult.

Az egyiküknek meg kellett hátrálnia, és Kate tudta, hogy csakis neki.

Decemberben még kevesebbet látta Joe-t. A férfi visszautazott Hongkongba, hogy bankárokkal tárgyaljon, akik alaposan megizzasztották, és visszafelé még Kaliforniában is meg kellett állnia. Gondok adódtak az ottani részlegnél, az egyik legújabb modell hajtóműve nem váltotta be a hozzá fűzött reményeket.

Újabb haláleset történt, Joe önmagát okolta. Biztosra vette, hogy ezúttal hiba csúszott a tervezésbe. Ennek ellenére megesküdött, hogy ha törik, ha szakad, a szentestére hazamegy. Kate számított rá, mert Joe megígérte, ha az ég a földdel egybejön is, akkorra otthon lesz. Még azt is mondta, hogy végső esetben kihagyja Kaliforniát, és az ünnepek után megy vissza. Azzal búcsúzott, hogy a szentestét már otthon tölti.

Délelőtt Kate a fát díszítette Reeddel, amikor csengett a telefon. Az asszony reggeli után beszélt Hazellel, és bár a titkárnő nem tudta megerősíteni, biztosra vette, hogy Joe már úton van hazafelé. Előző nap maga mondta telefonon Hazelnek, hogy ez a terve, és korábban Kate-nek is ezt ígérte.

Kate fölvette a kagylót, a vonal végén Joe jelentkezett, illetve előbb még a központos, majd kapcsolta a távolsági hívást. Kate alig hallott valamit, pedig a férfi kiabált.

– Mit? Honnan beszélsz? – kiabálta vissza az asszony.

– Japánból.

– Hogyhogy?

– Lekéstem a gépet. – Recsegés és füttyögés tette alig érthetővé a szavakat, de Kate-et jobban zavarta, hogy sírás fojtogatta a torkát. – Tárgyalok, további tárgyalásokat kellett beütemeznem, rettentően zűrös a helyzet. – Könnyek szöktek a szemébe, tudta, hogy válaszolnia kellene valamit, de csak hallgatott. – Ne haragudj, kicsim, pár nap múlva otthon leszek. Kate? Kate! Ott vagy még? Hallasz engem?

– Hallak – felelte a szemét törölgetve. – Hiányzol. Mikor jössz haza?

– Talán két nap múlva. – Ami három-négy vagy inkább öt napot jelentett. Joe mindig tovább maradt el, mint ígérte, mert mindig közbejött valami. Túl sokat vállalt.

– Várlak – mondta Kate, és igyekezett palástolni fel-

286

háborodását. Tudta, mennyire gyűlöli Joe, ha méltat-lankodik. Különben is hiába vitatkozott volna ebből a távolságból. Úgysem változtatott volna semmin. Nem akarta szekálni, még inkább elvadítani. Igyekezett jó felesége lenni, bármilyen nehézségekkel járt is ez.

– Boldog karácsonyt, puszilom a gyerekeket – halkult el a hang.

– Szeretlek! – harsogta a telefonba Kate abban a reményben, hogy Joe még meghallja. – Boldog karácsonyt! Szeretlek, Joe!

De a vonal már megszakadt. Az asszony egy székre rogyva zokogott.

– Ne sírj, anyu! – vigasztalta Reed, és az ölébe fészkelte magát. Kate végtelenül elkeseredett. Tudta, hogy aligha Joe a hibás, mégis fájt neki, hogy nem lesz ott karácsonykor. Felidézte a háborús éveket. Akkor végül ő is halottnak hitte Joe-t, most tudta, hogy vissza fog térni. Újra talpra állította Reedet, és elment, hogy kifújja az orrát. Nem tehetett mást, igyekezett jó képet vágni a helyzethez, és pótkarácsonyozni Joe-val, ha majd hazajön.

A férfi nélkül csöndesen telt az ünnep. Kate meg a gyerekek felbontották az ajándékaikat. A szülei elküldték, amik nekik szántak, a barátnőitől is jött néhány csomag. Jól sejtette, hogy Joe valószínűleg nem ér rá vásárolni, de ez nem számított. Nem akart mást, csak őt.

Huszonötödikén Andy eljött Reedért, hogy néhány órára átvigye magához. Kate nemrégiben hallotta, hogy házasodni készül, és örült neki. Remélte, hogy másodszorra helyesen választ. Ő nem volt Andyhez való. Joe-val sem ment minden zökkenő-mentesen, de úgy gondolta, problémák ide vagy oda, jobb olyan férfival élnie, akit igazán szeret.

– Szia, Kate! – köszönt Andy a küszöbön állva. A válás óta kultúrember módjára érintkeztek egymással, de sohasem túl közvetlenül. Kate végül Andy fejére olvasta a hazugságait, s a férfi sűrű bocsánatkérések közepette beismerte, hogy ocsmányságot művelt.

Kate tudta, hogy amikor Andy Bostonban jár, továbbra is el-ellátogat a volt anyósáékhoz, de nem bánta, elvégre bármi történt, a gyermekei apja maradt, és Jamisonék mindig kedvelték. A válás után még sajnálták is. Elizabeth árulta el, hogy Andy újranősül. Már egy éve járt együtt a lánnyal.

– Boldog karácsonyt! – üdvözölte a férfit, a házba invitálta, majd habozását látva, udvariasan hozzátette: – Nyugodtan jöhetsz, Joe nincs itthon. Elutazott.

– Karácsonykor? – hűlt el az ügyvéd. – Már elnézést. Biztos nehezen viseled.

– Nem ugrálok örömömben, de nem tehet róla. Japánban ragadt.

– Elfoglalt ember – jegyezte meg Andy.

Reed jelent meg, rikkantással hívta fel magára a figyelmet, Stephanie a nyomában totyogott, de ő otthon maradt az anyjával.

– Hallom, nősülsz – mondta Kate, miután Reed elszaladt a kabátjáért. Nem tudta, hogy Andy szólt-e már a gyereknek, mert az nem említette neki.

– Majd csak júniusban. Nem kapkodom el. – Mindketten mosolyogtak, Andy nem akarta hozzátenni, „nehogy újabb bakot lőjek", de Kate tudta, hogy ez jár a fejében, és joggal.

– Remélem, boldogok lesztek. Megérdemled.

A kisfiú kabátban, sapkában és egyujjas kesztyűben bukkant újra elő, és megfogta az apja kezét.

– Te is. Boldog karácsonyt, Kate! – búcsúzott Andy. Nyolckor hozta vissza Reedet, addig Kate a kislánnyal játszott.

Az ünnep felnagyította a magány érzését. Kate megpróbálta felhívni Joe-t a szállodában, de nem tudták kapcsolni. Valószínűleg a férfi is hasonlóan járt, vagy elhúzódtak a tárgyalásai, mert ő sem telefonált. Kate győzködte magát, hogy mindez nem számít, majd jövőre együtt karácsonyoznak. Felnőtt módjára alkalmazkodnia kell a helyzethez. Mégis majdnem elsírta magát, amikor a szülei telefonáltak, aztán nyugtatgatta őket, hogy semmi baja.

Még két napig nem hallott Joe felől. A férfi akkor értesítette, hogy másnap indul Tokióból, és hazafelé megáll Los Angelesben.

– Mintha azt mondtad volna, hogy oda később mész – árulta el csalódottságát Kate a hangjával legalább annyira, mint a szavaival. Joe örökösen változtatgatta a terveit.

– Nem lehet, muszáj most mennem. A szakszervezetek verik a tamtamot. Egyébként is ott egy özvegy, aki az egyik repülőgépem miatt veszítette el a férjét. Azt hiszem, annyival igazán tartozom neki, hogy némi kitérőt tegyek, és kondoleáljak. Ez a legkevesebb.

Kate nem vitatta a részvétlátogatás szükségességét, de kis híján belesikoltotta a telefonba: „És mi lesz velem?" Úgy tűnt, mindig ő a legutolsó az elintéznivalók listáján, ráadásul Joe még a karácsonyt sem vele töltötte.

– Mikor jössz haza?

– Szilveszterre talán.

Ha semmi nem tartóztatja Los Angelesben. Kate már nem számított rá. Úgy volt, hogy az óévet baráti körben, egy mulatóban búcsúztatják, az asszony már alig várta a kikapcsolódást. Joe nélkül azonban nem akart alkalmatlankodni, inkább otthon maradt volna a gyerekekkel.

Joe végül december 31-én tért haza, és épp elhagyta Los Angelest, amikor New Yorkban havazni kezdett. Mire a keleti partra ért, teljesen elromlott az idő, minden járat késett. A férfi este kilenckor holtfáradtan esett be a lakásba. Maga vezette a társaság gépét, ilyen időjárás viszonyok között nem bízott benne, hogy bárki más képes egy darabban letenni. Kate már lefeküdt, az ágyban olvasva várta. Nem is hallotta, amikor a férfi belépett, egyszer csak ott termett mellette, de kisfiús pillantásától azon nyomban megenyhült. Joe-nak sohasem tudott ellenállni.

– Tessék mondani, én még itt lakom?

– Meglehet, kérem – mosolygott rá, amint a férfi odaült mellé.

– Ne haragudj, kicsim, elszúrtam az ünnepeket, pedig tényleg haza akartam érni. Ronda disznó vagyok. Elmenjünk?

Kate-nek jobb ötlete támadt, fölkelt, becsukta a hálószobaajtót. A férfi levette a zakóját, meglazította a nyakkendőjét, ő pedig odament hozzá, és gombolgatni kezdte az ingét.

– Átöltözzek? – kérdezte Joe. Bármit megtett volna a felesége kedvéért, hogy kárpótolja az elvesztett időért.

– A világért se! – felelte Kate, és lehúzta Joe cipzárját. A férfi vigyorgott.

– Hű, ez komolynak látszik. – Megcsókolta.

– Az is, ez az ára, hogy karácsonykor facéran hagytál – ingerkedett Kate, és elnevette magát. Bármennyire fáradt volt is Joe, az asszony azonnal felajzotta.

– Ha szóltál volna erről, sokkal hamarabb jövök – suttogta a férfi, ahogy ágyba bújtak.

– Ez mindig itt vár, amikor csak akarod – válaszolta Kate, végigcsókolta Joe testét, és a férfi halkan felnyögött.

– Legközelebb emlékeztess rá...

Átadták magukat egymás élvezetének. Tökéletes szilveszter volt.

20

KATE ÉS JOE házasságkötése után egy évvel, 1954 elejére megszokottá vált, hogy a férfi sokat utazik, az asszony pedig őrzi a házat. Kate jótékonysági feladatokat vállalt, hogy elfoglalja magát, Joe pedig tavaszszal újabb tennivalót talált neki. Házat akart venni Kaliforniában. Ekkoriban olyan sok időt töltött ott, hogy ésszerűnek tűnt a dolog, és úgy gondolta, a lakberendezés leköti, elszórakoztatja a feleségét.

Kifogtak egy gyönyörű, ódon rezidenciát Bel Airben, szerződtettek egy belsőépítészt, és mihelyt Kate belevetette magát, Joe többet járt Európába. Új légi összeköttetést akart kiépíteni Olasz- és Spanyolországgal, amikor pedig nem Rómában vagy Madridban tárgyalt, akkor Párizsban, esetleg Londonban intézkedett. Továbbra is legalább havonta egyszer el kellett ugrania Los Angelesbe, de már nem töltött annyi időt Ázsiában. Kate kezdte úgy érezni, bárhol tartózkodik is, a férje mindig a földgolyó másik felén található. Alig látták egymást.

Egyszer-kétszer Londonban találkozott vele, elkísérte Madridba és Rómába, mesébe illő hétvégét töltöttek Párizsban, de Kate mindahányszor bűntudatot érzett, mert magukra hagyta a gyerekeket. Joe élete szüntelen versenyfutás volt az idővel, egyik gépről a másikra szállt, Kate pedig ide-oda ingázott a férfi és a gyerekek között. Ha itt volt, furdalta a lelkiismeret, amiért nincs amott. A kaliforniai berendezkedést legalább élvezte. Már csak nevettek azon, hogy amikor Kate a házzal bíbelődött, Joe Európába repült, ha pedig Los Angelesben akadt dolga, az asszony a gyerekekkel épp New Yorkban időzött.

A ház végül szeptemberben készült el, és Joe imádta. Fűnek-fának büszkélkedett, milyen nagyszerű munkát végzett a felesége: kényelmes, egyszerre lakályos és elegáns második otthont teremtett neki Kaliforniában. Felbiztatta az asszonyt, szabad idejében vállaljon effélét a baráti körükben, de Kate nem akart kötöttségeket, hogy gyakrabban elkísérhesse Joe-t. Minden tőle telhetőt elkövetett, hogy megóvja a házasságukat.

Joe majdnem egész októberben otthon maradt, ami ritkaságszámba ment, de ez egyszer sehol sem kellett tüzet oltania, nyugodt mederben folyt az üzlet, és számos fontos tárgyalást bonyolított le New Yorkban, valamint New Jerseyben. Kate repesett a boldogságtól, hogy minden este hazajött, jóllehet – bár az asszony magának sem szívesen vallotta be – látta a férjén, mennyire nyughatatlan. A férfi hétvégenként sokat repült, egyik vasárnap még Bostonba is felruccantak Kate szüleihez. A visszaúton egy időre átengedte a kormányt Kate-nek, amit az asszony nagyon élvezett.

Javában repültek hazafelé, immár ismét a férfi irányításával, amikor Kate felvetett egy kérdést, amelyről már régóta beszélni akart vele. Joe rendszerint rövid időt töltött otthon ahhoz, hogy kényes témákat szóba hozhassanak, de most olyan jó hangulatban leledzett, annyira elégedett volt a géppel, amelyet vezetett, hogy Kate úgy döntött, megkockáztatja. Még egy gyereket akart. Tőle.

– Most? – szörnyedt el Joe.

– Az ég szerelmére, össze ne törd a gépet emiatt!

– Már van két kölyköd, és ami azt illeti, így sem unatkozol.

Stephanie akkor töltötte be a kettőt, Reed négyéves volt. Andy júniusban újraházasodott, a felesége már gyereket várt. Reed nem nagyon lelkesedett.

– Másfél éve esküdtünk meg, Joe. Nem szeretnél egy közös gyereket?

A férfi arckifejezése sejteni engedte, hogy nem. Sohasem rajongott a gyerekekért, kivéve Reedet és Stevie-t. Különösen Reedért bolondult, aki bálványozta őt.

– Minek nekünk több gyerek, Kate? Anélkül is elég mozgalmas az életünk.

– Nincs is sajátod – makacskodott az asszony. Több mint tíz éve akart gyereket Joe-tól. Tizenegy és fél éve vetélte el az első magzatát.

– Nem is kell. Ott van nekem Reed és Stevie.

– Az nem ugyanaz.

– Nekem igen. Akkor sem szerethetném őket jobban, ha a sajátjaim volnának.

Mindig csodálatosan bánt a kicsikkel, ezért is gondolta Kate, hogy fantasztikus apa válna belőle. És még egy gyereket akart. Számára ez természetesen következett abból, amennyire imádta Joe-t.

– Különben is kiöregedtem az apakorból, Kate. Negyvenhárom éves vagyok. Mire továbbtanulhatnak, a hatvanas éveimet taposom.

– Apám a születésemkor öregebb volt, mint most te. Clarke még nála is idősebb, és még mindig jó erőben van.

– Ő soha nem dolgozott annyit, mint én. A gyerekeim meg sem ismerhetnének – vallotta be a férfi rá nem jellemző módon, hogy alig jár haza, de ezt a ritka őszinteséget most is csak saját érdeke csalta ki belőle. – Miért nem keresel magadnak valami más elfoglaltságot? – bosszankodott, amiért Kate egyáltalán felhozta ezt a témát, pedig az asszony nem elfoglaltságot keresett, valóban közös gyermek után vágyott. – Örökké elégedetlenkedsz, máskor azért nyüstölsz, mert sokat utazom, most meg ezzel a gyerekkel jössz. Miért nem bírsz elfogadni semmit sem úgy, ahogy van? Miért akarsz mindig többet? Mi bajod tulajdonképpen? – morgolódott.

Már a repülőtérhez közeledtek, a leszállásra kellett összpontosítania, ezért az asszony nem akart vitatkozni vele, de nem tetszett neki, amit mondott. Általában Kate-nek kellett alkalmazkodnia a férfi igényeihez, csak ritkán fordítva. Mintha cseppet sem számított volna, hogy ő mit akar. Részben ő kényeztette el az évek során Joe-t, aki olyan ritkán volt otthon, hogy arra a rövid időre minden körülötte forgott. Repülési rekordjait, háborús hősiességét, fenomenális üzleti sikereit a publikum csodálata kísérte, Joe mást sem hallott önmagáról, mint hogy milyen kimagasló személyiség. Kate is csatlakozott a rajongók kórusához, de most, a reptérről hazafelé menet némán ült a kocsiban. Joe tudta, miért hallgat, és nem volt hajlandó tovább diskurálni a kérdésről. Már évekkel azelőtt leszögezte, hogy nem akar gyereket. A háború utáni babadömping jóvoltából épp elég szaladgált a világban, nem óhajtotta ő is tovább szaporítani a létszámot. Amikor hazaértek, és Reed átkarolta a nyakát, Joe a fiú feje fölött Kate-re nézett, mintegy a saját igazát bizonyítandó. Két gyerek elég, nem kell több. A maga részéről befejezte a beszélgetést.

A téma többé nem került terítékre, Joe viszont abban az évben súlyt helyezett arra, hogy otthon töltse az ünnepeket. Kate soha nem hagyta, hogy elfelejtse az előző esztendőben elmulasztott hálaadást és karácsonyt, ezért a férfi az egész időbeosztását hozzá igazította, mégpedig a legnagyobb örömmel. Karácsonyi összejöveteleken és egy elsőbálon vettek részt, korcsolyázni vitték a gyerekeket, hóembert építettek velük a Central-parkban. Kate karácsonyra csodálatos gyémánt nyakéket és hozzá illő fülbevalót kapott a férjétől. Két éve éltek álmaikat beteljesítő, boldog házasságban. Amikor az áttáncolt szilveszteren éjfélkor összecsókolóztak, Kate úgy érezte, nincs is ennél nagyobb boldogság.

Újév napján Joe futballmeccset nézett a tévében, Kate leszedte a fát. A gyerekek aludtak, Joe némi másnaposság ellenére jó hangulatban volt az ünnepek után. Harmadikán négynapos európai útra akart indulni, februárban pedig Ázsiába kellett mennie, de Kate megbékélt a helyzettel, és úgy tervezte, visszajövet Kaliforniában várja majd.

Hozott neki egy szendvicset, és Joe épp megnevettette valamivel, amikor hirtelen furcsa kifejezést vett észre az asszony szemében.

– Nem vagy te beteg?

– Jól vagyok.

Kate leült mellé a kanapéra, hogy kifújja magát. Néhány nappal azelőtt ételmérgezést kapott, a gyomra azóta is rendetlenkedett.

– Maradj veszteg egy pár percet! Egész délelőtt meg nem álltál.

Fel-alá szaladgált a létrán, hogy elrakhassa a díszeket, és a gyerekeket is egyedül terelgette, mert a nörsz vasár- és ünnepnapokon nem dolgozott.

– Tényleg semmi bajom – erősködött egy perc múlva, és felpattant. Rengeteg dolga volt, nem akarta vesztegetni az időt. Abban a pillanatban, amint felállt, holtsápadtra vált, a szeme kifordult, és Kate a padlóra rogyott. Elájult.

Joe nyomban ott termett, térdre ereszkedett, ellenőrizte az asszony pulzusát, megnézte, lélegzik-e. Kate lassan kinyitotta a szemét. Harmincegy éves létére olyan ijesztően festett, mint egy haldokló.

– Mi történt, Kate? Fáj valamid?

– Nem tudom, elszédültem.

A légitársaság egyik pilótájának neje akkoriban halt meg agydaganatban, és miközben az asszony nagy nehezen feltápászkodott, Joe óhatatlanul erre gondolt.

– Azonnal kórházba viszlek – mondta, és visszafektette a feleségét a kanapéra.

– De hát ez semmiség. Egyébként sem hagyhatjuk itt a gyerekeket. Felhívom az orvost.

– Maradj csak fekve!

Az asszony szót fogadott, nem sokkal később elaludt. Joe rettentően aggódott, mert Kate még sohasem veszítette el az eszméletét. Őrizte az álmát, akkor is ott ült mellette, amikor fölébredt. Addigra sokkal jobb színben volt, és a férje tiltakozása ellenére vacsorát főzött, bár Joe észrevette, hogy ő maga alig evett. Megígértette vele, hogy másnap orvoshoz megy. Annyira nyugtalannak látszott, hogy amikor aznap este nyugovóra tértek, Kate-nek nem volt szíve tovább titkolózni. Odahajolt a férfihoz, és megcsókolta.

– Ne aggódj, drágám, jól vagyok, csak nem akartam, hogy dühös legyél rám.

Főleg nem az ünnepek alatt. Legalább januárig akart várni, de most már nem halogathatta tovább.

– Miért lennék dühös? Nem te tehetsz róla, hogy beteg vagy.

– Nem beteg vagyok, hanem terhes.

Ha egy féltéglával fejbe veri a férjét, azzal sem válthatott volna ki ilyen hatást.

– Hogy *micsoda?*

– Gyerekünk lesz.

– Mióta tudod? – kérdezte megsemmisülten Joe. Becsapva érezte magát.

– Nagyjából karácsony óta. Augusztusra esedékes a baba.

Tehát hálaadás előtt történt.

– Átvertél! – mennydörögte a férfi, és kiugrott az ágyból. A földhöz vágta, ami csak a keze ügyébe került, és belerúgott a fürdőszobaajtóba. Kate ettől a reakciótól félt.

– Nem vertelek át.

– A francokat nem. Azzal ámítottál, hogy használsz valamit.

Kate a radcliffe-i vetélése óta védekezett a terhesség ellen, kivéve amíg Andyvel élt házasságban.

– Használtam is, de bizonyára félrecsúszott. Ilyesmi előfordul.

– Miért pont most? Hónapokkal ezelőtt megmondtam, hogy nem akarok kölyköket. Te meg erre nyilván lehúztad a vécén a pesszáriumodat. Neked teljesen mindegy, hogy én mit akarok?

– Egyáltalán nem mindegy, Joe, baleset volt. Nem tehetek róla. Ennél azért rosszabb dolgok is történnek.

De nem Joe elméjében. A férfi úgy érezte, tőrbe csalták.

– Engem nem érdekel, szabadulj meg tőle! Nekem nem kell.

– Ezt nem mondhatod komolyan, Joe!

– Hogyne mondhatnám? Ennyi idős fejjel nem akarok gyereket. Vetesd el!

A dühroham végén az ágyra dobta magát, és elszántan az asszony szemébe nézett.

– Házasok vagyunk, Joe, ez a mi gyerekünk, és nem fogja zavarni az életünket. Szerzek dajkát, és továbbra is utazhatok veled.

– Nem érdekel, akkor se kell – dúlt-fúlt a férfi.

– Nem vetetem el – döntött Kate. – Egyszer már elveszítettem a gyerekünket, nem fogok meggyilkolni egy másikat.

Az a szerencsétlenség tizenegy éve történt, de Kate ma is emlékezett minden hátborzongató másodpercére, és a gyászra, amelyet a baba elvesztése miatt érzett. Hónapokig tartott, míg kiheverte.

– Az agyamra mész ezzel a gyerekkel, Kate, és kockára teszed a házasságunkat. Épp elég terhet cipelünk, te szoktál sírni, hogy sosem vagyok itthon. Most meg majd az lesz a bajod, hogy nem foglalkozom eleget a kisbabánkkal. A teremtésit, mentél volna máshoz, ha ezt akartad, vagy maradtál volna Andy mellett! Ő csak ránéz egy nőre, és már jön is a gyerek.

Az ügyvéd második felesége szülés előtt állt. Kate-et vérig sértette Joe megjegyzése.

– Hozzád akarok tartozni, Joe, mindig is ezt akartam. Nem szép, hogy ilyeneket mondasz. Igaz, hogy szerettem volna tőled gyereket, de erről most nem tehetek.

Mintha a falnak beszélt volna. A férfi meg volt győződve róla, hogy álnokul rászedte. Hátat fordított neki, lekapcsolta a villanyt, és mire Kate másnap fölébredt, már elment. Az asszonyt lesújtotta, hogy Joe abortuszra akarta rávenni, de a férfi szemlátomást komolyan gondolta, mert aznap este újra szóba hozta a dolgot. Kétségkívül megkönnyebbült, hogy a felesége nem halálos beteg, de a jelenlegi állapotát Joe csak egy árnyalattal tekintette kevésbé tragikusnak.

– Gondolkoztam azon, amit tegnap mondtál, Kate. Tudod, a terhességen – kezdte. Mereven a tányérját bámulta, mintha látni sem akarná a feleségét, Kate egy pillanatra mégis azt képzelte, megenyhül, és bocsánatot kér tőle a kifakadásáért. – Minél tovább töprengtem, annál határozottabban tudtam, mennyire rosszul jön ez nekünk. Tudom, hogy háborogni fogsz, Kate, de tényleg azt hiszem, meg kell szakíttatnod. Mindkettőnknek így a jobb, és Reednek meg Stevie-nek is. Már az is felzaklatja őket, hogy Andyék gyereket várnak, és ha ehhez még mi is összehozunk egy kisbabát, a végén úgy fogják érezni, senki sem szereti őket, emiatt féltékeny ideggóccá válnak.

Ennél értelmesebb indokot nem tudott kiötölni. Kate legszívesebben a szemébe nevetett volna, ha nem dúlja föl annyira, hogy Joe továbbra is ragaszkodik a magzatelhajtáshoz.

– Más gyerekek is túlélték már, hogy kistestvérük született – jelentette ki higgadtan. Nem ingott meg, de a házasságukat sem akarta szétzilálni.

– De nem elvált szülők gyerekei.

– Én nem fogom elvetetni, Joe. Szeretlek, és meg akarom szülni a gyerekünket.

A férfi nem szólt többet, lefekvésig ki sem mozdult a dolgozószobájából, és másnap négy napra Európába utazott. Még csak el sem köszönt távozás előtt, egyszerűen kiviharzott az ajtón.

Ezúttal egy egész hétig nem jelentkezett. Még akkor is forrt benne az epe, amikor Madridból telefonált. Szűkszavúan, hivatalos hangon érdeklődött az asszony meg a gyerekek hogyléte felől, elmondta, mit intézett, majd néhány perc múlva azzal búcsúzott, hogy hamarosan ismét hívja. Végül négy hét alatt háromszor kereste, és Kate tudta, hogy amikor majd hazajön, csak két napig marad New Yorkban, azután újabb három hétre Hongkongba és Japánba megy.

Joe február elsején repült New Yorkba, a gyerekek már lefeküdtek, mire hazaért. Előtte nem is telefonált, hogy pontosan mikor várható. Kate a nappaliban tévézett, a bejárati ajtó nyílásának zajára felkapta a fejét. A férfi néhány perc múlva lépett be a szobába.

– Hogy vagy? – kérdezte üdvözlésképpen, elég hűvösen a négyheti távolléthez képest, és Kate azt hitte, még mindig haragszik rá. Ez már-már arra a rideg atmoszférára emlékeztette, amely Andy és közte alakult ki, miután az ügyvéd nem engedte elválni. Megijedt, hogy Joe a baba miatt véget vet a házasságuknak.

– Kösz, jól – felelte, miközben a férfi a szemközti fotelba ült. – És te?

– Fáradtan.

– Minden jól ment?

Egy hete nem beszéltek, és Kate annyira örült a viszontlátásnak, hogy legszívesebben a nyakába borult volna, de nem mert.

– Többé-kevésbé. Nálad mi újság? – pillantott rá sokatmondóan Joe, és az asszony sóhajtott. Nem volt nehéz kitalálnia, mire vonatkozik a kérdés.

– Nem csináltattam abortuszt, ha erre gondolsz. Mondtam, hogy nem fogok.

– Tudom – felelte a férfi, átült mellé, és magához ölelte. – Csak azt nem, miért akarod annyira ezt a babát.

Kate hallotta, hogy bár elcsigázott a hangja, de már nem haragos. Fellélegezve bújt oda hozzá.

– Mert szeretlek, te süket.

– Én is téged. Szerintem ostobaság, de ha mindenáron meg kell lennie, belenyugszom. Csak azt ne várd tőlem, hogy pelenkázzam, vagy egész éjjel fölugráljak, ha sír. Öreg vagyok én már, szükségem van az alvásra. – Joe sandán az asszonyra mosolygott, Kate pedig hitetlenkedve nézett föl rá. Az életénél is jobban szerette ezt az embert, mert ha időnként rájött is a bolondóra, a végén mindig helyesen cselekedett.

– Nem is vagy öreg.

– Dehogynem. – Nem árulta el a feleségének, hogy Rómában beült egy templomba gondolkozni. Nem volt vallásos, de mire kijött onnan, elhatározta, hogy elfogadja a gyereket, ha már ilyen sokat jelent Kate-nek. – Csak nehogy megint összeess nekem! A szívbajt hoztad rám. Azóta jól vagy?

– Jól. – Kate annyira megkönnyebbült, hogy el sem merte mondani, a doktor szerint a gyors gyarapodásból ítélve alighanem ikreket fog szülni.

Kimentek a konyhába, lelkesen számolt be a férjének, merre járt, mit látott, mit csinált az utóbbi időben. Joe fáradtsága ellenére szívesen hallgatta. Imádta az asszony energikusságát. Valahogy mindig Kate hozott izgalmat az életébe, ez vonzotta hozzá az első pillanattól kezdve.

Sokáig beszélgettek az étkezőasztalnál, és mire lefeküdtek, újra szent volt a béke. Az elmúlt hónap alatt kölcsönösen hiányoztak egymásnak.

Az ágyban Joe átölelte a neki háttal fekvő asszonyt, élvezte bársonyos bőrének tapintását. Elképedt, amikor végigfuttatta a kezét Kate hasán, és egy kerek kis domborulatot érzett. Kate nem láthatta az arcát, de a kimerült utazó szelíden mosolyogva aludt el.

21

Joe majdnem egész februárban a Távol-Keleten és Kaliforniában időzött, Kate a hónap végén elébe repült Los Angelesbe. A férfi jókedvűen érkezett, sikerrel járt az útja, szép eredményeket könyvelhetett el. Meglepetten észrevételezte, mennyit hízott a felesége.

– Jó dagi lettél.

– Kösz szépen!

Az asszony örült, hogy minden rendben. Még nem szólt az ikrekről.

Joe a korábbi terhességei alatt egyszer sem látta, és most nemigen tudott mit kezdeni a helyzettel. Aggódott, hogy Kate elájul, legyöngül, valami baja esik. Annyira óvatoskodott a szeretkezésnél is, hogy Kate kinevette.

– Semmi pánik, Joe, jól vagyok. – Joe nem akarta hagyni, hogy autót vezessen, táncoljon, ússzon. – Nem fogok a következő hat hónapban ágyban tespedni.

– Ha azt mondom, akkor fogsz.

Félelmei ellenére a szokásosnál többet szerelmeskedtek. A Los Angeles-i út mézeshetekkel ért fel. Joe a baba dacára, vagy talán éppen amiatt, még közelebb érezte magához az asszonyt.

Hazatérésük után két hetet töltött New Yorkban, aztán ismét elutazott. Kate már kezdett hozzászokni, elfoglalta magát a gyerekekkel, összejárt a barátnőivel. A terhesség újabb célt adott neki, alig várta, hogy megszülessen a baba. Az orvos augusztus végére jósolta – amennyiben ikrek, valamivel előbbre –, és figyelmeztette, hogy az utolsó két hónapban esetleg feküdnie kell. Egyelőre azonban csak egy szívhangot észlelt a méretes pocakból.

Andyék kislánya márciusban jött világra. Kate üdvözlőkártya kíséretében ajándékot küldött nekik. Az ügyvéd boldognak látszott, amikor a gyerekekért jött. Mintha ő meg Kate soha nem is éltek volna együtt. Régi ismerősökként viselkedtek, nem bolygatták a mindkettőjük számára fájdalmas emlékeket.

Joe áprilisban épp Párizsba ment, amikor Andy egy péntek délután felhívta Kate-et. Úgy volt, hogy a hétvégére a connecticuti házukba viszi Reedet, de nem tudott elszabadulni a munkából. A felesége a picivel együtt megbetegedett, így az asszony sem tudott a városba jönni a kisfiúért.

– Föltehetnéd a vonatra, Kate. Julie majd Greenwichben az állomáson várja. Én késő estig nem jutok haza.

Kate nem találta jónak az ötletet, Reed meg lógatta az orrát, hogy nem mehet az apjához. Így aztán Kate nemsokára azzal hívta vissza Andyt, hogy majd ő elviszi kocsival – ebben a szép időben egy óra alatt fölrobognak Greenwichbe, és úgysincs más dolga.

– Biztos? Szörnyen restellem, hogy ez is rád marad.

Kate az ötödik hónapban volt.

– Semmi baj, legalább csinálok valamit.

Stephanie-t a nörszre hagyta, mert túl későn értek volna haza, és hat órakor elindult Reeddel Greenwichbe. A nörsznek azt mondta, nyolcra otthon lesz. Párizsban éjfél volt, Joe már telefonált.

A városból kifelé kissé összetorlódott a forgalom, de hét tizenötre így is Andy házához értek. Julie a karjában ringatta a kislányt, akit bélgörcsök kínoztak, és mindketten meghűltek. A bébi Andyre hasonlított, meg egy picit Reedre. Kate megpuszilta a fiút, majd otthagyta a mostohaanyjával. Julie marasztalta vacsorára, de Kate sietett vissza. Nevetve értettek egyet abban, hogy hatalmas pocakot növesztett. Kate napról napra biztosabbra vette, hogy ikreket fog szülni.

– Esetleg elefántbébit – tréfálkozott, azután beszállt a kocsiba. Letekerte az ablakot, bekapcsolta a rádiót, élvezte az autózást a langyos estében. Háromnegyed nyolckor már újra a sztrádán suhant. Éjfélkor azonban a nörsz azzal telefonált Greenwichbe, hogy Kate még mindig nem ért haza.

Először arra gondolt, az asszonya talán elkanyarodott valamelyik barátnőjéhez, de tizenkettő tájban már erősen nyugtalankodott. Azért hívta föl Scottékat, hátha Kate elfáradt, és ott éjszakázik. Nem tartotta ugyan valószínűnek, de azért megpróbálta. Julie vette föl a kagylót, meglepve hallotta, hogy Kate nincs otthon, a félálomban fekvő Andyhez fordult, és megkérdezte, neki nem mondott-e valamit Kate. A férfi kinyitotta a szemét, és megrázta a fejét.

– Biztos valamelyik New York-i barátnőjénél vacsorázik. Joe elutazott.

Tudta, hogy az asszony többnyire egyedül jár el.

– Nem úgy volt öltözve – vetette ellen Julie. Kate pamutszoknyát, bő felsőrészt, szandált viselt, a haját lófarokba kötötte.

– Akkor talán moziba ment – adott újabb ötletet Andy, és elaludt. Julie a nörsz lelkére kötötte, hogy megint telefonáljon, ha Kate nem térne haza. Mindig kedvelte Kate-et, nem volt köztük semmi személyes ellentét. Tudta, hogy Kate tisztességtelenül bánt Andyvel, amikor a háta mögött összeszűrte a levet Joe-val, de az ügyvéd – amióta újranősült – már higgadtabban szemlélte a dolgot, Julie pedig végül is örült a történteknek, hiszen ő boldog volt Andyvel.

A nörsz másnap reggel hétkor telefonált, ezúttal Andy komolyan aggódott.

– Ez nem jellemző rá – mondta Julie-nak, miközben letette a kagylót. Egyelőre nem akart szólni Reednek, aki épp a földszinten reggelizett. – Felhívom a közlekedésrendészetet, nem történt-e valami az éjjel az autópályán.

Miután az ügyeletes bejelentkezett, Andy leírta neki Kate-et és a kocsiját. Az asszony egy megbízható, masszív Chevrolet kombival járt. Mintha egy örökkévalóság telt volna el, mire az ügyeletes ismét beleszólt a telefonba:

– Tegnap este nyolc tizenötkor Norwalknál volt egy frontális ütközésünk. Egy Chevrolet kombi meg egy Buick limuzin. A Buick vezetője meghalt, a Chevroletét eszméletlen állapotban emelték ki. Harminckét éves nő, nincs róla személyleírás. Tízkor szállították kórházba, akkorra sikerült kiszedni a roncsból.

Andy tolmácsolta a feleségének a hallottakat, és reszkető kézzel máris tárcsázta a kórház számát, amelyet az ügyeletestől kapott.

A sürgősségi osztály nővére további tájékoztatást adott: igen, Kate náluk fekszik, nem tért magához, az állapota válságos, éjfél után telefonáltak a lakására, de ott senkit sem tudtak elérni. A nörsz addigra nyilván lefeküdt.

– Válságos állapotban van – fordult a feleségéhez Andy, magára kapkodta a ruháját, hogy berohanjon a kórházba. Az adott helyzetben ez tűnt a legértelmesebbnek. – Fejsérülés és sípcsonttörés.

– És a baba? – kérdezte az asszony.

– Nem tudom, semmit sem mondtak róla.

– Ne hívjuk fel Joe-t?

– Várjuk ki, mit sikerül megtudnom!

Az ügyvéd egy fél óra alatt ért be a kórházba, és amikor a kórterembe lépett, borzalmas látvány fogadta. Kate fején hatalmas kötés éktelenkedett, a lábát begipszelték, a hasán laposan feszült a takaró. Elvesztette a babát. Andy odament hozzá, óvatosan megfogta a kezét. Kapcsolatuk kezdetén sok vidám órát töltöttek együtt, és házasságuk első esztendeje szívet melengető emlékeket hagyott benne.

Amikor elment, az asszony még kómában feküdt. Az orvos életveszélyesnek ítélte az állapotát, közölte Andyvel, hogy egyelőre bizonytalan, megmarad-e.

Az ügyvéd órákig ült a várószobában, Reed születése jutott eszébe. Akkor is Kate-ért aggódott, de ez most sokkal rosszabb volt. Felhívta a nörszöt, és kérte, hogy okvetlenül érje utol Joe-t.

– Fogalmam sincs, hol keressem, Mr. Scott – sírta el magát a nő a szerencsétlenség hallatán. – Azt hiszem, az asszonyom tudja a szálloda nevét, de én nem. Általában az úr hívja őt.

304

– Azt legalább tudja, melyik városba utazott?

Andy arra gondolt, pokoli lehet ilyen férj mellett, aki folyton úton van, de tudta, hogy Kate bármit vállalt volna Joe-ért. És vállalt is.

– Nem, nem tudom. Talán Párizsba? Igen, úgy rémlik, az asszonyom azt mondta. Mr. Allbright tegnap telefonált.

– Vajon ma is fog?

– Lehet, kérem. Nem minden nap szokott. Van úgy, hogy napokig nem jelentkezik.

Az ügyvéd gyűlölte Joe-t a nemtörődömségéért, és sajnálta Kate-et, aki gondos, szerető férjet érdemelt volna, nem ezt a kereskedelmi utazót, aki körbevigéckedi a világot a légitársaságával meg a repülőgépeivel.

A nörsz szájába rágta, mit mondjon Joe-nak, ha a férfi telefonál, és el ne mozduljon a telefontól. Hétvége lévén, Joe irodáját sem tudta fölhívni. Attól félt, Kate meghal, mire a férfi előkerül.

– A kisbaba jól van? – kérdezte a nő, és szavait hosszú hallgatás követte.

– Nem tudom.

Andy nem érezte helyénvalónak az orrára kötni az igazságot. Úgy gondolta, Joe-nak kell megtudnia először.

Ezután Kate szüleit hívta, akik kétségbeesve értesültek a karambolról. Andy megígérte, hogy folyamatosan tájékoztatja őket a fejleményekről, Jamisonék pedig azt felelték, amint tudnak, odautaznak Bostonból. Hazacsörgött, megkérte Julie-t, hogy autózzon be a gyerekekkel a városba, hozza el Stevie-t, de a nörsz maradjon Kate-ék New York-i lakásán, hátha Joe telefonál.

– Hogy van Kate?

– Elég rosszul.

Andy visszament a betegágyhoz, este hatig maradt ott. Felhívta New York-ot, Joe még nem jelentkezett.

Egész éjjel a feleségével felváltva hívogatták a kórházat, a gyerekeknek egy szót sem szóltak. Reed érezte, hogy valami történik, de egész délután vidáman játszott a kertben, és az apja azt mondta neki, a mama elment a hétvégére. Megbeszélték Julie-val, hogy a következő héten kiveszik az iskolából, és ott tartják Greenwichben.

Kate egész hétvégén nem nyerte vissza az eszméletét, Joe egyszer sem telefonált. Jamisonék befutottak, a lányuk állapota nem rosszabbodott, de nem is javult, élet és halál határmezsgyéjén lebegett. Amennyire Andy vasárnap délután visszaérkezve fel tudta mérni, egyetlen hajszálon függött az élete. És Joe továbbra sem jelentkezett. Elizabeth a férfi nevének említésére is zokogásban tört ki.

Andy hétfőn nem ment munkába, azzal kezdte a napot, hogy felhívta Joe irodáját. A titkárnő felvilágosította, hogy Mr. Allbright épp úton van Franciaországból a spanyol fővárosba, és a nap folyamán biztosan hallat magáról. Az ügyvéd felvázolta a helyzetet, Hazel megdöbbent, és azt mondta, mindent elkövet, hogy órákon belül előkerítse a főnökét.

Délután ötre annyit sikerült kiderítenie, hogy Joe megváltoztatta a terveit, csak táviratozott Madridba. Senki sem tudta elérni, a párizsi szállodából már kijelentkezett, amikor Hazel ott érdeklődött. A titkárnő úgy vélte, Londonba tart, de nem mert volna megesküdni rá. Az összes európai hotelban üzenetet hagyott, ahol Joe meg szokott szállni.

Amikor kedden este végre hallottak róla, Joe azt mondta Hazelnek, a hétvégét Dél-Franciaországban, egy vitorláson töltötte. Úgy döntött, nem megy Spanyolországba, engedélyezett magának egy szabadnapot, ami nála igen ritkán fordult elő. Semmiképpen nem tudott telefonálni Kate-nek, és csak hétfőn éjfélkor ért Londonba, akkor kapta meg Hazel üzenetét.

– Miért, mi a baj?

Nem is sejtette, hogy valami történt Kate-tel. Azt hitte, Hazel valami üzleti gond miatt kereste annyira, de nem izgatta magát, hogy megtudja, mi az. A háromnapos vitorlázás után nyugodtan és kipihenten érkezett a szállodába, és nem akarta kellemetlen hírekkel elrontani a kedvét.

– A felesége balesetet szenvedett, főnök – tért a tárgyra a titkárnő. Elmondta, hogy Kate válságos állapotban fekszik egy connecticuti kórházban, és Andy Scott telefonált.

– Mit keresett Kate Connecticutban? – értetlenkedett a férfi. Fel sem fogta, mit magyaráz neki Hazel.

– Azt hiszem, pénteken este odavitte Reedet. Visszafelé érte a baleset, amikor már egyedül ült a kocsiban.

– Azonnal odamegyek – jelezte Joe, hogy végre megértette, de mindketten tudták, ezen a késői órán nincs menetrend szerinti járat Londonból, és kivételesen nem saját géppel utazott. – Meglátom, mit tehetek. Nem hiszem, hogy holnap délután előtt hazaérek. Megvan a kórház száma?

A titkárnő lediktálta neki, ő pedig rögtön feltárcsázta. Miután letette a kagylót, döbbenten ült a Claridge elegánsan berendezett szobájában. Nem tudta elhinni, amit a nővértől hallott: Kate épphogy él, mindkét babát elvesztette. Az ikerterhességről is csak most értesült. Egyre csak az járt a fejében, mihez fog kezdeni, ha Kate meghal.

22

JOE SZERDÁN ESTE HATKOR, öt nappal a baleset után ért a greenwichi kórházba. Kate-et lélegeztetőgépre kapcsolták, mesterségesen táplálták. Nem tért öntudatra, bár a fejsebe szépen gyógyult. A duzzanat lelohadt, ezt jó jelnek tartották. A szülei visszamentek egy közeli motelba pihenni. Amikor Joe belépett, Andy Scott állt a betegágynál. A két férfi hosszan farkasszemet nézett az ágy fölött, Joe nem épp hízelgő véleményt olvasott ki az ügyvéd tekintetéből.

– Hogy van? – kérdezte, és megfogta a felesége kezét. Az asszony halotthalványan feküdt, de Andy úgy vélte, aznap délután valamelyest javult az állapota. Az ügyvéd egész héten nem dolgozott, nem akarta egyedül hagyni Kate-et, Julie pedig ki sem látott a munkából a három gyerekkel, bár a nörsz feljött New Yorkból, mihelyt Joe hallatott magáról.

– Nagyjából ugyanúgy – szűrte a szót összeszorított foga közt Andy.

Joe azonnal észrevette az asszony lapos hasát, ez szíven ütötte, tudta, mit jelent Kate-nek a veszteség. Az utóbbi időben ő is érdeklődni kezdett a bébi, azaz, mint kiderült, a bébik iránt, de most csak Kate-tel törődött.

– Kösz, hogy figyeltél rá! – biccentett udvariasan Andynek, az ügyvéd a kezébe vette a zakóját, és menni készült. Egy nővér ült a beteg mellett, onnan figyelte a két férfit. Nem látta át egészen, melyikük kije Kate-nek, de azt rögtön, hogy egymással nincsenek szívélyes viszonyban.

Andy a küszöbön visszafordult.

– Hol a pokolban kujtorogtál, ember? – kérdezte fojtott hangon. – Négy napig senki sem tudott rólad.

Egy férfiról, aki terhes feleségéért és két mostohagyermekéért felelős. Andynek eszébe sem jutott volna, hogy napokra így eltűnjön. Arra gondolt, hogy Joe talán csalja is a feleségét, de nem jól ismerte. Joe már csak ilyen volt. Kate megszokta, időnként mégis nehezen viselte, hogy Joe akkor jelentkezett, amikor neki tetszett, olykor napokig nem. Andynek nem fért a fejébe, hogy képes így eltűnni egy családos ember.

– Vitorláztam. Amint meghallottam, mi történt, idejöttem – felelte hűvösen Joe, jóllehet őt is feszélyezte, hogy a felesége öt napig feküdt a kórházban nélküle, de nem akaródzott magyarázkodnia Andy Scottnak, úgy gondolta, az ügyvédnek semmi köze hozzájuk, Kate már csak a gyerekei anyja. – A szülei tudják már?

– Itt vannak. Motelban laknak.

– Köszönöm a segítséget! – fejezte be a beszélgetést Joe.

– Ha tehetek még valamit, hívj! – búcsúzott Andy, Joe pedig odaült a feleségéhez. A nővér kilépett a szobából, az ajtó melletti mosdónál tett-vett, hogy egy kicsit magukra maradjanak. Miután az ügyvéd távozott, Joe aggódó tekintettel vette szemügyre az asszonyt. El sem tudta képzelni, hogy elveszítse Kate-et.

Bármennyire furcsállották is a kapcsolatukat mások, tizenöt éve tiszta szívből szerette ezt a nőt. Kate volt a legjobb barátja, a vigasza, a tanácsadója, a derűje, az öröme, élete nagy szerelme, az egyetlen nő, akit valaha szeretett.

– Ne hagyj itt, Kate! Kérlek, kicsim, gyere vissza! – suttogta. Órákig ült ott, és könnyes arccal szorongatta a kezét.

Egy orvos bejött megnézni a kötést, éjfélkor behoztak egy tábori ágyat Joe-nak, aki úgy döntött, bent tölti az éjszakát. Nem akart a városban aludni, ha az asszony meghal. Egész éjjel virrasztott, rendületlenül leste őt, és csodák csodája, hajnali négykor Kate megrezzent. Joe már épp elbóbiskolt volna, de abban a pillanatban felült, ahogy meghallotta a nyögését. A nővér megvizsgálta a beteg pupilláját, ellenőrizte az életjeleket.

– Mi a helyzet? – érdeklődött Joe, de a nővér nem hallotta a sztetoszkóptól. Kate megint nyögött egyet, és csukott szemmel Joe felé fordította a fejét, mintha az eszméletlenség mély kútjában is tudná, hogy ott a férje. – Én vagyok, kicsim, itt vagyok. Nyisd ki a szemed!

Az asszony nem adott több hangot, Joe visszafeküdt, de különös érzése támadt, mintha valaki figyelte volna. Szinte a bőre alatt érezte Kate-et, és megrémült, hogy meg fog halni. Ez ráébresztette, mennyire szereti a feleségét, és mindig tudta, mennyire szereti amaz őt. Kate vele akart lenni, ő pedig a világot akarta járni a repülőgépeivel, de ettől semmivel sem kevésbé szerette az asszonyt, csak épp nem ugyanarra összpontosítottak. Azt hitte, Kate elfogadta ezt. Nem tudta, miért, de bűnösnek érezte magát a balesetért. Senkinek sem ismerte volna be, de úgy gondolta, ott kellett volna lennie. A hétvégén nem is sejtette, hogy valami történt Kate-tel, három csodálatos napot töltött egy angol barátja vitorlásán, akivel együtt repültek a háborúban. Amúgy sokat gondolt a feleségére és születendő gyermekükre. Így utólag el sem tudta képzelni, milyen lett volna, ha ikreik születnek, de ez most mellékes volt.

Reggelig egy szemhunyásnyit sem aludt, hatkor felkelt, fogat mosott, hideg vizzel megpaskolta az arcát. Épp visszament az ágyhoz, amikor Kate megmoccant, kinyitotta a szemét, és egyenesen ránézett. Joe-nak a lélegzete is elállt meglepetésében.

– Így már jobb – mosolygott az asszonyra, a megkönnyebbülés árhulláma söpört végig rajta. – Üdv az élők sorában!

Kate gyönge sóhajfélét hallatott, majd újra lehunyta a szemét, és Joe alig várta a nővért, hogy elújságolhassa neki, hogy Kate ébren volt. Az ápolónő még vissza sem jöhetett, amikor Kate ismét a férjére nézett, és emberfölötti erőfeszítéssel beszélni próbált hozzá. Úgy tűnt, nincs is meglepve, hogy maga mellett látja.

– Mi történt? – kérdezte alig hallhatóan, de Joe közelebb hajolt, hogy egyetlen szót se mulasszon el.

– Karamboloztál – fogta önkéntelenül suttogóra ő is a hangját.

– Reed jól van? – Kate emlékezett, hogy a fiút vitte el a kocsival, de arra nem, hogy a visszaúton történt az ütközés.

– Semmi baja – felelte Joe, és imádkozott, nehogy rákérdezzen a babára. – Pihenj csak, szívem! Itt vagyok veled, rendbe fogsz jönni.

Kate a homlokát ráncolta.

– Mit csinálsz itt? Te elutaztál...

– Visszajöttem.

– Miért?

Fogalma sem volt, milyen súlyos sérülés érte. Aztán ösztönösen a hasához kapott, Joe próbálta megakadályozni, de elkésett. Az asszony szeme tágra meredt, és könnyezni kezdett.

– Ne sírj, Kate, kérlek, édesem!

– Hol a kisbabánk?

Az anya torkából panaszos, szinte állati jajgatás tört föl, a férfiba kapaszkodott. Joe óvatosan átkarolta, nehogy megsértse a fejét.

Amikor a nővér visszatért, behívta az orvost, és elégedetten látták, hogy a páciens visszanyerte az eszméletét, de a doktor az előtérben közölte Joe-val, hogy még nincsenek túl a nehezén. Az asszony súlyos agyrázkódást szenvedett, öt napig feküdt kómában, a sípcsontja szilánkosan tört, a két magzattal együtt rengeteg vért vesztett. Az orvos hosszú lábadozásra számított, úgy vélte, a teljes felépülés csak több hónap múlva várható, és fennáll a veszély, hogy Kate többé nem eshet teherbe. Joe-t pillanatnyilag az utóbbi aggasztotta legkevésbé, hiszen egyébként sem akart több gyereket, kivált, ha veszélyes Kate-re nézve.

Az asszonyt annyira felzaklatta az ikrek elvesztése, hogy nyugtatót kellett adni neki. Joe New Yorkba ment, hogy beugorjon az irodába, és elhozzon otthonról néhány holmit kettőjüknek. Délután ötkor ért vissza Greenwichbe. Jamisonék épp távoztak, Elizabeth szóba sem állt vele. Clarke könnyes szemmel fordult Joe-hoz:

– Itt lett volna a helyed.

Joe ezt nem is vitatta, de apósa szavai arculcsapásként érték. Megértette a szülők érzéseit, bár kissé indokolatlannak tartotta a neheztelésüket. Úgy gondolta, merő balszerencse, hogy Kate karambolozott, és nem tudta kihordani az ikreket, neki pedig joga van üzleti ügyben utazni, jó, arra talán nincs, hogy három napra eltűnjön egy vitorlással, miközben a felesége állapotos. Persze akkor azt hitte, Kate jól van. A jelenléte semmin sem változtatott volna, kivéve, hogy nem engedte volna Connecticutba autózni az asszonyt, de hát nem védelmezhette a nap minden órájában. A Buick sofőrje ittasan vezetett, a vérvizsgálat kimutatta. Joe úgy érezte, őt szemelték ki bűnbaknak, mert elutazott, pedig nem az ő hibája, ami történt. Kate férje volt, nem a Jóisten.

A hét végén átszállíttatta Kate-et egy New York-i kórházba. Ott könnyebben látogathatta, még arra is gondolt, hogy jobb kedvre derítené, ha találkozhatna a barátnőivel, de az asszony senkit sem akart látni. Azt mondta neki, szeretne meghalni.

Joe a kórházban töltötte vele a hétvégét, telefonon beszéltek Reeddel, de azután Kate csak sírt. Borzalmas lelkiállapotba került. Joe magának sem szívesen vallotta be, de megkönnyebbült, amikor a következő héten három napra Los Angelesbe repült. Teljesen tehetetlennek érezte magát. Ezúttal néhány óránként telefonált.

Az asszony április végén tért haza a kórházból. Mankóval tudott mozogni, a feje rendbe jött, csak hébe-hóba fájt, és május elején a járógipszet is levették. Sokat fogyott, de a nagy változás a lelkében ment végbe. Fásultan ült otthon, ki sem akart mozdulni, egyre csak sírt, alig szólt Joe-hoz, és nem érdekelte, amit a férfi mondott.

A gyerekek júniusban egy hónapra Andyékhez költöztek, és tovább súlyosbította a helyzetet, amikor Kate meghallotta, hogy Julie ismét várandós. Addigra tudta, hogy valóban ikreket szült volna, és egyre őket gyászolta.

– Talán jobb így, öregek vagyunk már több gyerekhez – próbálta esetlenül megideologizálni a történteket Joe. – Több időnk marad egymásra, könnyebben utazhatsz velem.

Az asszony azonban sehová sem akart menni, Joe hiába csábította Európába vagy a nyugati partra. Két hónapon át hasztalan próbálta jobb kedvre deríteni, végül a szorult helyzetekben már bevált eszközhöz folyamodott. Elmenekült. Nem bírta tovább az állandóan búskomor Kate-tel, aki mintha ugyanúgy őt hibáztatta volna a távollétében történt balesetért, mint mindenki más. A bűntudat ősrégi démona ismét felütötte a fejét. Joe újra nyakába vette a világot, ami a birodalmának nem is ártott. Az idegei addigra pattanásig feszültek, így valahányszor hazatelefonált, szó szót követett, végül a vita veszekedéssé fajult.

Három hónapon át szünet nélkül utazott, nyár végére szinte elidegenedtek egymástól. Kate Cape Codra ment a szüleivel és a gyerekekkel, Joe ezúttal nem bukkant fel a félszigeten. Los Angelesben maradt. Nem volt kíváncsi Elizabeth szemrehányó pillantásaira, epés megjegyzéseire. Tudta, hogy az anyósa ki nem állhatja, és többé nem akart bizonyítani sem neki, sem Kate-nek. Világossá vált, hogy hiába próbál megülni otthon, követ el minden tőle telhetőt, már ez sem elég.

Szeptemberben két hétre hazatért, remélte, hogy jobb kedélyállapotban találja a feleségét, de amikor megemlítette, hogy Japánba kell mennie, Kate dührohamot kapott.

– Már megint? Hát már sosem leszel itt? – rikácsolta az asszony. Joe úgy látta, kezd hárpiává válni. Megbánta, hogy egyáltalán hazament.

– Itt vagyok, amikor szükséged van rám, Kate. Itthon maradtam, ameddig csak tudtam. Vezetnem kell a vállalatomat. Bármikor velem jöhetsz, ha kedved tartja.

– Nem megyek! Mikor jössz haza?

Nem akarta megutálni, de Kate nem hagyott neki más lehetőséget. Mintha teljesen kifordult volna önmagából. Joe tudta, hogy zaklatott az ikrek miatt, de lassanként agyongyötörte őt és elemésztette önmagát. Pedig mindeközben kétségbeesetten akarta a férjét, igényelte a közelségét, de teljesen beleveszett a saját lelki nyomorába, nem tudta, hogyan forduljon Joe felé. Valahányszor megpróbálta, görcsös igyekezetével még inkább elriasztotta. Nem tudtak többé egymásra találni. Változatlanul szerette a férfit, voltaképpen önmagát gyűlölte. Gondolatban ezerszer újra átélte azt az estét, az autóvezetést, az ikrek elvesztését, és nem értette, miért vállalta, hogy maga viszi el Greenwichbe Reedet. Ha nem ajánlkozik, azóta megszülte volna az ikreket. Most pedig már soha többé nem lehetett gyereke Joe-tól. A férfi kijelentette, hogy nem óhajtja még egyszer megpróbálni. Ezért is gyűlölte Joe-t, és amikor nem tudta szavakba önteni a fájdalmát, a férfira zúdította a haragját. Joe csak annyit látott, hogy nincs többé felesége. Idegenekké váltak, ellenségekként éltek egy fedél alatt. Ámbár ő igen ritkán aludt ott.

Egész októberben összesen négy napot töltött otthon, és minél többet maradt távol, annál inkább rosszabbodott Kate állapota. Az asszony elhanyagoltnak, becsapottnak érezte magát, és az anyja örökös uszítása sem tett éppen jót. Liz szemszögéből nézve Joe kihasználta Kate-et, csak kirakatbabának kellett neki. Kate kezdte azt hinni, Joe már nem is szereti, és ahelyett, hogy visszaédesgette volna magához, az orrára csapta az ajtót. Addig-addig, míg a férfi többé nem is próbált közeledni. A karambol óta nem feküdtek le egymással, és október végén, hat hónap elteltével Joe-nak elege lett.

– Megvadítasz, Kate – próbálta megmagyarázni neki. Csak egy hétvégére ment haza, és már alig várta, hogy elmenekülhessen. – Nem akarok mindig erre hazajönni. Tedd túl magad végre az ikreken! Két klassz gyereked van, miért nem tudunk megelégedni velük? Gyere velem Los Angelesbe! Hónapok óta ki se mozdultál a lakásból.

– Nem megyek sehova!

– Hát persze, miért is jönnél? Jobb neked, ha itt ülsz, és sajnálod magad. Az isten szerelmére, nőjj már fel végre! Nem foghatom itthon a kezedet az idők végezetéig. A babákat se támaszthatom föl, és ki tudja, talán így a legjobb, talán a sors nem akarta, hogy több gyerekünk legyen. Isten döntése volt, nem a miénk.

– Te talán nem ezt akartad? Te erőszakoskodtál, hogy vetessem el, mert neked kényelmesebb, ha nem kell havonta tíz percnél többet itthon töltened. Ne gyere nekem azzal, hogy mi mindent tettél értem, milyen szerencsés vagyok, meg hogy kinek a döntése volt... akármennyit magyarázol, az a lényeg, hogy sosem vagy itthon! Öt napig tartott, míg hazatoltad a képedet, amikor azt hitték, meghalok. Honnan veszed a bátorságot, hogy felnőttségről papolj nekem? Vígan röpködsz a rohadt gépeiddel, éled világodat, én meg itt ülök a gyerekekkel. Talán inkább neked kéne felnőnöd.

Joe erre szó nélkül kifordult a lakásból, becsapta az ajtót, és éjszakára a Plazában szállt meg, Kate pedig az ágyra vetette magát, és zokogott. Csupa olyasmit vágott a férje fejéhez, amit nem akart mondani. Azt várta tőle, hogy megoldja a problémáit, és gyűlölte, mivel a férfi nem volt képes erre. Szüksége volt rá, mégis egyre jobban eltaszította magától, és nem tudta, miért. Senkivel nem tudta megosztani a baját, mintha hat hónappal azelőtt egy fekete lyukba zuhant volna, ahonnét senki sem menthette ki. Tudta, saját magán kell segítenie, de fogalma sem volt, hogyan.

A férfi másnap csak annyi időre jött vissza a lakásba, hogy becsomagoljon, és elrepüljön Los Angelesbe.

– Majd hívlak – köszönt el. Egyebet nem tudott mondani. Látta, hogy az asszony gyűlöli. Nem tudta, ennyi sértő vagdalkozás után kibékülhetnek-e még valaha.

Egy hónapig maradt Los Angelesben, még Hazelt is odarendelte, hogy a nyugati partról irányíthassa a céget. Majdnem hálaadáskor talált végre haza. Nesztelenül nyitotta ki az ajtót, és meghökkent, amikor Reed a nyakába ugrott:

– Joe! Hazajöttél!

Örült a fiúnak. Kate-tel kapcsolatban az utóbbi időben leginkább a gyerekeket szerette, és hiányoztak neki, amikor nem volt otthon.

– Hiányoztál, bikfic! – üdvözölte széles vigyorral Reedet. Az anyja is hiányzott, jobban, mint várta, épp ezért jött haza. – Hol a mami?

– Moziba ment a barátnőivel. Sokat járnak moziba.

Az ötéves fiú szemében Joe volt a legkülönb. Nem szerette, ha elutazott, mert olyankor a mamája állandóan sírt. Stevie még csak hároméves volt, és lefeküdt, mire Joe megjött.

Amikor Kate hazaért a moziból, meglepődött Joe láttán. Nyugodtabbnak tűnt, mint legutóbb, a férfi óvatosan karolta át, soha nem tudhatta, mikor kezd pörölni vele. Már telefonon is ritkán beszéltek.

– Hiányoztál.

– Te is – felelte az asszony, és elsírta magát.

– Akkor is hiányoztál, mielőtt elmentem.

– Nem tudom, mi ütött belém. Úgy látszik, jobban bevertem a fejemet, mint gondoltam.

Tény, hogy sok mindenen ment át, megviselte a baleset, az ikrek elvesztése, ráadásul az anyja folyton bujtogatta.

Megállapodtak Joe-val, hogy hálaadáskor otthon maradnak, idén nem mennek a szüleihez Bostonba. Sajnos azonban az ünnep előtti hétfőn távirat érkezett Tokióból. Az ottani irodában minden a fején állt, Joe-nak a jövendő megállapodások érdekében okvetlenül a helyszínre kellett repülnie.

Amikor közölte ezt Kate-tel, az asszony elsápadt.

– Nem tudod megmagyarázni a japánoknak, hogy itt hálaadás van? Ez nagyon fontos, Joe.

– Az üzlet is nagyon fontos, Kate.

– Most szükségem van rád, ne hagyj egyedül!

– Nincs kedved velem jönni?

– Nem hagyhatom itt a gyerekeket hálaadáskor. Mit gondolnának?

– Azt, hogy elkísértél egy utamra. Küldd őket Scottékhoz!

Kate próbálta meggyőzni, hogy ne menjen el, ő pedig hiába magyarázott neki.

– Ha törik, ha szakad, egy hét múlva itthon leszek – ígérte Joe, de ez nem nyugtatta meg a feleségét, aki ismét háttérbe szorítva érezte magát. – Ne csináld ezt velem, Kate! Nem passzióból megyek. Légy szíves, ne nehezítsd meg a helyzetet!

Az asszony bólogatott, törölgette a szemét, és megcsókolta, mielőtt elment. Hiába biztatta a férje, nem kísérte el, inkább Bostonba vitte a gyerekeket.

Végül úgy alakult, hogy Joe egy hét helyett kettő múlva tért haza, pedig útközben még csak meg sem állt Kaliforniában. Kate fagyosan fogadta. Az anyja alaposan megdolgozta a két hét alatt, hogy a férje nem törődik vele, kutyába sem veszi. Nem felejtette el Joe-nak, hogy Kate balesetekor öt nappal később keveredett haza. Persze már jóval azelőtt is gyűlölte a férfit, először azért, mert nem vette feleségül Kate-et, aztán pedig csak azon az áron, hogy feldúlta az Andy Scott-tal kötött házasságát, holott Elizabeth kedvelte az ügyvédet. Mintha az anyós mindenáron le akarta volna rombolni azt, amit Joe és Kate nagy nehezen fölépítettek. Ezen a téren kiváló munkát végzett, két röpke hét alatt teljesen a férje ellen hangolta a lányát.

Joe nem mentegetőzött, nem magyarázkodott, belefáradt az egészbe, ami már hónapok óta folyt. Aznap este alig beszéltek Kate-tel, inkább a gyerekekkel játszott, az ágyban pedig olvasott. Időt akart adni a feleségének, hogy lehiggadjon. Tudta, hogy Kate nehezen viseli az ő jövés-menését, kivált azután, hogy az anyja telebeszélte a fejét.

Mesélt neki Japánról, igyekezett úgy tenni, mintha minden a legnagyobb rendben lenne. Ez időnként hatott is, ha szó nélkül hagyta az asszony házsártoskodását. Türelmességének köszönhetően egy időre enyhült a légkör, és Joe több mint két hétig otthon maradt. A gyerekekkel négyesben mentek karácsonyfát venni, közösen díszítették fel, és Kate végre úgy mosolygott és nevetett, mint régen. Visszatért az életkedve. Keserves évet hagytak maguk mögött, de kijutottak az alagútból.

Három nappal karácsony előtt telefonon sürgősen Los Angelesbe hívták Joe-t, de nem aggódott emiatt, hiszen csak egy-két tárgyalást kellett lebonyolítania, így biztosra vette, hogy a szentestére hazaér. Ezúttal Kate sem morgott, Los Angeles mindkettőjük szemében apró kiruccanásnak tűnt. Jó hangulatban váltak el, még szeretkeztek is aznap reggel.

Los Angelesben minden jól ment, New Yorkban kevésbé biztatóan alakultak a dolgok. A férfi elutazásától kezdve havazott, december huszonnegyedike délelőttjén a város történetének egyik legkegyetlenebb hóvihara tombolt. Joe még így is azt hitte, némi szerencsével leszállhatnak, ám Idlewild nem fogadott több gépet, Joe járatát néhány perccel az indulás előtt törölték.

Visszament a Bel Air-i házukba, fölhívta Kate-et, aki megértőnek mutatkozott:

– Semmi baj, szívem.

New Yorkban megbénult a közlekedés, félméteres hó borította a Central-parkot. Ilyen időben még Joe sem repülhetett volna, és Kate nem akarta kockáztatni a férje életét. Annak meg nem sok értelmét látták, hogy Chicagóban vagy Minneapolisban landoljon, és onnan vonatozzon haza. Kate azt ígérte, megmagyarázza a gyerekeknek. A karácsony így is szépen telt, de az asszony utólag elgondolkozott, és rájött, hogy házasságuk három éve alatt Joe már két karácsonyt kihagyott. Amikor huszonötödikén telefonált a szüleinek, és megemlítette, hogy Joe Los Angelesben ragadt, az anyja sietett hozzáfűzni, hogy na persze. Ez nem esett jól Kate-nek. Mindig igyekezett mentségeket találni Joe-nak, bár már felötlött benne, hogy esetleg szándékosan kerüli az ünnepeket, talán azért, mert gyermekkorában nyomasztó élményeket szerzett. Akárhogy is, Kate nehezen tűrte, hogy Joe sokszor elmulasztott fontos alkalmakat. Egyedül Reed nem talált kivetnivalót ebben. Ő mindent jónak talált, amit Joe csinált.

Joe pedig úgy döntött, ha már egyszer Los Angelesben ragadt, hasznosítja magát, és elintéz ezt-azt. Csak egy hét múlva, szilveszterkor repült haza. Úgy volt, hogy baráti társasággal szórakozni mennek, de mikor Kate látta, milyen fáradt a férje, ejtették a programot, és lefeküdtek.

Megünnepelték a házassági évfordulójukat, azután kezdődött elölről az egész. Joe január legnagyobb részét, február egyik felét, egész márciust, április három és május négy hetét házon kívül töltötte.

Kate többször is panaszkodott emiatt, majd júniusban leült, és kiszámolta, hogy hat hónap alatt három hetet voltak együtt. Nem fért a fejébe, hogy valakinek ennyit kelljen utaznia, hacsak nem a felesége elől menekül. Ezt meg is mondta Joe-nak. A férfi egyre nehezebben bírta az örökös elégedetlenkedést, Kate nem volt hajlandó megérteni, hogy egyszerűen ilyen a munkája, Tokióban, Hongkongban, Madridban, Párizsban, Londonban, Rómában, Milánóban, Los Angelesben egyaránt helyt kell állnia. Egy-egy városban sohasem töltött pár napnál többet. Kate abban az évben is elkísérte néhány útra, de ezzel csak annyit ért el, hogy a saját lakásuk helyett a szállodai szobában várt rá, és egyedül ette az idegen kosztot. Akkor már sokkal okosabb volt, ha otthon marad a gyerekekkel.

Próbált beszélni Joe-val, de a férfi már nem győzte hallgatni a szemrehányásokat, amelyek lelkifurdalást ébresztettek benne, Kate pedig megelégelte a férje örökös távollétét. A baleset után visszataláltak ugyan egymáshoz, de a korábbi összhang nem állt helyre. A harminchárom éves asszony olyan férfival élt, akit sohasem látott. Joe negyvenöt évesen pályája csúcsára emelkedett. Kate tudta, hogy még vagy húsz évet a vállalkozásának szentel, és a helyzet alighanem romlik, talán vészesen romlik, mielőtt javulni kezdene. Joe új távlatokat nyitott a légi közlekedésben, egyre gyarapította az útvonalakat, újabb és újabb rendkívüli gépeket tervezett, rá, a feleségére pedig mind kevesebb ideje maradt. Kate már nem akart panaszkodni, de fél év alatt három hetet mindenképpen kevesellt. Indokban sosem volt hiány, de ez még nem pótolta a férjét.

– Veled akarok lenni, Joe – hangzott el az unalomig ismert mondat júniusban, amikor a férfi néhány napra hazatért. Kate szeretett volna megegyezésre jutni, hogy több időt tölthessenek együtt, de Joe-nak ezer más dolog járt a fejében. Minden addiginál jobban igénybe vette a vállalata. Másnap már Londonba indult. Nem szólt a feleségének, hogy az év hátralévő részében még többet fog utazni.

Már nem is buzdította, hogy tartson vele. A gyerekek még mindig kicsik voltak – Reed hat-, Stephanie nem egészen négyéves –, szükségük volt az anyjukra, és Kate nem akarta magukra hagyni őket. Joe a jövőbe tekintve úgy látta, még tizenöt-húsz évig minden erőfeszítése ellenére sokat kell nélkülözniük egymást Kate-tel.

Az asszony júliusban a gyerekekkel együtt Kaliforniába utazott Joe-hoz. Meglátogatták Disneylandet, Joe mindannyiukat sétarepülésre vitte egy vadonatúj gépén, de egyszer csak valami vészhelyzet miatt Hongkongba kellett mennie. Onnan egyenesen Londonba repült, Kate pedig Cape Codra távozott a kicsikkel. Joe egész nyáron a félsziget felé se nézett. Már látni se bírta az anyósát, kertelés nélkül megmondta Kate-nek, hogy többé nem megy oda. Abban az évben Clarke súlyos betegsége miatt a szokottnál hamarabb ért véget a Cape Cod-i nyaralás.

Joe megállás nélkül járta a világot, csak szeptember közepén találkoztak legközelebb, akkor három egész hétig pihent New Yorkban. Ám amikor Kate meglátta, rögtön tudta, hogy valami megváltozott. Először azt hitte, egy másik nő áll a háttérben, de az első hét után ráébredt, hogy ennél sokkal nagyobb a baj. Joe egyszerűen nem bírta tovább. Nem tudta egyszerre cipelni a vállalat és a felesége miatt aggódás terheit. Végül a megfutamodást választotta.

Maga alá temette a saját teremtménye, az általa tervezett gépek uralták a légi közlekedést az egész világon. A légitársaság, amelyet tizenegy évvel azelőtt indított, a legnagyobb és legsikeresebb lett a maga nemében. Joe létrehozott egy monstrumot, amely mindkettőjüket fölfalta. Tudta, hogy választania kell az általa teremtett világ és a felesége között. Nyomasztotta, hogy nem hurcolhatta állandóan magával az asszonyt, nem tudott a gyerekekkel foglalkozni. Rájött, hogy ösztönösen ezért nem akart saját gyereket, és tulajdonképpen megkönnyebbült az ikrek elvesztése után. Nem bírt minden követelménynek eleget tenni, és ami ennél is fontosabb, nem tudta megadni, amit Kate igényelt, illetve megérdemelt.

Egész nyáron ezen rágódott, a keserves kérdésekre lassan érlelődött meg a válasz, de szeptemberben döntött. Ha az asszony azt firtatta volna, szereti-e még, azt kellett volna felelnie, hogy igen. Elizabeth azonban már a kezdet kezdetén helyesen látta, és most már Joe is tudta: az első szerelme végül is a repülés.

Három napba tellett, hogy elmondja Kate-nek, de végül megtette. A londoni út előestéjén – egy kis légitársaság fölvásárlása céljából készült a brit fővárosba –, amikor az asszony lefeküdt mellé az ágyba, Joe már tudta, hogy soha többé nem fog visszajönni.

– Kate! – fordult felé, és a felesége mintha máris megsejtette volna, mit akar mondani. Három hete egyfolytában valami rémítőt látott Joe tekintetében, és ezúttal mindent megtett, nehogy felingerelje. Hónapok óta nem veszekedtek. Ez azonban nem orvosolhatta a problémát, amely Joe egyéniségében gyökerezett. A férfi nem tudott többet adni magából, bármennyire szerette is Kate-et. Megelégelte, hogy mentegetőznie, magyarázkodnia kelljen emiatt. Tudta, mennyire elhagyatottnak érzi magát Kate, de már nem érdekelte. Mindkettejük igényeit nem tudta kielégíteni.

Kate szótlanul a férjére nézett, olyan szemeket meresztett rá, mint egy áldozati bárány.

A férfi mély lélegzetet vett, és belevágott.

– Elhagylak, Kate – mondta olyan halkan, hogy az asszony először meg sem értette. Csak bámult rá, azt hitte, rosszul hallotta. Napok óta érezte a sűrűsödő viharfelhőket, arra gondolt, talán valami hosszú utazásról van szó, amelyet a férje nem mer megemlíteni, de ilyesmire végképp nem számított.

– Mit mondtál?

Egy pillanatra furcsán érezte magát, hiszen Joe nem mondhatott ilyet.

– Azt, hogy elhagylak. Nem bírom tovább, Kate.

– Miért? – Az asszony csak ennyit tudott kinyögni. Mintha egy szikével keresztülmetszették volna a szívét. Levegő után kapkodott. – Miért mondod ezt? Van valakid?

Maga is tudta, hogy a magyarázat ennél sokkal mélyebbre nyúlik.

– Nincs senkim, Kate. Már te sem vagy nekem. Igazad volt, sosem vagyok itthon. Az az igazság, hogy nem is tudok itthon maradni, te pedig nem tudsz velem jönni.

Joe magának akarta a saját életét, munkát akart, nem pedig szerelmet. A szerelem túl nagy áldozatot követelt tőle.

– Hát ez a baj? Ha veled lennék, akkor nem akarnál elhagyni?

Kate kétségbeesésében arra gondolt, hogy megosztozna a gyerekeken Andyvel. Semmiképpen nem akarta elveszíteni Joe-t. A férfi azonban megrázta a fejét. Nem akarta áltatni. Nem maradt másuk, csak az őszinteség. Ezzel viszonozta a szerelmet.

– Nem erről van szó, hanem rólam, a vágyaimról. Anyád helyesen látta, és azt hiszem, én is. Első a repülés. Talán ezért gyűlölt mindig annyira, vagy legalábbis gyanakodott rám, mert tudta, hogy valójában ilyen vagyok. Mindkettőnk előtt titkoltam, de leginkább saját magam előtt. Nem nyújthatom neked azt, amit igényelsz, és még elég fiatal vagy, hogy valaki mást találj magadnak. Én nem bírom tovább.

– Komolyan beszélsz? Fogod magad, és lelépsz, én

323

meg találjak magamnak valaki mást? Szeretlek, Joe, tizenhét éves korom óta csak téged szeretlek. Nem mehetsz el így – sírta el magát az asszony, de Joe nem ölelte át. Az csak tovább rontott volna a helyzeten.

– Időnként el kell menni, Kate. Az embernek magába kell néznie, át kell gondolnia, kicsoda valójában, mit akar, és mi az, ami hiányzik belőle. Belőlem az hiányzik, ami a házassághoz kell, nemcsak ehhez, hanem bármilyen házassághoz, és elegem van abból, hogy bűntudatot érezzek emiatt.

Ahogy ott ültek az ágyban, biztosan érezte, hogy soha többé nem fog megnősülni. Súlyos hibát követett el, amikor feleségül vette Kate-et, aki odaadóan szerette őt, de cserébe rengeteget követelt. Joe pedig nem akart mást, csak repülőgépeket tervezni és vezetni. Bármilyen gyerekesnek és hihetetlenül önzőnek hangzott, neki pontosan ennyi kellett.

– Nem bánom, mennyit utazol, Joe, én majd elfoglalom magam a gyerekekkel, csak ne dobj el bennünket magadtól. Szeretlek, ők is szeretnek téged. Bármilyen keveset látjuk is egymást, inkább élek veled, mint bárki mással.

Joe azonban nem mondhatta ugyanezt. Mindennél inkább szabadságra vágyott, hogy tovább építhesse a birodalmát, tervezhesse rendkívüli gépeit, ne kelljen szeretnie senkit sem. Már mindent odaadott, amit tudott. Azon a nyáron rájött, hogy az elmúlt esztendőt végigszínlelte. Semmije sem maradt. Utálta a feleségét hívogatni, utált mellette tétlenkedni, az ünnepekre hazarohanni, mentegetőzni, ha nem tudott teljesíteni az asszony számára fontos dolgokat. Csaknem négy esztendőt adott neki, és úgy érezte, most elég.

– Itt maradhattok a lakásban, ameddig csak akartok. Én egyelőre Kaliforniába költözöm.

Aznap reggel a titkárnőjét is megkérdezte, nem tudna-e az év végéig Los Angelesbe költözni. Hazelnek unokái voltak New Yorkban, de szívesen utazott a nyugati partra. Nem is sejtette, hogy a főnöke végleg el akarja hagyni a feleségét.

Kate lesújtva nézett a férfira.

– Mikor határoztad el ezt?

– Idén nyáron, de azt hiszem, már rég meg kellett volna tennem.

Kate egész éjjel sírt, le sem hunyta a szemét, virradatkor fölkelt, megmosta az arcát, és visszafeküdt.

Amikor Joe fölébredt, szó nélkül kászálódott ki az ágyból, és a londoni út előtt nagyon visszafogottan búcsúzkodott, nehogy az asszony azt remélje, még meggondolhatja magát.

– Szeretlek, Joe – mondta Kate, és a férfi egy pillanatra a halványkék estélyi ruhás fiatal lányt látta maga előtt. Ugyanaz a kék szempár nézett rá most is, de ezúttal végtelen fájdalmat tükrözött.

– Vigyázz magadra! Tudom, hogy így helyes. Ez egy beteljesíthetetlen álom, mindig is az volt.

– Nem kellett volna annak lennie. Még megmenthetjük, Joe, mindent megkaphatunk.

– Én már nem akarom – felelte kegyetlenül a férfi, Kate pedig némán figyelte, amint kiment, és becsukta maga mögött az ajtót.

23

MIUTÁN JOE ELHAGYTA KATE-ET, fél évre Kaliforniába, azután öt hónapra Londonba költözött. Busás tartásdíjat ajánlott fel Kate-nek, amelyet az asszony önérzetesen elhárított. Volt saját pénze, Joe-tól tizenhat éve nem akart mást, csak házasságot. Négy évre meg is kapta, Joe úgy érezte, ebből nem adhat többet.

Kate-nek hónapokig tartott, míg megértette, mi történt velük. Csaknem egyesztendei különélés után adták be a bontókeresetet. Az asszony hónapokig kábán ténfergett a bérelt lakásban. Joe nélkül élni olyannak tűnt, mint levegő nélkül élni. Lassan földerengett előtte az igazság, hogy görcsös ragaszkodásával maga üldözte el Joe-t.

Kezdetben csak arra tudott gondolni, mi mindent veszített el. Az apját már kislánykorában, ezen a tavaszon Clarke is elhunyt. Elizabeth egészen begubózott gyászában, Kate esténként álomba sírta magát, de ahogy teltek-múltak a hónapok, lassanként talpra állt.

Joe javasolta, hogy az eljárást felgyorsítandó, menjen Renóba, de az asszony inkább New Yorkban kezdeményezte a válópert, éppen mert tudta, így tovább tart. Még mindig ragaszkodott a férfihoz, akiből már csak a neve maradt neki.

Nehéz megmondani, mikor következett be a lelkében a változás, de annyi biztos, hogy lassan. Egyre erősebbé, magabiztosabbá vált, olyan sokat veszített, hogy már semmitől sem félt. A gyerekek vették észre először, hogy többet nevet, ritkábban sír. Elvitte őket Párizsba, nagyokat sétált a bulvárokon és mellékutcákon, a férfira gondolt, s amikor hazaérkezésük után Joe felhívta, másnak hallotta az asszony hangját.

– Boldognak tűnsz, Kate.

– Azt hiszem, az is vagyok. Isten tudja, miért. Anyám megőrjít, nem tud mit kezdeni magával Clarke nélkül. Stevie a múlt héten majdnem tövig lenyírta a saját haját, Reed pedig baseballozás közben kiverte két fogát.

– Hát ez remek – nevetett Joe vele együtt.

Reggelenként mindketten emlékeztek, milyen volt a másik mellett ébredni. Joe egy teljes esztendeje nem nyúlt nőhöz, Kate pedig időről időre elfogadott egy-egy vacsorameghívást férfiaktól, de ennél többre nem tudta rászánni magát. Azokon az estéken megkönnyebbülten bújt egyedül ágyba. Az egyedüllét már nem riasztotta. Túlélte a veszteséget, és ráeszmélt, hogy többé nem rémítheti meg.

Egy hónappal később épp naplót írt, amikor Joe a válás ügyében telefonált. Mivel továbbra sem fogadott el pénzt a férfitól – Clarke a fél vagyonát rá hagyta –, Joe valami nemrég eladott ingatlannal kapcsolatban kért tőle lemondó nyilatkozatot. Az asszony bele is egyezett, de egy pillanatra megingott a hangja.

– Látlak még valaha?

– Gondolod, hogy helyes, ha találkoznunk? – kérdezte tétován Joe. Attól félt, ha viszontlátja, újra beleszeret, és elölről kezdődik a halálos tánc. – Alighanem rossz ötlet.

– Alighanem rossz – értett egyet Kate, de minden kétségbeesés vagy szemrehányás nélkül. Joe rájött, hogy az asszony végre megtalálta a szabadságát, és az ő elvesztésével együtt a lelki nyugalmát is.

Joe aznap éjjel sokáig gondolkozott. Ráeszmélt, milyen szívtelenség, hogy legalább a gyerekeket nem látogatja. Ők semmiről sem tehettek, Kate mégsem panaszkodott. Egy éve egy zokszót sem ejtett. Az asszony alászállt a mélységbe, amelytől mindig is rettegett, és elengedte őt. Joe eltűnődött, vajon miért. Másnap délután újra telefonált. Kate vette föl a kagylót.

– Á, szia, bocs, a fürdőkádból ugrottam ki.

Szavai hónapok óta elfojtott képeket idéztek föl.

– Tegnap elfelejtettem elküldeni neked azt az aláírnivalót. Majd bedobom a levélszekrényedbe.

Mindketten tudták, hogy postára adhatná, vagy küldöncre is bízhatná.

– Nem akarsz felugrani, ha már úgyis erre jársz?

– Hát... hm... nem is tudom, okos dolog-e. Mármint hogy találkozzunk.

– Miért ne lenne az? Én azt hiszem, kibírom. Hát te?

– Biztos nem lesz probléma.

– Mikor jössz?

– Mikor lesznek otthon a gyerekek?

– Ezen a héten Andynél vannak, de ha nem hajigáljuk egymás fejéhez a porcelánokat, egy másik alkalommal meglátogathatnád őket is.

– Szívesen.

– Akkor mondjuk öt?

– Hogyhogy öt? – hökkent meg Joe.

– Öt óra, te tökfej. Kicsit szórakozott a hangod. Jól vagy?

– Jól. Az öt óra pedig megfelel. Nem maradok sokáig.

– Majd nyitva hagyom az ajtót – ironizált az asszony –, le sem kell ülnöd.

– Viszlát ötkor! – köszönt el Joe, mint valami üzleti megbeszélésen, és Kate mosolyogva tette le a telefont. Tudta, hogy nevetséges azt a férfit szeretnie, akitől épp válik. Éppolyan érthetetlennek hatott, mint az egész életük. Harmincnégy évesen végre felnőtt, és elszomorodva döbbent rá, hogy riadt gyermekként kötött házasságot. Igazságtalanul várta a férjétől, hogy kárpótolja mindazért a fájdalomért, amelyet kislányként szenvedett el. Képtelenséget várt tőle, annál is inkább, mert Joe meg a saját félelmeivel viaskodott. A férfi végül megfutamodott, Kate azonban ennek dacára szerette, és az önvizsgálat, amelyet az utóbbi hónapokban elvégzett, a javára vált.

Joe pontosan ötkor az irattal a kezében érkezett. Kezdetben félszegnek látszott, de ez az első találkozásukra emlékeztette Kate-et. Leültek, nyugodtan beszélgettek a gyerekekről, a vállalatról, egy új repülőgéptervről. Az asszony meglepődéssel tapasztalta, milyen könnyű elfogadnia Joe-t olyannak, amilyen. Nem akaszkodott rá, némán szerette, és magában minden jót kívánt neki.

A férfi valamivel nyolc előtt ment el. Kate aláírta a papírokat, és csodálkozott, amikor Joe másnap újra felhívta. Ebédre invitálta.

Kate megdöbbent, de rövid beszélgetés után ráállt. Úgy gondolta, nincs vesztenivalója, most már bármivel megbirkózik.

Az ebédre két nappal ezután a Plazában került sor, a rákövetkező hétvégén pedig sétálni mentek a parkba. Végre kibeszélték magukból mindazt, amire az elmúlt hónapokban rádöbbentek.

– Szörnyen ostoba voltam, Joe. Nem értettem semmit. Sokáig tartott, míg rájöttem, mennyit bántottalak. Bárcsak több eszem lett volna!

– Én is hibáztam, pedig szerettelek.

Kate megrezzent a múlt idő hallatán, bár nem érte meglepetésként.

Visszamentek az asszony lakásához, Joe most találkozott először a gyerekekkel a szétköltözésük óta. Stevie és Reed ujjongva üdvözölték. Örömteli délutánt töltöttek együtt, és miután a férfi elment, Kate sokáig gondolkodott. Szerette volna hinni, hogy lehetnek még barátok. Tudta, hogy többre nincs joga, és beérte volna ennyivel. Joe hazafelé menet ugyanerről próbálta meggyőzni magát.

Kapcsolatuk két hónapon át hasonló keretek között maradt. Néha együtt vacsoráztak, szombaton ebédelni jártak. Vasárnap esténként Kate négyükre főzött. Valahányszor Joe elment, az asszony nyugodt szívvel gondolt rá, már nem izgatta föl magát. Nem tudta pontosan, mi köti össze őket, de két hónapon keresztül a barátság álarca mögé rejtették.

Egy esős szombat délután, amikor a gyerekek Andynél víkendeztek Connecticutban, Joe váratlanul beállított egy könyvvel, amelyről az előző héten beszéltek. Kate megköszönte, és ott marasztalta egy csésze teára. A férfi ennél többet akart, de fogalma sem volt, miként lépjen a hídra, amely a barátságtól valami máshoz vezetett. Mindketten tudták, hogy nem térhetnek vissza ahhoz, ami elmúlt.

Az előrelépés meglepő természetességgel sikerült. Kate épp kitöltötte a teát, amikor arra kapta föl a fejét, hogy Joe ott áll mellette. Letette a kannát, a férfi pedig gyöngéden közelebb vonta magához.

– Nagyon őrülten hangzana, ha azt mondanám, még mindig szerelmes vagyok beléd?

– Nagyon – felelte Kate, és odabújt hozzá. – Szörnyen bántam veled.

– Bolond voltam. Gyerekesen viselkedtem, mert féltem.

– Én is. Rengeteg butaságot csináltunk. Bárcsak tudtuk volna mindazt, amit most. Én mindig szerettelek.

– Én is téged, csak nem tudtam, mit kezdjek vele. Folyton mardosott az önvád, amiatt futamodtam meg... Mit gondolsz, tényleg tanultunk valamit, Kate? – kérdezte a férfi, de mindketten tudták, hogy igen. Látta az asszony tekintetén, és maga is érezte. Már elszállt a félelmük.

– Te úgy vagy csodálatos, ahogy vagy, én pedig csak így tudlak szeretni, akár itt vagy, akár nem. Már nem ijeszt meg, ha elutazol. Bárcsak másképp csináltam volna! – suttogta bánatosan Kate.

Joe válasz helyett megcsókolta. Biztonságban érezte magát ezzel a nővel, alighanem megismerkedésük óta először. A konyhában állva hosszasan csókolóztak, azután szó nélkül átfogta az asszony derekát, és bementek a hálószobába, majd tétován a szemébe nézett.

– Nem is tudom, mit művelek... azt hiszem, elment a józan eszünk.

– Soha nem hittem volna, hogy még egyszer bízni fogsz bennem, Joe.

– Én sem – mondta a férfi, és újra megcsókolta.

Mindketten tudták, hogy soha nem szűntek meg

330

szeretni egymást. Végre tökéletesen biztonságban érezték magukat, már csak az a gondolat riasztotta őket, milyen közel jutottak ahhoz, hogy elveszítsék egymást. Megálltak a szakadék szélén, a gondviselés kegyes volt hozzájuk.

Kettesben töltötték a hétvégét, és amikor a gyerekek hazajöttek, örültek, hogy Joe-t ott találták. A kép többi darabja szép csöndben a helyére került. A férfi soha többé nem ment el. A New York-i lakást Joe hónapokkal azelőtt eladta, egy időre beköltözött Katehez, azután közösen vettek egy házat. A férfi továbbra is utazgatott, olykor hetekig egyhuzamban, de Kate nem bánta. Telefonon akkor is tartották a kapcsolatot, és mindketten boldogok voltak. Ezúttal sikerült az együttélés. Időnként vitatkoztak, olyankor magasba csaptak a szenvedélyek, de pillanatok alatt le is csillapodtak. Boldogabbak voltak, mint valaha. Mihelyt Joe beköltözött, csöndben visszavonták a válókeresetet.

A külön töltött idő után csaknem tizenhét esztendeig éltek felhőtlen boldogságban. Ezek az évek megmutatták, hogy joggal bíztak egymásban.

Miután a gyerekek kirepültek a fészekből, hogy a maguk életét éljék, többet voltak magukban. Kate elkísérte útjaira Joe-t, de otthon is mindig jól érezte magát. Többé nem jelentkeztek a hajdani démonok. Ki-ki rég legyőzte a magáét. Ismeretségük első éveiben megfizették a tanulópénzt, és ez nem kis erőfeszítésükbe került, de végül mindketten hálásak voltak azért, amit tanultak. Kate nem csimpaszkodott a férjébe, nem hánytorgatta föl a múltat, nem ébresztett benne önvádat. Joe, a büszke sasmadár pedig leszállt a magasból, és a lehető legközelebbre ereszkedett Kate-hez. Végre behegedtek a múlt sebei.

Különleges adomány, ritka szerelem jutott nekik osztályrészül, olyan kötés, amelyet még maguk sem bírtak bolond fejjel szétszakítani. A vihar kitombolta magát, s a közösen épített ház szilárdan állt alapzatán. Joe és Kate úgy megértették egymást, ahogy keveseknek sikerül. Megtalálták, elveszítették, újra megtalálták egymást, de valami csoda folytán kaptak egy utolsó lehetőséget. Kis híján mindent elveszítettek, de végül egyikükben sem maradt szemernyi kétely sem, hogy győztek, szerencse kísérte közös útjukat. És többé nem is hagyta el őket. Nemcsak szerelemre leltek, hanem békére is. Ezt a csodát mindvégig megőrizték.

EPILÓGUS

JOE TEMETÉSE az őt megillető pompával, fényes külsőségek között zajlott. Kate minden részletében maga szervezte, ez volt az utolsó ajándéka a férjének. Miközben Stephanie és Reed társaságában elindult otthonról, a limuzin ablakán át figyelte a hóesést, Joe-ra gondolt, mindarra, amit a férfi jelentett neki. Eszébe jutott Cape Cod, a háború, a New Jersey-i évek, a vállalatalapítás. Akkor oly keveset tudott Joe-ról, most mindent.

Ahogy kiszálltak az autóból, elszorult a szíve. Mihez fog kezdeni a hátralévő életében? Egyszer majdnem elveszítette Joe-t, de tizenhét év haladékot kaptak, teljes ismeretségük felét. Különben egészen másként alakult volna a sorsuk, és Joe is számtalanszor elismerte, hogy ezért bizony nagy kár lett volna.

A templom megtelt közjogi méltóságokkal és más fontos személyiségekkel. A búcsúbeszédet a kormányzó tartotta, az elnök is szeretett volna eljönni, de végül halaszthatatlan közel-keleti útja miatt az alelnök képviselte. Táviratot is küldött Kate-nek.

Az özvegy és gyermekei az első padsorban ültek, mögöttük tengernyi nép. Kate tudta, hogy Andy és Julie is ott vannak valahol. Az anyja négy évvel azelőtt halt meg. Egy szemvillanásra látta, amikor belépett Lindbergh özvegye, Anne, még maga is mély gyászban. Charles temetésén, alig négy hónapja Joe mondta a beszédet. A sors furcsa fintora, hogy minden idők két legnagyobb pilótája néhány hónapon belül távozott. Sokat veszített velük a világ, de még többet Kate.

A gyönyörű szertartáson emelkedett szavakkal méltatták az elhunyt érdemeit. Kate könnyes arccal szorongatta a gyerekei kezét. Az apja temetése jutott az eszébe, amikor az anyja egészen magába roskadt. Akkor támadt sebeit Joe gyógyította be véglegesen.

Mindazok, akik eljöttek, hogy lerójják tiszteletüket, némán figyelték, ahogy Kate lassan lépkedett a templomhajóban az érckoporsó mögött, amelyet azután a kocsira tettek. Rózsaillat terjengett. Az asszony lehajtott fejjel ült vissza a limuzinba, és a több száz jelenlévő csöndben hagyta el a templomot. Mindannyian hallották a dicsérő szavakat Joe kimagasló eredményeiről, de egyedül Kate ismerte őt igazán, Kate, aki soha nem szeretett más férfit, csak őt. Bármennyi fájdalmat okoztak is kezdetben egymásnak, közös életük végül mérhetetlen örömöt hozott.

Stephanie és Reed szótlanul ültek a kocsiban a temetőbe menet, nem zavarták az anyjukat, aki gondolataiba merült, figyelte az elsuhanó téli tájat, felidézte a közös emlékeket.

Csak ők hárman mentek ki a temetőbe. A robbanás miatt üres érckoporsót földeltek el, egy lelkész rövid áldást mondott, majd távozott. Kisvártatva Stephanie és Reed is követték, magára hagyták az anyjukat a sírgödörnél.

– Hogy folytassam, Joe? – mormolta a kérdést az özvegy.

Sokáig állt ott, a férjére gondolt, és szinte érezte, hogy ott áll mellette a férfi, akiről mindig is álmodott, a pilóta, akibe majdnem kislányként lett szerelmes, a háborús hős, akinek visszatértét várta, az üzletember, akit majdnem elveszített, azután csoda folytán tizenhét évvel ezelőtt újra megtalált. Sok csoda sorjázott az életükben, de Joe volt mind közül a legnagyszerűbb. Ahogy Kate ott állt, tudta, hogy magával vitte a szívét, többé senki sem léphet a helyére. Megtanították egymást az élet titkaira, a szerelemre és a szabadságra.

Kate most engedte el Joe-t végleg, az utolsó repülésre, de a férfi már nem hagyta el őt többé, ahogy voltaképpen azelőtt sem hagyta el. Hazatért hozzá, elrepült, újra hazatért, és távollétében éppúgy szerette őt, ahogy most is szerették egymást.

Kate végül csaknem tökéletesre csiszolta a tánclépéseket, és hálás volt mindazért, amit a férfitól tanult.

– Repülj csak, drágám, repülj! Szeretlek! – suttogta, és egyetlen szál fehér rózsát helyezett az érckoporsóra. Ahogy letette a virágot, érezte, hogy minden félelme tovatűnik. Tudta, hogy Joe soha nem távolodik el tőle. A maga egeiben röpköd, ahogy mindig, még ha láthatatlanul is. Érezte, bárhová megy, a férfi mindig ott marad vele. Emlékezni fog élete legfontosabb leckéire, amelyeket tőle kapott. Joe megadott neki mindent, ami ahhoz kellett, hogy most nélküle is tudjon élni.

Tökéletesen megtanították egymást, úgy szerették a másikat, ahogy az nekik jó volt. Lényük legjavát engedték át a párjuknak, és a síron túl is örökké szerették egymást. A tánc véget ért, de a zene szólt tovább.

ISBN 963 203 042 7

Maecenas Könyvkiadó, Budapest
Felelős kiadó: a *Maecenas Könyvkiadó* igazgatója
Tipográfia és műszaki szerkesztés: *Szakálos Mihály*
Szedte és tördelte az *Alinea Kft.*
Nyomta és kötötte a *Kinizsi Nyomda Kft.*, Debrecen
Felelős vezető: *Bördős János* ügyvezető igazgató
Terjedelem: 20,5 (A/5) ív